二 見 文 庫

くちびるを初めて重ねた夜に

アマンダ・クイック／安藤由紀子＝訳

THE OTHER LADY VANISHES
by
Amanda Quick

フランクに
愛をこめて

くちびるを初めて重ねた夜に

登　場　人　物　紹　介

アデレード・ブレイク(アデレード・ブロックトン)	ティールーム〈リフレッシュ〉のウェートレス
ジェイク・トゥルエット	元貿易商
イーサン・ギル	ラッシュブルック療養所所長
ハロルド・オームズビー	ラッシュブルック療養所医師
フローレンス・ダーリー	〈リフレッシュ〉経営者
ヴェラ・ウェストレイク	美人女優
ライナ・カーク	私立探偵
コンラッド・マッシー	マッシー海運経営者
カルヴィン・パクストン	痩せ薬で有名な医師
マダム・ゾランダ	超能力者
セルマ・レガット	マダム・ゾランダの運転手兼助手
公爵夫人	ラッシュブルック療養所患者
エリザベス・ベントン・トゥルエット	ジェイクの亡き妻
ブランドン	バーニング・コーヴ警察の刑事
ドクター・スキップトン	医師、検視官
アイリーン・ウォード	「バーニング・コーヴ・ヘラルド」紙の記者
オリヴァー・ウォード	バーニング・コーヴ・ホテル経営者
ルーサー・ペル	パラダイス・クラブ経営者
ピーター・ギャリック	エリザベスの愛人

1

第五病棟から患者の叫びが聞こえてくると、アデレード・ブレイクはもう時間がないと悟った。

ファイル・キャビネットの鍵を探す手を止め、小さな事務室のドアに寄って立ち尽くした。研究室内の明かりはあえて一カ所もつけなかったが、アーチ形の高い窓から射しこむ月明かりが、いくつもの細長い作業台を照らし、装置や器具の不気味な輪郭を薄暗がりの中に浮かびあがらせていた。

下の階の泣き叫ぶ声、金切り声、わめき声がどんどん大きくなっていく。何か、というよりも誰かが患者たちを興奮させ、動揺させているのだ。五階に位置する第五病棟は、回復の見込みがないまでに精神ないしは心を病んでいる患者のための区画である。施錠された病室という病室に、それぞれの心の地獄を果てしなく彷徨《さまよ》う人びとが収容されていた。暴力的かつ誇大妄想的な幻影や幻覚に苦しむ者も含まれている。

アデレード自身、第五病棟の独房さながらの病室に閉じこめられてまもなく、患者たちが高性能の警報装置の役割を果たしていることに気づいた。とりわけ夜間は。夜はいつだって最悪だった。

地獄に堕ちた者たちが放つ神経をつんざかんばかりの悲鳴が石造りの階段室にこだまする。患者を静めようとする者は誰ひとりいない。今夜は当直の雑役夫が休みを取っていた。

もはや一瞬たりともぐずぐずしてはいられない。もしこの時を逃したら、永久に脱出できないかもしれない。ファイルは残していくほかなさそうだ。

事務室のドアを離れ、迷路のように置かれた作業台のあいだをぬって用心深く進んだ。脱出計画は念入りに練ってきたというのに、最後の最後になってファイルを探そうという決断をしたことで計画が危うくなった。ただちに研究室から出なければ。さもないと脱出できなくなるかもしれない。

このラッシュブルック療養所は本来、一風変わった裕福な産業資本家が客を派手にもてなそうと考えて建てた邸宅だった。五階建てで、何本ものどこまでもつづく長い廊下、現在研究室として使われている塔の部屋をそなえたゴシック様式の建物は、どこか悪夢を思わせた。数々の欠点を補う取り柄がひとつあるとしたら、アデレードにとってのそれは、数えきれないほど抱えていた使用人の移動のためにつくられた人目につかない隠し階段がそこここにあることだった。

そうした使用人用の階段のほとんどはとうの昔に永久的に閉鎖され、閉鎖を免れた階段も度重なる改修や改造によって姿を消した。しかし、いまだに使えるものも何カ所かはあった。そしてアデレードは、そうしたほとんど使われることのない階段のひとつに通じる鍵を手に入れていた。

研究室を半分ほど横切ったとき、階段室からどたばたとあわてふためいたような足音が聞こえてきた。誰かが研究室へと駆けあがってくる。それが誰であれ、明かりをつけたとたんにアデレードを見つけるだろう。

オームズビーの机のほかに隠れ場所はない。ここで見つかったら終わりだ。見つかれば、ドクター・ギルの命令で彼女への監視が強化される。そうなれば、二度と脱出のチャンスはめぐってこない。

恐れおののく心に冷静な確信が割って入った。必要とあらば、力ずくででも療養所から脱出しなければ。五階の独房に戻ることはできない——戻ってなるものか。そんなことならいっそ死んだほうがましだ。

素早く身を翻《ひるがえ》し、武器として使えそうなものを薄暗がりの中で探した。研究室内のようすはいやというほどよく知っていた。ギルとオームズビーがもう一度彼女に薬を投与しようと決めたときに連れてこられたところだからだ。そのときは必死で正気を失うまいとし、そのためにはと脱出計画に意識を集中させていたから、塔の部屋の内部についてはおよそ隅々まで記憶していた。

いちばん手近の戸棚に近づいてぐいと扉を開き、棚からガラスの広口瓶を二個、取り出した。自分の手の中に何があるのか見当もつかない——暗くてラベルが読みとれない——が、オームズビーがその戸棚からさまざまな薬品を取り出しているのを見ていた。そのうちの多くは可燃性物質だ。劇薬も何種類かある。

二個の瓶を手に事務室に取って返した。ドクター・オームズビーの机はすっきりときれいに片付いている。研究に取り憑《つ》かれたこうるさい小柄な男だが、彼にとって整理整頓の優先順位は相当高いらしい。

一般的に机の上に置かれるもの——電話、吸取紙、インク壺——を除けば、机上にはたった一個のものしかない。黒いベルベットの箱。見たところはまるで、女性が宝飾品をしまっておくための箱のようだ。しかし、アデレードは知っていた。その中には首飾りも指輪も腕輪も入ってはいない。ベルベットの箱の中身は、優美にカットされたクリスタルの香水瓶が一ダース。

薬品の入った瓶を手に机の後ろに身を隠したちょうどそのとき、ドクター・ハロルド・オームズビーが暗い研究室に覚束ない足取りで入ってきた。気配から察するに、息苦しそうに喘いでいる。明かりはいっさいつけない。

「近づくな」金切り声を上げた。「私に手を出したら承知しないからな」

石造りの階段室のほうからべつの足音が聞こえてきた。獲物に忍び寄る動物よろしく、ゆっくりと着実な足取りだ。

オームズビーはひと息つくようすもない。完全に恐慌をきたしている。

オームズビーの追っ手から返事は返ってこない。少なくとも言葉では。アデレードは机の後ろにうずくまり、瓶の蓋をはずした。鼻をつく刺激臭に息を止め、顔をそむける。患者たちの叫び声で彼女が立てる小さな音がかき消されることを願っていた。

呼吸をできるだけ浅く軽く保っていたが、これが簡単ではない。冷や汗で全身がじっとりと湿ってきた。身震いも止まらないし、心臓も早鐘を打っている。

オームズビーが再び叫んだ。さっきより声が大きい。不自然なまでに甲高い金切り声は、アデレードの耳には雷鳴の轟きだった。数秒間というもの、心臓が停まったような気がした。

すると今度は、本当に研究室に雷が落ちたような気がした。暗がりに細長い炎が上がっている。オームズビーの机の角からのぞいていると、その明かりが事務室の扉の前を通り過ぎていった。

五階の患者たちが発する不協和音にかぶせるようにオームズビーの鋭い悲鳴が上がった。地獄に送りこまれようとする男の叫びだ。

塔の部屋を走る足音が響きわたった。厚いガラスが割れて砕け散る。研究室に夜気が流れこんだ。

オームズビーの絶望の叫びが夜の闇に一、二秒間こだました。そして唐突に途切れた声が事のなりゆきを語っていた。

何が起きたのかに気づいたアデレードはその場に凍りついた。ドクター・ハロルド・オームズビーはアーチ形の高い窓を突き破り、真っ逆さまに飛び降りたのだ。その高さから落ちて命を取りとめる者はいるはずがない。

研究室の暗がりで炎の明かりが明滅していた。アデレードは気づいた。何者かが実験用のガスバーナーに火をつけ、その炎を使ってオームズビーを窓の外へと追いやったのだ。どうもおかしい。オームズビーは明らかに怯えていたが、アデレードはオームズビーという男をある程度知っていた。彼が命乞いをしたり追いつめられた部屋の隅で身をすくめたりする姿は想像にかたくないが、みずから飛び降りて命を絶つとは彼らしくない。だが考えてみれば、アデレードは人を見る目がさほど鋭いわけではない。苦い経験を経てそのことは思い知っていた。

五階の病室からの叫びが激しさを増した。何か恐ろしいことが起きたことを患者たちも感じとっているのだろう。

タイル張りの床を横切り、事務室に向かって足早に近づいてくる足音が聞こえた。アデレードは薬品の入った瓶を握りしめて待った。いまや彼女を守ってくれるのは下の階の患者の騒がしさだけ。彼らの金切り声や泣き声は彼女の息づかいを完全にかき消してはくれないまでも、追っ手の耳に届きにくくしてくれる。

侵入者はまっすぐに机に向かい、そこで足を止めた。懐中電灯がしばらく光を放った。アデレードは命がけで戦う覚悟を決めた。

だが、侵入者はくるりと向きを変え、そそくさと事務室を出ていった。数秒後、階段から足音が聞こえた。

動揺した患者たちの泣き声が高まって静まり、それ以上の叫び声は聞こえなくなった。今度は叫び声が中庭、割れた窓の下から聞こえてきた。誰かがオームズビーの死体を発見し、大声で急を告げたのだ。

アデレードはひと呼吸おいてから立ちあがった。激しい震えのせいで体のバランスを保つのに苦心した。もう一度ファイル・キャビネットの鍵を探そうかとも思ったが、常識がそんな考えを抑えこんだ。療養所からの脱出を最優先しなければ。

両手を上げて、きっちりと結わえた髪にピンで留めた看護帽のずれを直した。机にちらっと目を落とすと、香水瓶をおさめたベルベットの箱が消えていた。侵入者が持ち去ったのだ。

手にしていた武器代わりの薬品が入った二個の広口瓶の片方を選び、もう一個を机に置いた。月明かりが射しこむ研究室を用心しながら進んでいき、階段までたどり着くと、足音を忍ばせて下りはじめた。

階段を下りきったところで立ち止まり、扉の隙間から左右のようすをうかがった。錠をおろした扉に取り付けられた格子からもれてくる患者たちのわめき声や叫び声はあいかわらずつづいていたが、廊下に人けはなかった。侵入者の気配はない。

アデレードの部屋は交差する廊下のずっと奥に位置していた。その廊下沿いの病室にほかの患者はいない。病室を抜け出してくるとき、枕と毛布で自分が寝ているように見せかける細工をしてはきたが、そんな必要はなかったようだ。患者たちの叫びと中庭の騒がしさがアデレードの動きをじゅうぶんにおおい隠してくれたし、そこに白い看護帽と丈の長い青い上着——目になじんだ看護婦の制服——とくれば、なんとかなるはずだ。もしも誰かに遠くから見られたとしても、運がよければ、病院の職員だと思ってくれるだろう。

古い使用人用の階段は廊下を逆方向に行ったところの収納庫の中にある。廊下に出たらすぐさま収納庫めざして駆けだす心の準備をしながら、階段室の扉から廊下に出かけたそのとき、患者たちの叫び声がにわかに忌々しいまでに高まった。アデレードにとって唯一の警報装置である。かろうじて命を救ってくれるものはそれしかない。

階段室の物陰に再び身をひそめて待った。叫びが少し静まったところで、思いきって扉から外をのぞいた。

白い帽子と手術用のマスクに白衣を着た男がアデレードの病室に通じる廊下から現われた。左手に黒いベルベットの箱を持っている。右手には注射器。

アデレードに気づかなかったのは、マスクをかけたその医者が廊下を大急ぎで逆方向に向かっていたからだ。そして看護婦の詰所の向こう側にある施錠した扉を通って姿を消した。

これ以上の恐怖はありえないと思っていたが、マスクをかけた医者が彼女の病室へと通じる廊下から現われたのを見た瞬間、新たな衝撃と恐怖が全身に走った。彼はおそらくアデレードも殺すつもりでいたのだ。

意志の力を振りしぼり、なんとか気持ちを落ち着かせた。とにかくこの階段室でぐずぐずしていられないことはたしかだ。ただちに行動を起こさなければ。さもないとすべてが無駄になってしまう。

ひとつ深呼吸をし、片手に瓶を握りしめて廊下を走った。収納庫の扉を開く。すぐそばの扉に取り付けられた鉄格子から髭面の男が顔をのぞかせた。正気を失った男は焦点の合わない目をアデレードに向けた。

「幽霊だな、あんたは？」男の声は絶え間なく叫んだり泣きわめいたりしているせいでかすれていた。「どうせ時間の問題だったんだよ。ほかのやつらと同じように、あんたも殺されたんだな」

「ごきげんよう、ミスター・ホーキンズ」アデレードは丁重に別れを告げた。

「死んだなんて運がいい。ここから出られるんだから幸せだよ」

「ええ、そうなの」

するりと収納庫に入って扉を閉めると、頭上の金具を回した。使用人用の階段への扉は奥にあり、錠がおりていた。もらった鍵で扉が開いたときは大いに安堵した。

階段を下りて一階の厨房にたどり着いたときはもう、遠くでサイレンの音が鳴っていた。誰かが地元の警察署に電話をしたのだろう。療養所は小さな町ラッシュブルックから二マイルほど離れている。警察や救急車が現場に到着するまで数分はかかるはずだ。

あたりにこちらを見ている人間がいないことを確認し、こっそり厨房から外に出た。もう一個の盗んだ鍵を頑丈な錬鉄製の門扉《もんぴ》の鍵穴に差しこむ。出入りの業者の配達の車が使っている通用門だ。

そこを抜けて自由の身となるや、轍の跡だらけの細道を月明かりだけを頼りに足早に下った。

オームズビーが死んだことには同情すら感じないが、ただでさえ絶望的ないまの状況がオームズビーの死亡によっていっそう複雑になるかもしれない。医者が謎の死を遂げた夜にラッシュブルック療養所から脱走した患者がいたとなれば、その患者が狂気に駆られて殺人を犯したという結論を導き出すのはたやすい。

当直の雑役夫が脱走に気づかないうちにできるだけ遠くまで逃げなければ。

そのときふと思った。彼女が姿を消したことをすでに知っている人間がひとりいる──注射器を手に彼女の病室へ行った、マスクをかけた医師だ。

駆けだしたかったが、あえてそうはしなかった。暗がりで石や落ちた木の枝につまずいたりすれば、足首をひねるくらいではすまなくなるかもしれないからだ。

緊急車両は少し前に通り過ぎていった。道の脇の濃い茂みの陰に身をひそめた彼女には気づかなかった。

夜明けにはハイウェーの路肩に立ち、こんな人里離れたところでガス欠になった看護婦に同情して停まってくれる車が通りかかることをひたすら祈っていた。高く上げた手を振ってトラックを停めた。朝の光を受けた薬指の結婚指輪が意地悪くきらりと光った。

2

カリフォルニア州バーニング・コーヴ……
二カ月後

「またあなたの新しいお隣さんだわ」フローレンス・ダーリーが声を低くして言い、ガスコンロの上の薬缶をつかんで、茶葉を入れたティーポットに湯を注いだ。「日曜を除けばこれで八日連続ね」

アデレードは〝静《トランキリティー》〟ティーの四分の一ポンドを量っている小型の天秤から顔を上げようとはしなかった。「ここは日曜は休みですもの」

「それで証明されたわ。ミスター・トゥルエットは常連さんになったのよ。いつもどおり『ヘラルド』の朝刊を読んでいるけど、きっともうすぐいつものあれ——あなたがわたしを説得してサンフランシスコの問屋から取り寄せさせた、とびきり値の張る緑茶のブレンド——をポットで注文するわ。砂糖も、ティーケーキも、スコーンも、クッキーもなしで」

「ミスター・トゥルエットは決まった日常を崩したがらない人みたいね」アデレードが言った。

彼がスケジュールどおりの行動を好むのは、そうすることで朝の海岸散歩の時間が調整しやすくなるからじゃないかしら、とは付け加えなかった。決まって七時に姿を見せ、決まってぴったり三十分間散歩をする。いまは六月で、一年のうちのこの時季、朝は霧がかかることがよくあるが、それも妨げにはならないようだ。

アデレード自身は霧に苛立ちを覚えている。日課の散歩をする彼の姿が束の間かすかに見えるだけだからだ。じつは毎朝、散歩するジェイク・トゥルエットを眺めるのを楽しみにしていることを認めざるをえなくなっていた。彼は生活習慣をきっちり守る人かもしれないが、身のこなしはルールや規則にうるさい人間のそれではない。うるさ型が砂浜を歩いている印象はなく、獲物を狙う大きなチーターさながら高い身体能力をのぞかせながら悠然と歩いていた。

フローレンスが訳知り顔でくすくす笑った。「彼が毎日ここに来るのは、あなたがいれるおいしいお茶のためじゃないと思うの。この店がこのところ流行っているからでもないわ。それに彼は、隣のテーブルに有名人がすわっていようとゴミ収集人がすわっていようと、まったく気にかける人でもないし。わたしの勘では、あのミスター・トゥルエットがこの店に立ち寄るのを日課にした理由は、あなた、だわね」

アデレードは顔を赤らめた。彼女はこの新しいボス、フローレンスが大好きだし、もちろん仕事を与えてくれたことに大いに感謝しているが、最近は縁結びの意志を固めているのを知って不安になっている。

バーニング・コーヴに来て二カ月、ようやく安心して呼吸ができるようになったというのに。療養所を脱走した精神を病んだ患者を連れもどすための捜索隊はまだ送り出されていない。実際、ラッシュブルック療養所を深夜に脱走した患者についての新聞報道はこれまでのところ、いっさいなかった。

おそらく誰もアデレードを探してはいないのだろう。にもかかわらず、まだデートをする危険を冒す覚悟はできていなかった。少なくとも自分にそう言い聞かせながら、毎日革のブリーフケースをさげたジェイク・トゥルエットがティールームに入ってきて、いつものテーブルにすわり、緑茶を砂糖なし、ティーケーキもスコーンもクッキーもなしで、と注文するのを見ていた。

フローレンスはいろいろ考えていた。ぽっちゃりとふくよかな六十代後半のこの女性は十年ほど前、株式大暴落のあとにこの店をオープンし、苦労しながらきわめて厳しい時代を切り抜けてきた。

このティールームが生き延びられたのは、バーニング・コーヴが金持ちと有名人のための高級保養地だったからだ。国じゅうを震撼させた金融危機とはほぼ無縁でいられた二種類の人びとである。しかし、いくらそうした豊かな町での営業ではあっても、利益を上げつづけるには不屈の精神と鋭い経営感覚が不可欠だった。フローレンスはその二つの資質をたっぷりそなえていたのだ。アデレードは彼女からじつに多くのことを学んだ。

レストランで働いた経験もなく推薦状もないウェートレスを雇っただけでなく、家賃の安い家探しも手伝ってくれた。そして見つけたのが、クレッセント・ビーチを眼下に見おろす切り立った崖の上に建つコテージである。アデレードが事前に、最初のひと月は家賃が払えないと説明したときも、フローレンスは手を振って、問題ないわ、と言ってくれた。「心配しないで。わたしが立て替えておくから、いずれ返してちょうだい。あなたはきっとそれに見合うだけのことをしてくれるわ」

ありがたかった。実際、アデレードはすでにしっかりと働きはじめており、なんとしてでも借金を返したかった。〈リフレッシュ・ティールーム〉で特製のお茶やハーブティーをメニューに加えたらどうかという提案もした。それを聞いたフローレンスは半信半疑といったところだったが、試してみたら、と言ってくれた。一カ月とたたないうちに、長年着実に売り上げを伸ばしてきた〈リフレッシュ〉が、それまでとは段違いの伸びを示した。

最近ではバーニング・コーヴを休暇中の活動の場としている有名人、社交界の名士、大物実業家も何人か、各自の要望に合わせてブレンドした特製のお茶を注文するようになっていた。数週間前からアデレードがさまざまな体調——不眠、不安、疲れやすい——に応じたお茶やハーブティーを調合しているのだ。いちばん人気のあるお茶のひとつは、二日酔い——夜通しのパーティーが当たり前のハリウッドの人びとはしょっちゅうこれに悩まされている——の症状をやわらげるために彼女が創作したものだ。

売り上げがぐんと伸びたため、フローレンスはアデレードが特製ブレンドを考えたり袋詰めしたりに専念できるよう、ウェートレスをもうひとり雇うことを考えていた。

そんな状況だから、一見好ましい男性への関心をうまく表わせないことの弁解もなかなか思いつけないでいる。ジェイク・トゥルエットは結婚指輪をしていないが、それが大した意味を持っているとも思えない。アデレード自身も結婚指輪はつけていなかった。

量ったばかりの〝静〟ブレンド四分の一ポンドを小さな袋に詰めた。「どう考えても、ミスター・トゥルエットがわたしに興味を持っているとは思えないわ、フローレンス。彼とわたし、あまりにもかけ離れているもの。彼は裕福な実業家で世界を叉にかけている。わたしはティールームのウェートレス。しかもカリフォルニアから出たことがない。共通点などなさそうよ」

「ミスター・トゥルエットは内気なんだと思うわ」フローレンスが言った。「勇気を出して、あなたを誘おうとしているところなのよ。彼が切り出しやすいようにあなたが仕向けなきゃ」

「言わせていただけば、彼は内気なタイプじゃないわ。手に入れたいものがあれば、すぐに追う人だと思うけど」

「だから言ったでしょ。あの方、数カ月前に奥さんに先立たれたと聞いたわ。つまり、デートについては練習不足なのよ」

「たぶんまだ悲しみの中にいるんだわ」アデレードが言った。「それでなのね、笑顔を見せたことがないでしょう」

「たぶん笑顔を見せる理由が必要なだけだわ」フローレンスはウィンクし、いれたばかりのお茶のポットをのせたトレイを手にせかせかとキッチンを出ていった。

フローレンスと言い争ったところで意味はない。アデレードはため息を押し殺し、手についたお茶を払うと、袋の口を折って、キッチンをあとにした。悩みを抱えた表情の客――ビジネススーツを着た若い女性――がカウンターでいまかいまかと待っていた。

「お待たせいたしました、ミス・モス」アデレードは言った。「こちらがミス・ウェストレイクの特製ブレンド〝静〟です」

ハリウッドの有名人、ヴェラ・ウェストレイクは〈リフレッシュ〉をごく最近になって知った、いちばん新しい客である。フローレンスは有名人のゴシップ雑誌を熱心に読んでいるから、新聞雑誌が〝ハリウッド一の美女〟とレッテルを貼ったスターが顧客になったことでわくわくと胸を躍らせた。

「お世話さま」ミス・モスがハンドバッグを開けて財布を取り出した。「ミス・ウェストレイクが喜びますわ。今朝、新作映画の台本を読みこんでいるあいだに、これを切らしてしまったんです。そしたら運転手に、いますぐ町までこの子を乗せていって買ってきてちょうだいって。彼女によれば、あなたがつくった特製ブレンド茶を飲むと、集中力が維持できるそうよ」

「こちらこそお役に立てて光栄ですわ」アデレードが言った。

ミス・モスは代金を支払い、客がほどほどに入ったティールームをそそくさと出ていった。表ではリムジンが彼女を待っていた。ミス・モスが後部座席に乗りこむと、車は並木道を遠ざかっていった。

アデレードはメモ用紙と鉛筆を手に取った。そろそろジェイク・トゥルエットの注文を取りにいかなければ。緑茶。砂糖なし。ティーケーキなし。スコーンなし。クッキーなし。

トゥルエットは、八日前にバーニング・コーヴに到着した直後からここの常連になった。フローレンスはすぐさまいくつかの質問を投げかけ、ニュースとともにキッチンに戻ってきた。トゥルエットは実業家で、最近までロサンゼルスに拠点を置く貿易会社を経営していたが、妻の死後、会社を売却して引退したという。

フローレンスによれば、トゥルエットは何かしら健康問題——神経的にまいっているとかなんとか——を抱えているという噂だ。二、三カ月海辺で静養してくるように医者に言われたのだろう。海の空気を吸い、時間をかけて浜辺を散歩すれば、きっとよくなると。

神経を除けば、トゥルエットの見かけはしごく健康的だ。バーニング・コーヴで休暇を過ごす多くの有名人や社交界の名士とは異なり、ハリウッドで理想とされるひょろりとした細い体――概してチェーン・スモーキングとカクテルの飲みすぎの結果――をしてはいない。

それ以外の部分は彼らに負けないくらい魅力的だ。背は高いが、ずば抜けて高いわけではない。コンラッドのようにアデレードの頭上高くそびえ立つ感じはない。黒い髪は短くカットして横分けにしている。ハンサムでなくはないが、禁欲的な顔立ちはハンサムというには厳しすぎる。目は印象的な琥珀色――冷ややかで用心深く、知的だが、そこからは何も読みとれない。周囲の出来事をつねに何ひとつ見逃すまいとしているのは感じとれるが、何を考えているのかわからない。いわば物陰に立つ歩哨であり、舞台の上の役者ではなかった。

無慈悲で近づきがたい空気を放っている。すぐにかっとなる人ではなさそうだが、相手への怒りが限界を超えたときは手強い敵になりそうだ。そうなったときの彼の復讐は冷酷かつ綿密であろう。

神経を病んでいるようすはいっさい感じられない。

だがアデレードは思い出した。神経症を抱えている人間はきわめて正常に見えることがよくあるのだ。彼女自身がいい例だ。バーニング・コーヴに来て二カ月間というもの、きわめて正常な人間として通用していた。ラッシュブルック療養所にほぼ二カ月間閉じこめられていたとは誰ひとり思ってもいないはずだ。

注文取りのメモ用紙と鉛筆を手にカウンターの端を回り、店内を横切って、「バーニング・コーヴ・ヘラルド」を読んでいるジェイク・トゥルエットのテーブルに軽やかな足取りで近づいた。椅子の傍らの床には革製のブリーフケースが置いてある。八日間にわたって彼を観察していたから、その中に黄色い法律用箋と目を瞠《みは》るほどきれいに削った鉛筆が四本入っていることは知っていた。さらに、「ヘラルド」を最初から最後まで読み通したあとはブリーフケースを開いて法律用箋を取り出し、メモを取ることも知っていた。

服装もいつもどおり、ぱりっと糊のきいた白いシャツ、優美な結び目が光るネクタイ、クリーム色の上着と焦げ茶色のズボンである。

アデレードがテーブルに近づいてきていることには気づきながらも、足を止めてメモ用紙と鉛筆を構えるまで待って紙面から顔を上げる。アデレードは、彼に近づくたびに全身を駆け抜けるちょっとした興奮を意識しながら、ぴたりと足を止めた。

トゥルエットはあくまで丁重に一度こっくりとうなずく。「おはよう、ミス・ブロックトン」

「おはようございます、ミスター・トゥルエット」アデレードはもてなしの気持ちをこめた明るい笑顔を彼に向けた。「今日もいつもと同じものになさいますか?」

「ええ、そうしてください。緑茶を。砂糖、ティーケーキ、スコーン、クッキーはなしで」

彼の声はよく響く低音でなんとも男性的だ。それがまたアデレードの全身にぞくぞくした感覚を走らせた。

「かしこまりました。ほかに何かございませんか?」

彼はアデレードが手にしたメモ用紙と鉛筆にちらっと目をやった。「注文を書き留めはしないんですね」

「必要ありませんから」アデレードはウェートレス用帽子の横を鉛筆の先で軽く叩いた。「記憶力はかなりいいほうでして」

「しかも、ぼくの注文はいつも同じで退屈だし」

アデレードはぎくりとした。「退屈だなんて申しあげるつもりはありません。そんな、とんでもない。たいへん失礼いたしました」

「謝ることなどないよ。たしかにぼくはいつも同じで退屈でしょう。実際、わざわざ退屈なほどいつも同じようにしていると言われてもしかたがないが、じつは医者に日課を時間どおりにおこなうように言われていてね。神経疲労にいいんだそうだ」

アデレードは咳払いをした。「わたしの経験では、いわゆる専門家が神経疲労に何がいちばんいいかを必ずしも知っているわけではありませんわ」

「ぼくもきみの意見に賛成したい気がするな。ここ〈リフレッシュ〉の緑茶は医者がくれるどんな薬よりもぼくの神経に効いている」

アデレードが顔をしかめた。「神経のお薬をのんでらっしゃるんですか?」

「いや。医者は処方してくれたが、じつはのんでいない。医者には言わないと約束してくれるね?」

アデレードは一瞬、彼は軽い冗談を言おうとしたのではないかと思ったが、確信がないので無難な答えを返した。

「もちろん、秘密は守ります」

「ありがとう。ふと思ったんだが、きみの特製ハーブティーのブレンド方法をぼくの医者に話しておくべきだな。ほかの患者にも伝えようと考えてくれるかもしれない」

「いけません」アデレードはパニックに襲われた。神経系統を専門とする医者の注意を引くことだけはなんとしても避けたかったからだ。必死で自制を取りもどす。「それはつまり、〈リフレッシュ〉でお出ししているブレンド茶のことをお医者さまに話されるのは名案だとは思えないからです。とりたてて特別なお茶ではなく、伝統的な薬草といろいろな輸入物のお茶というだけなんです。　現代的な考えをなさるお医者さまなら、神経系統の問題の治療に使うことに賛成なさるはずがありません」

「なるほど」トゥルエットが礼儀を失しない程度の関心を示した。「きみはそういう知識がかなりあるようだね。ハーブやお茶に関する知識をどこで学んだのか、もしよかったら聞きたいんだが」

アデレードは躊躇した。彼女の過去について多少なりとも知る人間はこの町にひとりしかいない。ライナ・カークだ。彼女もアデレード同様、バーニング・コーヴに来たばかりで、彼女もまた過去についてはいろいろ隠していることは明らかだ。二人のあいだには、ともにバーニング・コーヴで一から出直そうとしていることに加え、お互い秘密を抱えていることを理解しあっているからこその絆が生まれていた。

だが、そのライナでさえ、ラッシュブルック療養所のことと、アデレードがベッドの下の床下金庫に隠した結婚指輪のことは知らない。

「親の仕事を身近に感じながら育った、とでも言ったらいいんでしょうか。母が植物学者だったもので」

「お父さまは？」

「化学者でした」話が危険な領域に近づいている。そろそろ話題を変えなければ。

「ご注文、ありがとうございました、ミスター・トゥルエット。すぐにお持ちいたします」

「よろしく。朝食のときにコーヒーを三杯飲んだせいで過敏になった神経をやわらげるためには、どうしてもここのお茶を飲まないと」

アデレードはびっくりして彼をじっと見た。「今朝はコーヒーを三杯召しあがった?」

「朝はコーヒーを飲みたくなるんだ」

「ミスター・トゥルエット、よけいなお世話だとは思いますが、もし神経系統に問題があるのでしたら、コーヒーをたくさん召しあがるなどとんでもありませんわ」

「ジェイクでいい。海辺ではゆったりと過ごすように言われていると言ったよね? ミスター・トゥルエットと呼ばれると、ついつい仕事のことが頭に浮かんでしまう。医者からは仕事のことなど心配しないようにと指示が出ている」

アデレードは咳払いをした。「たしかロサンゼルスで経営なさってらした会社を売られたとか」

愉快とも取れる色合いがジェイクの目をよぎった。「バーニング・コーヴのような小さな町では噂はたちまち広がるものだと聞かされてはきたが」

アデレードが顔を赤くした。「申し訳ありません。詮索するつもりはなかったのですけれど」

「いや、心配いらない。噂は本当なんだから。きみと同じように、ぼくも家業の影響を受けて育った。わが家の場合は貿易会社でね。トゥルエット家は三代にわたってその会社を経営してきた。父の死後に引き継いだとき、ぼくは十九歳だった。だから貿易という仕事しか知らないんだ」

「それなのに、いまはそのお仕事から手を引かれたんですね?」

「どうやらそういうことみたいだ」

「神経のためをお考えになったんですね」

「ああ」

「これからどうなさるおつもりですか?」つい口が滑ってしまった。

「わからない。考えてはいけないことのひとつがそれなんだ」

「神経症が治るまでは?」

「そういうことだ。それまでに餓死することもないだろう。貿易はぼくに向いている仕事だった。さて、ぼくの半生記をこうして話したんだから、これからはぜひファーストネームで呼んでもらいたいね、ジェイクと」

これで彼の半生記を知ったとはまったく思わないが、彼も彼女の半生を知っているわけではない。しかたがない。アデレードは少し考えたのち、決断した。

「わかりました。ジェイク」

「そのほうがずっと響きがいい。友だちって感じがする。いずれにしても、ぼくたちは隣人同士なんだからね」

　ということは、彼はアデレードがクレッセント・ビーチの上方にそそり立つ崖の上のコテージの一軒に住んでいることを知っているのだ。さほど驚くには当たらないが、なぜか驚いた。彼がアデレードのことを多少気にかけていたと知り、妙にわくわくしたが、同時にひどく不安にもなった。しかし、これもたぶん過剰反応なのだろう。この数カ月というもの、アデレードは警戒と被害妄想の境界が判断できないことがしばしばある。

　ジェイクはさりげない期待がこもる目でアデレードを見ていた。するとアデレードはようやく気づいた。まだ彼にこちらのファーストネームを告げてはいないのだ。なぜだかそれだけのことがとてつもなく大きな一歩に感じられた。

「アデレード。わたしはアデレード・ブロックトンと申します」

　新たな人間関係の始まりから嘘をつくのはいいことではないかもしれないが、選択肢がいくつもあるわけではなかった。いずれにしても、これがこの先、たとえほんのちょっとでも、本物の恋愛に形を変える人間関係の始まりなどということはありえない。

「アデレード」ジェイクが繰り返した。その響きが心地よいらしい。「素敵な名前だ。きみにぴったりだね」

早いところキッチンに戻って、ジェイクのお茶をいれなければならないことはわかっていたが、気がつけばぐずぐずしていた。ジェイクのテーブルから離れたくなかった。

「バーニング・コーヴでのご滞在を楽しんでおいでですか？」

「本当のところを知りたいのかな？　確信はないが、そろそろ頭がおかしくなりそうなんだ」

アデレードは彼をまじまじと見た。「まあ、それはいったい――」

「退屈のあまり」

それを聞いてアデレードの緊張が解けた。「ようくわかります。お見かけしたところ、とても健康そうで、以前と同じように世界を相手にばりばりお仕事をなさることができそうですもの。もし退屈なさっているとしたら、それはたぶん、お医者さまがなんと言おうと、そろそろ新しいお仕事の計画に着手なさるころあいなんじゃないかと」

「そう思う?」

「しばらく転地療養の必要があるというお医者さまの勧めが正しかった可能性はあります。でも、だからといって、いつまでも退屈しながら厳しい日課をこなすのはかえって体に悪いような気がします」

「きみはよく人に助言をするのかな?」

「ごめんなさい。助言はお茶のブレンドの仕事と切っても切れないものなんです。皆さん、さまざまな体調を訴えられて、お茶やハーブについて質問なさるんですよ。減量。不眠症。不安。それから——」

そこでなんとか言葉を切ることができた。

「それから——?」ジェイクが先を促した。

アデレードは深く息を吸いこんだ。「さまざまな……行為に対する関心の欠落」

「さまざまな行為か」

「人はときどき、ある種の親密な行為に向かうエネルギーと欲求の欠落に気づくことがあるんです。本来ならばごく……自然な行為なのに」

「ほう」ジェイクが賢明にもうなずいた。「かつては刺激的だと思っていた行為だね」

アデレードは顔が真っ赤になるのを感じ、きまりが悪くなった。会話が一気にまずい方向へと進みはじめた。アデレードは必死で何か名案はないかと探した。

「そういうことです」努めて歯切れよく、臨床的な口調で言った。「浜辺を時間をかけて散歩したり、海で泳いだりといった」

「ぼくはよく浜辺を散歩するし、泳ぐこともときどきある」

「そのようですね」

「そういうことはやめるべきなのかもしれない」ジェイクが言った。

「やめたいと思うのはなぜですか？　二つともたいへん健康的で元気が出る運動ですけれど」

「しかも刺激的だ」ジェイクが言った。「医者が言うには、神経に刺激を与えるようなことは控えなさいと」

「わたしの母は、しかるべき刺激は人間にとって有益だと信じていました」

「きみが推薦する治療法はどういうものかな？」

アデレードは一瞬、頭の中が真っ白になったが、まもなくある考えが浮かんだ。

「町にはとても素敵な美術館があります。公開されたばかりの、地元の芸術家の作品を集めた展示が素晴らしい、と『ヘラルド』に批評が載っていました」

「美術展はぼくの繊細な神経には刺激が強すぎるかもしれないとは思わないかい？」

ジェイクはわたしをからかっている、とアデレードは思った。やっぱりフローレンスは勘違いしている。ジェイク・トゥルエットは彼女に関心を抱いてはいないのだ。恋愛の対象としては。彼はただ退屈しているだけ。誰かほかにもっと愉快に楽しませてくれる人を見つければいいんだわ。

「失礼しました」アデレードは冷ややかに言った。「真面目に話してらっしゃるのかと思ったもので。では、お茶を用意してまいりますね」

アデレードが背を向けかけた。

「ちょっと待って」ジェイクがあわてて言った。「ぼくはきみが冗談を言っているのかと思ったんだ」

「神経を強く健全に保つ方法については、けっして冗談など言いません」

「わかった。謝るよ。美術展のことだが、もしかして……」

「ご心配なく、ミスター・トゥルエット。もう金輪際助言などいたしませんから」そう言いながら、驚くほど鋭く冷たい笑顔を向けた。「お茶の用意をしてまいります。ええ、あなたがおっしゃったとおりです。あなたはいつも同じでいらっしゃる。退屈なさってもいる。もしそれを解消なさりたいのでしたら、バーニング・コーヴならきっと何か刺激的なことを見つけることができますわ。ですが、この〈リフレッシュ〉ではそれは無理です」

ジェイクの目尻がいくらか引きつった。もはやおもしろがってはいない。アデレードの反応に驚いているようだ。よもや彼女がきつい言葉で食ってかかるとは思ってもいなかった。そして見込み違いに気づいた。見受けたところ、彼がこういう見込み違いに慣れていないことは明らかだった。

3

「あれから二カ月だ」コンラッド・マッシーが電話の向こうから怒りをぶつけてくる。「二カ月たってもまだ見つからないとはいったいどういうことなんだ？　たしか数時間で見つけると言ったな。逃げたところでラッシュブルックからせいぜい一マイルか二マイルのところにいると言っていたのに、彼女はどこかへ消えた」

イーサン・ギルは受話器をこれでもかというほどきつく握りしめ、なんとしてでも冷静さを失ってはならないと自分に言い聞かせた。相手をなだめ、安心させなければならない。壁に飾った偽造免状によれば、ギルは医師なのだ。不安を抱えた患者の扱いは心得ている。とにかく何があろうと、事態が手に負えなくなってきりきり舞いしているとマッシーに思わせてはならない。

「時間がかかってしまい、申し訳ありません」できるかぎり軽やかな口調を心がけた。正気を失った身内を幽閉してもらうためにラッシュブルック療養所に送りこむ裕福な人びとを相手にするときに用いる口調である。その声は彼らを、自分たちは正しいことをしているのだ、これで――カネはかかるが――肩の荷を下ろせる、と安心させる。

「ちょっとした問題が起きはしましたが、ご心配にはおよびません。まもなくすべて解決いたします」

「何もかも掌握できていると言ったじゃないか」マッシーの声は、苛立ちや怒り、それ以外の何か――パニックのような何か――でとげとげしかった。「彼女の居どころについては手がかりがあると言ったな。彼女がラッシュブルックの病室に無事戻ってくるのはもう時間の問題だと。彼女の失踪をいつまでも隠蔽してはおけないだろう。遅かれ早かれ、あの遺産に関係のある人間が疑問を抱きはじめるぞ。いったいどうなっているんだ、ギル？」

「それがその……ちょっとばかり込み入っていまして」ギルは懸命に声を冷静に保とうとした。じつのところ、パニック寸前なのはマッシーだけではなかった。「ですが、ただちに対処できかねることなど何ひとつありません。事態は把握していますので、ご安心ください」

「込み入っている？　いったいどう込み入っている？」

「本人が身を隠しています。しかし、彼女の病状はたいそう深刻です、ミスター・

マッシー。極度の被害妄想的傾向がありますから」

「身を隠すって、彼女にそんなことができるわけがないだろう」マッシーが吐き捨てるように言った。「彼女はカネも持っていないし、家族もいない。才覚もない。もしも警察に駆けこんだりしたら――」

「彼女がどうやって生計を立てているのかは断言できませんが、警察に行くはずはありません。もし警察に療養所から脱走した患者だと気づかれれば、すぐさまこのラッシュブルックに連れもどされることはわかっていますからね。そうじりじりなさらずに、ミスター・マッシー。また情報が入りしだい、すぐにご連絡いたします」

「信じられないな、彼女がこんなふうに姿を消すとは」

ギルはみずからの怒りと恐れを必死で抑えこんだ。マッシーに患者Bの居どころは二週間前につかんだことを告げるつもりはなかった。アデレード・ブロックトンと名乗り、カリフォルニア州にあるバーニング・コーヴという海辺の高級保養地のティールームでウェートレスとして働いている。マッシーはいま、自暴自棄に陥っている。取扱い注意人物だ。捜索対象が現在住んでいるところが判明すれば、間違いなく自分の手でなんとかしようとするはずだ。もしそんなことになれば、計画全体が危うくなってしまう。

すでにマッシーは、必要ではあるが厄介な存在だ。この男は喉から手が出るほど欲しい財源であるだけでなく、彼が事情をけっして口外できない理由をいろいろ抱えているからだ。

「保証しましょう、この件はまもなく解決します」ギルは言った。

「ぼくがこれまでにいくら注ぎこんだか、知っているのか？」

おれには遠くおよばないよ、とギルは電話口に向かってわめきたかったが、パニックと怒りに任せることはなかった。

「いま申しましたとおり、まもなく事態を収拾させます」興奮した患者に向かって話すときに培ってきた、権威のこもる断固たる口調で言った。

だが、さほどの効果はなかった。

「何がなんでも彼女をただちにラッシュブルックに連れもどしてくれ」マッシーが言った。「遅かれ早かれ、あの遺産を手に入れようとするはずだ。もし彼女から連絡があれば、遺産管理の弁護士がどう動くかわからないじゃないか。もし彼らにこの結婚の実態を知られたら――」

「いま申しましたが、彼女は警察にも遺産にもあえて近づいたりしませんよ。事態は掌握しております。まもなく見つかりますって。では、これで電話を切らせていただきます、ミスター・マッシー。人に会う約束がありますので」

「知らせが入りしだい、すぐに知らせてくれ」

「それについてはご心配なく。真っ先にお電話差しあげます」

ギルは自制を働かせて受話器を静かに置いた。優美なしつらえの所長室に静寂が訪れた。どっしりとした木製の机を前にしてすわり、降りかかった災難について考えをめぐらした。マッシーが彼を信じていることにはかなり確信があったが、だからといって、あらゆる問題が解決するわけではない。

腕時計にちらっと目をやった。そろそろバーニング・コーヴの友人に電話をする時刻だ。受話器を取り、0をダイヤルした。交換手が出たところで番号を告げる。

最初の呼び出し音でカルヴィン・パクストンが出た。

「はい、ドクター・パクストンです」

ギルは不満げな声をもらした。パクストンの声はギル以上に深みがあり、よく響く。

二人は医学校時代からの知り合いで、出会ったころはともに上流階級的発声ではなかった。二人ともカリフォルニア州北部の小さな町の出身で、医学校に入学したてのころは出自がわかる話し方をしていたのだ。

似たような育ち、そしてどちらも医学校での苦労が、早い時期から二人のあいだに緩いつながりを育みはしたが、長期にわたって仕事仲間としてやってこられたのは、それとはべつに共通した資質をそなえていたからだ――それは野望。

二人が医学校を中退したのは、金儲けをしたいならもっと楽な道があるとまもなく気づいたからだ。しかしながら、名前のあとに医学博士がつけば人びとは信頼を寄せる。そこで二人はマフィアの傘下で偽札を印刷していた男にカネをつかませ、原物と寸分違わぬ医師免許を偽造させた。これまで疑問を抱いた者は誰ひとりいない。

それからしばらくのあいだ、彼とパクストンはそれぞれの道を進んだ。ギルはインチキ療法に手を染め、やがてラッシュブルック療養所の所長の椅子にすわった。そして気づいた。正気を失った身内を目立たない精神科病院に隠しておきたい富裕層のための高級療養所を運営すれば、大儲けができると。目立たぬように。気づかれぬように。それがラッシュブルックの暗黙のモットーだ。

この療養所の創設は二十世紀初頭にさかのぼる。最後の経営者の死後、家族は運営に携わる意思がなく、新任の所長に捨て値で売却した。彼の最初の一手は患者の家族への請求額を二倍にすることだった。それに対して誰も文句を言ってこないとわかると、三倍にした。やがて明らかになったのは、正気を失った身内を幽閉してもらうためなら、富裕層は金に糸目はつけないということだった。

一方のパクストンは、そのハリウッド俳優顔負けの顔とスタイルを利用して、金儲けへと通じるべつの道を歩んでいた。めざしたのはロサンゼルス。そしてまもなく、有名人たちはほっそりと美しくいられるなら金に糸目はつけないことに気づいた。あるとき、ゴシップ雑誌が一般大衆に向けて、ハリウッド・スターの美しさの秘密はドクター・パクストンの痩せ薬《ダイエット・トニック》にあると伝えると、人びとが彼のもとに押し寄せた。パクストンは昔から頭のいいやつだった、とギルは思う。派手に金儲けをするだけでなく、ハリウッドみたいなきらびやかな世界に身を置いているんだからな。有名人と親しく交わり、豪華きわまるパーティーに出席し、とびきり高級なナイトクラブに夜な夜な足を運んでいる。

そこへいくと、ラッシュブルック療養所はたしかに金儲けはできるが、カリフォルニアの海岸沿いにある小さな田舎町ラッシュブルックのはずれに位置していた。人里離れた場所にあるから、この精神科病院の存在を知る人はごくわずかだ。患者の家族にすれば、たしかにありがたいことなのだが、彼は一週間のほとんどをこの田舎町で過ごすほかなかった。しゃれたレストランや劇場、ナイトクラブがあり、金持ち女がいるサンフランシスコに出るには、しばしば霧が立ちこめる曲がりくねった海岸沿いのハイウェーを二時間走らなければならない。まるで罠にかかった気分だ。

三年前、ギルは療養所を売り払ってサンフランシスコかロサンゼルスに移り住むことを本気で考えていた。ちょうどそのときだ、パクストンから連絡があり、魅力的な話をもちかけられた。ハリウッド族に薬を売って、ひと儲けしないかという提案だった。ギルは千載一遇のチャンスとばかりに飛びついた。

薬の販売はここまでたしかにきわめて順調だが、ギルがラッシュブルックから解放されたかといえばそうではなかった。商売繁盛のためには研究室が必要だった。それも、ＦＢＩの目を引かない研究室である。大がかりな設備をととのえた研究室を置いてもおかしくない場所、それがラッシュブルックだ。精神科病院に研究室があることに疑問を抱く者はいない。とはいえ、それが意味するところは、ギルはあいかわらず療養所の所長の役目にとどまるほかないということだ。あいかわらず人里離れた田舎町に閉じこめられたままなのだ。

すべてが変わったのは、彼が〝白日夢《デイドリーム》〟と呼ばれる薬について知ったその日だった。彼とパクストンはそれが驚くべき可能性を秘めていることをただちに理解した。もちろん、大儲けできるのは当然だが、それにもまして魅力的なものを約束してくれていた――権力である。デイドリームが完成した暁には、マフィアから大統領まであらゆる人間にそれを使うことができるはずだ。

患者Bの脱走は計画全体を危険にさらした。

「そろそろ時間切れだ」ギルが言った。「マッシーが我慢できなくなっている。あの女を早いところ連れもどさないと、実験を終わらせなければならなくなる」

「言うほど簡単ではないんだ」パクストンが言った。「患者Bはすでに地域社会の中で自立した生活をはじめている。友だちも町に複数いる。もし失踪すれば、周囲の人びとが疑問を抱く。だから、そうするわけにはいかないんだ」

「たしかティールームのウェートレスの仕事をしていると言ったな。失踪したウェートレスを誰が探すというんだ？」

「バーニング・コーヴでいちばん親しい友人というのが、何をかいわんや、女私立探偵ときた」

「なんだと？　どうしてまた私立探偵なんかにかかわったんだ？」

「それは知らないよ。だが、現状はそういうことだ」

「くそっ」ギルは怒りを押し殺した。「とにかくそっちでこの失態をなんとかしてもらわないと。患者が警察かＦＢＩに駆けこんでデイドリームに関する話をしたらまずい。そんな危険を冒すわけにはいかない。向こうは患者の言うことなどたぶん信じないだろうが、もし新聞がその話をつかみでもしたら――」

「それはよくわかっているさ」パクストンが言った。

「状況をしっかり把握しておく必要がある。ひょっとしてきみは気づいていないのかもしれないから言っておくと、事態は悪化している。まず最初は、オームズビーが何かしらの薬剤を摂取して窓から飛び降りるって事故が起きた。つぎに新しい実験用の患者が脱走した。きみはすべて任せておけと言ったな」

「だから言っただろう、事態は見かけより複雑だと」パクストンが言った。「しかし、新たな計画を思いついた。とはいっても、私ひとりで実行はできない。きみの協力が必要だ。とにかく、バーニング・コーヴまで来てもらわないことには」

ギルは壁に掛かった時計にちらりと目をやった。「そこまでは車で三時間かかる。早ければ夕方には到着できる。ホテルを予約しておいてくれ」

「バーニング・コーヴ・ホテルを薦めたいところだが、じつは私が滞在している。いまの状況を鑑《かんが》みるに、二人いっしょのところを見られてはまずいだろう。そこでだ、きみにはもう少しこぢんまりとした人目につかないホテルを探しておく」

「わかった」

ギルは受話器を置いた。おそらくはルームサービスのない、配管の不具合が気になるモーテルに泊まることになるのだろう。

一方のパクストンは、金持ちや有名人が贔屓にする伝説のホテル、バーニング・コーヴ・ホテルに滞在中だという。それだけではない、ヴェラ・ウェストレイクとねんごろにやっているのだ。マスコミがハリウッド一の美女ともてはやす女優だ。どういうわけか、二人のあいだの取引にあってはパクストンがつねに得をする側にいる気がする。

腕時計に目をやった。そろそろ家に戻って荷造りをしなくては。しかしその前にまず、職員に向けてしばらく留守にするもっともらしい口実を考えなくてはならなかった。

気がつけばまた考えていた。オームズビーの死は本当に事故だったのだろうか。とはいえ、ほかに説明がつかないではないか。パクストンには薬剤を調合する化学者を殺す理由がない。

4

カルヴィン・パクストンはぞんざいに受話器を置いた。ギルはなんとも厄介だ。いずれは消すほかなくなるだろうが、当面は患者Bのほうが優先順位が高い。

ヴィラのリビングルームを横切り、開け放したフランス窓に近づいた。その先にある専用の中庭にはハリウッド一の美女が日陰になった寝椅子にゆったりと寝そべっている。

ヴェラ・ウェストレイクは真剣な表情で台本を読んでいた。ドクター・パクストンの痩せ薬の瓶が寝椅子の傍らのテーブルに置かれ、隣には氷の入ったグラスがある。ヴェラはバーニング・コーヴ・ホテルに泊まってはいない。昼下がりを彼と過ごすために立ち寄っただけだ。彼女には映画会社が、同じ町の少し離れたあたりに専用のヴィラを借りてくれていた。プライバシーを大切にする、手の届かないところにいるスター。それが世間一般が抱いているヴェラのイメージだ。そのイメージを保つためには、カリフォルニアでも指折りのホテルのひとつに滞在すべきではないと担当の宣伝係が判断した結果である。

有名人はハリウッドの緊張感から逃れるために客を厳選するバーニング・コーヴ・ホテルに来たと言い張るが、彼らがこのホテルを選ぶ本当の理由は、ここが有名人の溜り場として名高いからである。それぞれの宣伝係は華麗な正面の門を出るとき入るときに写真を撮られるように念を押すくらいだ。敷地内ではプールサイドでもバーでもいやでも人目を引く。パクストンが滞在しているようなヴィラはどこからも見えない専用の中庭付きで、しばしの安らぎの場を提供してくれる。彼のヴィラを訪れているあいだ、ヴェラのプライバシーは守られているが、ここを出ればスパニッシュ・コロニアル様式の優雅なロビーを歩くことになる。そのときにはいやでも近くにいる人びとの注目を浴びる。運転手は堂々たる正門を速やかに抜け出ようとするも、そこにはカメラマンや記者がカメラを構えて待ち受けている。ヴェラの宣伝係はそれも承知の上だ。ハリウッド一の美女が報道陣を避けようとする写真ほどゴシップ雑誌の売り上げを伸ばすものはない。

パクストンは寝椅子のヴェラの息をのむ美しい姿をしばし堪能した。細い折り返しのついたグリーンのショートパンツからきれいな長い脚が伸びている。ホルタートップもショートパンツと揃いで、つば広の日よけ帽がカリフォルニアのあたたかい日差しから美しい顔を守っていた。

パクストンはほくそ笑んだ。生まれ育った小さな農業の町からよくもここまで来たものだ。最近ではパーティーでスターと同席するだけでなく、ハリウッド一の美女とやってもいるのだから。彼女が初主演した映画『暗い道』は一夜にして大評判となった。映画会社はヒットと見るや、すぐさまヴェラ主演の作品を立て続けに用意した。最新作『影の貴婦人』が公開されてまだ二カ月だというのに、数週間後には四作目の撮影が開始される予定だという。

彼女は映画会社に金儲けをさせるだけでなく、パクストンにも莫大な稼ぎをもたらしている。彼は機会があるたび、ドクター・パクストンの痩せ薬の瓶を手にした彼女がカメラにとらえられるようにとたのんでいた。

ヴェラが彼に気づき、顔を上げた。心配そうな表情だ。これがはじめてというわけではないが、パクストンはヴェラの美しい茶色の目——監督が要求する感情をカメラに向かって表現してみせる目——が現実の生活ではいやに退屈なものであることが不思議でならなかった。

「お仕事の問題は解決したの？」ヴェラが訊いた。

彼女の声は顔と釣りあっていた――あたたかみがあり、ハスキーで官能的。全米の観客をわくわくさせている声だ。

「そう思う」パクストンも中庭に出て、ヴェラのと隣りあう寝椅子にすわった。「瓶詰め工場が悲鳴を上げている。施設を拡張しないことには。至急建築家に設計図を描かせろと工場長に指示した」

「つまり、事業がうまくいっているってことね」

パクストンが静かに笑った。「ああ、順風満帆だよ。きみのおかげさ、スイートハート」

「わたしこそ、こんなによくしていただいてるんですもの。あなたのために何かお役に立てればうれしいわ、ダーリン」

マスコミはよく、ヴェラはなぜハリウッドの大物と恋の噂がないのかを憶測するが、パクストンはわかっていた。売れっ子スター同士の恋愛は危険をはらんでいる。恋愛中の二人とはいえ、根っこのところは競争相手なのだ。同じ宣伝の機会――ゴシップ雑誌の表紙や全国紙の一面――をめぐって競争が生じる。

仕事面での嫉妬は長続きするかもしれないと思えた恋愛関係をじわじわと蝕《むしば》んでいく。ハリウッドはジャングルだ、とパクストンは思っている。生き残るチャンスは、頂点めざしてがむしゃらにのしあがろうとする者にしかない。となれば、まず犠牲になるのは恋愛と友情だ。

しかし、そういう大物とは違い、彼なら仕事面での直接的な脅威にはならない。ヴェラは彼といれば安全だと感じているのだろう。パクストンがじつにうまく信じこませたから、彼女は心穏やかでいるためには彼が必要なのだと思っている。

むろん、彼女の美貌も数年のうちには衰えはじめる。マスコミは〝ハリウッド一の美女〟の称号をもっと若い女優に授けることになる。そうなれば、彼女にとって彼はもう必要のない人間になる。しかしいまのところ、ヴェラは彼を信頼していた。いちばん親しく、なんでも打ち明けられる人間なのだ。だからこそ、彼女には大きな利用価値がある。

彼女との関係にはもうひとつおまけがあった。おれはハリウッド一の美女とやっている男だ、と思うたび、彼のあそこはみごとなまでに勃起するのだ。

衝動的に身を乗り出して彼女にキスをした。丁寧に塗ったマルーン・レッドの口紅がかすれるかもしれないが、ホテルのロビーを通って帰る前には化粧直しをするのだからかまうものか。

ヴェラが台本を脇に落とした。彼女の目に浮かぶ不安は、どれほど彼を必要としているのかを語っていた。

「カルヴィン」ヴェラが差し迫ったようにささやいた。「けっしてわたしをひとりにしないと約束して。あなたなしではどうしたらいいのかわからないの」

パクストンは片方の手を彼女の太腿のあいだに滑りこませた。「心配いらないよ、スイートハート。ぼくはずっときみのそばにいて願いを聞いてあげるから」

ヴェラは彼を信じきっている、とパクストンは思った。ハリウッド一の美女はハリウッド一の賢女の称号を勝ち得ることはないだろう。

5

アデレードはきびきびした足取りでティールームを横切って引き返した。ジェイク・トゥルエットとのやりとりのあとは不思議なほど元気がわいていた。どうして、と考えたとき、長いあいだずっと嘘の自分を生きてきた――最初はラッシュブルック療養所で、そしてこの二カ月はこのバーニング・コーヴで――せいで、自分の本当の気持ちを表に表わす気分をすっかり忘れていたからだと思い当たった。たったいま、短い時間であったとはいえ、本音を言葉にしてぶつけたことで本当の自分に戻れた気がして、ものすごく刺激的だったのだ。

カウンターの後ろから二人のやりとりのようすを間違いなくずっと見ていたフローレンスは、目を白黒させていたが、アデレードは気づかないふりをした。

目標に向かって半分ほど進んだとき、騒々しい車のエンジン音が聞こえた。窓の外にちらりと目をやると、見覚えのあるグリーンのパッカード・リムジンがティールームの前の道路に停止した。マダム・ゾランダのご来店だ。彼女は二週間前にバーニング・コーヴに到着してまもなくから、店の常連になった。

運転していた女が運転席から素早く降りた。セルマ・レガットはいつものようにしゃれた運転手用の制服に身を固めている。手袋をはめた手で仰々しく後部座席のドアを開ける。

マダム・ゾランダ——報道によれば、スターたちに人気の超能力者——が降り立った。セルマが跳ねるような足取りで店の入り口に来てドアを開けた。ゾランダが悠然と入店し、ティールーム内の全員を振り向かせることにみごとに成功した。

彼女の客である映画スターたちほど派手ではないけれど、少なくとも人前に出るときはいつも、いかにもそれらしい風格を漂わせている。年齢的にはまだ二十代後半といったところで、女性にしてはとびきりの長身だ。きらきらした青い目、大きなウェーブが肩で波打つ豊かな金髪のたいそうな美人である。眉毛はほとんど引き抜かれ、鉛筆で優雅なアーチが描かれている。唇は最新流行の赤い口紅が飾っている。

身にまとっているのは、みずからの役割を心得たいつもながらの流れるようなロングのカフタン・ドレスである。赤とオレンジを基調にした異国風のプリントは、幻想的な柄の絹のスカーフを取りあわせて縫いあげたように見える。金色のバングルが両腕の肘あたりまで幾重にも積み重なっている。

ティールーム内の全員の目がうっとりと向けられるなか、ゾランダは入り口を入ったところでいったん足を止めて目を閉じ、忘我の境地に入ったかのような表情を見せた。

「このお店にはものすごく上質なエネルギーが満ち満ちているわ」歌うかのようにつぶやく。

アデレードはすぐさま進路を変え、マダム・ゾランダに足早に近づいて挨拶した。

「いらっしゃいませ。いつものテーブルでよろしいでしょうか、マダム？」

ゾランダが濃い化粧が際立つ目を開け、祝福を与える笑顔をアデレードに向けた。

「ええ、ありがとう。いつもと同じ、わたしのための特製のお茶がどうしても飲みたくなってうかがったの。明日の夜、この町での公演があって、いまはその準備中。たぶん、ご存じだとは思うけれど？」

「ええ、もちろんですわ」アデレードは女優ではなくウェートレスだが、有能なウェートレスは顧客の暗示にどう応じるかを心得ている。「パレス劇場の舞台にお立ちになられるんですよね」

「ええ、七時半から」ゾランダはティールーム隅々まで届く声ではっきりと告げた。

「切符はほぼ完売だそうよ」

「驚きはしませんわ。さあ、こちらへどうぞ」

ゾランダは運転手の顔を見ることなく言った。「もういいわ、ミス・レガット。ここを出る前に誰かを知らせにやるから」

「かしこまりました」

セルマは帽子の庇をぎゅっと引いてドアから出ていき、グリーンの車体の長いパッカードの中へ姿を消した。

アデレードはゾランダを窓際の小さなテーブルに案内した。

「いつもの〝悟り《エンライトウンメント》〟を大きなポットでお願いしたほうがよさそうだわ。今日は二杯いただきたいの。あっ、それと美味しくてかわいいティーケーキもひとつか二つ」

「かしこまりました」アデレードは、ゾランダの皿にティーケーキを三個、と頭の中のメモ用紙に記した。

「異次元の世界へと通じる超能力の扉を開けるときのストレスに負けない力を授けてくれるのが、こちらの〝悟り〟なの」ゾランダが言った。

「そうおっしゃっていただいて光栄です」アデレードは言った。「それでは、すぐに

〝悟り〟を大きなポットでお持ちいたしますので、少々お待ちくださいませ」

「ありがとう、ミス・ブロックトン」

アデレードはカウンターの端を回って中に入り、まずティーポットを選んだ。フローレンスと一瞬目配せをかわすと、フローレンスは細い眉を数回上下に動かした。マダム・ゾランダが上客であることは二人とも承知していた。ゾランダ自身は映画スターではなくとも、彼女の客が映画スターなのだから。マスコミも大衆もそのことはよく知っている。

ティールームの客はそれまでどおりの会話をつづけていた。アデレードはトレイに〝悟り〟のポットとカップと受け皿を置いた。そこに繊細なティーケーキ三個を添え、トレイをゾランダのテーブルに運んだ。

「どうもありがとう」ゾランダが言った。「ところで、あなたにささやかな贈り物があるの」

アデレードはトレイをテーブルに置き、背筋を伸ばした。まず頭に浮かんだのは、ゾランダが超能力を用い、無料でアデレードの気持ちを読みとってくれようとしているのではないかということ。その場合は丁重に辞退しようと思った。

「いいえ、そんな必要はありま――」そう言いかけた。

ゾランダがティールーム内のすべての人に聞こえるような声で、アデレードをさえぎった。「さっき言ったけれど、明日の夜、パレス劇場で公演をするの。ぜひあなたにもいらしていただきたいわ」

アデレードは必死で断る口実を探した。ここのところはわずかな生活費で切り詰めた暮らしをしている。仲良しのライナ・カークとたまに食事をしたり映画を観たりするくらいはできても、マダム・ゾランダの公演のために高額な入場料をはずむ気にはなれない。

「さぞかし素晴らしいでしょうが」弱々しい声で言った。「きっと切符が売り切れて――」

「それはもちろん売り切れるわ」ゾランダはそう言い、片手をこれみよがしに振った。腕のバングルがぶつかりあう音が響く。「わたしの公演は毎回完売。でもね、特別な方々のための特別席を何席か確保していないわけではないの。明日の夜、切符売り場にあなたの切符を預けておくわ。いいこと、開演は七時半ぴったりよ」

「ご親切はうれしいのですが、明日はこのティールームがとても忙しい日になりそうですから、疲れて外出は無理だと思います」

「お友だちもお連れになって」ゾランダが再び大げさに腕を回した。「窓口に切符を二枚預けておくから。あなたといっしょに公演を観たがる方、いらっしゃるでしょう？」

ティールーム内がまたしんとなった。今度の注目の的はアデレード。彼女もそれに気づいた。ジェイクを含む店内の人がそろって、彼女が寛大な誘いを受けるかどうか、固唾《かたず》をのんで見つめていた。もうあとへは引けなかった。

「ありがとうございます」アデレードが控え目に言った。「いまから楽しみですわ」

「よかったわ」ゾランダがうれしそうに言った。「わたしと霊界とのつながりが明日の夜は特別強くなりそうな予感がするの。月もほぼ満月なのよ。満月の夜とその前後はいつも霊感が高まるの」

「本当に？」アデレードがどこかしら弱々しい声で言った。「ますます興味がわいてきました」

ラッシュブルック療養所の職員は、満月の夜はいつにもまして患者が騒がしくなると言っていた。アデレードが脱走した夜も満月が出ていた。

「あなたと幸運なお友だちに楽しんでいただけたらうれしいわ」ゾランダが言った。

アデレードはフロアを横切ってカウンターに戻った。フローレンスがまた眉を上下させた。

「誰といっしょに行くつもりなの？」

「さあ、わからないわ。まだ考える間もなかったから。あなたはどう？」

「だめだめ。トゥルエットを誘わなくちゃ」

「まさか。冗談でしょ？」

「ううん、冗談じゃないわ。彼を誘うのよ」

「インチキ超能力者が霊界と交信するふりを見にいくくらいなら、もっとほかにすることがあるはずよ」アデレードが声をひそめて言った。

「いや」ジェイクが彼女の背後から静かに言った。「ほかにすることなどないが」

アデレードはぎくりとして振り返った。ジェイクがカウンターにゆったりともたれて立っていた。見たところ勘定を払おうとしているようだ。アデレードは彼をにらみつけた。

「マダム・ゾランダのショーをわたしと観にいきたいだなんて、本当に退屈なさってらっしゃるんですね」アデレードは注意深く声をぐっと抑え、ささやいた。

「きみを誘って美術館に行こうと思っていたが、ゾランダのショーならそれよりおもしろそうだ」

フローレンスが満足げな笑みを浮かべた。「そりゃもう、はるかにおもしろそうですわ」

んもう、とアデレードは思った。フローレンスによれば、ジェイク・トゥルエットがこの店に足しげく通うようになったのはせいぜい数週間前からである。なのに彼はすでに退屈していると明言した。海辺の空気で神経をじゅうぶんに休めることができたなら、そのとき彼はロサンゼルスに帰っていく。そうしたらもう、二度と彼に会うことはない。永続的な関係などありえない。彼に質問を浴びせられ、返答に戸惑うこともなくなる。どこをとっても理想のデート相手ではないか。

それだけではない。ほぼ毎晩ひとりで過ごすことにアデレードも退屈していた。

アデレードはまっすぐにジェイクを見た。「いいわ、ミスター・トゥルエット。明日の晩、わたしの二枚目の切符をあなたに差しあげます。切符売り場でお目にかかりましょう」

「ジェイクと呼ぶように言ったでしょう。それに、車は二台も必要ない。ぼくが迎えにいくよ」ジェイクが言った。

アデレードはためらいながらも、断る理由を思いつかなかった。そもそも断りたいという確信もなかった。彼女の車は中古のフォード、故障して道端で立ち往生する可能性も大いにありそうだ。

「では、お願いします」アデレードは言った。「七時までには支度をしておきます。それでは、ほかのお客さまが何ごとかとお思いにならないうちにお席にお戻りいただけますか？」

「それがよさそうだね」ジェイクは礼儀正しく微笑みかけたが、その目には計算されたきらめきがうかがえた。「お茶をもう一杯いただこう。神経が過剰な刺激を受けたようだ」

「それはいけないことですわね」アデレードが切り返した。

「ああ、もちろん。どんな結果になるかわからないからね」

ジェイクはそう言うとくるりと背を向け、いつもながらの優雅な足取りでテーブルへと戻っていった。

フローレンスがアデレードを見た。「彼、神経が過剰な刺激を受けたとか？　いったいなんのことかしら？」

「わからないし、彼に訊くつもりもないわ。わたし、超能力があるのかしら。なぜだかその答えが聞きたくないものだって気がするの」

6

「それで?」パッカードの強力エンジンをかけながら、セルマが問いかけた。

「彼女、餌に食いついてきた?」セルマが問いかけた。

ゾランダは優雅な革張りの座席にゆったりと腰を落ち着けてから、バックミラーをのぞいてセルマと目を合わせた。二人はチームを組んで三年になる。三年前、ゾランダはドロシー・ヒギンズという名の野心に燃える女優だったが、まだなんの役も手に入れられずにいた。才能があり、けっこう美人でもあるのに、ヴェラ・ウェストレイクのように銀幕上で輝きを放つ女優に変身する魔力に欠けていた。

当時、セルマは映画会社で秘書をしており、ゾランダが働いていた簡易食堂の常連だった。セルマもかつてはスターになる夢を追っていたが、映画会社の重役の下で働くうちにもっと現実的な生き方を考えるようになった。俳優たちがみな迷信深いことを見てとったのはセルマだった。彼らは手相や占い、霊媒、超能力といったものにとんでもない大金を注ぎこんでいた。

セルマはゾランダがカウンターに置いた七面鳥のサンドイッチを頬張りながら、ビジネスの可能性について語った。**あなたはすごくいい女優だわ。必要なのは役になりきること**。

むろん、客を厳選することが鍵だ。みすぼらしい店構えの超能力者を贔屓にする有名人はいない。セルマはまず最初の客を選んだ。神経症気味の女優を説得すると、これから先の仕事については超能力者の助言が必要なのだとすんなり信じこんだ。はじめてのセッションは大成功だった。プライドの高いスターを相手に超能力を使った助言をした最初の演技をゾランダ自身も、あれは最高だった、と振り返る。

一週間後、その神経症気味の女優がまたセッションをしてほしいと言ってきた。ひと月とはたたないうちに、新たな客が数人やってきた。セルマはプライバシーが守れる客の自宅でセッションをおこなうように準備をととのえた。

そろそろ二カ月というころ、「ハリウッド・ウィスパーズ」誌と「シルバー・スクリーン・シークレッツ」誌がマダム・ゾランダに〝スターがすがる超能力者〟というレッテルを貼った。スターたちがゾランダに相談をもちかけているという噂がいったん広がると、ロサンゼルスでちょっと名のある人びとがこぞって予約の電話をかけてきた。セルマは細心の注意を払って客を限定し、顧客リストを作成した。

その後数カ月もすると、ゾランダとセルマは金持ち向けの超能力ビジネスは儲かるが、真の金儲けは客の秘密を握ることだと気づいた。恐喝は本来危険な行為だが、驚くほどの利益を上げることができた。

秘密の中には、いまを逃したら秘密でもなんでもなくなるものもあり、それについては現金化を急がなければならなかったが、それ以外に将来的に価値が出るはずの秘密もあった。ゾランダとセルマはそうした秘密の数々を自分たちの年金の財源と考えていた。

「明日の夜の公演に来ることを承知したけど、彼女、あまり乗り気じゃなかったわね」ゾランダが答えた。「もったいないけど、友だちも連れてらっしゃいと言って切符をもう一枚付け足さなければならなかった」

「かまわないわよ。明日の夜、アデレード・ブロックトンがパレス劇場に姿を見せさえすれば、それでいいんだから」

「来ることは来るわ。でも、もうひとつ問題があるかもしれない」ゾランダが言った。

セルマがまたバックミラーをのぞいた。「トゥルエット？」

「彼、アデレードに気があるみたいなの」

「偶然の一致だわね」セルマはそう言いながらも不安そうな表情だ。

「八日前、彼がなぜかこのバーニング・コーヴに現われたってことが気に入らないのよ」ゾランダが言った。

「ロサンゼルスの金持ち実業家がしばらく保養するとなれば、行き先はここしかないじゃない。よく聞いて。彼がここにいるのは完全に偶然の一致」

ゾランダが小さく鼻を鳴らした。「本物の超能力者なら偶然の一致なんてものはないって言うでしょうね」

セルマがにやりとした。「でも、あなたは本物の超能力者じゃない。たんに演技がうまい女優だわ」

ゾランダは窓の外に目をやった。朝出ていた霧が晴れていた。カリフォルニアの金色の陽光が太平洋に反射してきらきら輝いている。親友と連れ立ってロサンゼルスで列車を下りた日のことが頭に浮かんだ。二個の古ぼけた小型スーツケースには二人の全財産が詰まっていた。

しばらくはスターになる夢を追いつづけた。簡易食堂で働く一方、タレント・スカウトや映画会社の重役を名乗る薄汚い男たちとつぎつぎに寝た。だが、男たちはどいつもこいつも嘘つきで裏切られた。スクリーン・テストを受けさせてもらうことすら一度もなかった。あまりにも不公平だった。彼女には本物の才能があるというのに。

彼女の親友は、しかし、幸運をつかんだ。ハリウッドでは女の顔は財産だが、ヴェラ・ウェストレイクはカメラと観客が愛してやまない顔をしていた。

ゾランダは片手でぎゅっとこぶしを握った。これまでにないほど熱い怒りが胸の奥からこみあげてきたが、それを無理に抑えこもうともしなかった。むしろそれを味わっていた。怒りは力を与えてくれる。とはいえ、スターがすがる超能力者、マダム・ゾランダの仮面の裏に隠した嫉妬はのぞかせないように用心していた。

ハリウッド一の美女ではないかもしれないが、才能あふれる女優である。明日の夜はそれを証明してみせる。

気がつけば、セルマがまたバックミラーごしにこっちをじっと見ていた。明日の夜の公演をどういう展開にするつもりか、セルマはまだ知るはずもない。彼女にわかるはずがない。

しかし、ひとつだけ明らかになったことがある。ごく近い将来、セルマは必ずや邪魔になる。知りすぎているのだ。二人で客から盗んだ秘密の価値についてもだが、ゾランダの過去についてもだ。セルマは何もかも知っていた。そろそろ静かに消えてもらわなくては。

7

夢はしばしば道を開いてくれる……

彼女はラッシュブルック療養所の、人目を欺くためののどかな庭園を歩いている。患者着を着ている。公爵夫人《ダッチェス》もいっしょだ。彼女が身につけている時代遅れのドレスは、三十年ほど前に裕福な育ちのいい淑女のあいだで流行したものだ。淡いピンクの夜会服の長いスカートの裾が小道に敷かれた砂利をかすめる。

二人が小声で言葉をかわすのは、公爵夫人が使用人に聞かれはしないかと心配するからだ。アデレードはそれも大いにありえるとわかっていた。

「前にも言ったけれど、もう二度とここへ戻ってきてはだめよ」公爵夫人が言った。「あなたはあたくしとは違う。ここにいてはいけない人だわ」

「戻ってきたくなどありませんが」アデレードは言った。「何かを置き忘れたような気がして」

「戻ってきてはだめ。はっきり言っておくわ。あたくしはもう、どの使用人も信用してはいないの」

「それはわたしもです」アデレードが言った。

「あなたはなぜここにいてはいけない人なのか、その理由はわかっているわね」公爵夫人が言った。「あなただけはあたくしたちとは違って正気だからよ」

「ギルとオームズビーには神経をやられていると言われました。もしそれが本当だったら？」

「嘘よ、それは。あたくしは十八歳の誕生日からここにいるの。あたくしが正気じゃないのは間違いないわ。ほかの泊まり客もみんなそう。でも、あなただけは違う」

「本当に？」

「あなたはあたくしたちとは違うわ。あたくしを信じて。あたくしには正気と狂気の違いがわかるのよ」

「あなたはここから出たくないんですか、マダム？」

「ええ、もちろん」公爵夫人は手袋をした手を宙でひらひらさせた。「ここにいるのがあたくしの務めですもの。上流社会から見えないところに身を置いていないとね。家族に迷惑はかけられないのよ。もしあたくしが社交界の方々に姿を見られでもしたら、一族の血が穢れているって噂がすぐに広がってしまうわ。そんなことさせてはならないの」

アデレードは冷や汗をぐっしょりかいて目が覚めた。ラッシュブルックの夢を見たときは必ずそうなる。上体を起こしてベッドのへりにすわり、脈拍と呼吸が落ち着くのを待った。

しばらくしてローブをはおり、階下《した》に行ってお茶をいれた。つねに用意してある、悪夢を見た夜のための特製ブレンド茶だ。

はじめてラッシュブルック療養所の悪夢を見て目を覚ましたとき以来、こんな夜が幾夜もあった。

外はまだ暗いが、もう眠れないことはわかっていた。いれ立てのお茶をリビングルームに運び、フロアスタンドの明かりをつけると、二日前に買った新刊本を手に取った。ふかふかした大きな革張りの椅子で背を丸めて読みはじめる。

夢の中で彼女は公爵夫人に本当のことを話した。ラッシュブルック療養所から脱出したとはいえ、まだ自由の身ではなかった。何か置き忘れてきたものがあった。

8

「マダム・ゾランダが詐欺師だってことはわかってるわよね」ライナ・カークが鉛筆を取り、それで机の上の吸取紙を軽く叩いた。「オカルトを信じるばかな有名人って絶好の金づるを見つけたとんだ食わせ者よ」

友だちであるライナが開いたばかりの〈カーク調査会社〉のオフィス内を見わたしていたアデレードが視線をライナに戻した。「もちろん、彼女がいかさま師だってことは知ってるわ。超能力者を自称する人間はみんな詐欺師よ」

アデレードがライナとはじめて会ったのは数週間前、ライナが〈リフレッシュ〉にお茶を飲みに立ち寄ったときのことだ。その瞬間、二人はすぐにお互いを気が合う人間だと見てとった。たしかに二人はともに天涯孤独で、一から出直す決意を固めてバーニング・コーヴに来たばかりだった。

暗黙のうちの了解とはいえ、二人の共通点のひとつは過去について多くを語らないことだ。このごろは少しずつ打ち明け話をするようになってはいたが、どちらもまだ障壁を低くするだけの心の準備はできていなかった。それでも、お互いの秘密に対する敬意そのものが強い絆になっている、とアデレードは感じていた。

過去を語ることに用心深くはあっても、いっしょにいると心地よかった。二人のあいだに友情が芽生えたのは、ライナが〈リフレッシュ〉に来て、よく眠れないのだけれど、お薦めのお茶かハーブティーを飲みたいわ、と小声で言ったときだった。アデレードは母親が不眠症の治療に好んで使っていた、カノコソウ、メリッサソウにその他何種類かの薬草をブレンドしたハーブティーを供した。するとライナにそれが効いたのである。

ライナはお礼がしたいと言い、アデレードとともに百マイル離れたロサンゼルスまで行き、小型拳銃と弾丸を購入するアデレードの相談に乗ってくれた。その帰り道、二人は人けのない海岸で車を停め、ライナはそこで銃の使い方と手入れについて基本的なことを教えてくれた。その後も二人して何度かその人けのない砂浜にこっそりと出かけた。

いっしょに買い物に行ったり昼食をともにする友だち同士もいるが、射撃練習に出かける友だち同士もいるのだ。

ライナが、アデレードは男から逃げているのだろう、と推測していることは知っていた。たしかにそのとおりだ。ライナがなぜニューヨークの法律事務所の秘書の仕事を捨てて、はるかバーニング・コーヴまでやってきたのかについて、アデレードは訊いたことがない。銃器を使い慣れていることについてもである。

ライナは三十代半ば、洗練された魅力的な女性だ。生来のセンスに加え、いかにもプロといった落ち着きある慎みが感じられる。いつも流行の服を身にまとい、派手なスポーツカーに乗っている。彼女の調査会社が入っているのは高級なビジネス・プラザだ。そうしたものの財源については触れないよう注意している。

「マダム・ゾランダがわたしを困った立場に追いこんだのよ」アデレードは言った。「わたしとしては失礼なやつだと思われたくないの。お店の上得意なんですもの。彼女から伝え聞いた有名人がティールームにたくさん来店するから、フローレンスは舞いあがってるわ」

「いま、ゾランダはハリウッド族にとって流行の最先端なのよ」ライナが言った。

「ええ、そうね」

アデレードは、革張りの椅子やしゃれた床のタイルに感心しながら部屋を横切った。ライナの新しいオフィスはライナ本人と同じように高級志向で、私立探偵の事務所というよりも贅沢な弁護士のオフィスのようなしつらえだ。

窓際で足を止めて、日蔭になった広場を見た。ライナのオフィスを含め、近隣のオフィスや店舗はどれもスパニッシュ・コロニアル様式だが、これはバーニング・コーヴにあっては慣習なのだとアデレードは理解していた。建物の新築や改築に関連する厳しい規則の施行に際しては市議会が権威を振りかざし、その結果、建物の大半——衣料店からガソリンスタンドまで、その中間に位置する市立図書館、病院、壮大なバーニング・コーヴ・ホテルを含めてありとあらゆる建物——が赤い屋根、漆喰の白壁、椰子の木が植えられた中庭、そしてそよ風がわたる屋根付きの通路をそなえていた。

町全体が地中海の村を描いたイラストの絵葉書をそのままコピーしたような風景である。それでも、バーニング・コーヴはじつに現実的だとアデレードは思っていた。この町が故郷と呼ぶことのできる場所になれば、と願いはじめていた。

「これだけは約束して。ゾランダの公演を観て彼女は本当に超能力の持ち主だってことがわかったなんて言わないでね」ライナが言った。

「まさか。ありえないわ」アデレードが振り返った。「そんな心配しないで、ライナ」

「明晩の予定について、あなたがまだ話してくれていないことがあるような気がするのはなぜかしら？」

アデレードがにこりとした。「もしかしたら、あなたが超能力者かもしれないわ。たぶん私立探偵の仕事に役立つ資質なのね。じつはね、あなたにまだ話していないことがあるのよ。わたし、ゾランダのショーに男性といっしょに行くの」

ライナの優美なアーチ形の眉がきゅっと吊りあがった。「まあ、それはそれは。だったらなおさらおもしろくなりそう。おめでとう。その幸運な男性はだあれ？」

「名前はジェイク・トゥルエット。クレッセント・ビーチの隣人。彼がバーニング・コーヴに来たのは、お医者さまにしばらく海辺で静養する必要があると言われたからなの」

「健康上の問題があるの？」

「働きすぎで、ストレスに神経をやられたみたい」

「ふうん。神経を休める効果があるハーブティーを調合してくれないかってあなたにたのんだの？」

「ううん」アデレードが顔をしかめた。「でもわたし、彼によけいな助言をするって失敗をしたの。彼は見るからに戸惑ってたわ。わたしがものすごく真剣に考えたことをからかったの」

「ちょっと整理させて――あなたは明日の夜、あなたの助言に対して無礼な態度を取った紳士と劇場に行くってこと？」

「公平な目で見れば、わたし、彼に怒らせたんだと思うの」

「助言をしたことで？」ライナの声が信じられないとばかりに甲高くなった。

「男の人って、神経が消耗してるなんて診断を受けたことを認めたくないんじゃないかしら。彼がバーニング・コーヴ滞在の理由をわたしに話したことを後悔したのは間違いないわ」

「彼が無礼な態度を取ったとき、あなたはどうしたの？」

アデレードはその質問についてしばし考えた。「そういえば、わたしも無礼な態度を取ったわ。金輪際助言などしないってミスター・トゥルエットに言ったから」

ライナが笑みを浮かべた。「つまり、かっとなってそれを彼にぶつけたのね」

「ええ」

「よくやったじゃないの。そのあと、彼と劇場に行くことを承知したわけね」

「ええ」

「ふうん」

「なあに？」

ライナが軽く笑った。「あなた、楽しかったんでしょう?」

「楽しいってなんのこと?」

「トゥルエットに向かってかっとなったこと」

「そうだわね。生き返ったような気分。とりわけ、向こうが謝ろうとしたときや劇場へ行くときにエスコートさせてほしいとたのんできたときは」

ふつうの感覚に戻れたの、とアデレードは心の中で付け加えた。本当の自分を抑えこまなくてもいいような気がして。

ライナが思案顔になった。「彼の名前、トゥルエットって言ったわね?」

「ジェイク・トゥルエット。ロサンゼルスで貿易会社をやっていたそうよ」

「ふうん」ライナがまた言った。

「なんだか怪しんでいるみたいね」

「まあね。だって、わたしの職業は私立探偵よ」ライナがアデレードに思い出させた。

「なんでも怪しまなくちゃ」

アデレードは机の前に二脚置かれた依頼人用の椅子に腰かけた。「ミスター・トゥルエットに関する問題ってなあに? 彼には会ったこともないくせに」

「それも問題のひとつね。もうひとつは、貿易会社っていうと聞こえはいいけど、いろいろな非合法活動を隠してたりもするの」

「たとえばどんな？」

「まず思い浮かぶのは密輸だわね。そのほかにも偽造物、盗まれた美術品、麻薬なんかの闇取引とか。貿易に名を借りた犯罪行為は枚挙にいとまがないわ」

アデレードはおもしろがった。「あなたってほんとに疑り深いタイプなのね」

「そうねえ」ライナは身を乗り出し、持っていた鉛筆を素敵な琥珀色のプラスチック・トレイに置いた。「ロサンゼルスには知り合いがいるから、何本か電話を入れて、あなたのミスター・トゥルエットについて調べてもらうわね。彼がきちんとした実業家だってことが判明したら、すぐに電話で知らせるわ」

「ご心配に感謝するわ」アデレードはそう言いながら両手を広げた。「でも、そうじゃないとしたら、彼はいったい何者なのかしら？」

「びっくりすることになるかもしれなくてよ」ライナが言った。

「あなたってときどき怖いことがあるわ、ライナ」

「自分でもときどき怖いことがあるくらいよ」

ライナはつぎの日の夕方五時に電話をしてきた。アデレードはまだ何を着ていこうか迷っているところだった。

「トゥルエットに関する新たな情報はあまりなかったわ」ライナが言った。「どうやら自己申告どおりの人みたいね。家業の貿易会社の後継者で、妻を亡くしてる。妻の死後まもなく会社を売却しているわ」

「奥さまはどうして亡くなったの？」

「エリザベス・ベントン・トゥルエットは自殺」

アデレードの受話器を持つ手に思わず力がこもった。「ジェイクはつらかったでしょうね」

「そうよね」ライナが言った。「ミセス・トゥルエットは地下室で首を吊ったそうよ。遺体を発見したのはトゥルエット」

「そのときのショックたるやいかばかりかだわね。お医者さまがゆっくり神経を休めるようにと勧めたのも無理はないわ」

「わたしの情報源によれば、ミセス・トゥルエットの死後、彼女が浮気していたかもしれないという噂が立ったとか。むろん、そんなものは彼女の家族がもみ消したんですって。ベントン家はものすごくお金持ちで、ものすごくプライドの高いニューヨークの一族でね。聞いたところじゃ、バーハーバー（メイン州にある避暑地）の別荘はバーニング・

コーヴ・ホテルくらいの広さで、ハンプトンズ（ニューヨーク市郊外ロングアイランド付近の保養地）のはもっと広いらしいわ。東部の社交界のメンバーになってすでに数世代の名門」

「エリザベスはどういういきさつで西海岸へ来たのかしらね？」

「いい質問ね」ライナが言った。「もしかしたら映画スターになりたかったとか」

「ベントン家って背景を知れば、彼女の自殺の理由が公にならない理由もわかるわね」アデレードが言った。

　そうした一族、とりわけ社交界の大物ともなれば、新聞に自殺を公表させないためならなんでもしたはずだ。家族の懸念はじゅうぶん理解できる。公表した結果、スキャンダルの噂ならまだしも、一族の血に関するおぞましい憶測も避けられなくなる。

「これまでに入手できた情報はこれだけ」ライナが言った。「ま、トゥルエットに関しては本人の言っているとおりだわね。ほかに何かわかったときは知らせるわ」

「ありがとう」

　アデレードは受話器を置き、しばらくその場にじっと立ったまま、ライナが伝えてくれた情報を頭の中で整理した。ジェイク・トゥルエットが何か重大な秘密を抱えた男だということは最初から感じていた。だが、アデレード自身にも秘密がある。彼の妻が結婚生活を不幸だと感じ、みずから命を絶ったことを聞かなかったとしたらどうだろう？　アデレードが療養所を脱出した逃亡者だということをジェイクは知らないのだ。

どちらかといえば、アデレードが抱えている秘密のほうが闇が深いことは明らかな気がした。二階に戻り、着替えをした。

9

マダム・ゾランダの公演会場に向かう道のりを半ばまで来たあたりで、ジェイクは夜を楽しんでいる自分に気づいた。楽しみの源は超能力者のいつもの演技ではなく、横にすわっている女性だ。

アデレード・ブロックトンが近くにいると、彼はいつも狼狽し、興味をそそられ、われながら心配になるほど彼女の存在を意識してしまう。

魅力的な女性だが、型どおりの魅力ではない。顔立ちは印象的だ。青みがかった緑のありえないほど大きな真剣そのものの目と、肩までの長さの髪は落ち着いた琥珀色。もっとずっと美しい女性なら何人も知っている。数カ月前まで妻だった女性もそのひとりだ。

しかしながら、どういうわけかジェイクはアデレードに魅了されていた。これまでとはまったく違う惹かれ方、こんなことははじめてだ。これまで会ったどんな女性よりも興味深く、はるかにそそられる。彼女が七時に自宅であるコテージの玄関ドアを開けたとき、彼は困ったことになったと気づいた。

そのときまで彼は、ウェートレス用のぱりっと糊のきいた青と白の制服とエプロン姿のアデレードしか見たことがなかった。髪もきっちりまとめてピンで留め、小ぶりの帽子をかぶっていた。それでも、彼女の笑顔は彼の目を奪っていた。少なくともしばしのあいだ、彼にバーニング・コーヴに滞在している憂鬱な思いと絶望的な理由を忘れさせてくれる力を持っていた。

彼女はこのデートのために、グリーンと黄色のフラッタースリーブ（上腕部をゆったりとおおう先細りの袖）のワンピースを着ていた。ストラップが目立つサンダルのヒールは太目で、きれいな脚をより引き立たせている。髪は中央で分けて耳にかけ、豊かなウェーブが肩まで垂れていた。苦境にあるティールームのウェートレスはどこにもいない。

ジェイクはその変身にうっとりとなったが、それは同時にアデレード・ブロックトンの陰の部分に渦巻く謎のオーラを深める役目も果たしていた。

舞台ではマダム・ゾランダが飾り立てた玉座のような椅子にゆったりとすわっていた。赤と金色を配した何枚かのスカーフを重ねて仕立てたドレスをまとい、頭には色調を合わせた赤と金色のベルベットのターバンをかぶっている。耳たぶと手首では金が輝きを放っていた。超能力ビジネスは実入りがよいのが見てとれる。少なくとも顧客リストに有名人と社交界の名士をずらりと並べれば、そういうことなのだろう。

ゾランダが芝居がかった仕種で手袋をした手の指先をこめかみに当て、目をつぶった。満員の劇場の隅々にまで届く、この世のものとは思えない不気味な声で語りはじめる。

「……ハートのクィーンを選んだのが感じとれます。いかがですか?」

手を挙げた観客の中から選ばれたしゃれたスーツの若者は、舞台上で彼女から数フィート離れた位置に立っている。その男が、ゾランダの助手が差し出した大判のトランプひと組の中から引き抜いたばかりの一枚のカードに目を落とし、まさかといった表情を見せた。

「嘘だろ。ハートのクィーン、そうですよ」男が言った。「すごいですね、マダム・ゾランダ」

男はゾランダの助手にトランプを返し、助手は客席から見えるようにカードを掲げてみせた。

ジェイクはセルマ・レガットについて調べてきたから、彼女が以前は映画会社で秘書として働いていたことを知っていた。現在はゾランダの助手、運転手、広報担当を兼任している。今夜は運転手用の制服は着てはおらず、上品な仕立てのタキシード姿だ。

会場は再び大きな拍手喝采に包まれた。

「名演技だわね」アデレードがささやいた。「観客の心をとらえてる」

ジェイクはばかにするように手をひらひらさせた。「ここまではごくふつうの読心術師と同じことをしているだけだ」

「ええ、それはそうだけど、こういう公演で重要な役目を果たすイリュージョンではないでしょ」アデレードが言った。「重要なのは演技力。ゾランダは間違いなく詐欺師だけれど、敬意を表さなければいけない点もあるわ——それは彼女が素晴らしい女優だってこと」

「それはどうして?」

「彼女はつねにあの役を演じているの。今夜の舞台だけでなく、人目のあるところではいつも。この町に到着してからというもの、ほぼ毎日ティールームに客としてやってきているけれど、しくじったのを見たことがないわ。いつだってスターがすがる超能力者、マダム・ゾランダなの」

ジェイクはそれについてしばし考えをめぐらした。たしかにアデレードの言うとおりだ。常時その役柄を演じつづけるとなれば、相当な演技力が要求される。さらに相当な体力が要求される。彼はそのことを誰よりもよく知っていた。

「きみの言いたいことはよくわかる」ジェイクが言った。

「特定の人格を一日に二十四時間ずっと演じつづけるとなったら、ものすごくきついわ。神経が疲れ果てるはず」

ジェイクはアデレードの声ににじむ冷静な確信を感じとり、ぴんときた。彼女は間違いなく体験を通して語っているのだと。

「それはまたなんともみごとな……洞察力だな」

「ウェートレスにしては、かしら？」

アデレードの声からはまた苛立ちが伝わってきた。不注意にも彼女の機嫌をまたしても損ねてしまった。

「いや、誰であっても」ジェイクは言った。

舞台ではゾランダが読心術を演じていた。いまにも失神しそうな状態に必死で抗いながら言葉を発しているかのようだ。

「ミス・レガット、三列目の人がお金の問題で悩んでいるのを感じるの。何か遺産相続にかかわることとみたい……ええ、そうよ、だんだんはっきりわかってきたわ。誰か

が死んだけれど、彼は……ううん、女性かしら？……大切な何かを、それを受け取るに値しない人に遺して……」

三列目にすわっていた女性がすっくと立ちあがった。「わたしのことです、マダム・ゾランダ。わたしの伯父は自宅をわたしにくれると言っていたのに、わたしの妹が手に入れました」

セルマ・レガットが客席の三列目に行き、その端に立った。「マダム・ゾランダ、こちらの女性に何かアドバイスはありますか？」

「まもなく思いがけないところからその方にお金がやってくるのが見えます。でも待って。つぎのメッセージが送られてきているの。すごくぼんやりしているけど。あっ、わかったわ。その方は用心しないといけませんね。なぜなら、お金の入ったその方を利用しようとする人がたくさんいるからです」

「間違いないわ」立ちあがった女が言った。「弟と妹が手を伸ばしてきそうです。警告をありがとうございます、マダム・ゾランダ」

観客の女はすぐさま腰を下ろした。

「四列目、真ん中のあたりだわ、ミス・レガット。それと――待って――七列目ね。不眠症に悩んでいる男性と女性が何人もいるのが感じとれるの」

数人の観客から驚きの喘ぎ声がもれた。四列目と七列目で数人が挙手をした。

「その方たちを包んでいる空気が感じとれるわ」マダム・ゾランダは先をつづける。

「どの方にも大きな負のエネルギーがあるの。それが不眠症の原因ですね」

会場に再び拍手喝采が起きた。

ジェイクはアデレードのほうに体をかたむけた。ほのかに彼女の香り——スパイスと花の香りの繊細な香水に言葉にはできない女性の香りが入りまじったもの——が漂ってきて、一瞬、頭がくらくらした。バーニング・コーヴ滞在が本当に静養のためならよかったんだが。

「これだけの観客がいれば、寝つきの悪い人間が数人いるってことくらい、超能力がなくても推しはかれるな」ジェイクは言った。

「ほんと」アデレードの口角が片方上がった。「〈リフレッシュ〉でも睡眠で悩むお客さまからそのためのブレンドをたのまれることがしょっちゅうあるわ」

舞台上では、セルマがゾランダに目隠しをし、そのあと客席に向かって話しかけた。

「お静かに願います。マダム・ゾランダはこれから幽体離脱のために全神経を集中します。事前に申しあげておくと、これは必ずしもうまくいくとはかぎりません。この場にただようエネルギーしだいだからです。観客席の雑音が霊の波長を乱す可能性もあります」

客席を静寂がおおった。劇場全体に期待が張りつめる。ジェイクはこのときはじめて、少しだけ感心した。マダム・ゾランダは舞台の上で文字どおり何ひとつしていないのに、観客全員の目を釘付けにしている。

ゆっくりと、慎重に、マダム・ゾランダがしゃべりはじめた。

「バーニング・コーヴの上空に浮かんでいます。月明かりが町に注いでいます。バーニング・コーヴ・ホテルとパラダイス・クラブが見えます。小さな犬がわたしに向かって吠えているわ。犬はわたしの存在を感じとることができるのね。どこかに向かって引っ張られています。否応なくその方向に向かっています。誰か警告を与えなければいけない人がいるんでしょうか。この劇場に引っ張られています。どういうことかしら」

観客席から一斉に喘ぎがもれた。マダム・ゾランダは驚いたように声を張りあげ、先をつづけた。

「いま、わたしは劇場に入り、天井から見おろしています。守護霊にうかがいます。なぜわたしをこの場所に導かれたのでしょうか？」

すでに観客はひとり残らず暗い天井を見あげ、固唾をのんでいる。

……神経に障る悲鳴が会場を揺さぶった。

ゾランダ。

観客のひとりが舞台に視線を戻し、ショックを受けた。ゾランダが立ちあがり、目隠しを乱暴に引きはがした。むきだしの恐怖に怯える形相。パニックにぎらつく目は、あたかも恐ろしい悪夢の中にいる自分に気づいたかのようだ。

「**血が見える。血と死が。よく聞いて。この劇場の中に朝までに死ぬ人がいます**」

観客がぴたりと動きを止めた。全員の目が舞台に注がれている。

ゾランダが甲高い叫びを発し、倒れこんだ。身に着けた絹のスカーフが深紅の波となってゾランダをおおった。

10

「あの演技、劇的な幕切れに向かって周到に練られたものと認めるほかないわね」アデレードはそう言いながら、ダークグリーンのスポーツカーのバター色をした柔らかなシートにしなやかな身のこなしで腰を下ろした。「それにしても、ゾランダはどうしてあんな現実に起きるわけがない恐ろしい予言をしたのかしら？」

「いい質問だ」ジェイクが言った。

彼が助手席側のドアを閉めると、カチッと切れのいい重厚な音が響いた。

アデレードは、長いボンネットの前部を歩いて反対側に回るジェイクを見ていた。優雅な仕立ての夜会服に身を包んだ彼は颯爽として見えた。タイの結び方も申し分がない。もし人間が発するオーラが本当に存在するとしたら、彼のそれは強固な意志、そして鉄壁の自制心に抑えこまれた情熱的な本性を放っていた。

彼がゾランダの最後の演技にぎくりとしたことは間違いないが、彼の関心は超然とした、客観的なもののようだ。好奇心を抱きはしていても、アデレードとは異なり、動揺はしていない。

アデレードはひどく動揺していた。今夜は、もし眠れたとしても、熟睡はできないだろう。たとえ劇的な効果を狙っただけであったとしても、血腥《ちなまぐさ》い死の予言からは、たんなる予言ではあってもショックを受けた。脳裏に脱走の夜のことがすぐさま浮かんだ。オームズビーの体重で砕け散った研究室の窓、彼女の病室に通じる廊下から現われた殺人者の姿の記憶に夜明けまで苦しめられることになりそうだ。

小さなため息を押し殺した。さんざん寝返りを繰り返したあと、ついに眠るのをあきらめるのもはじめてではない。もう何カ月もぐっすり眠ったことなど一夜としてなかった。警察が家の玄関に現われ、研究室で爆発が起きてご両親が亡くなられた、と告げたあの恐ろしい日から一夜として。

オームズビーの死因が自殺と判断された事実で恐怖がやわらぐこともいっさいなかった。

それが意味するところは、警察は殺人犯かもしれない療養所からの脱走者を追っていないということだが、誰かが彼女を探していることは確実だ。

むろん、彼女の脱走を秘密にするのはじゅうぶんな理由があってのことだ。彼女がラッシュブルック療養所に幽閉されているという仮定があるかぎり、コンラッド・マッシーは彼女の相続遺産を奪いつづけることができるし、ドクター・ギルはＦＢＩにデイドリームの実験を知られないようにと願いつづけることができる。しかしそれはまた、殺人犯は野放しのままで、その男が彼女を探している可能性がかなり高いことをも意味する。

アデレードはゾランダの予言で自分が不安を感じた理由はよくわかっていたが、ジェイクの奇妙な沈黙に対して用心深くなっていた。彼ならば最後の演技をインチキ超能力者のメロドラマさながらのフィナーレと簡単にやり過ごすかと思いきや、幕が下りたあとはほぼ無言のままなのだ。

ここへ来る前に、ライナが電話で伝えてきたことを思い返した。ジェイク・トゥルエットは本人が語っているとおりの人物――妻が悲劇的な死を遂げたあと、それまで順風満帆だった貿易会社を売却した実業家――だというニュースである。状況を鑑みれば、たとえインチキ超能力者の口から出たこととはいえ、ああした不吉な予言に彼が不安を覚えたとしても、たぶん驚くには当たらないだろう。にもかかわらず、唐突に無口になったことが不思議でならなかった。

ジェイクが運転席のドアを開けて乗りこみ、エンジンをかけた。強力エンジンが喉を鳴らすような音を立てる。ジェイクがギアを入れ、車は縁石を離れた。

アデレードは薄暗いフロントシートにすわる二人の距離の近さをいやでも意識したが、ジェイクは気づいていない。真剣に何か考えこんでいた。何を考えているにしろ、陰鬱なことだろうと感じとりながら、アデレードは彼がゾランダの予言についてまた何か意見を言うのを緊張と不安のうちに待った。やがて、もはやこれ以上の沈黙に耐えられなくなったとき、アデレードは自分から話を切り出そうとした。

「あんなことを言っても、ここはバーニング・コーヴ。凶悪犯罪などめったに起きない町だと聞いているわ」

その言葉はジェイクを深い物思いから引きもどす効果はあった。少なくともしばしのあいだは。

「友人が教えてくれたが、しばらく前にバーニング・コーヴ・ホテルのスパ・プールで女優志願の女性が不審な死を遂げたそうだ」ジェイクが言った。

「その事件のことならわたしも聞いたわ。それでも、フローレンスによれば、あれは本当に珍しいことなんですって。この町では殺人事件など考えられないそうよ。ニューヨークやロサンゼルスやサンフランシスコならインチキ超能力者が、この町のどこかで二十四時間以内に誰かが残忍な死に方をするかもしれない、なんてことを予言して、いちかばちかの賭けに出ることもあるでしょうけど、ここではね。このままでは明日はみな朝一番で『バーニング・コーヴ・ヘラルド』を開いて、殺人事件の記事を探すわ」

「彼女は血腥い死を予言した」ジェイクが言った。「殺人じゃない」

アデレードは驚いて彼をちらりと見た。「あなたの言うとおりだわ。わたし、予言の正確な言葉づかいまで深く考えていなかったのね。でも、血腥い死について考えると、真っ先に頭に浮かぶのは殺人じゃなくって？」

「そうだな」

「ゾランダはなぜ、たぶん現実には起きないことを予言して自分の評判を危険にさらすのかしら？」

「マダム・ゾランダの評判は、もし予言がはずれても落ちないと思うんだ」ジェイクが言った。「そこが超能力ビジネスのおもしろいところさ——みごとな演技はそんなことではつぶされないんだ。はずれた予言のことを憶えている人などいないのさ。人間というのは信じたいことだけ信じて、それ以外のことは忘れるものだからね」

「それじゃ、ゾランダは観客を不吉な予感でぞくぞくさせるだけのために、あんな恐ろしい予言をしたの？」

ジェイクがとっさに探るような一瞥《いちべつ》を彼女に投げたあと、すぐまた視線をクリフ・ロードに戻した。海岸沿いの断崖の上を走る二車線の狭い舗装道路である。

「ゾランダのグランド・フィナーレにずいぶん動揺したみたいだね」ジェイクの口調はきわめて控え目だった。

いいいいいい、あなただって動揺したくせに、とアデレードは思ったが、声に出しては言わなかった。

深く息を吸いこみ、気持ちを落ち着かせる。「ぎょっとしたことは認めるわ」そこでいったん言葉を切り、もっと明るい話題を探した。「超能力を見せる演技についてはあなたの言うとおりだわ。あれは舞台で演じる手品のひとつの形式にすぎないわね。器用な手品と巧妙な作り話の組み合わせよ」

「どこが違うかといえば、手品師の舞台を観るとき、観客は全部が器用な手品と巧妙な作り話だと承知している点だ」ジェイクはそう言いながら、滑らかにギアを切り換えた。「手品師が人を招待するときはその人に驚いてほしいからで、うまい手品師なら客はその技巧に驚かされる。しかし、超能力者は客に超常現象を信じてほしいと思っている。その演技にだまされた人たちは、本来ならばしないかもしれないこと――有害だったり危険だったりすること――でも指示されればやりかねない」

アデレードはジェイクの険しい、断固たる横顔をじっと見た。すると、徐々にわかってきた。

「ひょっとしてあなたは誰か、超能力者か預言者にだまされた人を知っているような気がするけど？」小さな声で問いかけた。

ジェイクはためらったのち、こっくりとうなずいた。「ああ」

「やっぱり。超能力者に対するあなたの評価はすごく低いけれど、だとしたらなぜ、今夜の公演にいっしょに行きたいと？」

劇場をあとにしてからはじめて、ジェイクの厳しい表情に笑みらしきものが一瞬浮かんだ。

「二枚目の切符をぼくにくれと言った理由は簡単じゃないかな？」

アデレードはぴんときた。夜会用のバッグをぎゅっと握りしめる。隠れた動機があったことに気づくべきだったと思った。

「そうだったのね」冷ややかな口調を保とうと必死になった。

「そうって？」

「あなたの知り合いをだました超能力者はマダム・ゾランダだったんでしょう？」

ジェイクがしばし道路から目をそらし、訝《いぶか》しげに細めた目をアデレードに向けた。

「どうしてまたそんな推測をする？」

ジェイクは苛立っているようだったが、アデレードに対してではない。彼はけっして尻尾をつかまれるようなことはしないからだ。おそらく彼は、計画や陰謀をつねにはなから疑ってかかる病的なまでに偏執的な人間の扱いに慣れていないのだろう。

アデレードはバッグを両手でぎゅっとつかみ、前方の曲がりくねった道路に目を凝らした。よそから来たちょっと変わった実業家との束の間のロマンスの可能性もここまでね。

「そうとしか考えられないわ。わたしがよぶんな切符を一枚持っていると知って、都合がいいと思ったんじゃなくって？」

「きみはすごく頭がいいね」ジェイクはハンドルを握る手に力をこめた。「だが、参考のために言っておくと、じつは今夜のゾランダの公演の切符はすでに一枚持っていたんだ。今夜きみといっしょに来たかったのは切符のためじゃない」

「弁解の必要はないわ」アデレードは言った。「そういうことなのね。わかったわ。あなたがバーニング・コーヴに来たのは、マダム・ゾランダを追ってのことだった。〈リフレッシュ〉に毎日姿を見せるのもそのためだったのね。彼女もやってくる可能性が高いから。あなたは彼女を見張っている」

「そんな結論に飛びつかないでくれ。ぼくがここに来た理由はたしかにゾランダだが、よぶんな一枚の切符を欲しがったのは、きみと過ごしたかったからだ。ゾランダの公演は申し分のない口実に思えたんだよ」ジェイクはそこで少し間をおいた。「これか、それとも美術館か、どちらかだと思った」

ここで美術館をもちだしたのは、話題を変えたかったからね、とアデレードは考えた。そんなことでだまされるものですか。わたしを利用したんだわ。男性に利用されるのはもうたくさん。

「この町に来た本当の理由に話を戻しましょうよ。あなたは何がしたいの？　ゾランダが詐欺師だって証明したい？　それがなんになるの？　いまあなたが指摘したように、人は信じたいことを信じるものなのよ」

ジェイクは数秒間無言だった。どこまで彼女に話したものか考えをめぐらしているようだ。

「ゾランダが彼女のものではないある日記を手に入れたと考えているからだ」ジェイクが言った。「もしその日記の内容が公表されれば、命を奪われるかもしれない人たちがいる」

アデレードは何を聞いても驚かないよう心の準備をしていたつもりだったが、にもかかわらず言葉を失った。

「つまり、ゾランダはただのインチキ超能力者ではないってこと？　恐喝もしているということ？」

「ああ」

「なるほどね。わかったわ。だからあなたは嘘の口実でこの町にいるけれど、それにはじゅうぶんな理由があるのね」

「ちくしょう、アデレード――」

「いいのよ。謝る必要などないわ」アデレードは軽くやりすごすかのように手を振ってみせた。「今夜ずっと勘違いしていたことには苛立ちを感じてはいるけど、あなたが嘘をついていた理由はよくわかったわ。あなたの立場だったら、わたしもきっと同じようにしたと思うの。たぶん」

「ちょっと聞いてもらえるかな？　そう、ぼくがバーニング・コーヴに来たのは、ある人になんとかして日記を取りもどしてくると約束したからなんだ。でも、今夜きみのもう一枚の切符を使わせてもらった理由はべつにある。これはあくまで個人的な理由からだ」

「そうなのね。それじゃ、あなたの周囲を欺く行動について、ついでに言っておきたいことがあるんだけれど」

「それは？」

そのひとことにこもる大いなる好奇心にアデレードは満足を覚えた。なんて狭量なわたし。ジェイクを少し不安にさせた気がしただけで、復讐を果たせた気分になれた。

「友だちのひとりが今夜のわたしのデートについてすごく心配してくれてね」不気味なほど陽気に言った。「彼女、ロサンゼルスに何本か電話をかけて、あなたについての情報を集めてくれたの。あなたが自分から話してくれたような人かどうか確認したかったのね」

「きみは人を使ってぼくのことを調べさせたのか？」ジェイクの口調には戸惑いが感じられた。

気のせいではなく、彼にショックを与えることができたのだ。アデレードは内心にやりとした。

「友だちの名はライナ・カーク。ここ、バーニング・コーヴで調査会社を開いたばかりなの。ちょっとしたお祝いね。あなたの身辺調査が彼女にとっては最初の仕事。うん、厳密には最初の仕事ってわけでもないんだけれど」

「〝厳密には〟ってどういうこと？」

「彼女にお金を払ったわけじゃないから。ご厚意に甘えちゃったの」

「くそっ」ジェイクが間をおいた。「で、きれいなものだったろう？」

「ライナが保証してくれたわ。あなたは自分から話してくれたとおりの人だって」

「聞いてよかった。自分はずっとそういうつもりでいた自分なんだってことが確認できてひと安心だ。近ごろはいくら用心しても用心しすぎることはない」

「わたしがあなたを調べたってことはわかっているわよね」

「賢明な発想だよ」ジェイクがまた真剣な面持ちをのぞかせた。「もっと多くの女性が用心のためにそういうことを実践すべきだ」

アデレードはコンラッド・マッシーのことを考えた。「たしかにそうだわ」

車がクレッセント・ビーチで脇道へと折れた。そしてまもなく、アデレードのコテージの前でスポーツカーは停まった。ジェイクはエンジンを切り、運転席から降りた。

助手席側に回った彼が、降りようとするアデレードに手を差し伸べたとき、彼女の全身にまたぞくぞくした感覚が走った。彼をナイトキャップに誘いたい衝動に駆られ、それを退けるにはかなり強い意志の力を要したほどだ。

ジェイクは玄関前の階段を彼女といっしょにのぼり、彼女が鍵を取り出して開け、明かりをつけるまで待っていた。アデレードは中に入り、くるりと振り向いて彼と向きあった。

「おやすみなさい」なんとしてでものんびりとしたさりげない態度を貫こうと心に決めて言った。「なかなかおもしろい夜だったわ」

ジェイクはドア枠をつかみ、わずかに体をかたむけた。目が真剣だ。「もう一度、これだけははっきりさせておきたいんだが、今夜はきみがよぶんな切符を一枚持っているから好都合だと思って、いっしょに行きたいと言ったわけじゃないからね。きみといっしょにいたかったからだ」

「ほんとかしら？」

「ああ、本当だ。マダム・ゾランダはバーニング・コーヴに来た理由だが、今夜きみといっしょに劇場に行った理由じゃない」

「わかったわ」

「わかった？　ぼくの弁明を受け入れてくれたんだね？」

「わたしに弁明する必要などありませんけどね。おやすみなさい、ジェイク」

ジェイクの目尻がこわばった。何か口論でもはじめそうな表情だが、どうやら無理のない言い訳を思いつけなかったようだ。

見るからにしぶしぶといった仕種でドア枠から手を離してあとずさる。

「それじゃ、おやすみ」

彼はアデレードがドアを閉めるまで待っていた。アデレードはカーテンをぐいと開けて、彼が階段を下りて車へと歩いていくのを見送った。車がほんの少し先にある彼のコテージへと向かっていく。スポーツカーのライトがこぢんまりとした車庫の中に消えると、アデレードはリビングルームの明かりを消して二階へ上がり、廊下の突き当たりに位置するベッドルームに入った。

カーテンが開いていた。アデレードは窓際に行って、ジェイクのコテージをしばし眺めた。彼の二階のベッドルームに明かりがともったとき、アデレードは窓のカーテンを閉め、小さなドレッシング・テーブルの椅子に腰かけてサンダルのストラップをほどいた。

脱いだ靴を片手に立ちあがり、大きな木製の衣装簞笥の扉を開ける。内部に組みこまれた靴棚のいつもの場所にサンダルを置いた。

そして数秒間、出勤のときにはく茶とベージュのオックスフォード・シューズ(紐で結ぶ短靴)を当惑のうちにじっと見つめた。夜会用サンダルの定位置にそれが置かれていたからだ。

たっぷり一分かけて思い出そうとした。デートのための着替えのときだから、わくわくした気分でオックスフォードをいつもの場所に置かなかったこともあるかもしれない。

もっと近づき、衣装箪笥の底をじっくりと見る。オックスフォードが定位置に置かれていないだけではなかった。木製の靴棚を動かした形跡がある。

頭の中でドクター・ギルの声がした。**被害妄想は情緒不安定の徴候だよ、アデレード。この薬がよく効く。**

気持ちを静めたくて、無我夢中で靴棚を持ちあげ、衣装箪笥の外に出して床に置いた。そして用心深く、蜘蛛がいっぱい入っているかもしれない箱でも開けるかのように、衣装箪笥の下につくりつけられた収納空間の蓋を開けた。

きちんとたたまれた予備の毛布にしばし目を凝らした。色褪せたパッチワークのキルトがいちばん上になっている。変だ。いちばん上には格子縞のウールの毛布を入れたことははっきり記憶していた。

わたしは被害妄想。それがなんなの？　わたしには権利がある。精神科の療養所に二カ月間閉じこめられた女性なら、被害妄想になる権利があるというもの。

部屋を横切り、ベッドの傍らに膝をついた。このコテージを貸してくれた高齢の婦人が床下に小さな収納空間があることを教えてくれたのだ。彼女の説明によれば、大恐慌のあと、まだ残っていたなけなしのお金と貴重品を夫婦でそこに隠していたのだそうだ。銀行が信用できなかった時期のことだ。

アデレードは板の秘密の裂け目を押し、はねあげ戸を開いた。その中に隠した木製の箱を取り出し、ベッドの上に置いた。背筋を伸ばして箱の蓋を上げると、金の結婚指輪がランプの明かりを反射したが、それは無視した。ひと束の新聞記事の切り抜きもだ。一年前に起きた、二人の命が奪われた研究室の謎めいた爆発の記事である。

取り出したのは小型拳銃。弾が装塡されていることをたしかめる。

銃を手にベッドルームを出ると、通るところの明かりをすべてつけながら進んだ。

バスルーム、客用ベッドルームを調べたあと、階下へと行った。

細心の注意を払い、神経をぴりぴりさせながら、人間が隠れることができる大きさの戸棚や物入れの扉をひとつ残らず、勇気を出して開けていった。

手術用のマスクをかけた殺人者が飛びかかってくることはなかった。

キッチンまで来たときはもう、家じゅうが明々と照らされていた。

裏口のドアの錠はおりていた。

狭い洗濯室の窓は違った。

全身を戦慄が走った。家の中に何者かが侵入したことは間違いない。ここで頭に浮かぶ疑問は、彼は何を探したのか？　流れ者が食料か金目のものを探したという仮説がいちばん簡単だが、アデレードはそれを信じるわけにはいかなかった。

被害妄想は情緒不安定の徴候だよ、アデレード。

神経を集中させるがあまり、もう少しで悲鳴を上げそうになったとき、表のドアをノックする音が聞こえた。

11

「あの最後の予言、いったい何を考えてたの？」セルマは黒いタキシードの上着を近くの椅子の背に投げるようにして掛けた。「どうかしてるわ、あなた。明日の朝は町じゅうの人が目が覚めたらすぐ、夜のあいだに殺されたのは誰だろうと朝刊を開くわ」

「舞台での演技には何かしら新鮮なドラマが必要なのよ」ゾランダは重たいターバンをはずし、コーヒー・テーブルの上にぞんざいに置くと、リカー・キャビネットの前に行った。「実験してみようと思ったのよ。うまくいったでしょ。観客は大喜び」

セルマの顎に力が入り、いかにも頑固な線を見せた。「明日の『バーニング・コーヴ・ヘラルド』に血腥い死を連想させる見出しがなかったら、どうするつもり？」

「知るもんですか。幸運が舞いおりてくるかもしれないじゃない。これくらいの大きさの町なら、今夜のうちに誰かが、事故死でも自然死でもいいけど、死ぬ可能性は大いにあるわ」

「それじゃ、新聞に死亡の記事がひとつも載ってなかったら?」

「大丈夫。もうすぐティールームのウェートレスが謎の失踪をするから、町はその噂でもちきりになるわ」ゾランダはセルマの気を静めようとして言った。「死体が見つからない。少なくともすぐにはね。となれば、血腥い死を遂げたのは彼女だと誰もが思うはず。そういう状況で驚くべき超能力を駆使して死体を見つければ、わたしはこの国でいちばん有名な超能力者になれるわ」

セルマはゾランダをじっと見た。「あなた、どうかしちゃったんじゃないの? あのウェートレスが行方不明になって死体で発見されたりしたら、警察はあなたにいろいろ訊くわ。あなたがどうしてあんな予言をしたのかも知りたがるはずよ」

ゾランダは肩をすくめた。「どこからもけちのつけられない答えがあるわ。わたしは超能力の持ち主だってこと。心配しないでよ、セルマ。警察がまたあなたに目を向けたりしないから」

「わからない人ね。あなたはこれまでやってきたことをすべて危険にさらしてるのよ」

「そんなにじりじりしないで」ゾランダはデカンターの栓を引き抜くと、ウイスキーを勢いよくたっぷりと注ぎ、元気づけにぐいっと飲んだ。「わたしのしていることはわかっているくせに」

セルマはリビングルーム内を行ったり来たりしていた。「アデレード・ブレイク――最近はなんと名乗っているのか知らないけど――あの女が失踪しなかったら、どうするつもり？」

「するわよ」

だが、ゾランダは今夜の公演さえ成功をおさめれば、そんなことはじつはどうでもいいと思っていた。ほくそ笑みそうなところをぐっとこらえる。じつにみごとだったというほかなかったからだ。観客は釘付けだった。公演終了後に楽屋で受け取ったメモがすべてを語っていた。**おめでとう**。**あなたはスターになる**。

またウイスキーを飲んだ。今夜の舞台では一世一代の演技を見せたが、セルマには

嘘をつかなければならなかった。フィナーレに使ったドラマチックな予言はティールームのウェートレスの失踪とはいっさい関係がないのだ。

ンはもはやどうでもいい存在になった。あの女はもう過去のこと。今夜、扉は光り輝く新たな未来に向かって開かれた。

その未来にセルマは含まれていない。

「あなたの言うとおりならいいと願ってはいるけど」セルマが言った。「それでもまだ、あなたが大失敗をしでかしたとしか思えないの。わたしたち二人が立ちゆかなくなる大失敗」

「そうじりじりしないで。これからちょっと〈カルーセル〉にでも寄って楽しんできたらどう？　明日の朝になれば、何もかもがうまくいってるってわかるから」

「そうかもしれないけど」セルマがかぶりを振った。「それでもまだ引っかかるわ。あんなとんでもない予言をするなら、事前にわたしに話しておいてくれなきゃ」

セルマはリムジンの鍵をつかみ、ドアに向かった。

ゾランダは煙草に火をつけ、またウイスキーを注ぎ足した。セルマを羨ましいと思うことがときどきある。大衆の目にはセルマは超能力者の助手兼運転手にすぎない。仕事をしているとき以外はくつろいでいられる。だがマダム・ゾランダは、人前では本当の自分を取りもどせる時間が一瞬たりともない。ここまでの三年間で疲れ果てていた。

だが、今夜の大成功のおかげでそれが報われた。生まれ育った中西部の農業の町から長い道のりだったとはいえ、裕福な社交界の名士やハリウッド・スターが彼女に助言を求めて懇願し、重大な秘密を打ち明けてくる。それをネタに恐喝をし、この三年間ですでにひと財産築いていた。しかし、まだじゅうぶんではなかった。昔から抱いていたスターになる夢がまもなく実現しようとしている。

テーブルの上に置かれた金色と白の珐瑯製の電話機が鳴った。ゾランダは電話を取りながら、ゾランダの声を使うことを思い出した。相手がひとつ質問をすると、ゾランダは答えた。

「ええ、わたしひとりです」

電話を切って、もう一杯ウイスキーを注いだ。今夜は祝杯をあげる価値がある。

しばらくして、人目につかない長い私道を近づいてくる車の音がした。

ゾランダは急いで玄関ドアを開けた。未来が彼女を呼んでいた。

12

　予期せぬノックの音にあわてふためき、アデレードは反射的に明かりのスイッチを切った。キッチンがいきなり暗闇と化した。自分を標的に仕立ててなるものですか。一方では、たぶん過剰反応だろうと思ってもいた。すでにこの家に侵入した何者かが出直してきたとしたら、なぜ今度は礼儀正しくノックをするのだろう？　もっともな答えが浮かんでこない。

「アデレード、ジェイク・トゥルエットだ。大丈夫か？　返事がなければ勝手に入らせてもらう」

　何がなんだかわからないとはいえ、安堵感に包まれた。構えていた銃を脇に下げ、玄関へと急いだ。ジェイクが険しく冷たい目でアデレードを一瞥したあと、彼女の後方の暗闇を探るように見た。

「ジェイク」アデレードが言った。「よかったわ、あなたがこうして来てくれて——」

そのとき、彼の手の中の金属の光沢に気づき、全身が凍りついた。目を落とし、彼が太腿の脇で握っているのが拳銃だとわかった。

その一点を除けば、彼はまだ劇場に行ったままの恰好だが、ぱりっとした夜会服の上着とタイは着けていなかった。糊のきいた白いドレスシャツは襟もとが開き、髪は乱れている。彼のコテージから彼女のコテージまで走ってきたようだ。

「どうかしたのか？」ジェイクが訊いた。

彼はアデレードが手にした銃を見ていた。アデレードは銃を握る手に力をこめてあとずさり、同時に銃を持つ手を上げた。

「まずその銃をしまって」アデレードが命令口調で言った。

「わかった」ジェイクはその場にしゃがみこみ、敷居の内側すぐの床に銃を置いた。そしてゆっくりと立ちあがったが、玄関の中に入るそぶりはいっさい見せない。「ごめん。脅かすつもりはなかったんだ。ただ、きみが無事かどうかをたしかめたかっただけで」

「なぜそんなことを思ったの？」

ジェイクが眉をきゅっと吊りあげた。「うちの窓からこっちを見たら、きみが家じゅうの明かりを全部つけながら移動していることに気づいたからだ。もしかしたら、きみを怖がらせるようなことが起きたのかもしれないと考えた」

アデレードはふうっとゆっくり息を吐いた。「今夜、あなたといっしょに外出しているあいだに何者かがここに侵入したんじゃないかと思うの」

「何か盗まれたのか？」

「ううん、いまのところはなんとも。まだよく調べてはいないからだけど、大事なものがなくなったようすはないわ」

「食料はどう？　流れ者が人の家に忍びこんで何か食べていくことがときどきある」

「わたしもそれは考えたけど、侵入者が食べ物目当てだったとは思えないの。キッチンが荒らされたようすはまったくないから」

ジェイクが意味ありげな目を拳銃に向けた。「この状況を整理するあいだ、その銃口をほかに向けてもらえるかな？　ぼくの神経に障るんだよ。知ってのとおり、ぼくの神経には過剰な刺激を与えないように言われているものでね」

アデレードは銃を下げた。「ごめんなさい。わたし、神経がぴりぴりしていて」

「警察を呼ぼう。ぼくがこの玄関ポーチで待つよ。警官がひとり来て、ようすを見てくれるだろう」

アデレードは一瞬迷った。地元警察の目を引くようなことは何より避けてきた。家宅侵入に関して通報すれば、彼女の過去についてあれこれ訊かれるかもしれない。となれば、嘘をつかなければならなくなり、あげくに嘘に嘘を重ねて、複雑な状況に追いこまれるかもしれない。

「警察にどう話すの？」アデレードは言った。「何者かが侵入したと思うんです、って？　何も盗まれていませんが、証拠と言われれば、一カ所だけ窓の錠がはずれていましたって？　きっとあなたがかけ忘れたんでしょうって言われそう」

「ぼくが中に入って調べてもいいかな？」

アデレードはまたしばし考えた。最終的には常識を取りもどし、彼が侵入者であるはずがないと判断した。今夜はさっきまでずっといっしょにいたのだから。

「その前にまず、なぜ銃を持ってここに来たのか、その理由を聞かせて」アデレードが言った。

ジェイクは氷のように冷たい笑みをかすかに浮かべた。「ぼくがかつて貿易会社を経営していたことは知っているね？　世界のいくつもの危険な場所へ出張して、危険な人びとにも会ってきた。だから何年も前から旅をするときはつねに護身用の銃を携帯するようになり、それが習慣になったんだよ」

「バーニング・コーヴでも危険なことがありえると考えているの？」

「犯罪が起きない町などあるはずがないと思っている」ジェイクは少し間をおき、アデレードの手にある銃にちらっと目を落とした。「きみだってバーニング・コーヴについては同じ意見を持っているんじゃないかな？」

「わたしはひとり暮らしの女。用心に越したことはないわ」

「それに異論を唱えるつもりはないが、どうする？　ぼくに家の中を調べさせるか、このまま追い返すか？」

もしも彼にアデレードに危害を加えようとする気があるのなら、今夜ここに送り届けるまでにじゅうぶんなチャンスがあったではないか。やはり過剰反応だ。

アデレードは後ろにさがり、ドアを大きく開けた。「銃を拾ってから入って。たしかにそう。あなたに洗濯室の窓を見てもらえたらありがたいわ。外から開けられるものかどうかを見てほしいの」

「侵入者は洗濯室の窓から入ったのか？」

「錠がおりていなかったのはそこ一カ所だったの」

ジェイクがかがみこんで銃を拾いあげ、敷居をまたいで中に入った。

彼を家の中に入れるとなると、ラッシュブルック療養所を脱出して以来の最大の危険を冒すことになるが、考慮したうえであえて冒す危険だ。

13

ゾランダは屋上のへりに立ち、月明かりに照らされた海を見おろした。これまでに感じたことのないぞくぞくするほどの生きる喜び、大きな力。彼女は今夜の女王、そしてまもなく銀幕のスターになろうとしていた。両手を大きく広げて、全身に広がる陶酔感に浸った。その高揚感で空も飛べそうな気がした。

カフタンのゆったりした袖がひんやりとした微風をはらんで、大きな翼を思わせた。もしかしたら訪問客の行ったとおりかもしれない。幽体離脱して、本当にどこへでも旅ができるかもしれない。これはきっと白日夢。あとは屋上のへりからもう一歩踏み出すだけ。そうすれば、バーニング・コーヴのはるか上空に浮遊することができる。いま体験しているのは、今夜の公演で語ったことそのものだ。きらびやかなバーニング・コーヴ・ホテルの明かりの上方をただよい、魅力的な人びとがカクテルを飲みながら秘密の逢瀬の約束を取りつけるのを眺めている。もうすぐ彼女自身もその中のひとりになる。もうスターがすがる超能力者ではなく、スターになるのだ。

だが、いかに輝かしい可能性に目がくらんでいるとはいえ、ちょっとした疑念がちらつかないではなかった。コップ一杯の水に一滴の毒薬を垂らすがごとく、不安のささやきが視界をくもらせた。彼女は超能力を持ってはいないし、幽体離脱などという現象はない。

もし幻覚を起こしているのだとしたら？

ヴィラの屋上につづく階段をのぼる前、最後に飲んだウイスキーのことが頭に浮かんだ。

一滴の毒薬。

「薬」ゾランダが喘ぐようにつぶやいた。「**あなた、薬を飲ませたのね**」

殺人者は物陰から彼女を見ていた。無言のまま。

何が起きているのかに気づいた恐怖は激しい怒りにかき消された。

「あなた、嘘をついたのね。デイドリームをわたしに飲ませた。殺してやる」

ゾランダは殺人者に向かって突進しようとしたが、今度は夜の怪物が群れをなして彼女のほうに向かってきた。怪物たちの目は地獄の炎でぎらついている。

頭の中のごく小さな部分が現実を見きわめようと必死でもがいていた。目で炎が燃えている怪物が本当に見えているわけではない――殺人者が煙草に火をつけただけ。

しかし、幻覚は殺人者の支配下にあった。眩い幾筋もの夜の川がめらめらと炎を上げながら彼女の周りをくねって流れ、方向感覚を狂わせる。ゾランダは手すりの上で激しくふらついた。

怪物たちは容赦なくどんどん前進してくる。殺人者は彼女がヴィラの屋上から飛び降りる理由を語り、復讐についての古い格言を引用した――復讐は冷めてから食べるのがいちばんおいしい料理である。

「いやよ」ゾランダは必死で命乞いをした。「あなたは誤解しているわ。あれは全部間違いだったの。説明させて」

だが、殺人者は彼女の言うことなど信じてはいなかった。

ゾランダはついにバランスを失い、夜空に甲高い悲鳴を上げながら転落した。悲鳴がやんだとき、彼女は中庭の硬いコンクリートの上に着地した。

殺人者は階下へ行き、バールを手にガラスの壁に囲まれた温室を抜けて中庭の外に出た。スターがすがる超能力者は事切れていた。バールを使う必要はもうなかった。

殺人者はヴィラの中に引き返し、超能力者が恐喝のための秘密の隠し場所を探しはじめた。あの薬には幻覚誘発効果とともに催眠術にかかりやすくなる効果もある。ゾランダはうわごとのようにぺらぺらしゃべった。秘密を記した書類をどこに隠したのかも詳しく説明した。

しばしののち、殺人者はパニックに襲われた。ゆすりのネタをしたためた書類は痕跡すらなかった。ゾランダはおそらく嘘をつきはしなかった——薬の効き目は強力だ——が、なぜかみごとに秘密を墓の中まで持っていってしまった。

14

「きみ、今夜は眠れないだろう？」ジェイクが訊いた。

アデレードは不安げな目で彼を見た。

「たぶんそうね。でも、それはわたしの問題だから心配しないで。家の中を調べてくれたことには感謝しているけれど、さっきも言ったように、なくなったものは何もないし、窓も全部錠をおろしたし」

二人はいま、キッチン・テーブルをはさんですわっていた。アデレードは特製のブレンド茶ではなく、コーヒーをいれて彼を驚かせた。「コーヒーが飲みたい状況もあるわ」アデレードが説明を付け加えた。ジェイクも同調した。

少なくとも彼女はもう彼に小型拳銃を向けてはいなかった。それでも銃はいまだ、大きな傷だらけのキッチン・テーブルの上、手の届く位置に置いてある。それがジェイクを不安にさせた。というのは、彼女には銃を扱った経験があまりないことが一目瞭然だからだ。基本知識はあるにしても、銃と打ち解けた関係にはない。プロの手にある銃はたいそう危険な存在だが、素人の手にある銃はなおいっそうの不安を抱かせる。いつなんどき偶発的な出来事あるいは衝撃によって、引き金が引かれるかもしれないからだ。

彼の銃もテーブルの上の、すぐ手が届く位置に置いてある。ショルダー・ホルスターは今夜はナイトテーブルに置いてきた。アデレードのコテージに明かりがつぎつぎについたことにびっくりし、銃をホルスターにおさめる余裕がないまま駆けつけたのだ。

二人のあいだにはすでに休戦協定のようなものができあがっていたものの、それでもお互いの周りをおそるおそる旋回していた。ジェイクはアデレードが彼に何から何まで話してはいないことを知っていたが、彼女が嘘をついているとは思わなかった。しかたがない。彼女には秘密を守る権利がある。ジェイク自身、彼女に隠していることがいくつかある。

そうした状況を考えれば、はじめてのデートとしては異例中の異例といえよう。

「朝までここにいてもいいが」ジェイクが言った。

そう言ったとたん、その申し出が彼の意図とはかけ離れた意味で受け取られるかもしれないことに気づいた。

アデレードが瞬間的に緊張をのぞかせた。「どうもありがとう。でも、そんな必要はないわ」

ジェイクがうめくように言った。「変なふうに取られると困るな」

アデレードは少しほっとしたようだ。笑みらしきものが口もとに浮かぶ。「ええ、わかってるわ。でも、本当に大丈夫。正直なところ、もしかしたら洗濯室の窓の錠を本当にかけ忘れたのかもしれないと思えてきたくらいで」

「衣装簞笥の中の靴棚に動かした形跡があるとも言っていたね――誰かが貴重品を探したようだと」

「たぶん、それも間違いだったんだわ」アデレードがきっぱりと言い、首を振った。「動かされたんじゃないかと想像してしまったのね。わたし……日が沈んだあとはちょっと神経質になってしまうものだから」

常識といっしょに想像力までどこかへ逃げていってしまったのか、アデレードはこうした状況にそぐわないほど動揺している。しかたがない。女のひとり暮らしなのだから。どんなに用心してもしすぎることはない。とりわけ夜は。

ジェイクはちらっと銃に目をやった。

「ひとつ質問してもいいかな？」

アデレードがわずかに目を細めた。「えっ、どんな？」

「もし何者かがきみの家に侵入して貴重品を探したとしたら、なぜそいつはその銃に気づかなかったんだろう？」その瞬間、ジェイクの頭にある考えが浮かんだ。すると今度は彼のほうが動揺した。「ひと晩じゅうハンドバッグの中に入れて持ち歩いていたとは言わないだろうね」

「もちろん、そんなことはないわ」

「それを聞いてほっとしたよ」

「これはベッドの下にしまってあるの。床下に秘密の金庫があるのよ。この家の家主の女性が教えてくれてね。わたしがこのコテージをいくつかの物件の中から選んだ理由はそれ」

アデレードはベッドの下に銃を隠して寝ているのか。彼女は誰かから逃げている。おそらく男だろう。床下の金庫に銃のほかにも何か隠しているのかどうかが気になった。もっと探りを入れる間もなく、アデレードは両手でカップを持ち、彼を見た。

「こんなふうに何者かが家宅侵入したのに何も盗まなかったって状況だけど、何か論理的な理由が考えられる？」

彼女は真剣だ、とジェイクは気づいた。彼女は侵入の理由として、心底恐れている筋書きより少しでも怖くない筋書きを求めているのだ。

「世間にはきわめて危険な人間がいる」ジェイクは言った。「今夜ここに侵入した何者かが、きみは家にいて、もうベッドに入っているから無防備だと思いこんでいたという仮説も考えられなくはない」

アデレードはカップを持つ手を下げ、驚きに目を見開いて彼を見た。「今夜ここに侵入した何者かは、わたしを襲うのが狙いだったと思うの？」

なんとも奇妙な反応だ、とジェイクは思った。とりわけひとり暮らしの女性の反応としては。まず最初に、レイプ魔の標的になっていたかもしれない、と思って当然なのだが、彼女はそんなことはまったく思いもよらないらしい。

「その種の犯罪はバーニング・コーヴのような土地でも起こりえる」

「そうね。まずそれを思いつかなければいけなかったわ。わたしったらもっと……べつの可能性ばかり考えてしまって」

「たとえば？」

「当然のことながら、泥棒」アデレードの語調は少々力強すぎるくらい力強かった。

「しかし、何も盗まれなかった」

アデレードが顔をしかめた。「ええ、そうね。となると、もっとほかに論理的な説明が必要になるわ」

「もうひとつ、たぶんきみが考えるべきことがある」

アデレードがおそるおそる彼を見た。「何かしら？」

「さっき言ったように、世間にはきわめて危険な人間がいる。そのうえ、精神に異常をきたした人間も野放しにされている。そういう人が全部、精神科の療養所に入っているわけではないからね」

アデレードはあやうくコーヒーカップを落としそうになった。何か言いかけたが、声にはならなかった。ただ、引きつった表情で彼をじっと見ていた。

「そういうことだ」ひと晩だけにしてはじゅうぶん彼女を揺さぶった。ジェイクはしぶしぶテーブルに手をついて立ちあがった。「もし本当にぼくにいてほしくないなら——」

「ありがとう。でも、その必要はないわ、本当に。家じゅうの明かりをこのまま朝までつけっぱなしにしておくつもり。映画のセットみたいに煌々と照らされた家にまた侵入する人はいないと思うけど、どうかしら？」

また口を開いた彼女はいやに早口でまくしたてた。

「そうだね、たぶん」ジェイクも同意した。

「もし戻ってきたとしても、わたしは目を覚ましているし、銃を持っているわ。どうぞ心配しないで」

「それじゃ、こうしよう。明かりを合図に使おう。もし何か音がしたら――どんな音でもかまわない――そのときにきみがいる部屋の明かりを消すんだ。どこか窓のひとつが暗くなるのを見たら、すぐまた戻ってきて、きみのようすをチェックする」

アデレードは渋い表情を見せた。「でも、あなたは眠っているでしょう?」

「いや、眠らずにいるよ」

「ひと晩じゅう、わたしの家の窓を見張っているつもり?」

ジェイクがにこりとした。「もっとましなことをするつもりはないのかってことか。前にも言ったように、ぼくは退屈してるんだ」

アデレードは長いこと彼を探るように見ていた。迷っているようだ。やがて片手をそっけなく振った。

「朝までずっとわたしの家を見張っているというのなら、ここにいるのと変わりはないかもしれないわね。もし眠りたくないのなら、本や雑誌もあるからそれを読んでいてもいいし、コーヒーももっといれるわ」

「名案だね」

「ソファーで仮眠してもかまわないけど」

「仮眠なんかしないさ」

「長い夜になるわよ」アデレードが警告した。

ジェイクはかすかに笑った。「今夜がはじめてじゃない」

アデレードが何か考えをめぐらしながら彼を見た。「あなたはパーティー好きってタイプじゃないわ。もしそうならば、バーニング・コーヴ滞在中はバーニング・コーヴ・ホテルやパラダイス・クラブへ夜な夜な通ってるはずですもの。ということは、これまでの長い夜というのは貿易の仕事と関係があるんじゃないかしら」

「なかなか鋭い」

「あなたの仕事についてもっと聞かせてほしいと思うことがあるの。おもしろそうなんですもの」

「言っただろう、もう貿易からは身を引いたんだ」

アデレードがこっくりとうなずいた。「新しい仕事を探しているのね」

「それはあまり考えたことがないな」

「それ、変だわ」アデレードが厳しい視線を彼に向けた。「あなたは将来がある健康な男性でしょ。仕事は不可欠よ。キャリア。職業」

ジェイクはコーヒーを飲んだ。「言われてみればそうかもしれない」

「こんな話、じつはあんまり興味がないのね？」

「そうだね」

「どうして？」

「いまのところ、ほかに考えなければならないことがあるんだ」

アデレードは議論をつづけたそうな表情だが、仕事に就く気などなさそうな彼への懸念をなんとか抑えこんだ。冷ややかな笑顔を彼に向けて立ちあがると、テーブルの上の小型拳銃を手に取った。

「リビングルームに行きましょう。向こうの椅子のほうがすわり心地がいいわ」

一理ある。キッチンの木の椅子は長くすわっているのはきつい。ジェイクも自分の銃を取り、小さな家の心地よさを楽しみながら、彼女についてリビングルームへ移った。ソファーと椅子の花柄の張り地は情けなく色褪せており、カーテンも同様だが、アデレードがペンキを塗りなおしたことは見てとれた。壁はアボカドの中を連想させるスモーキーなグリーン、ドアと窓の枠の深い紫は茄子の皮を思わせた。

ふかふかしたソファーの前のコーヒー・テーブルには「ライフ・マガジン」最新号

と小説が一冊置かれている。小説のほうは真ん中あたりにしおりがはさんである。

アデレードが部屋の中央まで進んで足を止め、くるりと振り返った。彼と何をしたものか考えているようだ。まもなく彼女の視線が本棚のそばに置かれたカード・テーブルで止まり、表情がぱっと明るくなった。

「トランプしましょうよ」アデレードが言った。

ジェイクはにこりとした。「いいね。きみは賭けごとが好きなの?」

「お金を賭けるのはあんまり。賭けに使えるほど余裕がないから。でも、チップ代わりの貝殻が箱いっぱいあるわ」

「それでじゅうぶんさ」ジェイクはカード・テーブルの上の本にちらっと目を落とした。「これクーパー・ブーンのスパイ小説の最新作だよね」

「『偽装の島』。ええ、発売になったばかりの最新作。クーパー・ブーンが世界あちこちの謎めいた土地に旅をして、危険きわまる悪党たちと対決する物語が大好きなの。第一作は読んだ?『暗号名はアーケイン』」

「うん、読んだ」

「感想は?」

「秘密の島の要塞、不気味な美術品の数々、奇妙な武器といった悪党の道具立てに現実味がまったくないと思った」

アデレードが冷ややかな笑みを浮かべた。「だから小説なんじゃないかしら」

ジェイクはこのときしばらくぶりに声を上げて笑った。それを見たアデレードは驚いた表情をのぞかせたが、ジェイク本人も同様に驚いていた。

15

二人は空が白んでくるまで起きていた。ジェイクが最後の手札をテーブルに置いた。

「上がり。貝殻三つ貸しだな」

アデレードはテーブルの反対側から手持ちの貝殻を全部彼のほうに押しやった。

ジェイクの前の堆《うずたか》い山に目をやる。

「あなたってほんとに強いのね」アデレードは言った。

「運のいいときもあるんだよ」ジェイクは椅子から立ちあがり、ゆったりと伸びをした。手首にはめた金の腕時計で時刻をたしかめる。「そろそろ帰ることにするよ」

「朝食を食べてらしたら?」アデレードがとっさに言った。「卵とトーストでどう?

少なくともこの状況ではそれしかできないんだけれど」

「ありがとう。でも、もう帰るよ。こんな時間にこの家から出ていくところを通りかかった誰かに見られたくない」

「気がつく人などいないと思うわ。隣人がたくさんいるわけじゃないから。あなた以外には、ビーチの端にあるコテージを夏のあいだ借りてる人たち。彼らは週末だけここで過ごすの」

アデレードは、夜のあいだのどこかの時点でジェイクがいることに慣れたことに気づいた。二人のあいだには穏やかな親密感が定着した。本当のことを告白したわけではなかった。ただ、いろいろ雑多な話題——天気、バーニング・コーヴ・ホテルで休暇を楽しんでいると噂されるスターたちのスキャンダル、〈リフレッシュ〉で販売するお茶やハーブティーの特製ブレンドを宣伝するために彼女が考えた才気あふれる商品名、欧州で起きている戦争の噂——についておしゃべりしただけだが、お互いの秘密は尊重しようという合意のようなものがいつしかできあがっていた。

お互いのことを知りたくないというわけではない。それはアデレードも気づいてはいたが、少なくともいまは、お互いの境界線を強引に越えたりするつもりはないということだ。

「あえてゴシップの原因をつくるのはよそう」ジェイクが言った。

アデレードがそれを聞いてにこりとした。「この町ではみんな、本物の有名人のスキャンダルをおもしろがっているの。わたしたちの噂なんかを気にかける人がいるとは思えないけど、心配なのはわかるわ。今日、錠前屋を探して、もっと頑丈な錠前を取り付けてもらうことにするわね」

アデレードはジェイクのためにキッチンのドアを開けた。濃い朝霧が海のほうから流れこんできた。昼までにはこの霧も晴れるだろうが、いまのところはまだ軽やかに世界をおおい隠していた。

外に出たジェイクはあたりのようすを見て満足そうな顔を見せた。「この霧では、きみの家から出ていくぼくの姿は誰にも見えないな」

「朝食、本当にいらないの？」

ジェイクが足を止めてアデレードを見た。「きみの誘いとこの霧で気が変わった」

「それじゃ、卵の用意をするわ」

「二、三分で戻ってくる。洗濯室の窓の外の周囲を調べて、侵入者の痕跡が何かないか探してみるよ」

アデレードのドアの取っ手を持つ手に力がこもった。「もし証拠が何も見つからなかったら？　そのときは全部わたしの想像力のなせる業ってことになるの？」

ジェイクが裏のポーチのへりで立ち止まった。「証拠が見つかる見つからないにかかわらず、昨日の夜、この家に何者かが忍びこんだときみが考えるだけの理由はじゅうぶんにあったと思っている。きみが想像力に支配されているとは思えないからね。神経を病んでいるわけじゃない。それでいいかな？」

アデレードの肩の力が抜けた。「ええ。感謝するわ」

一歩あとずさってキッチンに戻り、ドアを閉めるとガスレンジの前に行った。鋳鉄製のフライパンを取り出して、コンロの上にのせる。

卵をボウルに割り入れはじめたとき、壁に掛けた電話が鳴った。ぎくりとし、卵を一個落としてしまう。卵はグリーンのタイル張りのカウンターの上で割れた。

ただの電話じゃない。ほら、落ち着いて。

しかし、早朝のこんな時刻に電話をかけてくる人間はたったひとりしか思いつかなかった。

被害妄想は情緒不安定の徴候だよ。

何者かが自宅に侵入したと気づいたあと、徹夜して朝を迎えたところじゃないの、と自分に言い聞かせた。神経がぴりぴりしていても不思議ではない。

エプロンで手を拭き、受話器を取った。

「もしもし？」不安な気持ちをのぞかせまいとしながら言った。

短い、びっくりしたような間があった。アデレードが電話に出たことが予想外だとでもいうかのように。

「ミス・ブロックトン？　あなたなの？」

「はい、どちらさまですか？」

「セルマ・レガットよ。マダム・ゾランダの助手の。こんなに早く起こしてしまって、ごめんなさいね。でも、どうにもならなくて」

セルマはいやにあわてていた。

「どうなさいました？」アデレードが訊いた。

「マダム・ゾランダがね、ひどい状態なのよ。神経衰弱とでも言ったらいいのかしら。部屋に閉じこもって出てこないの。あなた特製のブレンド茶――〝悟り〟――を持ってきてと言うのだけれど、ちょうど切らしてしまって。〈リフレッシュ〉はまだ開いてないし、開店時間まで待ってはいられないしで。とにかく、彼女をここにひとり残してては出られないわ。いまの気分では自傷事故でも起こしかねないと思うの」

「そんなにお悪いなら、お医者さまを呼んだほうがいいですよ」

「ううん、そんなことをしようものなら、マダム・ゾランダはかんかんに怒るわ。わたしをクビにするんじゃないかしら。だから、もしあの特製ブレンドのお茶を一回分でいいから届けていただければ、こんなにありがたいことはないわ。約束するわ、お礼はたっぷり差しあげます。オーシャン・ビュー・レーンの行き止まりにあるヴィラに泊まっているの。ご存じかしら？」

「ええ。でも、やっぱりお医者さまを呼ばれたほうが」

「そんな危険は冒せないのよ」セルマがささやいた。「わたしの首がつながるかどうかの瀬戸際なの。医者に診てもらって、マダム・ゾランダの気が静まったりすれば、間違いなくわたしはクビだわ。あなたのお茶は彼女には本当によく効くの。お願いよ。いますぐこのヴィラまでお茶を届けてちょうだい」

アデレードは壁の時計にちらっと目をやった。まだとんでもない早朝だ。キッチンでお茶やハーブティーを調合することもあるから、そのために必要なものはすべて手もとにあることはある。この時間なら、まずジェイクの朝食を用意し、つぎに〝悟り〟を一回分つくって、それをヴィラに寄って届けても、仕事場に着いて制服に着替えるだけの余裕はある。

「わかりました」アデレードは言った。「一時間ほどでそちらにうかがいます」

「もっと急いでもらえない？」セルマが懇願する。「非常事態なのよ」

それに対してアデレードが何も言わないうちに電話が切れた。受話器を戻し、その場にじっと立ったまま、この事態にどう対処すべきか考えた。

キッチンのドアが開いた。またぎくりとして、素早く振り返った。その拍子に手の甲のへりがカウンターの上のスプーンに触れ、それが煉瓦色のリノリウム張りの床に大きな音を立てて落ちた。寝不足がたたっているのだろう。神経がぴりぴりしている。

ジェイクが険しい表情でキッチンに入ってきた。右手に何か持っている。

「それ、何かしら？」アデレードの声はいささか鋭すぎた。「何か見つけたの？」

ジェイクが手を開いて見せたのは、煙草の吸いさし二本と残りわずかなマッチブック。「ガレージの裏でこれを見つけた。どうやらくそ野郎は昨日の夜、ぼくが出ていくのを待つあいだに少なくとも煙草を二本吸ったようだ」

その言葉の意味をじゅうぶんのみこむまでに何秒かを要した。「待つあいだ？」アデレードがようやく口を開いた。「つまり、誰かが家の外にひと晩じゅういたっていうこと？」

「このコテージを何時間見張っていたのかはわからない。夜のあいだに車が行ったり来たりする音は聞こえなかったが、それは驚くには当たらないだろう。おそらくある程度離れた横道に駐車してきたにちがいない。そうすれば、波の音がエンジンの音をかき消してしまうはずだ。とはいえ、ぼくは現場をこう読んだ」

アデレードは彼をじっと見た。「現場？　ひょっとして犯罪現場のこと？」

ジェイクはアデレードのそんな発言を無視した。「そいつはきみが留守のあいだに侵入して家の中をじっくりと見てまわった。そのあと、そいつは外に出て、きみが帰ってくるのを待った。そしてぼくがいっしょだと知った。しかたがないんで、ぼくが帰るまで待つことにした。おそらく計画では、きみが明かりを消してベッドに入るのを待って、再度家に忍びこむつもりだったんだろうが、きみはベッドに入らず、明かりという明かりを全部つけた」

「しかも、あなたがどうかしたのかと駆けつけて、夜明けまでずっとうちにいた」アデレードが言った。「なんだか変だわ。なぜわたしが留守のあいだに家に侵入したあと、いったん外に出て、わたしがベッドに入るのを待ったりするわけ？」

「これはあくまでぼくの勘だが」ジェイクが言った。「そいつは家に侵入して部屋やものの配置を調べておきたかったんじゃないかな。そうすれば、真っ暗な家に再度侵入したとき、自分がいまいる位置や急いで逃げるときの脱出経路がしっかり把握できている」

「どうしてそんなことがわかるの？」

「それが論理的だと思えるからさ」

たしかにそうだわ、とアデレードは思った。だが、それだけではない。ジェイクが言わなかったこと、それはきっと〝ぼくならそうする〟だろう。アデレードには確信があったが、そこにはあまりこだわらないほうがよさそうだとも思った。

忌々しい吸いさしとマッチブックをじっと見た。「食料を狙った流れ者ではないのね」

「いや、違う」ジェイクが言った。「泥棒でもないと思う。もしぼくの考えが正しいとすれば――少なくとも、いまのところは、ぼくが正しいと考えるほうがよさそうだ――この吸いさしを捨てたのが誰であれ、そいつは獲物を狙う捕食動物よろしくきみに忍び寄ろうとしている」

16

オーシャン・ビユー・レーンに面して建つヴィラは、スパニッシュ・コロニアル様式建築のハリウッド版とでもいうべき贅沢なものだった。塀に囲まれた敷地にそびえる三階建ての豪邸は、高い天井、きらびやかな装飾を施したバルコニーの手すりが印象的だ。

ジェイクが運転する車は大きく開いた錬鉄製の門を抜け、花が咲き乱れる手入れの行き届いた庭の小道を進んだ。オレンジやグレープフルーツの木がそこここに植えられ、一方の壁の格子には葡萄の蔓《つた》が這っている。

スポーツカーはヴィラの玄関前で停止した。

「なかなかな家だな」ジェイクが言い、エンジンを切った。

「フローレンスが言っていたけど、ここは大恐慌の少し前に実業界の重鎮が建ててね」アデレードが説明を加えた。「まもなく株の暴落でその人はすべてを失い、この豪邸も何年も放置されたままだったけど、ロサンゼルスの大金持ちが買いとったんですって。その人は大金を注ぎこんで改修して、いまはバーニング・コーヴ・ホテル以上のプライバシーを求める有名人たちに貸しているそうよ」

ジェイクはドアを開けて運転席から降りると、助手席側に回ってドアを開けた。アデレードはお茶を入れた袋を手に車を降りた。二人は階段をのぼって玄関ドアに向かい、呼び鈴を押した。

「今日はもう付き添ってもらう必要はないんだけれど」それを彼に言うのはこれがはじめてではなかった。

「言っただろう、ぼくはマダム・ゾランダに興味があるんだ」

「ええ、それならもう聞いたわ」

アデレードはそれだけしか言わなかった。そして無言のまま、二人は一分か二分じっと待った。

「助手はきみに非常事態だと言ったんだろ」

アデレードはもう一度呼び鈴を押した。それでもまだ応答はなかった。

「もしかすると中庭で朝食かしら」アデレードが言った。「大邸宅ですもの。呼び鈴の音が聞こえないのかもしれないわ」

アデレードが庭をぬってヴィラの裏手へと通じる石敷きの小道を歩きはじめると、ジェイクも黙ってあとについた。煙草の吸いさしとマッチブックを見つけて以来、憂鬱そうにしているジェイクだが、いまはその雰囲気に新たに緊張までが加わった。

「この静養、ちっともあなたの神経のためにならないんじゃなくて？　もし今日のあなたを見たら、お医者さまはきっと大いに嘆くわ」

「医者に話すつもりなどないよ」

「たぶんそのほうがいいわ」アデレードはそう言うと、つぎは声を大きくして呼びかけた。「ミス・レガット？　マダム・ゾランダ？　アデレード・ブロックトンです。〝悟り〟をお持ちしました」

アデレードとジェイクは屋敷の裏手に回り、広々としたコンクリート敷きの中庭のへりで足を止めた。樹木に囲まれた中庭には安楽椅子が数脚、テーブルとパラソルが置かれている。

それ以外にも、鮮やかな色彩の絹のスカーフらしきものが無造作に丸めてある。

「うそっ」アデレードが小さくつぶやいた。

マダム・ゾランダは堂々とした背の高い女性だったが、それは生前のことで、屍となったいまははるかに小さく見えた。

17

「そこを動かないで」ジェイクが言った。

アデレードの肩に軽く手を触れ、横をかすめて歩きながら無言のうちに命令をなおいっそう強く伝えてきた。

アデレードは死体の傍らにしゃがみこむ彼をじっと見守った。彼の敏捷で効率のよい身のこなしは、彼が死体に接するのがはじめてではないことを語っていた。ライナ・カークが貿易業について言っていたことを思い出した。**貿易会社っていうと聞こえはいいけど、いろいろな非合法活動を隠してたりもするの**。つづいて思い出したのは、ジェイクの妻の死についてライナが言っていたことだ。**ミセス・トゥルエットは地下室で首を吊ったそうよ。死体を発見したのはトゥルエット**。

「死んでからしばらくたっているな」ジェイクが言い、立ちあがった。「五、六時間ってところだと思う。首の骨が折れている」彼は屋敷の屋上を見あげた。「飛び降りたにちがいない。さもなければ、誰かがぼくたちにそう思いこませたかったか」

アデレードもヴィラの屋上のへりを飾る高い手すりを見あげた。「誰かがわたしたちに彼女は飛び降りたと思いこませたかった？」

「ゾランダに関してぼくが正しければ、彼女は多くの人間から恐喝のネタになりえる秘密を収集していた。となれば、その被害者が彼女のあとをつけて口を封じた可能性はある」

「なるほどね」

たしかにそのとおりだが、ドクター・オームズビーが激しい幻覚を起こして、ラッシュブルック療養所のアーチ形の窓を突き破って飛び降りた夜のおぞましい記憶がアデレードの頭をよぎった。**偶然の一致よ。恐ろしい偶然の一致にすぎないわ。**

ジェイクがこっちをじっと見ていることに気づいた。

「大丈夫か？」彼が訊いた。

「ううん。大丈夫じゃないけど、卒倒したりはしないわ。もしそういう心配をしているとしたら。ねえ、ジェイク、どうも変だわ。セルマが電話してきたのはほんの少し前のことよ。ゾランダが死んだのはずいぶん前のことなんでしょ？」

「だと思う。うん、たしかに変だ。警察を呼ぶ前に家の中を見ておきたい」

「ゾランダがあなたのお友だちを恐喝するのに使っていた日記を見つけたいのね」

「望み薄だが、いちおう調べておかないと」

ジェイクは早くも屋敷の裏とつながっている温室の開いた扉に向かっていた。

ほかに何をすべきか思い当たることもなく、アデレードも彼についていく。ガラスに囲まれた室内には緑色の錬鉄製のベンチやたくさんの鉢植えの植物が並んでいる。

ジェイクは素早く室内に目を走らせてたしかめ、さらに歩を進めた。

また扉を開くと、そこは幅の広いアーチ形の通路だった。それをはるか先まで行き、優雅な階段をのぼりはじめる。

「ここにいて」ジェイクが言った。「すぐに下りてくる」

彼の姿は踊り場で見えなくなった。

気がつけば、アデレードはまだ〝悟り〟を入れた袋をぎゅっと握りしめていた。ゆっくりと踵《かかと》に体重をかけて回転し、あたりのようすをうかがった。彼女の立っている位置からは立派なリビングルームが見える。高い天井、アーチ形の窓、焦げ茶色の木の梁。

ヴィラの内装は外観同様に異国風だ。壁は豊かな黄土色に塗られ、暖炉の周囲には色彩豊かなタイルがふんだんに使われている。家具はほとんどのものが茶色の革張りで、そこに宝石と見まがうばかりの布のクッションがアクセントとしてちりばめられている。

ゾランダが最後の公演でかぶっていたターバンがコーヒー・テーブルの上に置かれていた。さもぞんざいに放り出されたかのように。タキシードの上着が椅子の背に掛かっている。紳士物にしては小さすぎるところを見ると、おそらくセルマ・レガットがゾランダの助手を務めるときに身に着けていた上着なのだろう。

アデレードの目は、気がつけばなぜかターバンに引きつけられていた。長いことじっとそれに目を注ぎながら、ゾランダの最後の予言について考えをめぐらした。

「よく聞いて。この劇場の中に朝までに死ぬ人がいます」

ターバンの横に空のグラスがあった。底にウイスキーらしきものが少しだけ残っている。

頭上から戸棚の扉をつぎつぎと開けては閉じる音が聞こえた。ジェイクが二階の部屋という部屋を素早く調べているのだ。

アデレードが自分が何を探しているのか見当もつかないまま、しばらくあたりをうろうろしていた。

リビングルームはこれくらいにして、つぎはキッチンで運試しをしようかと思ったとき、リカー・キャビネットの下の床でガラスの破片がきらりと光るのが見えた。破片の色は深い青だ。

キャビネットにはたくさんのガラス器が並んでいるが、コバルト・ブルーのものはひとつもない。

アデレードはハンドバッグからハンカチーフを取り出し、キャビネットの前にしゃがみこんでガラスのかけらに手を伸ばしかけた。

そして凍りついた。なぜなら、視線の先にあるのが青いガラスの破片ではないと気づいたからだ。それは優美にカットされたコバルト・ブルーのクリスタル製香水瓶の栓。

まさかの思いでその栓に見入った。頭に浮かぶのは、オームズビーの事務室の机の上に置かれた黒いベルベットの箱、カット・クリスタルの香水瓶一ダースが入ったケースだ。アデレードはラッシュブルックに閉じこめられていた期間で、精神科の療養所内部の仕組みについて多くのことを知りえた。オームズビーが香水をつくってはいなかったことはわかっている——彼がつくっていたのは違法薬物で、できあがった薬物の一部を優雅なクリスタルの香水瓶に詰めていた。

論理的に考えるのよ、とアデレードは自分に言い聞かせた。ゾランダは超能力ビジネスを巧妙にこなしていた。高価な香水の瓶をいくつか持っていたとしても不思議ではない。

ハンカチーフを使って、きらきら光るクリスタルの物体を拾いあげた。拾いあげた栓を鼻に近づけ、おそるおそるにおいを嗅いだ。香りはない。香水瓶の栓だとは思えない。香水の香りはどれくらいの時間、クリスタルに残るのだろう? 答えはわからない。だが、デイドリームと呼ばれる薬についてならいろいろ知っている。デイドリームは無味無臭だ。

リビングルーム内をもう一度ぐるりと見まわした。香水瓶のほかの部分は見当たらない。ここにあったのは栓だけだということか。

これが黒いベルベットのケースに入っていた瓶の一個とはかぎらない。アデレードはこのときもまた自分に言い聞かせた。ハリウッドの偽超能力者がラッシュブルック療養所とつながっているなどということがあるのだろうか? あるとしたら、どういうふうに?

ふくらんでくる妄想を抑えこまなければ。これでは第五病棟に幽閉されたほかの患者が口にすることと大して変わらなくなってしまいそうだ。青い香水瓶の栓は、ただの青い香水瓶の栓にすぎない。高価な香水瓶の一部であることは明らかだが、おそらく同じような瓶は何千と存在するはずだ。

しかしながら、もし警察がゾランダは殺されたと判断し、もしあの療養所とスターがすがる超能力者とのあいだの関係を発見し、もしバーニング・コーヴのティールームでウェートレスとして働いている女が療養所から脱走した患者であることを突き止めれば、おそらくはその脱走した患者が殺人の第一容疑者となるだろう。

何重もの〝もし〟が重なるとはいえ、それが正しいことが証明されれば、アデレードは再びどこかへ姿を消すほかなくなる。

瓶の栓をキャビネットの下の床、落ちていたところに戻した。警察が見つけるかもしれないが、重要な意味があるとは考えないだろう。ただの香水瓶の栓にすぎないのだから。

身震いを覚えながら、廊下の先にある大きなキッチンに行った。

タイル張りのカウンターの上にまだ半分も入った〝悟り〟の袋があった。その横にはティーポットと薬缶が。ゾランダは特製ブレンド茶を切らしてはいなかった。

「なんなの、いったい」アデレードが小声で悪態をついた。

戸口のほうで何かが動くのを察知し、くるりと振り返った。開いたドアのところにジェイクが立っていた。カウンターの上のお茶に目をやる。

「そこにあるのはゾランダのための特製ブレンドと考えていいのかな？」

「ええ」アデレードが答えた。「しかも、まだたっぷり残っているの。セルマ・レガットはなぜ嘘をついたのかしら？　なぜあんな朝早くに電話をかけてきて、いますぐここに来て、と呼び出したのかしら？」

ジェイクがアデレードと目を合わせた。「その答えだが、きみもぼくと同じくわかっているはずだ」

「マダム・ゾランダ殺害の濡れ衣をわたしに着せようとした」

「そうとしか考えられない」ジェイクが言った。「彼女がこんなことをした合理的な理由はたったひとつしか思い浮かばないよ」

「彼女はたぶん、ゾランダ殺しにかかわっているわね」

「もしぼくがこの事件の捜査に当たる刑事なら、間違いなくレガットを第一容疑者にするだろうが、彼女は死体を見つけて怖くなって逃げ出しただけという可能性もなくはない。いずれにせよ、ゾランダが集めた秘密は彼女が持ち去ったんだと思うね」

「探していた日記は見つからなかったのね？」

「日記もだが、そのほか恐喝のネタらしきものは何も見つからなかった」

「セルマ・レガットはそういう強迫ネタが欲しくてゾランダを殺したのかもしれない

わね」アデレードが言った。

「いまのところ、ぼくの容疑者リストではレガットが筆頭にいるが、ゾランダが恐喝を目的にした秘密を収集していたというぼくの仮説が正しければ、大半が正体不明の容疑者がずらりと並ぶことになる。彼女はハリウッドの大立て者を相手に超能力ゲームをしていた。映画会社は、彼女のようなゆすりを始末するためにフィクサーを雇っているからな」

彼の言葉に高揚感を覚えたりするのは被害妄想の尺度のひとつなのかもしれない、とアデレードは思った。彼のそうした分析に奇妙なくらいの安堵感を感じたのだ。もしゾランダが恐喝に手を染めていたとすれば、数えきれないほどの人間に彼女を殺害する動機があった。となれば、香水瓶の中身が療養所の研究室にあった薬だったと考える理由はなくなる。

「警察を呼んだほうがよさそうね」

ジェイクは嬉々として警察を呼ぼうというアデレードを見て眉を吊りあげたが、それについてはとくに何も言わなかった。

「ああ、そうしよう。ぐずぐずしていればいるほど、セルマ・レガットが遠くへ逃げてしまう」

「警察にはどう話すことにする？」

「本当のことでいいだろう」ジェイクは優雅な電話機が置かれたエンド・テーブルに近づいた。「だいたいのところは。こうしよう。今朝、きみはセルマ・レガットから電話をもらい、非常事態なので大至急お茶を届けてほしいと懇願された。そしてここに到着したところ、死体を発見した。ぼくたちは善良な市民だから、ただちに警察に連絡した」

「消えた日記については触れないのね？」

「ああ。もしあの日記が警察の捜査の対象になれば、その内容を報道陣に秘密にしておく術がなくなる」

「わたしたち——あなたとわたし——についてはどうするの？　こんな朝の早い時間になぜいっしょにいるのか、警察はおかしいと思うはずよ」

ジェイクの顎に力が入った。「きみを守ろうとして失敗したことは謝るよ。だが、それについても本当のことを話すほかないだろうな」

「つまり、昨日の夜からずっといっしょにいたと言うのね。わかったわ」アデレードは腕組みをし、あきらめの表情で首を左右に振った。「きっと最悪の推測をしてくれるわね」

「最悪?」

アデレードがかすかに顔を赤らめ、彼をにらんだ。「警察はわたしたちがただならぬ関係にあると思うわ。でも、心配しないで。わたしはかまわないから。前にも言ったとおり、わたし、自分の評判など気にかけていないの。それに、ここはバーニング・コーヴ。ここの人たちの関心は、どんな人気女優がバーニング・コーヴ・ホテルでどんな大物男性と寝ているのかってことだもの。誰もティールームのウェートレスの私生活を気にかけたりしやしないわ」

「状況がこんなふうでなければそうだろうが、今朝はそのティールームのウェートレスがスターがすがる超能力者の死体を発見したんだ。自分をごまかしちゃだめだ。『バーニング・コーヴ・ヘラルド』の午後の版にはこのニュースが載る」

「そりゃあ、しばらくのあいだはちょっと困ったことがあるかもしれないけど」アデレードの表情がぱっと明るくなった。「たぶん〈リフレッシュ〉は商売繁盛よ。好奇心に駆られた人たちがお店に押し寄せるでしょ。フローレンスは大喜びだわ」

「営業成績の視点から見るとは、大したものだ」ジェイクのまなざしが冷ややかになった。「ひとこと言っておくと、もしこれが大規模な殺人事件捜査になりでもしたら、アリバイが必要なのはきみひとりじゃなくなるんだよ」

彼の言いたいことをすぐには理解できなかったが、理解した瞬間、アデレードは深く息を吸いこんだ。

「そういうことなのね」アデレードは言った。「思ってもみなかったわ。あなたも容疑者になるかもしれないのね。だってあなたは、ゾランダがゆすりを働いていたと信じているんですもの」

「言い換えれば、ぼくには彼女を殺す動機がじゅうぶんにあるということだ」

アデレードは腕組みしていた腕をほどき、両手を広げた。「なんだかわたしたち、お互いから離れられないみたいね」

「ぼくたちは味方同士だと考えたほうがいい」

「ええ、そうね。味方同士」

「ところで」ジェイクが言った。「向こうの部屋のリカー・キャビネットの下にこれがあったんだが、ハンドバッグに入れておいてもらえないかな？」

ジェイクが差し出したのは、あの香水瓶の栓だった。

彼の手のひらでクリスタルの栓が陰気な光を放った。アデレードは軽いめまいを覚えた。ジェイクは明らかにその栓が重要な意味を持つと考えた。いい徴候とは言えない。

アデレードはしぶしぶジェイクに近づき、彼の手のひらに手を伸ばして瓶の栓を取った。

「これについては警察に話さないほうがいいのね?」それをハンドバッグにしまいながら訊いた。

彼が浮かべた笑みは剃刀のように鋭かった。「ああ、香水瓶の栓については警察には話さないでおこう」

アデレードはごくりと唾をのみこんだ。「どうして?」

「警察がこれを重要だと考えるとは思えないが、いったん証拠ファイルに入れられれば、ぼくたちには二度と手が届かなくなってしまう」

「わたしたちがまたそれを手に入れたくなるのはなぜ?」

「理由は二つある。第一に、これがリビングルームにあるのは場違いだからだ」

「女性ならたいていは香水瓶を持っているわ」アデレードが指摘した。

「だが、ふつうはドレッシング・テーブルに置くだろう、リビングルームにではなく」

もっともなことだから、アデレードは反論できなかった。「第二の理由は?」

「この栓はとびきり高価な香水の瓶のもののようだ。もし本体を発見すれば、殺人犯を見つけ出せるかもしれない」

「あなたは本当に、ゾランダは殺されたと考えているのね？」

「ああ」

ジェイクは優雅な電話機を取り、ダイヤル0を回して交換手を呼び出した。

18

「警察はゾランダが飛び降りて死んだって結論を出すわよね？」アデレードが言った。

ジェイクは彼女を見た。警察が超能力者の死亡を自殺と判断する可能性に望みをかけている――それどころか、切に願っている――といった口調だ。彼女が何を考えているのかはわからないものの、二人で死体を発見したときから彼が香水瓶の栓を彼女に手わたしたときまでのあいだに何度かようすが変わったことはたしかだ。

いま、アデレードはジェイクと並んで中庭のへりに立ち、バーニング・コーヴ警察署から来たひと握りの制服警官とブランドンという名の刑事の動きを眺めている。死体を任せられているのはスキップトンという医師で、見たところ、検視官が必要なときだけ呼び出されてその役を務めているようだ。

「どうなんだろうな」ジェイクは言った。「ブランドン刑事はセルマ・レガットが姿を消したことが気に入らないそうだ。ぼくの勘では、彼はレガットを捜索するだろうが、もし町を出てしまえば——大いにありえることだ——打つ手はかぎられる。ゾランダは恐喝を働いていた人間で、レガットはいまやその恐喝ネタを手に入れたなんてぼくの仮説を伝えたところで、証拠は何ひとつないんだから意味がない」

「もし警察がレガットを見つけたら、そのときはたぶん日記も見つけるわね」

「ということは、警察より先にぼくが彼女を見つけなければならない」

彼を見たアデレードは何かを考えているようだ。「あなたはセルマ・レガットを自分で見つけるつもりなのね？」

「ほかに選択肢があるとは思えない」

アデレードはその意見を受け入れたらしく、こっくりとうなずいた。ジェイクは思った。多くの女性——いや、女性にかぎらず男女——は個人的な調査という発想にかなりな不安を感じるはずだが、アデレードはそうしたことになんら違和感がないようだ。

死体の傍らにいたブランドン刑事が二人のほうに歩いてきた。ブランドンは、自分の仕事に邁進する厭世的な表情をした、屈強な印象の男だった。ネクタイの結び目はぞんざいで、上着のボタンを留めていないせいでホルスターにおさめた銃が見えている。彼が足を止め、帽子をぐっと後ろに押しやりながら、やや目を細めて屋上を見あげた。

「予言を実現させるために飛び降りたとは思えないな」

「ええ」ジェイクが言った。「とうてい思えませんね」

ブランドンはアデレードに視線を移した。「姿を消した助手が今朝あなたに電話をしてきた点は興味深い」

「あんな朝早くに緊急用のお茶を持って駆けつけてくれる人間はほかにいるわけありませんからね」アデレードが言った。「セルマ・レガットはわたしに死体を発見させたかったんだと思います」

「ほう」ブランドンが言った。「その仮説はつまり、セルマ・レガットはマダム・ゾランダがどうして死んだかを詳しく知っているということになりますが」

「ええ、そういうことですよ」ジェイクが言った。「明らかにレガットは警察に死因は自殺だと言っても受け入れてもらえるかどうかわからなかったんで、代案を考えた。自分を探してほしくないんでしょう」

「なるほど」ブランドンがもう一度アデレードをしげしげと見た。「あなたにはミスター・トゥルエットとひと晩じゅういっしょにいて、今朝もいっしょにここへ来たというしっかりしたアリバイがあってよかった」

アデレードは冷ややかな目でブランドンを見た。

「ここで何点かはっきりさせておかなければならないことがあるんです、刑事さん。ミスター・トゥルエットとわたしは昨夜、ゾランダの公演に行きました。そのあと、ミスター・トゥルエットはわたしを家まで送って、自分のコテージに帰りました。わたしは寝る支度をしているときにふと、留守のあいだに何者かが家に忍びこんだような気がしたもので、家じゅうの明かりをつけて回りました。すると、ミスター・トゥルエットはそれに気づいて、わたしが無事かどうかようすに見にきてくれました。とりあえず異状なしとわかりましたが、ミスター・トゥルエットは夜明けまでうちにいてくれたというわけです」

ブランドンが訝しそうな表情をのぞかせた。「何かなくなったものは?」

「ありません」アデレードは答えた。「洗濯室の窓が開いていたんです。だから泥棒が入ったのかと思ったんですが、いまのところ盗まれたものはないようで」

ブランドンが思案顔でうなずいた。「しかし、こちらのミスター・トゥルエットは、あなたが不安そうだから朝までお宅にとどまったと」

「参考までに言っておきますが」アデレードは言った。「ミスター・トゥルエットとわたしはおしゃべりしたりトランプしたりして朝まで過ごしました」

「本当に?」ブランドンは疑り深い表情を隠そうともしなかった。いかにも刑事といった鋭い目をジェイクに向ける。「そしてあなたは、ミス・ブロックトンがセルマ・レガットからの電話を受けたときもまだ彼女の家にいた?」

「外が明るくなったので、家に帰る前にアデレードのコテージの周囲を調べようと思いまして」ジェイクが言った。「そうしたら、煙草の吸いさし二本と空のマッチブックをガレージの裏で見つけました。おそらく何者かが夜のあいだのかなり長い時間、ミス・ブロックトンの家を見張っていたんだと思います」

「昨夜は霧が濃かったから」ブランドンが反論した。「流れ者が湿っていない快適なガレージの中で夜を過ごすことにしたのかもしれない」

「その場合」ジェイクが言った。「煙草の吸いさしとマッチブックはガレージの中に捨てられていたんじゃないでしょうか。ぼくが見つけたのはガレージの外――裏――でです。何者かが煙草を吸いながら二、三時間そこに立っていたけれど、家の中にいる人間は気がつかなかったということじゃないですか?」

ブランドンは顔をしかめてアデレードを見た。「昨夜、何者かが侵入したというのはたしかですか?」

「断言はできませんけど」アデレードが認めた。

「ほう。それではうかがいますが、ほかに何かあなたが不安を感じるようなことを目にしましたか？　いずれにしても、お宅周辺の夜間の警邏《けいら》を数回増やすことにしましょう」

「それはどうも」アデレードは言った。「感謝します」

屋敷の正面の私道から車の低いうなりが聞こえてきた。エンジン音はすぐに止まった。車のドアがバタンと閉まり、数秒後、庭の小道でせわしげな足音が響いた。

「到着したか」ブランドンがぶつぶつとつぶやいた。「『ヘラルド』の新任の犯罪担当記者を紹介しますよ」

流行のゆったりしたズボンに淡い黄色の絹のタイ付きブラウスを着た女性が足早に近づいてきた。肩までの長さの髪にはハリウッドの最新流行の強いウェーブがかかり、片手に革表紙の速記帳と鉛筆を持っている。ブランドンめざして進んできた彼女は彼の正面でぴたりと足を止めた。

「刑事さん、いいお友だちだわ、あなたは」その女性が息を切らしながら言った。「もしモーガン巡査部長が電話をくださらなかったら、いまもまだ中庭でオリヴァーといっしょに朝食を摂っているところだったわ。いったい何が起きたのかしら？」

ブランドンはアデレードとジェイクを手ぶりで示した。「ミセス・ウォード、紹介します。こちらはアデレード・ブロックトン、〈リフレッシュ・ティールーム〉のウェートレスです。こちらはクレッセント・ビーチの彼女の隣人で、ジェイク・トゥルエット」

アデレードが笑みを浮かべた。「紹介の必要などありませんわ。アイリーンとわたしはもう会っています」

「〈リフレッシュ〉はバーニング・コーヴでいちばんおいしいお茶とペーストリーを出すお店ですもの」アイリーンが言い、つぎにジェイクを見た。「でも、こちらの方ははじめて。はじめまして。『バーニング・コーヴ・ヘラルド』の記者です。犯罪記事を担当しています」

「この町では犯罪はあまり起きないと思ってましたよ」ジェイクが言った。

「びっくりですよね」アイリーンがアデレードを見た。「モーガン巡査部長から電話があって、あなたとミスター・トゥルエットが死体を発見したと聞いたの。間違いなくマダム・ゾランダなの？」

アデレードは中庭の現場のほうに向かって手を振った。ドクター・スキップトンが死体にシーツを掛けようとしているところだ。「ご自分で見てらしたら？」

アイリーンは担架に横たえられた死体にちらっと視線を投げた。「まあ、ほんと。

間違いないわ。本当にきれいな人だったわね」

「ええ」アデレードが言った。

「なぜスターになろうとせずに、スターがすがる超能力者の道を選んだのかしらね」

アイリーンが考えこんだ。「才能がなかったのかもしれないけれど」

「わたしに言わせれば、才能はじゅうぶんにあったわ」アデレードが言った。「超能力者の役をじつにみごとに演じていたことを考えれば」

「たしかにそうだわ」アイリーンが速記帳に鉛筆を走らせた。「じゅうぶんに美人で才能もあったのに、ヴェラ・ウェストレイクのようなスターが持っているあの特別な何かに欠けていたってことかしら」

「それじゃ、ぼくはちょっと失礼して」ブランドンが言った。「向こうで仕事を」

「またあとでよろしく」アイリーンが念を押した。

「こちらこそ」ブランドンがつぶやいた。

きびきびした歩調で屋敷の中に姿を消す。

アイリーンはまたアデレードのほうを向いた。「話を聞かせて。ここでいったい何が起きたの？」

「見たところ、マダム・ゾランダは夜のあいだのどこかの時点で屋上から飛び降りたか、あるいは押されて落ちたかしたようで」アデレードが説明をはじめた。「わたしたちが知っているのは本当にそれだけ。わたしたちがここにいるのは、今朝、それもとんでもなく早い時間にゾランダの助手、セルマ・レガットから電話がかかってきたからなんです。ゾランダが激しい混乱状態に陥っているので、特製ブレンド茶が必要だと言われて」

「ふうん」アイリーンはちらっと振り返って、温室の扉を見た。「レガットは家の中?」

「いいえ」ジェイクが答えた。「姿を消したみたいです」

「そしてマダム・ゾランダは死亡」アイリーンがぱたんと速記帳を閉じた。「なんだかもう見出しが頭の中に浮かんでるみたい。〝**スターがすがる超能力者、自分の死を予言**〟」

「そう書きたくなる気持ち、ようくわかります」アデレードが言った。

19

「少し話しあっておいたほうがよさそうだ」ジェイクが言った。

アデレードはスポーツカーの助手席にすわり、〝悟り〟を入れた袋とハンドバッグをぎゅっとつかんでいた。バッグの中のクリスタルの香水瓶の栓のことがいやでも頭から離れない。

そわそわしながらジェイクをちらっと見た。ジェイクはクリフ・ロードの前方のカーブから目を離さない。彼の運転は、それ以外のことをするときと同じように、ゆったりと流れるようでいながら男性的な優雅さをそなえていた。

「それはいいけど」アデレードは言った。「話しあうってなんのことを?」

蜘蛛の巣にかかってしまったような気がしはじめた。できるだけ言葉少なにやりすごすことが最善策よ、と直感が警告している。ジェイクにはジェイクの優先事項——追っているのは行方不明の日記——があるが、アデレードにもアデレードのそれがある。何がなんでもラッシュブルック療養所に入院していた前歴は伏せなければならない。ジェイクなら彼女の言葉を信じてくれると期待するわけにはいかない――精神を病んだ患者のための施設から脱走してきたことを知れば当然である。

ジェイクは車の速度を落として脇道に曲がると、人けのないこぢんまりした浜辺を見おろす場所で停めた。

彼は冷静な仕種でエンジンを切り、アデレードのほうを向いた。左手は木製のハンドルにさりげなく置き、右腕は運転席の背もたれにのせた。彼女の頭のすぐ後ろに彼の手が来る体勢だ。

「状況がどんどん複雑になっている」ジェイクが言った。

「それはつまり、あなたが追っている日記をセルマ・レガットが持ち去ったから?」

「彼女が姿を消したってことだけじゃない。今朝まではぼくは恐喝者を追いかけているつもりだった。いまもそれが重要だってことには確信があるが、それが全貌ではないと思えてきている」

アデレードは胃がひねられる思いだった。「よくわからないわ」

「ゾランダとレガットはふつうの恐喝以上の何かにかかわっていたような気がする」

「どうしてそう思うの?」

だが、アデレードは答えを知っていた。

「昨夜の侵入者だよ」

あやうく息が止まりそうになった。「そんなことってあるかしら?」

アデレードの声が弱々しく響く。いまのままティールームの無邪気なウェートレスの役を演じつづけられなければ、ラッシュブルックにまた閉じこめられることになる。

「わからないが」ジェイクが言った。「あるはずだ。さもなければ、驚くべき偶然の一致としか言いようがない」

「偶然の一致?」

今度は声が力強い。まるで大いに関心があるかのようだが、パニックを起こしてはいなそうだ。

「聞いたところでは、バーニング・コーヴは重大な犯罪はほとんど起きていない。となれば、マダム・ゾランダが殺されたまさにその夜、きみのコテージに何者かが侵入し、さらにそのあと何時間もにわたってきみの家を見張っていたなんて確率はどれくらいだろう?」

「さあ、見当もつかないわ。どれくらいの確率かしら?」

「ぼくもわからないが、確率がどれくらいにせよ、変だよ。ぼくの勘によれば、昨日の夜から今日の早朝にかけて起きたことはおそらくどこかでつながっている」

アデレードのハンドバックをつかんだ手に力がこもる。「ずいぶん自信があるようね」

「言っただろう、ぼくは貿易の仕事をしていたって」

「危険な仕事だから銃を携帯しているとも」

「ああ」ジェイクが言った。

詳しいことは言わない。

アデレードは静かにすわったまま、自分の周囲で不吉な潮流が渦巻く混沌の中でこの場をしのぐ理屈を探そうとした。ジェイク・トゥルエットが放つ気迫には抗えなかった。彼女にできることはせいぜい、探りを入れてくるジェイクの矛先を多少かわすことくらいだろう。もう一度胸に刻んだ。秘密が無数に記された日記の発見が彼にとっての最重要目的なのだと。

「この状況の鍵を握るのはセルマ・レガットだわ」アデレードがついに口を開いた。

「鍵のひとつではあるな、たしかに」

「警察は彼女を捜すでしょうけど、あなたが指摘したとおり、もし町を離れてしまえば、捜索のためにできることもかぎられるわ」

「そうなんだよ」ジェイクが同意した。「もしドクター・スキップトンがゾランダは自殺したという結論を下せば、ブランドンも姿を消した助手の捜索で時間を無駄にする理由はなくなる」

アデレードは神経を集中した。「でも、わたしたちまで探せないというわけではないわ」

ジェイクが関心を示した。「きみは探すつもりでいるみたいな口ぶりだな」

「この町で探偵事務所を開いたばかりの友だちがいるの。もう話したでしょ。人探しの専門家よ」

「ぼくの前歴を調べた女私立探偵のこと？」

「ええ。ライナ・カーク。女性の私立探偵を雇うことに何か問題でも？」

「いや」ジェイクが答えた。「ただ、これまでそういう人に会ったことがないだけだ。この町にほかの探偵事務所はないのかな？」

「知っているところはないわ。わたしにとって唯一の選択肢がライナ。彼女は仕事が欲しいし、わたしは彼女なら信頼できると思うから」

「彼女なら信頼できると思う？」

アデレードはフロントガラスからまっすぐ前を見つめ、最後に奇跡にすがってしまったときに降りかかった災難を思い出していた。あのときのアデレードはとんでもない世間知らずだったが、今回は違う。

「人を信頼するってことについて、あなたは肯定的にはなれないんでしょう」アデレードは言った。「たしかに人はしょっちゅう嘘をつくわ。でも、大丈夫。ライナは信用していいと思うの。この町に来て間もないから、このバーニング・コーヴでしかるべき評判を得ようとしてもいるし」

「そうか」ジェイクが言った。

アデレードはジェイクに顔を向けた。彼は真剣な面持ちで彼女を見ていた。アデレードのうなじを戦慄が走った。

「あなたはわたしを信用できるかどうか考えているんじゃなくって?」アデレードは訊いた。

ジェイクはユーモアのかけらも感じられない笑みを浮かべた。「そして、きみもぼくについて同じ疑問を抱いている」

「わたしたち、お互いのことをあまり知らないでしょう」

「それはそうだが」ジェイクもいちおう同意した。「さっききみが言っていたように、ぼくたちはお互いから離れられなくなっている。お互いの存在が昨夜のアリバイなのだから」

「わたしたちに本当にアリバイが必要だとすれば、だけれど」アデレードが言った。

「殺人事件となれば、アリバイを用意しておくことはつねに大事なことだ。とりわけ、死体の発見者になったときは。ぼくの経験では、警察はふつう、人が死んでいると通報した人間を疑うものだ」

「あなたはゾランダは殺されたと確信している？」

「そうではないと証明されるまでは、そうだね」ジェイクは左腕にはめた金の時計にちらっと目をやった。「時間を無駄にしている余裕はない。ライナ・カークにはいつ会えるかな？」

「今日じゅうのアポイントメントも取れると思うわ」

「そうしよう」ジェイクは背もたれにのせた腕をはずし、正面を向いてエンジンをかけた。「きみの家だが、下宿人を置いたらどうだろう？」

アデレードはしばし黙りこんだ。「あなたのこと？」

ジェイクは車のギアを入れた。「明るい面に目を向けるんだ——きみは失職するかもしれないが、そんなときも家賃が入る」

「わたしたちが巻きこまれたこの事件がすごく危険かもしれないと思っているの？」

「恐喝者が死んで、おそらくその助手が例の日記を含む彼女の大量の秘密を手に入れた」ジェイクは言った。「ああ、そうだ。ぼくたちは何かしら危険な事件に巻きこまれたんだと思う」

「もう今朝の時点でわたしの評判は地に落ちてしまったわけだし、都合のいいことに使っていないベッドルームもあるし」アデレードは言った。「下宿人がいても悪くないわね。正直なところ、家賃が入れば家計が楽になるわ」

20

ライナはニューヨークの名門法律事務所の秘書として培った、冷めた落ち着きを懸命に身にまとった。仕事は喉から手が出るほど欲しいが、ルーサー・ペルは危険きわまる依頼人だ。

「厳密には、どういった調査をお望みでしょうか、ミスター・ペル?」

「誰かがうちの最高級の酒をくすねているんだよ」ルーサーが言った。「損失額を考慮すると、警察に通報するほどではないものでね。ある週に上物ウイスキー数本、つぎの週にフランスのシャンパン数本、といったぐあいだ。最初、行方不明の酒について支配人と私は在庫管理の記載ミスだと考えていた」

「そうでしたか」ライナはノートを開き、きれいに削った鉛筆を握った。「ナイトクラブですから、さぞかしたくさんのお酒を扱ってらっしゃるんでしょうね」

ルーサーが眉を吊りあげた。「あなたは私の商売を好ましくないものと考えているのかな、ミス・カーク？」

「あなたが本業の傍らで非合法活動に手を染めてらしたりしないのであれば、まったく問題ありませんわ。わたしはまだこの町に来たばかりですから、地元警察と面倒なことになるかもしれないような仕事は引き受けかねるんです」

「そんな心配は無用だよ。もし警察とのあいだでもめるようなことがあれば、私から署長にひとこと言っておく」ルーサーが穏やかな笑みを浮かべた。「私とバーニング・コーヴ警察の関係はしごく円満でね」

「それはあなたが警官にたっぷりお金を払って、見て見ぬふりをしてもらっているからですか？」

ルーサーの表情から察するところ、感情を害したようだ。「ここはロサンゼルスとは違うんだよ、ミス・カーク。それに私は大きな映画会社を持っているわけじゃない。地元の警察に賄賂を渡したりしちゃいないよ。私は一介の商売人で、いまのところ、在庫品に関して、些細なこととはいえ、いらいらする問題を抱えている」

たしかにルーサー・ペルは商売人だが、ライナは直感的に、それはこの男が世間に向けてかぶっているいくつもの仮面のひとつにすぎないと感じていた。この男はその見かけの裏にさまざまな思わくがあり、そのうちのいくつかはどこまでも複雑なものだという確信すらあった。

年齢は三十代後半、たぶん彼女より三、四歳上だろうが、彼の目はこれまでにそれは多くの闇を目のあたりにしてきた男のそれだ。彼は兵士として大戦の戦場に赴いたと誰かが言っていた。きっとそうなのだろう、とライナは思った。暴力は必ずやその痕跡を残すものなのだ。

長身痩軀に最新流行のゆったりしたリネンの上着ときれいに折り目のついたズボンを着こなして、洗練された雰囲気をさりげなく醸している。真っ黒な髪は横分けにし、軽くオイルをつけてまっすぐ後ろへとかしつけた、ケーリー・グラントなどのスターが流行させせたヘアスタイルにまとめているが、興味深いのは何本かの白髪が交じっていることだ。

この事務所はそもそも、女性客は男性の探偵より女性の探偵のほうが女同士気楽に秘密の話を打ち明けられるのではないかと考え、女性の依頼人にとって魅力的な事務所にしようと立ちあげた。だから、少し前にパラダイス・クラブの経営者が扉を開けて入ってきたときはびっくり仰天だった。ジェイク・トゥルエットの身辺調査のためにロサンゼルスにかけた電話は仕事の内には入らない。あれは友だちへの好意のしるしのようなものだった。

「こう言っては失礼だが、ミス・カーク、どうやらあなたはこの一件に関する調査をあまり引き受けたくないようだね」ルーサーが言った。

「いえ、依頼は欲しいんです」ライナは認めた。「ですが、あなたはこちらが期待していた種類の依頼人ではないもので」

「それは侮辱と取るべきなのかな？」ルーサーの口調はいささか穏やかすぎた。

ライナはとたんに怖くなり、すぐさまきちんとすわりなおした。ルーサー・ペルを敵に回すなどということは何よりも回避したい事態である。彼とその腹心の友、バーニング・コーヴ・ホテルの経営者オリヴァー・ウォードは町に大きな影響を与える存在だ。その二人なら力を合わせるまでもなく、どちらも単独でライナの事務所くらい経営が軌道に乗る前につぶすこともできるはずだ。

「あなたがバーニング・コーヴの権力者であることは重々承知していますが」ライナは言った。「噂では、ネバダ州で複数のカジノを運営している人物とお付き合いがあるそうですし、さらに、あなたはサンタモニカ沖に碇《いかり》を下ろしたカジノ船のうち、少なくとも一隻の権利をお持ちだと承知しています」

ルーサーは真顔でうなずき、言外の批判を冷静に受け止めた。「感心したよ。ここに来たばかりにしては情報が半端じゃない」

「わたしの仕事はバーニング・コーヴの何を誰が仕切っているのかを知らないとはじまりませんから」

「参考までに言っておくと、カジノ船の権利は最近売却したんだよ」

「それはまたどうして？」

ルーサーははぐらかすように片手を軽く振った。「賭博業界も変化していてね。このごろはリノが人気だが、フーバー・ダムが完成したとなれば、今度はラスベガスがさらに大きな収益を上げるようになるかもしれない。船上のカジノでは太刀打ちできないだろう」

「なぜですか？」

「二十四時間塩水の中に浮かんでいる大型船を、つねに手入れの行き届いた状態にしておくのがどれほど大変なことだと思う？」

ライナがちょっと驚いて目をぱちくりさせた。「維持費の問題など思いもよらなくて」

「信じてもらいたいね。錆や塩による腐食には自然の猛威をいやというほど思い知らされる」

「信じます」

「バーニング・コーヴのうちのナイトクラブに満足していることは保証する」ルーサーがさらにつづけた。「それもあって、非合法な副業に手を出す必要はないと考えている。信頼できる幻想を売っているかぎり、必要ないんだ」

ライナはルーサー・ペルに対する警戒をまだ解いてはいないものの、どこかで彼に魅了されてもいた。

「あなたが売っている幻想というのは厳密にはなんですか?」ライナは訊いた。

ルーサーは椅子から立ちあがって窓際へ行き、日蔭になった広場をじっと見た。

「パラダイス・クラブに足を踏み入れた客は、ただ華麗な世界を垣間見るだけじゃない。うちのクラブにいるあいだ、彼ら自身がそういう世界の一員になるんだ」

「言い換えれば、彼らも幻想に参加する?」

「まさにそのとおり。形態がどうあれ、娯楽を成功させる秘訣はそれだ。観客を完全にその一部にしなければならない。うちの顧客は、パラダイス・クラブに行けばハリウッドの有名人や映画会社の重鎮とすぐ隣のブースにすわるというような千載一遇のチャンスがあるとわかっている。女性客は人気スターがダンスに誘ってくれないかとつねに願っているし、男性は男性で自分の横にいるのがマフィアを含む大立て者だと承知しているし」

ライナは思わず覚えた身震いを抑えこんだ。「女性が人気スターとわくわくしながらダンスをするのはわかりますが、マフィアと近づきたい人などいるんでしょうか？なぜ？」

ルーサーがくるりと振り返ってライナを見た。おもしろがっているようだ。「組織犯罪は合法的な商売の世界の邪悪な一面なんだよ、ミス・カーク。どちら側でも同じように強大な力が働いている。権力というのは、そのよりどころがなんであれ、つねに魅力的なものなんだ」

「そのせいで痛い目にあったことのない人たちにとっては、ですよね」ライナは思わず言ってしまった。「分別ある人びとは権力を持つ人間と接するときは用心します」

「つまり、あなたは大きな力を行使する人間に痛い目にあわされたことがある？」

「ここはわたしの個人的なことを語る場ではありませんわ、ミスター・ペル」

ルーサーが優雅に片方の肩をすくめた。「ぼくがはっきりさせたかったのは、パラダイス・クラブが売っているのは何かをぼくはよくわかっているということだ」

「幻想？」

「現実をほどほどに織りこませて、これは夢なんかじゃないと思わせる幻想だ」

「素晴らしい洞察力だわ」

「驚いたようだね」

「あなたがご自分のなさることを正確に把握していることはよくわかりました、ミスター・ペル」ライナは鉛筆でノートをこつこつと叩いた。「ひとつ質問があります」

「ぼくがなぜこの調査をうちの警備チームに命じないかを知りたい」

「ええ。それはつまり、警備要員の中にこそ泥に関与しているかもしれない人間がいると疑ってらっしゃるからなんでしょうか？」

「厳密には、これはこそ泥とは言えないんだよ、ミス・カーク。ささやかとはいえ、ずっとつづいている。もしこのままつづけば、時間の経過とともに莫大な金額の損失になっていく。それに、そう、警備チームの誰かが窃盗の黒幕である可能性もある。だとすれば、錠のおりた倉庫から誰にも見とがめられずに酒を盗むことができる」

ルーサーはそこで腕時計にちらっと目をやった。「つぎの約束があるので、この件はそろそろ話をまとめたい。この事件、引き受けてもらえますか？」

ライナがためらったのはほんの二秒ほどだった。バーニング・コーヴの有力者のひとりから依頼された調査でいい結果を出せば、この事務所の名が一躍広まるというものだ。

「はい、お引き受けいたします」ライナは答えた。

「それはよかった」ルーサーがさも満足そうな笑みを浮かべた。「手付金が必要だろう」

「もちろんです」ルーサー・ペルの人物像を確立できたわけではないにもかかわらず、奇妙なことにちょっとした興奮を覚えた。ついに第一号の依頼を獲得した。これでわたしは本物の私立探偵になったのだ。「まず、あなたのクラブの周辺をざっと見たいですね。現行の警備体制を調べる必要があります。そうすれば、弱点があるかどうかを分析できますから」

「あなたの都合のよいときにいつでもどうぞ」ルーサーが同意した。「ひと声かけてからいらしてください」

ライナはカレンダーを見てたしかめるふりをした。入っている予定はたったひとつ、数分前にアデレードとした約束だけだ。

「明日の午前中ならうかがえますが」ぎっしり詰まったスケジュールの隙間になんとか押しこんだかのような口調を装った。

「部下にそう伝えておきましょう」ルーサーは言った。「ありがとう、ミス・カーク。あなたと協力して解決するのが楽しみだ」

ルーサーが小切手を書き、目的をひとつ達成し、ほかにも大事な用事がいくつもある男といった空気を醸しながらドアへと向かった。

ライナはひとしきりじっとすわったまま、ルーサー・ペルのことを考えていた。仕事が入ったことは喜ばしいが、直感的には何かすっきりしなかった。だがまもなく、何が引っかかっているのかはたと気づいた。

ルーサー・ペルが彼女のこれまでの調査経験に探りを入れようとはしなかったからだ。彼女が用心深く準備していた経歴を、質問ひとつせずに受け入れた。本来ならば安堵すべきなのだろうが、なぜかそうはいかなかった。

ライナはこれまで危険な男たちを向こうに回してきた。ひとつだけ確実にわかったことがあるとしたら、それはそうした男たちは徹底的な身辺調査をしていない人間を相手に取引などしないということだ。過去を振り返り、ニューヨークをあとにしたときのことを事細かに思い浮かべた。綿密に計画を練り、細心の注意を払っての脱出だった。彼女が語る前歴にルーサー・ペルが疑問を抱くかもしれないようなことは何ひとつないものとほぼ確信していた。

あくまで〝ほぼ〟だが。

21

セルマ・レガットは古ぼけたセダンのトランクを開け、秘密がぎっしり詰まった帽子箱を取り出した。恐喝の材料をリムジンの後部に隠すのは彼女のアイディアで、ゾランダには知らせていなかった。ヴィラの中よりはるかに安全だというのがセルマの持論だ。ヴィラの借り主が留守のあいだ、毎日やってくる家政婦を含めて誰もが広い家の中を家探しする可能性があった。しかし、盗っ人が車の後部の帽子箱の中を見る可能性はきわめて低い。

秘密をリムジンの鍵をかけたトランクに入れておくのにはもうひとつ理由があった。運転手の役を引き受けているセルマはめったなことでは車を離れないから、つねに見張っていることができたのだ。その日の早朝、大型リムジンを乗り捨てて、貧しそうな家が建ち並ぶ界隈で盗んだ古いセダンに乗り換えたときも、帽子箱は車から車へしっかり移した。リムジンを捨てるのは残念だったが、選択の余地はなかった。忘れようにも忘れられない思い出だ。

さびれかけた海辺の町のはずれに建つ古くみすぼらしい小屋は、打ち捨てられて久しい。薄汚れ、修理を要する状態だ。ときおり流れ者や短期滞在者が寝泊まりした形跡がある。ゾランダとともにスターがすがる超能力者ゲームを繰り広げたこの三年間に慣れ親しんだ高級な内装とは程遠いが、ワンルーム構造のこの小屋には大きな利点があった――ゾランダの客は誰もここを知らない。誰もここまでは追ってこない。

この小屋はセルマのおじのものだった。陽気で愉快なおじさんで、姪のためのおもちゃやお菓子を抱えて姉の家によくやってきたことを憶えている。だが、大戦からの帰還後はまるで別人になってしまった。この小屋に引きこもり、町で半端仕事を引き受けながら、酒浸りになって死んだ。

彼はみすぼらしい小屋をセルマの母親に遺したが、母親はうまく売ることができなかった。母親の死後はセルマがここを相続した。

窓には色褪せた〝売出中〟の看板が掛かっている。これを掛けたのは二年ほど前だが、買い手はひとりもつかなかった。いまになって考えると、なんとも幸運だった。

帽子箱をたわんだベッドの上に置き、震える手で蓋を開けた。熱病のような高ぶりを覚え、心奪われた。彼女の計画はものすごく危険なものだが、彼女に必要なのは現金で、それも大至急必要だった。

帽子箱の中身をしげしげと眺めながら、いくつかの選択肢について考えた。ゾランダの、いわば自殺のあとに彼女が姿を消したとなれば、警察は彼女に尋問したがるだろうことは承知していた。最終的には証拠不十分で当然のことながら無罪放免されるとわかってもいた。しかし、彼女は正式な書類手続きが終わるまでバーニング・コーヴにとどまっている気はなかった。もっと差し迫った問題を抱えていたからだ。

その朝、アデレード・ブレイク＝ブロックトンに電話をしたときは、誰も応答するはずがないと考えていた。夜明け前にはもう、アデレードは死ぬか行方不明になるかしていると思っていた。だが、ゾランダが死に、事態は一変していた。電話をかけたのは、ティールームのウェートレスを抹殺する計画が首尾よく運んだかどうかをたしかめるためだった。

だから、アデレード本人が電話に出たときの驚きは筆舌に尽くしがたかった。

アデレードをヴィラに呼びつけ、ゾランダの死体を発見させようという考えはその瞬間に閃《ひらめ》いたものだ。そうすれば、少なくとも状況は複雑になり、ブロックトンが容疑者に見えるはずだと考えた。だが、その計画も頓挫をきたした。ラジオで聞いたが、スターがすがる超能力者の死体を発見したとき、ティールームのウェートレスはひとりではなかったのだ。ロサンゼルスから来ている実業家がいっしょにいたという。

アデレード・ブロックトンはギルとパクストンにとって問題だ、とセルマは考えた。だが、ジェイク・トゥルエットはまたべつの問題だ。彼がバーニング・コーヴにいるのを偶然の一致と考えるのはもはや危険でしかない。彼は日記を追っている。となれば、できるだけ速く遠くへ逃げなければならないが、それにはお金――それも大金――が必要になる。

帽子箱の中に手を入れ、人を地獄に落とす力を秘めた写真、手紙、日記、書類などにひととおり目を通した。どれもたいそう価値のあるものだが、いちばん手っとり早く現金化できそうなのは、箱の底にあった封筒の中から出てきた。

素早く秘密の山を繰り、ついに探していた一件を見つけた。それを箱から取り出して蓋を閉めた。

つぎは公衆電話を探さなければ。封筒の中の秘密に大金を払う人間はたくさんいるが、セルマはいちばんの大金を払うのが誰かを知っていた。

部屋を横切り、ドアを開けたところで足を止め、しばし考えた。もうひとつ、ある人にとってはいくら払ってでも守りたい秘密情報があったが、これは使える期限がかぎられている。一度だけなら使えるかもしれないが、情報価値が長期にわたってつづくわけではない。まずはそれを売るのが利口なやり方だろう。たやすくお金が手に入るし、危険な要素はいっさいない。

そのお金を手にしたあと、封筒の中のもっとはるかに危険な中身を現金化する段取りをととのえることにしよう。

腕時計にちらっと目をやった。まだ朝早い。八時前だ。これから二件の電話をかけることにしよう。

22

「この件でわたしを雇いたいって、それほんと?」ライナが言った。「ラジオで聞いたところじゃ、警察はもうセルマ・レガットを追っている。わたしはこの仕事が大好きだからこんなことは言いたくないけど、わたしを雇ってもお金の無駄になってしまうと思うのよ。たぶん警察がわたしよりずっと先に彼女を発見するはずだわ」

「ミスター・トゥルエットの考えでは、警察はマダム・ゾランダの死は自殺で、セルマ・レガットは死体を発見してパニックに陥り、逃げ出したという結論に至る可能性が高いそうよ」アデレードが言った。「警察が彼女を捜したとしても、殺人犯だとは思っていないわけだから、あまり熱心には動かないんじゃないかしら」

アデレードとジェイクはライナには何をどう話すかについて話しあってからここに来た。そしていま、二人は〈カーク調査会社〉の豪華な事務所に腰かけ、話し合いはすでに想定の枠をそれていた。

「あなたたちはレガットがボスを殺したと思っているみたいね」ライナが言った。「でも、お金を稼いでいたのはゾランダでしょう。助手がなぜ金の卵を産む鵞鳥を殺すの？」

理にかなった質問ね、と思いながら、アデレードはジェイクを見た。秘密情報をどこまで明かすかは彼しだいであることを伝えたかった。恐喝者を追っているのは彼だからだ。

ジェイクは少し考えたのち、驚いたことに正直に答えはじめた。

「ゾランダが恐喝を生業としていたとぼくが考えるのには根拠があってね」彼は言った。「彼女はぼくが知るある人間をだましてあるものを奪った。それがもし悪人の手に落ちたら、被害者の家族が困るかもしれないものだ。ぼくの勘では、いまレガットがそれを持っているような気がする」

ライナはその答えに満足したようだった。共感すら覚えているようだ。

「なるほどね。警察より先にレガットを探し出したい理由がそれでわかったわ」

「わたしもセルマ・レガットにはちょっと怒っているの」アデレードは言った。「もし警察がゾランダは殺されたと判断したら、そのときはわたしが容疑者に見えるようにはめたんですもの。恨んでいるわけではないけれど」

「わかるわ」ライナが言った。「恨むなんてけちな人間のすることよ。とはいっても、わたしがあなたの立場だったら、むしろ腹立たしいでしょうね。でも、あなたとミスター・トゥルエットに鉄壁のアリバイがあるのは本当に幸運だったと思うわ」

アデレードが顔をしかめた。「もう噂を耳にしたの？」

「ええ。ここは小さな町で、ニュースはたちまち広がるのよ」ライナが申し訳なさそうに言った。「『バーニング・コーヴ・ヘラルド』の特別版も読んだわ。一時間前に出たの」

ライナが机の上にたたんで置かれた新聞を手ぶりで示した。アデレードはそれを手に取って開いた。アイリーン・ウォードの署名入りだ。

スターがすがる超能力者、みずからの死を予言

本日早朝、この町のティールームのウェートレスとロサンゼルスから来ている実業家が、スターがすがる超能力者として名を馳せたマダム・ゾランダの死体を発見した。急遽現場に駆けつけた本誌記者は、衝撃的な光景を目のあたりにし動揺を隠せない目撃者にインタビューした。読者諸氏には思い出していただきたい。マダム・ゾランダは最後となった公演の終わりに血腥い死を予言して……

　アデレードは渋い表情で不可抗力とあきらめ、新聞を脇へ投げた。「この記事、全国紙にも載るわね」

「たぶんね」ライナが言った。

「この調査、引き受けてもらえますか？」ジェイクが訊いた。

「ええ」ライナは答えた。「でも、さっきも言ったように、お金の無駄になるかもしれなくてよ」

「バーニング・コーヴ警察は、いわゆる広域捜査でこの町の外にまで手を広げたりはしないと思うんだ」ジェイクが言った。「アデレードが言っていたが、かたやきみは全国の探偵事務所とつながりがあるという。ぼくの身辺調査の際にもロサンゼルスに電話を入れたとか」

　ライナがアデレードのほうを向いた。「そんなこと話したの？」

「わたしたちが劇場に入っているあいだに、何者かがわたしのコテージに侵入したみたいなの。だからわたし、ものすごく不安になってしまって。そうしたらミスター・トゥルエットが朝までここにいようと親切な申し出をしてくれたわけ。わたしたち、朝までずっとおしゃべりしたりトランプをしたりしていたものだから、話の流れでついうっかり彼の身辺調査をあなたにしてもらったことをしゃべってしまったの。とにかく長い夜だったのよ」

ライナが顔をしかめた。「何者かが侵入したってどういうこと?」

「犯人については何もわからないんだが、そいつは夜のあいだ、かなりの時間ずっとあの家を見張りながら煙草を吸っていたらしい」ジェイクが言った。「今朝、吸いさしを見つけたんだが、ぼくが出ていくのを待っていたことは明らかだ」

ライナが困惑の表情でまたアデレードを見た。「警察に通報しなかったの?」

「今朝、ブランドン刑事に話したわ」アデレードが言った。「うちの周辺の夜間巡回数を増やすと約束してくれたわ」

「それもだが、昨夜彼女の家を見張っていたのが誰だったのか判明するまで、ミス・ブロックトンはぼくを彼女の家に下宿させてもいいと言ってくれた」ジェイクが付け加えた。

「使っていないベッドルームがあることだし」アデレードがとっさに言った。「下宿代も使い道がいろいろ」

ライナが二人に向けた目は愉快そうでもあり、満足そうでもあった。「完璧だわね」

そう言って、革表紙のノートに手を伸ばした。「それじゃ、わたしはセルマ・レガット探しに着手するわ」

23

コンラッド・マッシーはあぜんとして受話器を置いた。長距離電話をかけてきた女の言ったことがもし本当なら、ギルはほぼ二週間前から嘘をついていたことになる。電話をにらみつけながら、いまにも爆発しそうな煮えたぎる怒りを必死で抑えこもうとした。

「おれをどこまでばかだと思っているんだ、裏切り者め」彼は言った。

だが、聞いている者は誰ひとりいない。彼は書斎にただひとりだった。机を押しやるように立ちあがり、窓際に行った。よく晴れた日であれば、サンフランシスコ湾と目を瞠るばかりの新しい橋——それが架かる金門海峡から名づけられたゴールデンゲート・ブリッジ——が眺められるのだが、今日は霧に閉ざされていた。

空模様まで彼の気分とそっくりだった。

電話をかけてきた女はお金をくれればアデレード・ブレイクの居どころを教えると

言った。カネなら喜んで払おうじゃないか。ただ、疑問がある。なぜギルは嘘をついたのか？　取引をしたはずなのに。

ギルがたんに彼に口出ししてほしくなかった可能性もあるが、それでは理屈が通らない。ギルはアデレードをラッシュブルックに閉じこめておくために受け取っている現金が必要なのだから。

コンラッドは片手でぎゅっとこぶしを握った。この状況、なんとか主導権を握らなければ。ここまで歯を食いしばってきたうえに大きな犠牲も払ってきた。念入りに計画した未来が消えてしまうのをただ眺めているわけにはいかない。帝国の再建めざして突き進むには、アデレード・ブレイクが相続する財産が必要なのだ。

コンラッドの祖父は、同じように鉄道で財を成した偉大な男たちとともにサンフランシスコにやってきた。そしてこの地で海運業をはじめ、マッシー家をサンフランシスコで指折りの名門一族へと押しあげた。

最初のマッシー邸はノブ・ヒルにあり、当時の実業界の巨頭――スタンフォード、ハンティントン、ホプキンズ、クロッカー――たちの邸宅とともに優雅な一角を構成していた。そのマッシー邸は一九〇六年の大地震とそれにつづく大火で崩壊した。とはいえ、裕福な隣人たち同様、祖父もサンフランシスコのほかの地区ではあったが、再び邸宅を建設した。

やがて海運会社と新邸宅をコンラッドの父親エメットが相続した。この代替わりが悲劇を生むこととなった。帝国は甚大な被害をもたらした大地震と大火をなんとか生き延びた。しかし、大戦中に収益を伸ばしてもよさそうな帝国が、無能な経営者を頂いては生き延びることはかなわなかった。

まだ幼かったコンラッドも父親の弱さを知っていた。エメット・マッシーは、事業よりも派手な社交生活、クラブ、愛人たちを優先させていた。日々の決裁や会社の経営強化のために必要な長期計画で煩わされたくなかったから、そうした責任をすべて会社の幹部や銀行家や弁護士に丸投げにしていた。十全に機能していたマッシー海運という機械がぐらつきはじめ、大恐慌がとどめを刺した。会社の業績は一気に低下し、破産に追いこまれた。六カ月後、エメットは心臓発作に襲われ、死んだ。

コンラッドがかつて強大な帝国だったものの残骸を相続したのは十八歳のときだ。彼はその再建を心に誓ったものの、全米をおおっていた不景気の黒い雲がことあるごとに彼の行く手を遮った。

破産のせいで力を貸してくれる銀行はなく、彼はついに危険な大物から法外な利子でカネを借りるという間違いを犯した。そのカネを使ってマッシー海運の再出発を図った。すぐそこに希望が見えてはいた。なかでも、世界規模の戦争の火蓋が近々切って落とされることは間違いないという事実は大きな要因だった。

大国がこぞって参戦すれば、ひと財産築ける。政府は船とそこに配置する人員が必要になる。いつ牙をむくかわからない太平洋を航行した経験があり、広い範囲にわたって寄港地を知り尽くしている船長の技術が要求されるはずだ。いったん宣戦布告となれば、マッシー海運は莫大な利益を獲得できる願ってもない位置にいることになる。会社は国家のために本分を尽くし、同時に収益も得られる。

ついに将来への展望がはっきりと見えてきた、とコンラッドは思った。しかしいま、彼にカネを貸した男が年内に元金と利子を全額払えと言ってきた。双方ともそんなことは不可能だとわかっていた。

コンラッドはそうなってようやく気づいた。カネを貸してくれた寛大な人間ははじめからそういう結果を見越していたのだ。そいつはマッシー海運を乗っ取り、戦時に生じる莫大な利益でひと儲けを企んでいた。

コンラッドは絶望のどん底に突き落とされ、殺人まで考えたが、それを実行に移さなかった理由はたったひとつ、その大物には父親に引けを取らず無慈悲な息子たちがいて、父親の死後も状況はいっさい変わらないことを知っていたからだ。

望みは完全に断たれたかに思えた。それでも自暴自棄にならなかったのは、彼の内で燃える激しい怒りと野望があったからだ。この期におよんでは何かを、そして誰かを犠牲にすることもいとわない心境になっていた。そんなとき、ドクター・イーサン・ギルから、内気で世間知らずな司書、ミス・アデレード・ブレイクとの結婚を勧められた。莫大な遺産を相続した天涯孤独な令嬢だという。ギルによれば、アデレードは精神のバランスを崩しているため、療養所に入れたほうがいいそうだ。

犠牲の儀式はすませた、と思ったコンラッドだったが、どうもおかしな状況になった。最終的には嘘をついたり文書を偽造したりする必要に迫られたものの、アデレードはついにラッシュブルック療養所の中に姿を消した。なぜギルがそれほどまでにアデレードを手に入れたかったのかは知らないが、あえて訊いたりはしなかった。本当のことなど知りたくなかった。

だが、アデレードはラッシュブルックの施錠された病棟から脱走して、彼らを動転させた。そしていま、ギルがアデレードの居どころについて嘘をついている。

コンラッドは少し前にかかってきた電話でのやりとりを振り返った。声の主は女で、正体を明かすことは拒んだ。

「アデレード・ブレイクがどこにいるか知っています。お金を払ってもらえれば、教

るかを知っているんです。ギルと仲間が彼女をまだつかまえずにいる理由はひとつ。地元警察の目に留まらずにつかまえる方法を考えつかないから。ミス・ブロックトン――それがいま彼女が使っている名前です――にはすでに複数の友人がいるんですよ。もし彼女が失踪でもしようものなら、すぐにみんなが探しはじめるはずです」

「ぼくならアデレード・ブレイク、ブロックトン、そのほかにも彼女がどう名乗っていようが、彼女をうまくあしらうことができる」コンラッドは言った。「その情報とひきかえにいくら欲しいのか、そのカネをどこに届けたらいいのかを言ってくれ」

匿名の電話の主は金額を告げ、どこで引き渡しをしたいかを説明した。そして最後に、遅刻してはならないと警告した。コンラッドは即座に同意はしたものの、合流地点である海岸沿いの小さな町のガソリンスタンドまでは車で二時間半かかる。腕時計に目をやった。まだ朝の七時半前だが、ただちに荷造りをして出発しなければ。

ギルと、誰だかは知らないが彼の仲間は警察の目に留まらずにアデレードをつかまえる方法を思いつかないというから、あまり利口ではないのかもしれない。そこへいくと、彼は警察など問題ではない。一度は手練手管で彼女に恋をさせることができたおれだ。もう一度そうさせる自信はある。

24

つぎの朝、〈リフレッシュ〉には客が押し寄せた。

「今日は商売繁盛間違いなしだわ」フローレンスはカウンターにティーポットを置きながら、キッチンのドアの隙間ごしに満員の店内をうかがった。「これからもしょっちゅう死体を発見してほしいわ」

「かんべんしてくださいよ」アデレードはお茶の量を慎重に量ってポットに入れた。

「いまもまだあの光景を頭から追い払おうとしているのに。見るも無残だったのよ、フローレンス。彼女は中庭に倒れていたんだけど、体が不自然にねじれていたわ」

〈リフレッシュ〉は開店と同時に満員になった。アデレードは絶え間なく質問を浴びせられたが、決まった答えを繰り返した。**申し訳ありませんが、お話しできないんです。警察がまだ捜査中なので。**捜査が終了したら、そのときは台本を書きなおさなければならなくなる。**申し訳ありませんが、お話しできないんです。まだ気持ちが動転**

していて。ご理解いただけますよね。

「それはそうと、ジェイク・トゥルエットがあなたの家で夜を過ごしたことが町じゅうの噂だってことは知っておいたほうがいいと思うわ」フローレンスが声を低くして注意した。「超能力者の死体を発見したときも彼はあなたといっしょだったってこともね」

「言ったでしょう、ミスター・トゥルエットはうちの新しい下宿人なの。わたし、お金が入り用なんですもの」

「わたしは最初に聞いていたけど、だからといって噂を止めることはできないわ。あなたはお金が必要かもしれないけれど、トゥルエットは何も安っぽい部屋を借りる必要などないわけでしょ。彼はバーニング・コーヴ・ホテルに滞在することだってできる人よ」

「彼はプライバシーが確保されるビーチに近いコテージのほうが好みだそうよ」

「あなたの家じゃ、プライバシーはあまりないんじゃない？　同じバスルームを使うのよね」

昨夜は同じバスルームを使ったが、問題はなかった。アデレードは疲れすぎていて、ひとつ屋根の下に男性がいることも気にならなかったくらいだった。眠らずに過ごした一夜が明けると、ゾランダの死体を発見し、そこからは警察に話したりライナに調査を依頼したりして長い一日を過ごした。そのおかげで、昨夜は何カ月ぶりかで熟睡できたのだ。

ジェイクは申し分なく紳士だった。彼が廊下の少し先で眠っていると思うと、ラッシュブルックに閉じこめられた恐怖の夜以来はじめて経験する本物の心の平和を感じることができた。

しかし、今朝は目が覚めて、まだ寝ぼけたままふらふらとバスルームのドアを開けたとき、そこに上半身裸のジェイクが湯気で曇った鏡の前で髭を剃っているのを見て、ひどく動揺したことは認めるほかない。二人は互いに謝り、アデレードはすぐさまあとずさってドアを閉めた。だが、ちょっとしたショックから立ちなおるや、シャツを着ていないジェイクにはすぐに慣れることができそうだと思った。彼は素敵な筋肉がついた背中と非の打ちどころのない肩をしている。

「わたしのコテージ、まだ広すぎるくらいよ」フローレンスに言った。

「ハニー、わたしにはそんなふりをする必要はないわ。わたしはあなたの友だち、でしょ？　あなたとトゥルエットがひと夏の恋を楽しむなんてうれしいのよ。だけど、二人のこれだけはわかっていなくちゃだめよ。彼がロサンゼルスに帰る日が来たら、二人のあいだはそこで終わり。いいこと、自分のためよ、ウェディングドレスや金の結婚指輪を夢見たりしないで」

アデレードはベッドの下の金庫に入れた金の結婚指輪を思い浮かべた。氷のように冷たい恐怖が体の中を駆け抜けた。「結婚なんて絶対に考えないわ。信じて」

フローレンスは数秒間まじまじとアデレードを見ていたが、まもなくこっくりとうなずいた。アデレードの表情を見て満足したのは明らかだ。「あなたの家の新しい下宿人だけど、じつにうまく野次馬を避けているようね。今朝はまだ、いつもの緑茶を飲みにきていないもの」

「ジェイクは金物屋でいくつか買いたいものがあるんで、町へ行ったの」アデレードが言った。「コテージに何カ所かちょっと修理したい箇所があるですって」

彼の買い物リストに新しい錠前とそれを取り付ける道具が並んでいたことまで話す必要はないと考えた。

「あの人がいま？　それは、それは、それは。ロサンゼルスのお金持ちの実業家が便利屋みたいなことをするなんて思いもよらなかったわ」

「役に立つ下宿人になろうとしているんだと思うわ」

嘘ではなかった。

フローレンスがアデレードを探るように見た。「ミスター・トゥルエットとまいっている神経のことを考えると、昨日の朝、マダム・ゾランダのヴィラで目のあたりにした光景をどう受け止めたのかしら？　とんでもなく衝撃的だったにちがいないわ。でも、失神したり異常に興奮したりはしなかったみたいね」

アデレードは、ジェイクがすぐさま死体に近づいて脈を調べたり、ヴィラの中を調べたりしたときのことを思い出した。

「ええ」

フローレンスがくすくす笑った。「あくまでわたしの勘だけれど、彼の神経に異常なんかないんだと思うわ」

「わたしも同感」アデレードが言った。「でも、彼には仕事が必要なのよ、フローレンス」

フローレンスが何か考えをめぐらしているような表情をのぞかせた。「彼はたしか貿易の仕事をしていたんだったわね。となると、守備範囲は広いわ。わかるでしょ？」

アデレードはライナがジェイクのかつての仕事について言っていたことを思い出した。

「それはつまり、ミスター・トゥルエットが謎に包まれているっていうこと？」

「そうねえ、聞いたところじゃ、ルーサー・ペルと昔から友だちだったそうだし」

アデレードはどきりとし、手にした薬缶を思わず力をこめてコンロに置くなり、くるりと振り向いてフローレンスを見た。

「誰に聞いたの？」強い口調で尋ねる。

「パラダイス・クラブで息子がボーイをしている友だちが言っていたのよ。トゥルエットがこの町に来てから数回、ペルに招かれてクラブの上の階にあるペルの住居部分でいっしょに飲んだそうよ。ゴルフも何度かいっしょに回ったとか」

アデレードはなぜ驚いたのか自分でもわからなかったが、その情報になぜか不安を感じた。

「知らなかったわ」アデレードは言った。「ジェイク……ミスター・トゥルエットは……ルーサー・ペルを知っているなんてひとことも言っていなかった」

「心配しなくてもいいのよ」フローレンスがあわてて言った。「ただみんなが、ペルは賭博業界と関係があって、そういう業界は百パーセント謎に包まれているって言ってるだけ。そして、ペルはこの町でナイトクラブを経営しているって事実がある。これまた謎に包まれた業種だと言う人もたくさんいるわ」

アデレードは不意を突かれてもしかたがないと自分に言い聞かせた。ジェイクには秘密を持つ権利があるからだが、それでもルーサー・ペルとの付き合いはおそらく心配の種になってもおかしくなさそうだ。フローレンスの言うとおり、賭博もナイトクラブも謎に包まれた事業ではある。

「ええ、たしかにね」

必ずしも非合法というわけではないが、それにしても……謎に包まれてはいる。

ティールームの入り口の扉が開いてチャイムの音が響いた。アデレードがキッチンから店内に一瞥を投げると、ヴェラ・ウェストレイクが入ってくるのが見えた。

期待のこもる静寂が店内に広がった。多くの有名人とは異なり、ヴェラ・ウェストレイクはいつもひとりで〈リフレッシュ〉に現われ、お気に入りのテーブルにすわる。付き人も、宣伝係も、ゴシップ・コラムニストも、男性の連れも伴うことはない。ウェストレイクは自分がスターであることを周囲の人に知らせるため、お供を引き連れて歩く必要がないのだ。彼女には店内の全員の目を引きつける力がそなわっていた。そう、優雅さ、華やかさ、才能、美しさといったあらゆるものをそなえ、さらに存在感という魔法の資質までが放たれていた。店内に彼女がいるとき、彼女から目をそらすのはむずかしい。

彼女にはいくつかのトレードマークがあった。そのひとつがマルーン・レッドの口紅。頭のてっぺんから爪先までひとつの色で統一したファッションもそのひとつで、今日も例外ではなかった。身にまとったすべてのもの——ハイウェストの流れるような絹のズボン、袖がふっくらふくらんだ絹のブラウス、太いヒールのサンダルと少々手の込んだフェルト帽——が鮮やかなクリーム色でまとめられている。黒に近い髪は横で分け、きれいなウェーブが肩まで垂れ、目はマスカラとアイラインでいっそう大きく強調され、細い眉は優雅なアーチを描いていた。

店内の人すべての目が自分に注がれていることにはまったく気づいていないふうだ。

「映画スターって」アデレードがつぶやいた。「さすがに別格ね」

「ええ、そうね。おかげでお茶がよく売れるわ」フローレンスが言った。

「ほんと。ミス・ウェストレイクが今朝こうして立ち寄ってくれることで、お店の売り上げが上がるし、あの存在感で店内のお客さまの会話が変わるんですものね」

「そう身構えないで」フローレンスはタオルで手を拭いた。「これから彼女をお席に案内してくるから、あなたはお茶をいれてちょうだい。注文はいつものあれだと思うわ」

フローレンスはせかせかとキッチンを出ていった。アデレードはポットに〝静〟をいれる準備にかかった。

フローレンスはすぐにキッチンに引き返してきた。「彼女、あなたと話したいそうよ」

アデレードはうめきをもらした。「昨日の朝、わたしが目撃したことについて訊きたいってこと？」

「たぶん。映画スターを含めて、誰も彼もが自分の死を予言した超能力者に興味津々なんでしょうね」

「誰に対しても答えは同じよ。警察が捜査中だから、わたしに言えることはあまりない」

「うまくやってらっしゃい」

アデレードはティーポットと繊細なカップと受け皿をトレイにのせた。「丁寧な対応はするけれど、情報は何ひとつ与えないつもり」

「話題を変えて、彼女がいつもしきりに話したがる痩せ薬の効果について訊いたらどうかしら」

アデレードは首を振った。「彼女がどうしてあんな痩せ薬が本当に効くと信じるのか理解に苦しむわ。パクストンはインチキ薬売りでしかないのに」

フローレンスがくすくす笑った。「もし噂が本当だとしたら、彼女、ドクター・パクストンと関係を持っているのよね。彼を愛しているから、薬を宣伝して役に立ちたいと思っているんじゃないかしら」

「そうかもしれないけど、パクストンの薬が大人気なのはあのおしゃれな瓶のおかげだわ。商品は包装が鍵なのよ。わたしもお茶のラベルをもっとじっくり考えなくちゃ。ついでに魅力的な宣伝文句も」

「ラベルなんかで苦労することないわ。ヴェラ・ウェストレイクみたいなスターが店に立ち寄って、あなたの特製ブレンド茶をご所望してくれるうちはね」

アデレードはにこりとした。「ええ、たしかにそうね。ミス・ウェストレイクはパクストンの薬の宣伝をしているかもしれないけど、この店のお茶の売り上げにも貢献してくれているわ」

「ええ、そのとおりよ」フローレンスが言った。

アデレードは〝静〟のポットをのせたトレイをヴェラのテーブルへと運んだ。膝を曲げて感謝の意を表したい衝動をぐっと抑えこむ。

「おはようございます、ミス・ウェストレイク。いつもながら〈リフレッシュ〉にお立ち寄りいただき、ありがとうございます。あなたのための特製ブレンド茶をお持ちいたしました。数分待ってからお召しあがりください。ティーケーキかクッキーはいかがでしょうか？」

「誘惑しないでちょうだい」ヴェラがものうげな笑みを浮かべて言った。「でも、甘いものが欲しくなったときは、ドクター・パクストンの痩せ薬に手を伸ばすことにしているの。不思議なくらいよく効くのよ。美味しいケーキやクッキーを我慢したくはないでしょう」

ヴェラの声はナイトクラブの歌手さながらにちょっとかすれた魅惑的な声だ。その彼女がパクストンの痩せ薬を宣伝するときの口調は、さながら上流向けの秘密のパーティーへの招待のような響きを秘めていた。店内の人がひとり残らず、パクストンの薬を褒め称える彼女の声を聞いていることをアデレードは知っていた。

「ほかに何か？」アデレードが訊いた。

「昨日の朝、あなたがマダム・ゾランダを発見したそうね」ヴェラの身震いが目に見えた。「それはたいそうなショックだったでしょうね」

「ええ、そうですね」アデレードは言った。「申し訳ありませんが、それについてはお話しできないんです。警察がいまも捜査中なものですから」

「地元の新聞報道によれば、あなたひとりではなかったようね」

「ええ、ひとりではありませんでした」

ヴェラがため息をついた。「亡くなった人のことを悪く言うべきではないけれど、マダム・ゾランダは詐欺師だったのよ」

アデレードは咳払いをした。「彼女には本物の超能力があると信じている人がたくさんいらっしゃいますわ」

「ばかばかしいわ。超能力なんてものは存在しないのに」

「つまり、あなたは彼女に相談なさったりしてはいらっしゃらなかったんですか?」

「もちろんよ」ヴェラは窓の外に目をやり、美しい顔に遠くを見るような表情が浮かんだ。「それでも、すごく悲しいことだわ。最後の予言をしたとき、おそらく彼女は自殺を計画していたのよね。自分の名前が新聞の見出しになったのを見たら喜んだでしょうに」

「ゾランダの最後の公演ですが、あなたもパレス劇場にいらしたんですか?」

「ええ。ドクター・パクストンが行きたがったの。おもしろそうだと思ったのね。いっしょに行こうと誘われて、わたしも行ったのよ」

「ゾランダの才能についてのご意見、びっくりしました」

ヴェラは窓の外の風景から目をそらし、驚くほど悲しそうな笑みを浮かべた。「どうか誤解しないで。わたし、ゾランダに本物の超能力があったとは思わないけれど、あの演技はおもしろかったわ。観客を見たでしょう。誰もが公演を楽しんでいたもの」

「ええ」

「わたしは彼女のお客ではなかったけれど、彼女とは知り合いだったの。彼女もわたしもいっしょに女優の卵だった時代があったから」

「そうでしたか」アデレードが言った。

「同じオーディションに参加したことがあって、たまにいっしょに飲んだりしていたの。でも、わたしが『暗い道』の主役を得たあとはすべてが変わってしまったわ。同じ役を競っていた者同士の友情を継続するのは本当にむずかしいのよ」

「わかります」

「信じてもらえるかどうかはわからないけれど、ゾランダが超能力者として売り出したとき、わたし、すごくうれしかったの。大評判だったでしょう。間違いなく大金を稼いだはずよね。望みどおり、じゅうぶんにマスコミの注目も浴びたわ。ハリウッドのスターの半分が彼女に一対一で相談に乗ってもらいたいと願っていた。そんな彼女がみずから命を絶つなんて信じられないの。自殺するはずがないのよ」

「たぶん、警察が答えを出してくれるんじゃないでしょうか」アデレードは言った。

ヴェラがわずかに目を細めた。「どう考えても、彼女の助手を追う必要があるわ。ゾランダの死亡時刻の前後に行方をくらましたんでしょ。わたしは彼女が怪しいと思うの」

「そのへんのことはわたしにはわかりません」アデレードは空になったトレイを手に取った。「では、わたしは失礼してキッチンに戻りますね」

「ええ、そうなさって。あなたにとっても、いっしょにゾランダの死体を発見したロサンゼルスの実業家の男性にとっても、今朝までいろいろたいへんだったでしょうね。でも、その方がいっしょでよかったんじゃなくって、んん?」

アデレードがぴたりと動きを止めた。「は? 失礼ですが、もう一度」

「いえ、ただちょっと、あなたにとっては幸運だったんじゃないかと思って。だって、そうでしょ。ゾランダの死体を発見したとき、もしあなたがひとりだったら、警察に対してもなんだかちょっと困ったことになっていたかもしれないわ」

アデレードはそこで我慢がならなくなった。ヴェラをじっと見すえる。「どうしてそんなことをおっしゃるんですか、ミス・ウェストレイク?」

ヴェラの目が大きく見開かれた。心底びっくりしているような表情だ。「ただちょっと思っただけなの。だって、そんなに朝早く、ふつうではない死体がある場所にあなたがなぜ行ったのか、警察が不思議に思うんじゃないかしらって」

アデレードは懸命に笑みを浮かべた。冷ややかで愉快そうに見えるはずの笑みを。

「ひょっとして、つぎの映画で女探偵の役を演じる予定でもおありなんですか、ミス・ウェストレイク？」

ヴェラは一瞬、ぎくりとしたようだったが、すぐにしわがれた笑い声を発した。

「認めるほかないわね。ええ、そうなの。わたしも町の皆さんと同じで、マダム・ゾランダの死の真相を知りたくてたまらないのよ。彼女、銀幕のスターにはならなかったけれど、間違いなくハリウッドの有名人だったわ。わたしも彼女の顧客だった人を何人か知っているわ。彼女の演技にどれだけの人がだまされたかを考えると驚かざるをえないでしょう」

危険なことになってきた、とアデレードは思った。ティールームはさほど広くはない。彼女とヴェラがいくら声をひそめて話したところで、近くのテーブルの客の耳には一言一句がはっきり聞こえるはずだ。

「では、お茶をお楽しみください、ミス・ウェストレイク。今日は忙しいので、これで失礼させていただきます」

ヴェラの口もとが歪み、ユーモアのかけらも感じられない笑みになった。「謎めいた死ほど野次馬を呼び寄せるものはないわ」

「たしかに」アデレードは言った。

そしてヴェラがまた何か言う前にと、急いで近くのテーブルに移って注文を確認した。

フローレンスがポットを手に茶目っ気たっぷりの表情でキッチンから出てきた。

「新しい下宿人があなたをお待ちかねよ」アデレードとすれ違いざま、そっとささやいた。

アデレードは急いでキッチンに戻った。すると、そこにジェイクが。彼はティールームに裏口から入ってきたのだ。

「きみがヴェラ・ウェストレイクにつかまったとフローレンスから聞いたよ。超能力者の死に興味津々らしいな？」

「ええ」アデレードはトレイをカウンターに置いた。「『ヘラルド』に書かれていた以上のことは何も言わなかったわ。彼女とゾランダだけど、二人とも女優の卵だったころに知りあっていたのね。二人の道は大きく分かれて、ヴェラはスターになり、ゾランダは……そうはいかなかった」

「ほう」ジェイクは興味を示した。「ウェストレイクもゾランダの客のひとりだったのか?」

アデレードは眉を吊りあげた。「ヴェラ・ウェストレイクもゾランダの恐喝の被害者のひとりだったかどうか知りたいのね?」

「その可能性もあるかなと思ったんだ。だとすれば、彼女には殺す動機があることになる」

「ミス・ウェストレイクにはゾランダに何か相談したことはあるのかって訊いたわ。そしたら、ないってきっぱり答えた。ミス・ウェストレイクは超能力を信じていないそうよ。でも、ゾランダがみずから命を絶つなんて信じがたいとも言っていたの。彼女の死にはセルマ・レガットがかかわっているような気がするとも」

「その仮説を考えているのは彼女ひとりじゃない。この町の多くの人がレガットがボスを殺したと思っているよ」

「なぜ?」

「ぼくが話した人たちは、レガットがボスを殺してお金や宝石を盗んだと考えているようだ」

アデレードは顔をしかめた。「いったいどこでそういう話を聞いてきたの?」

「金物屋でだよ。ほかにないだろう。女性は美容院で地元のニュースを仕入れ、男は金物屋で仕入れるものなのさ」

「憶えておくわ」

「今日はゾランダについての情報も仕入れてきた。バーニング・コーヴに滞在中、彼女はパラダイス・クラブの常連なんだそうだ。クラブに行かなかったのは死んだ夜だけだった」

「それ、誰から聞いたの？」

「ルーサー・ペルだ」

アデレードが動きを止めた。「フローレンスが言っていたけど、ミスター・ペルとお知り合いなんですってね」

「ペルとぼくは数年前に会ったんだ。共通の友人が紹介してくれてね」

「そうだったのね」

「ルーサーによると、いつもセルマ・レガットがゾランダを車でパラダイス・クラブまで送ってきて、中まで付き添ってきたそうだ。ボスをブースにすわらせたあと、彼女はカルーセルに向かうのがつねだったとか。カルーセルは町の反対側にあるクラブだ。だが昨夜、ボスを車に乗せて直接ヴィラに帰り、レガットはしばらくしていつものようにカルーセルに姿を見せた。クラブを出たのは午前三時半くらいだったが、そのあと彼女を見た者はいない」

「それはどういうことかしら？」

「ゾランダは公演のあと、誰かに会う予定があったのかもしれないな」

「そうかもしれないけど」アデレードは手を振って視点を変えた。「でも、彼女が公演のあと、疲労困憊《こんぱい》だったとも考えられるわ。どっちみち、レガットが第一容疑者にはなるけれど」

「ルーサーと話したあと、ふと思ったんだが、今夜パラダイス・クラブに行くのもおもしろいかもしれない」

「なぜ？」

「これもルーサーが言っていたことだが、ゾランダが死んだ夜、毎晩やってくる常連客の中にもうひとり、クラブに姿を見せなかった人間がいた。ドクター・カルヴィン・パクストン。彼はそれまでほぼ毎晩パラダイス・クラブに来ていた。たいていは夜中の十二時前後に到着して、ミス・ウェストレイクのテーブルに着いたそうだ。二人は酒を二、三杯飲んで、二、三曲ダンスをして、そのあと午前三時くらいにそれぞれべつの車で帰っていったということだ」

「それで?」

「ゾランダが死んだ夜、ヴェラ・ウェストレイクはいつものように深夜十二時ごろにパラダイス・クラブに到着したが、パクストンは彼女のテーブルにはやってこなかった」

アデレードはしばらく考えをめぐらした。「ゾランダの公演のあと、パクストンはどこかべつのところへ行くことにしたのかもしれないわ。バーニング・コーヴ・ホテルのバーもハリウッド族にとっても人気があるそうよ」

ジェイクが首を振った。「ルーサーはバーニング・コーヴ・ホテルの経営者オリヴァー・ウォードと話したそうだ。パクストンはあのホテルに滞在しているが、七時ごろに車を出させ、自分で運転してパレス劇場に行き、ヴェラ・ウェストレイクと合流した。公演がはねたあと、パクストンは姿を消し、バーニング・コーヴ・ホテルに戻ってきたのはあの朝四時半ごろだったそうだ」

「きっとどこかほかのナイトスポットに行ったのね」

「それも考えられなくはないが、パクストンは有名人といっしょにいるのが好きなんだそうだ。カルーセルみたいなクラブで過ごすような人間じゃない。どんな状況であれ、ぼくならパクストンがどんな夜にパラダイス・クラブやバーニング・コーヴ・ホテルのバーに姿を見せないのか考えたりはしなかったろうな。すると、ルーサーがほかにもひとつおもしろいことを思い出したんだ。ゾランダの最後の公演の数日前、ゾランダとパクストンはパクストンの車でいっしょにパラダイス・クラブをあとにした。パクストンがヴィラまで彼女を送ろうと申し出たのは明らかだった。それなのに、車に乗りこんだ二人は言い争っていたとボーイが言っていた」

「何をめぐって？」

「ボーイによれば、耳に届いたのはただ、時間切れだとかなんとかだけだった。ほかには何も聞きとれなかったが、二人が和気藹々《あいあい》でなかったことはたしかだ」

「ふうん」アデレードはカウンターに背をもたせかけ腕組みをした。「ゾランダが死んだ夜どこにいたかについて、パクストンは説明できるかもしれないけど、わたしたちがじかに訊くわけにはいかないわね。警察じゃないんですもの」

「ああ、そうだな。しかし、いつもの場所に自然体でいるパクストンを観察するのもおもしろいかもしれない」

アデレードが訝しそうに眉を吊りあげた。「どういうこと？」

「いつもどおりなら、彼は今夜パラダイス・クラブに現われる」

「それで、あなたは今夜パラダイス・クラブへ行くつもりなのね？」

「いっしょに行くんだよ、今夜」

アデレードは驚き、組んでいた腕をほどき、カウンターから背中を離してまっすぐに立った。「それ、あまりいい考えだとは思えないわ。まるでデートしているみたいに見えそう」

ジェイクがにこりとした。「ま、運動だと思えばいい」

「でも、もうみんなにあなたはうちの新しい下宿人だと言ってきたのよ」気がつけば、両腕を大きく振っていた。強引にそれを止める。「間違った印象を与えることになるわ」

「きみにニュースがある。下宿人の話は信じてもらえてはいないようだ」

アデレードがしかめ面をした。「金物屋で聞いたの？」

「言っただろう、金物屋は地元の噂の温床だって」

「そうみたいね。ねえ、着ていくものがないことをわかって――パラダイスみたいな派手な場所には行けないのよ。今夜でしょ。ティールームの閉店後に買い物に行くしかないわ」

「言いだしたのはぼくだから、ドレスの請求書はぼくに回していいよ」

アデレードは疑わしげに彼を見た。「ううん、ドレスの代金を払ったりしないで。

そんなことしたら、噂の火に油を注ぐだけだわ」

「噂の火はもう燃えているのか？」

アデレードが眉をひそめた。「錠前や何かを取り付けなくちゃいけないんでしょう？」

「うん、わかってる。錠前ね」ジェイクは袋を手に取り、裏口のドアへ向かった。

「買い物にいく準備ができたら知らせてくれ。車で連れていく」

「そんな必要あるかしら？」

片手をドアの取っ手にかけてジェイクが足を止めた。「バーニング・コーヴで何が起きているのかよくは知らないが、有名な超能力者が死んだ夜に何者かがきみのコテージを見張っていたことはわかっている。答えが出るまでは、きみがひとりになるのはよくないと思うね」

アデレードはあやうく本当のことを口にしそうになった。ゾランダの死については警察から聞いたことしか知らなかったが、彼女を見張っていたかもしれない人間については思い当たることがないわけではない。問題は、もしジェイクにすべてを打ち明けたら、彼に正気を失っていると思われる可能性がきわめて高いことだ。正常な人間が精神科の療養所から脱走してきた人間を信用するはずがないからだ。

それに彼も、彼女に対して何もごまかしていないとは思えない。

ここは当面の問題に集中するしかない。パラダイス・クラブの豪華な扉の中に入るときに気後れしない手頃なドレスを買うこと。

「買い物には付き合ってくれなくてもいいわ」アデレードの口調がどこか引きつっていた。「流行の服やこの町のどのお店で素敵な服が探せるかに詳しい友だちがいるから」

「時間はどれくらいかかるかな？」

「二、三時間」アデレードは冷ややかな笑みを浮かべた。無言のうちに女性の買い物の煩わしさに彼が辟易するよう仕向けたのだ。

「では、ごゆっくり。今日の午後はルーサーからゴルフに誘われているんだ。彼に電話をして、午後は空いてると言うことにしよう」

25

「絶対そのドレスよ」ライナが断言した。「素敵。よく似合うわ。深みのあるターコイズ・ブルーがあなたの目を際立たせてる。洗練された、ちょっぴり謎も秘めた女性に見えるわ。パラダイス・クラブみたいなところでは、まさにそういう印象を周囲に与えたいじゃない」

「ミス・カークのおっしゃるとおりですわ」店員の女性も調子を合わせた。「彼女は流行をよくご存じだから」

アデレードは試着室の鏡に映る自分の姿をまじまじと見た。ライナと店員の言うとおりだと思った。足首丈のそのドレスは、彼女を間違いなく実物以上に見せていた。光沢のあるサテン地はバイアスカットされているため、体の線に無理なく添い、ヒップから下は朝顔形に広がっている。ダンスフロアで映えること請け合いだ。

前は慎み深いハイネック・スタイルだが、後ろはウェストまで深く刳《く》ってあり、わずかに数本の飾りのついたストラップが左右をつないでいるだけ。魅惑の宵のためにデザインされたドレスである。

コンラッド・マッシーとはじめて出会ってからの目くるめく数週間にも、同じようなドレスを何着か買ったが、ある朝目覚めると、ラッシュブルックの鍵のかかった部屋で患者用ドレスを着ていた。あの日のことは思い出すだけで身震いがする。

ライナが眉をきゅっと吊りあげた。前かがみになって小声で訊いた。

「大丈夫?」

アデレードは姿勢を正した。「ええ、なんでもないわ。ただ、ドレスの値札を見たショックを振り払おうとしただけ」

「お値段のことはご心配なさらずに」店員が軽やかに言った。「二十パーセント引きにいたしますわ。パラダイス・クラブにおでかけになるんですよね。あそこで皆さんの目に留まれば、うちの店のいい宣伝になりますから。あとはおしゃれな靴とショール、イヤリング、夜会バッグさえおそろえになれば、いつでも町に繰り出せますわ」

現実に引きもどされたアデレードはためらった。ドレスだけならなんとか――ぎりぎりのところで――買えそうだが、店員が挙げた付属品は問題外である。

「残念だわ」アデレードは背中に手を回し、隠しファスナーを探した。「ドレスは本当に素敵だけれど、あなたの言うとおり、これに似合う装飾品がいろいろ必要になるわ。わたしの予算はかぎられているから無理みたい」

驚いた店員がやたらと早口で言った。「お客さまのご予算内で探してみせますわ」

「装飾品の心配はしなくていいわ」ライナが言った。「そのドレスにぴったりのバッグとショールを持っているの。イヤリングもたぶん大丈夫だから、あとは靴だけよ。残念ながらわたしの靴じゃ大きすぎるけど、爪先にティッシュを詰めればなんとかなるかもしれないわね」

店員の女性が謎の微笑を浮かべた。「少々お待ちくださいね。すぐに戻ってまいります」

アデレードとライナは顔を見あわせた。

「ニュースがあるの」ライナが声をひそめて言った。「小さなことだけど、役に立つかもしれないわ。買い物が終わったら話すわね」

「セルマ・レガット関連？」

「ええ」

店員がすぐに戻ってきた。手にはストラップ使いがしゃれたハイヒールのダンス用サンダルをぶらさげている。銀色の革でつくられており、星明かりを放っているかのようだ。

アデレードは思わず見とれた。

「まあ」ライナが柔らかな声を発した。「そう、それよ。このドレスのための靴だわ」

「でも、きっと高すぎて手が出ないわ」アデレードが言った。

「こちらは来週お値引きの予定でしたが、もうお値引きしてしまいます」

「それ、いただくわ」ライナが言った。

アデレードはライナを見た。「値引きしてもらっても、わたしには買えない」

「だったら、わたしがお金を貸すわよ」ライナが言った。

アデレードは降参した。「いいわ。でも、試着して合ったらね」

はいてみると、まるであつらえたかのようにぴったりだった。アデレードは深く息をすいこんでからハンドバッグを開けて財布を取り出した。この調子でお金が出ていくとしたら、ジェイクが町を去ったあとも本物の下宿人を受け入れなければならないかもしれない。

ライナとともにドレス店を出たときにはもう、いま使った金額を考えて頭がくらくらしていた。以前のように相続した遺産が使えるわけではないのよ。アデレードは自分に言い聞かせた。ウェートレスの給料で暮らしていることを忘れないで。

「心配しなくていいのよ」ライナが言った。「ドレスと靴を投資だと考えるの」

「何への？」アデレードは訊いた。「たぶん二度と着ないわ」

「あなたはバーニング・コーヴで暮らしているんですもの。そのドレスと靴を身に着ける機会がまた必ずあるわ。本当よ。それじゃ、まずコーヒーを飲んで、それからわたしの家に行ってショールとバッグを合わせましょうよ」

「こんなにお金を使ってしまったショックを乗り越えるには何か飲まなくちゃ。マティーニにはまだ早いわね」

「マティーニは今夜、新しいドレスと靴を着たときまで取っておかなくちゃ」ライナが言った。「とりあえずコーヒーを飲みましょ」

二人はにぎやかなショッピング・プラザにあるオープン・カフェの、日蔭になった小さなテーブルにすわった。おめかしした女性たちが周辺の店の紙袋をさげ、最新の流行について友だちとおしゃべりしながらのんびり歩いている。

アデレードはコーヒーが大好きというわけではない――お茶のほうが好きだ――が、友だちとこうしてコーヒーを飲むのは楽しい。自分がごくふつうだと思えるからだ。

ライナとの友情は徐々に深まっていた。そのうち、お互いにいちばんの秘密を自然に打ち明ける気持ちになるかもしれないが、まだその日は訪れていなかった。数カ月前に知りあったばかりの人間に、自分は精神を病んでいるという診断を受けたとはなかなか切り出せないのが実情だ。さらに、精神科の療養所内でおこなわれていた、すでに殺害された医師による秘密研究のための人体実験に利用されていたとは。

そんな話をしようものなら、いくら仲のいい友だちであっても、こちらの精神状態に疑問を抱くであろう。

コーヒーが運ばれてくると、ライナがカップを持つ手を軽く上げた。

「今宵の素晴らしいおでかけに乾杯」

「これはデートってわけじゃないの。わかってるでしょ」アデレードは濃いコーヒーをひと口飲んだあと、念を押した。「ジェイクとわたしはドクター・パクストンの動きを調べたいのよ。ゾランダが死んだ夜、彼はどこかに姿を消したみたいだから。でも、役に立ちそうなことがわかるかどうか。ところで、さっきセルマ・レガットに関するニュースがあるって言ってたわね?」

「大したことじゃないのよ」ライナが言った。「まだはっきりしたわけじゃないし。でもね、ちょっと考えてみたら気になることが二、三あるの。まずひとつ目は、セルマ・レガットは体格のいい男勝りな女性ってわけじゃないわ。実際、ボスのゾランダより小柄だし痩せているくらいよね。となると、彼女がどうやってゾランダを屋上から突き落とすことができたのか？　ついでに、そもそもゾランダをどう言いくるめて屋上まで行かせることができたのか？」

アデレードはコーヒーカップを持つ手を下げた。「つまりあなたは、セルマ・レガットがゾランダを殺したとは思っていないのね？」

「どんな可能性もあるだろうし、まだ大した数の事実もつかんでいないけれど、そうね、考えれば考えるほど、ゾランダをあの屋上から突き落としたのが――彼女が突き落とされたとすればの話ね――レガットだとは思えなくなってきているの。ジェイク・トゥルエットはゾランダが恐喝を生業にしていたと確信しているみたいだけれど、もしそれが本当だとしたら、容疑者は数かぎりなくいることになるわね」

「ジェイクもそう言っていたわ」

「わたしにはセルマ・レガットがゾランダを殺したとは思えないけど、トゥルエットに賛成――とにかく彼女を見つける必要があるわ。ゾランダの死の真相解明の一助になるのは彼女しかいないもの。わたし、ある程度は調べたのよ。レガットとゾランダは二人ともロサンゼルスに住んでいたんだけれど、レガットがこんな状況で家に帰るはずはないわ。警察が真っ先に調べるのはそこでしょう」

「だとしたら、彼女、車で移動しながらモーテルかどこかに身をひそめている？」

「そうかもしれないけど、もっと可能性の高い場所があるかもしれないの。ロサンゼルスの情報提供者によれば、レガットの隣人のひとりが彼に話してくれたところでは、レガットの母親が数年前に死んで、海岸沿いの土地を彼女に遺したんですって。その土地には小さな小屋が建っているとレガットがその人に言っていたそうよ。それがどこにあるのかをまず探してみるわ」

「セルマがそこに潜伏しているかもしれないと思っているのね？」

「可能性はあるわ。法律事務所で秘書をしていたとき、人の居どころを突き止めるようにと命じられることが頻繁にあったの。そのときの経験によれば、逃走した人間は土地勘のある土地へ向かう傾向があるの。そういうところが安全だと思えるのね」

アデレードのコーヒーカップを持つ手に力がこもった。それはまさに彼女自身が身をもって実行していることだったからだ。彼女がバーニング・コーヴに逃げてきたのは、ここに多少の土地勘があり、多少安全なのではないかと思ったからだった。幼いころ、両親は毎年夏の休暇には彼女を連れてここに来ていたし、引退後はバーニング・コーヴで過ごそうとよく語りあってもいた。

口の中がからからに乾いた。振り返れば、この海辺の町に逃げこんだのはとんでもない間違いだったかもしれない。もし彼女を追っている人びとがライナと同じ論法で動いていたら、彼らはすでに彼女の居どころを突き止めているかもしれないではないか。そう考えれば、何者かがあの夜、霧に隠れて彼女の家を見張っていたことに説明がつく。

「アデレード?」ライナがテーブルの向こう側から軽く身を乗り出した。「あなた、本当に大丈夫?」

アデレードは懸命に神経を集中させた。「あなたの言ったことについて考えていただけ。それじゃ、セルマ・レガットが相続した土地がどこにあるか判明したら、すぐに私たちにも教えてくれる?」

「もちろんよ。ところで、ちょっとお願いがあるんだけど」

「なあに?」

「あなたとジェイク・トゥルエットが今夜なぜパラダイス・クラブに行くのかは知っているけど、それはさておき楽しんできてよね」

アデレードは弱々しい笑みを浮かべた。「そうしてみるわ」

コーヒーを飲み終えると、二人はライナのコンバーチブルへと戻った。買ったものをトランクにしまい、ライナが運転席に乗りこんだ。

アデレードは助手席側のドアを開けた。そして、今日はほんとにいい天気ね、と言いかけたそのとき、首の後ろがなんだかぞくぞくっとした。

いったん言葉を切り、くるりと振り返った。ショッピング・プラザはあいかわらずにぎわっていた。あいかわらず買い物をする人や歩道のカフェでおしゃべりを楽しむ人がたくさん目に入った。だが、視野の隅にダーク・ブルーの上着に黄褐色のズボンをはいた男が見えた。顔が見えなかったのは、男が彼女から顔をそむけるところだったせいもあったし、顔を隠すような角度にかぶった麦藁帽のせいでもあった。

男はほんの一瞬見えただけで、たちまち角を曲がって姿を消したが、アデレードの血を凍らせるにはそれでじゅうぶんだった。

アデレードは助手席に乗りこみ、力強くドアを閉めた。いまのは幻覚ではなかった。青い上着の男の身のこなしや歩き方はコンラッド・マッシーそっくりだった。

26

「超能力者は飛び降り自殺じゃないと確信があるんだな?」ルーサーが訊いた。

「ああ」ジェイクが答えた。

ジェイクはパターを選び、ゴルフ・ボールの前に立った。グリーンの感覚をとらえるのに大して時間はかからなかった。

ゴルフ・コースの素晴らしいところは、男同士の秘密の会話を誰にも盗み聞きされる心配がない点だ。グリーン上には彼とルーサーだけしかいない。キャディーたちはしかるべき距離を隔てたところで待っている。

絶好のゴルフ日和だった。よく晴れてあたたかく、手入れの行き届いたコースは最高のコンディションである。フェアウェイは青々とし、グリーンは滑らかで速く、大半は見た目どおりだが、ここは右方向へごくごくわずかに下っている。彼のボールはホールから一ヤードの地点にある。

わずかな下りと速いグリーンを計算に入れ、カップに向かってそっとボールを叩くと、みごとに入った。すぐに背筋を伸ばし、愉快そうにこっちを見ているルーサーと顔を合わせた。

「いったいどうした？」ルーサーが言った。

「えっ？」

「いやに簡単そうに見えた」

ルーサーはホールから二ヤードの位置にある彼のボールに近づいた。ボールはカップの脇を通って四インチほど行き過ぎた。

「今日のグリーンは少しばかり速いようだ」ジェイクが言った。

「けっこうなご意見に感謝するよ」

「なんだか皮肉っぽいな」

「かもしれない」

ルーサーがもう一度狙いをつけ、パットを沈めた。

キャディーたちがスコアをつけ、ボールとクラブを拾って旗を元に戻した。一同はつぎのホールのティーに向かった。

「ゾランダの家を調べたが、探し物は見つからなかったんだな？」ルーサーが言った。

「ああ。隠してあった恐喝ネタはその助手が持ち去ったんだと思うんで、アデレードとぼくはライナ・カークを雇って助手を探してもらうことにした」

「ミス・カークはじつに興味深い女性だ」ルーサーが言った。「ぼくも彼女を雇ったんだよ。ちょっとした警備絡みの問題を調べてもらいたくてね」

「アデレードが言っていたが、ミス・カークはこの町に来たばかりだそうだな。どうして彼女を知っているんだ？」

ルーサーがにこりとした。「数週間前に図書館で出会った」

「へえ？　彼女、何を読んでいた？」

「『ヘラルド』の古い記事だ」ルーサーが答えた。「その町のことを知るためには、古い新聞を読むのがいいんだと言っていた」

「ほう。本を読む私立探偵と、本を読むナイトクラブ経営者か。天国での巡り合いみたいだな」

「それともべつのところか」ルーサーが言った。

「アデレード・ブロックトンも興味深い女性なんだよ」

「ぼくもそういう印象を受けた。彼女はなぜ、どうやってこのバーニング・コーヴに来たかは知っているのか？」

「ミス・ブロックトンがベッドの下に拳銃を隠していることや、ゾランダが屋上から飛び降りた夜に何者かが彼女の家を見張っていたことから察するに、彼女は誰かから逃げているんだろうな」

「彼女に妄執する精神のバランスの崩れた男から逃げようとしているとしても、そういうことはままあるだろう」

「妄執ってやつは危険だ」ジェイクが言った。

ルーサーは探るような視線を素早く投げかけた。「もう終わったことだ。二人とも死んだんだよ、ジェイク。マーメイド号でギャリックがきみを殺そうとした夜ですべて終わった」

ジェイクはカジノ船での暴力的な一夜を考えた。いまも夢の中でしばしばよみがえる場面だ。ナイフを持ったギャリックが彼を背後から襲った。静かに素早く殺そうとしたのだろう。ジェイクを船べりから海に落とそうとした。

だが、船べりを越えてサンタモニカの海に落ちたのはギャリックだった。溺死体は数日後に岸に打ちあげられた。警察はたとえ彼の喉もとの小さな傷に気づいたとしても、記者たちには言わなかった。ギャンブラーの死体が浜辺に打ちあげられるのははじめてというわけではないからだ。

振り返ればさんざんな夜ではあったが、彼の生涯の物語の暗い章がついに終わったとあのときは信じた。しかし、気がつけばエリザベスの日記が消えていた。

「あの日記を探し出すまでは終わっちゃいないよ」ジェイクは言った。

「まあ、そうだな」ルーサーが言った。「ところで、ぼくがマーメイド号を売ったと知ったら、訊きたいことがあるんじゃないかな」

「船上カジノ業から手を引くことにした？」

「あの船の維持費が利益を上回りはじめているんだ。それだけじゃなく、時代も変わってきているからな」

「きみとぼくもいくつかの変化を乗り越えて今日に至っている」

「ああ、たしかに」ルーサーが言った。「だが、ぼくはこのバーニング・コーヴで落ち着くことにした。この町が好きなんだ。ぼくに合っている。きみはあの会社を売って、これからどうするつもりだ？」

「アデレードも同じことを言っていたよ。ぼくには仕事が必要だと思っているらしい」

「彼女の言うとおりかもしれない」ルーサーが言った。「エリザベスが亡くなってからというもの、きみは漂うように生きてきた。会社を売却し、ロサンゼルスの豪邸も売り払い、パサディナのホテルで暮らしている。どういう生き方なんだ、それは?」

「ザ・ハンティントンはじつにいいホテルだよ」

「そんなことは問題じゃない」

「あそこの専用のバンガローだ。プールもある。ルームサービスもある。それ以上望むことなどないだろう?」

「永久にホテル住まいというわけにはいかないさ」

「どうして? きみだってナイトクラブの上の階で快適に暮らしているようじゃないか」

「それはまた話がべつだ。あそこはぼくが所有している。きみはいまだに貿易の仕事をしているような暮らしをしている。いつなんどきだろうと、手早く荷造りをして地球の裏側まででかける準備ができている。もうそんな日々は終わったんだよ、ジェイク」

ジェイクはゆっくりと息を吐いた。「わかってるさ。だが、つぎにやりたいことを考えたりする前にあの日記を探し出さないことには」

そう言うと、ティーショットを打ちあげ、ボールは長いフェアウェイの上方をまっすぐグリーンに向かって飛んでいった。

「おいおい、いったいどうなってる？」ルーサーが言った。「きみはプロになればよかったな」

「神経に負担がかかりすぎる」ジェイクは言った。「ぼくの神経はいつも消耗してへとへとなんだから。忘れたのか？」

「いや、そんなふうなことを聞いた覚えはある」

27

パラダイス・クラブは評判を裏切らなかった。アデレードを待ち受けていたのは、親密に寄り添う影と暗く妖しい魅力がつくる永遠の真夜中の王国。ベルベットにおおわれたいくつものブースは、混みあうダンスフロアを見おろす半円形の段々に配置されている。どのテーブルの上の蠟燭にも火がともされ、あたたかな光をちかちかと放っては客たちのドラマを盛りあげ、戯れを促していた。暗がりの中には煙草の火も見える。

オーケストラの面々は白いディナー・ジャケットに黒のボウタイを着用している。ダンスフロアの上方に吊るされた大きな鏡張りの球体は、その表面の切子面がフロアに光を拡散し、踊る人びとは光り輝く宝石が降り注ぐ下で滑らかに軽やかに揺れているかのように見える。

音楽にまじって声を抑えた会話やときおりさざなみのような笑い声も耳に届いてき

た。部屋の片側にずらりと並んだフランス窓はすべて開け放たれており、そこから流れこむ夜気が室内を冷やしながら煙草の煙がこもらないようにしてもいた。

「パクストンがここに来たとしても、どうしたらそれがわかるのかしら？」アデレードが訊いた。

彼女とジェイクは最上段のブースにすわっていた。最高の位置取りだとは思えないが、大きな利点が二つあった。プライバシーが守られると同時に、ダンスフロアが見わたせる。

このクラブ内でカクテルを飲んでいないのは、きっと自分たち二人だけだとアデレードは思っていた。ともにスパークリング・ウォーターを注文したのである。これから長い夜が待っている。酒に酔ってはいられない。

「ルーサーによれば、パクストンはいつもウェストレイクのテーブルにすわるそうだ」ジェイクが言った。

「ええ。でも彼女が来なかったら？」

「彼女の付き人からさっき、ミス・ウェストレイクのテーブルは用意できているかと確認の電話があったと聞いた。いつものことだそうだ」

「なるほどね。彼女が到着したら、ここにいてもわかるのかしら？　ミスター・ペルが誰かに、知らせてこい、と言ってくれるの？」

ジェイクがさも愉快そうな表情を見せた。「彼女がここに到着したら、そのときはわかるさ。彼女がティールームに入ってくるときと同じだから」

「つまり、さあ、わたしが来たわよって登場するわけね」アデレードが言った。

「店側もそのあたりを心得ているんだ。ボーイ長が彼女と彼女の連れを案内するのは、ダンスフロアにいちばん近いブースのどこかだ」

アデレードがにこりとした。「あなたがパラダイス・クラブに来るのは今夜がはじめてではないのね？」

「だいぶ前からバーニング・コーヴに来たらしばしばここに足を運んでいたから、そうだよ、パラダイス・クラブははじめてじゃない。だが、世界のあちこちでいくつかのナイトクラブに行った経験によれば、有名人が来店したときの扱い方にはどの店も共通点が数多くあるようだ」

「有名人はお忍びを望んでるふりをしながら、じつはもちろん気づかれたいのね」アデレードが言った。

「たとえスターたちが気づかれたくないとしても、映画会社の宣伝係は気づかせるためにいろんな手を打っている」

「そう考えると、映画スターってものすごくストレスがたまる職業だわね」

「なんにでも代償が存在するんだ」ジェイクが言った。

「たしかに」

ジェイクは狭いブースの向かい側からアデレードをじっと見た。「きみはウェートレスになる前は何をしていたの?」

アデレードはいささかためらったものの、彼なら本当のことを少しくらい話しても大丈夫だろうと考えた。「司書だったの。植物学専門の図書館で働いていたわ」

「その仕事は楽しかった?」

そのころのことを思い出すと、アデレードの顔がぱっと明るくなった。「とても高い評価を受けている図書館で、完璧な蔵書をそなえていたの。わたしも同僚も、全国から訪れる科学者や医薬関連の研究者のために文献調査をして、それはそれは魅力的な仕事だった」

「それなのにいま、きみはバーニング・コーヴのティールームで働いているのか」

アデレードが緊張をのぞかせた。「両親が死んで、ひとりぼっちになってしまったの。ほかに家族もいないので、何か変えなければいけないような気がして」

アデレードは身構えた。彼からの質問がこの調子でつづくことが怖かったのだ。このまま口をつぐんでいたほうがいいのかどうか。

だが、ジェイクはうなずいて理解を示した。「その気持ち、わかるよ」

アデレードはほっとした。「それまでのわたしは親の庇護の下で生きていたと思っている人もいるの。世間知らずだと思われているのよ。両親はわたしを利用する男がいるんじゃないかとつねに心配していたから」

そして、そう、まさにそのとおりのことが起きてしまった、とアデレードは思った。

「世間知らずは、善良で慎み深い人間でいることの代償かもしれないな」ジェイクが言った。「さもないと、ぼくのような皮肉屋になるしかないような気がする。それは勧められない生き方だ」

アデレードはスパークリング・ウォーターを手に取り、グラスのへりごしに彼を見た。「世間知らずの傾向はあるかもしれないけど、わたし、愚かではないの。誰かを一度でも信用できないと確信したら、二度とその人を信用したりしないわ」

「ぼくもそれはしごくもっともだと思うね」ジェイクもグラスを手に取り、アデレードのグラスに軽く合わせた。「世間知らずとつらい教訓に乾杯」

オーケストラがゆったりとしたダンス・ナンバーの演奏をはじめた。アデレードはカップルがフロアに出ていき、お互いの腕の中で揺れはじめるのを眺めた。かつてコンラッド・マッシーとこういうロマンチックな雰囲気の中で踊ったころがあった。マッシー絡みで犯したとんでもない間違いは、世間知らずだったという弁解ですむはずもない。ばかだったのだ。

そんな思いが頭をよぎったとき、今日の午後ショッピング・プラザで見かけたダーク・ブルーの上着の男を思い出した。頭から追い払えない記憶なのだ。そのときまで、コンラッド・マッシーと通りに立っていた男は似ていただけだと懸命に自分に言い聞かせてきた。**被害妄想は情緒不安定の徴候だよ**。しかし、どうしてもたんなる思い過ごしだとは思えなかった。

「ぼくと踊ってくれないか？」ジェイクが静かに言った。

憂鬱な考えごとからいきなり現実に引きもどされてダンスフロアからジェイクに視線を移すと、彼が弱々しい光の中でじっとこっちを見つめていた。

「えっ？」

「きみと踊りたいと言ったんだが」

「ええ」アデレードは明るく陽気な笑顔と思ってもらえそうな表情を必死でつくった。「もう後の祭りですもの」

ジェイクの修行僧のような表情が蠟燭の明かりに照らされて、いつにもまして険しくなった。

「後の祭り?」さりげない口調で繰り返す。

「どのみち、明日の朝にはもう、わたしたちの作り話は破綻をきたしてしまいそうでしょ。下宿人が家主である女とナイトクラブに行くってふつうじゃないことですもの」

「たしかに。もう後の祭りだ。さあ、踊ろう」

ダンスの申し込みというより命令といった口調だった。

アデレードは覚悟を決めた。べつに結婚を申しこまれたわけじゃないわ。ただいっしょに踊ろうと誘われただけ。にもかかわらず、なぜだかこれを受けることは危険きわまる冒険に思えた。

「ええ、いいわ。喜んで」

気が変わる前にとすぐさまブースから出た。

ジェイクも立ちあがり、アデレードに腕を差し出すと、彼女をリードしてダンスフロアに向かって通路を下りた。

二人はミラーボールから降り注ぐ光のシャワーを浴びながらフロアに立った。ジェイクの力強くあたたかい手が背中の下のほうのむきだしになった素肌に触れると、アデレードははっと息をのんだ。

「素敵なドレスだ」ジェイクが言った。「布の面積は小さいが」

アデレードはいきなりこみあげてきた笑いでむせそうになった。「それはどうも」

その後は多少気分が楽になった。そして気がつけば、ジェイクとのダンスが心地よくなってきた。すごく楽しい。何分かのあいだはブルーの麻の上着を着た麦藁帽の男のことを忘れかけもした。ほぼ。

そのときだ、店内に何かに気づいた気配が広がり、会話の声が鈍り、客たちの首が同じ方向を向いた。

「ヴェラ・ウェストレイクのお出ましだ」ジェイクが言った。「彼女が来たら、そのときはわかると言っただろ」

アデレードがくるりと振り返って見ると、ボーイ長がヴェラをダンスフロアからすぐの、まだ空席になっているブースへと案内した。ハリウッド一の美女は官能的な金色のドレスを着て、目を瞠るほど優雅だった。ドレスにはクリスタルがちりばめられ、それが一歩進むごとに光を受けてきらきら光った。髪はロール巻きを優雅にまとめてアップにしている。その髪型は彼女の個性的な頬骨と念入りな化粧を施した目もとを強調していた。

ボーイ長は軽やかな身のこなしでスターを席に着かせるとボーイを呼び、呼ばれたボーイはすぐさまテーブルに近づいてウェストレイクの注文を取った。ボーイがまたせわしく立ち去ると、ヴェラはきらりと光るシガレット・ケースを取り出した。ボーイ長は間髪をいれずに彼女の正面に回って煙草に火をつけ、目立たないようにテーブルをあとにした。

「本物の映画スターはああなのね」アデレードがささやいた。

ジェイクはスターにさほど感心してはいないようだ。「ほら、今度はドクター・カルヴィン・パクストンだ。予定どおり」

アデレードはジェイクの肩ごしに、ボーイ長の案内でヴェラのテーブルに着くパクストンを見た。

「あれほどの映画スターがなぜインチキ痩せ薬を売りつける医者と付き合うのか、理解に苦しむわ」

「きみは世間知らずだってことをさっき話したばかりだと思うが」ジェイクは愉快そうだ。

「わたし、パクストンのいわゆる痩せ薬っていうのをひと瓶買って試してみたの。そうしたら、あれはただの砂糖水に、おそらくカフェインをちょっと加えた程度のものだわね」

「きみの言うことを信じるよ」ジェイクが言った。「ウェストレイクがパクストンに惹かれるのは、彼が同じ世界にいながら職業が違うからだろうな。競争相手ではない」

「たしかにそうだけど、わたしに言わせれば、ミス・ウェストレイクならパクストンよりもっとずっと素敵な人と付き合えるのに。彼はただ彼女を利用してインチキ痩せ薬を売っているだけ」

「彼女はそれでもいいと思っているんだろう。もしかすると、その薬が効くと本当に思っているのかもしれない」

アデレードが見ていると、パクストンはカクテルを注文して煙草に火をつけた。彼もヴェラもブースの背もたれに体をあずけ、退屈で死にそうな顔をしている。二人はいつまでも二人きりではなかった。多くの人が列をなして、スターに敬意を表しにブースを訪れた。ヴェラは誰に対しても愛想よく振る舞い、パクストンは彼女にやや体を寄せた。連れを包む目には見えない名声のオーラにいくらかでもあやかろうとしているかのようだ。

ダンスフロアではジェイクがまたアデレードをゆっくりとターンさせた。音楽が鳴りやんだとき、二人は部屋の反対側にいた。

「ちょっと外に出て新鮮な空気を吸おう」ジェイクが言った。

アデレードの手を取り、開け放たれたフランス窓のほうへと連れていく。パラダイス・クラブを囲む緑濃い庭園は、夜はさながら不思議の国だった。小道は小さな電球で照らされ、高い生け垣にも小さな明かりがちりばめられている。夜気は花と柑橘類の香りで芳しい。そのうえ、カップルにプライバシーを提供するような設計になっている。アデレードの耳にも夜気のあいだからひそやかな笑い声やささやき声が聞こえてきた。

ジェイクがオレンジの木がつくる濃い陰にいきなり彼女を引き入れて足を止めた。

「今日の午後、ライナと買い物から戻ってきて以来、きみはいやにぴりぴりしているが、その理由《わけ》を聞かせてくれ」

アデレードは凍りつき、そのまま数秒は動きが取れなかった。

「わたしがぴりぴりしていたら変かしら？」アデレードは小声で言った。「もしあなたの言うとおりだとしたら、わたしたちは殺人者を追っているかもしれないのよ。少なくとも恐喝者の居どころを突き止めようとしている。わたしがぴりぴりする根拠はじゅうぶんあるでしょう」

「そうむきにならないで。たしかにきみの言うとおりだ。ただ、今夜のきみはいつもと少し違うような気がするだけだ。うわの空で、いつもよりびくびくしている」

感情をうまく隠せていると思うのもそこまでだった。怒りがこみあげた。

「い、い、いつもよりびくびくしているですって？」

「それについて話したくないなら、それでいい」

「話すことなどないわ」アデレードは心して冷静な口調で言った。

ジェイクが不思議なまでにじっと動きを止めた。「しいっ」

「どうしてそんな——」

アデレードはそこで口をつぐんだ。ジェイクの手のひらが口をしっかり押さえたからだ。そして彼女に抵抗する間も与えず、ジェイクは彼女をすぐそばのオレンジの木の陰の奥深くにそっと移動させた。

口を押さえた手が離れるや、今度はアデレードに息をつぐ間も与えず唇が重ねられた。

数秒間、アデレードは驚きのあまり動くことができなかった。すると、全身を荒々しい興奮が駆け抜けた。彼女の内のどこかは、ジェイクがはじめてティールームに入ってきたときからずっと、彼の腕に抱きしめられる瞬間を待っていたのだ。彼をはじめて見たあのときでさえ、彼のキスで、たとえ一夜かぎりではあっても、わたしの人生は変わる、と感じたほどだ。

だが、大間違いだった。

ジェイクのキスは冷たく打算的だった。わくわくするようなキスではけっしてない。そっけない硬い唇が彼女の唇をふさいでいるだけで、ぬくもりや情熱はいっさい伝わってこない。何がなんだかわからないまま引きつづきショック状態でいると、砂利敷きの小道をこちらに向かって駆けてくる足音が聞こえた。

アデレードはとっさに理解した。キスは本当のキスではなかったのだ。周囲を欺くための目隠しのキス。

足音はぐんぐん近づいてくる。こちらへ向かってくるのが誰であれ、数秒のうちに二人のそばを通り過ぎていくはずだ。ジェイクがキスのふりをしたのは、彼らもただロマンチックな気分に流され、人目のない場所を求めて庭園の暗がりに身をひそめたカップルにすぎないと、こちらへ向かってくる誰かに思わせようとしたからだ。

アデレードは彼が暗黙のうちに割り振ってきた役柄になりきり、両腕をジェイクの首に回し、彼に体を密着させた。どう演じたらいいのかはわかっているわ。腹が立つが、よくわかっていた。これまでも常軌を逸した研究者、経験豊かな二名の看護婦、図体の大きな雑役夫たち、ラッシュブルック療養所を仕切りながら陰謀をめぐらすあのろくでなしを欺いてきた。状況しだいでは、彼女もハリウッド・スターに優るとも劣らない女優である。

アデレードのこの突然の反応にジェイクは不意打ちを食らった。今度は彼が驚きのあまり凍りついた。ジェイクの首に回したアデレードの腕に力がこもる。せわしげな足音はいよいよすぐそこまで迫ってきた。

ジェイクはキスの主導権を失った。うめきをもらし、アデレードを胸に力いっぱい抱きしめた。とっさの抱擁がそっけなく冷たいそれから熱く燃えるそれに変わり、一瞬にしてどうにも制しきれなくなった。

足音は通り過ぎ、遠ざかっていったが、ジェイクは抱きしめた手を緩めなかった。情熱の嵐がいきなり現実になったことにアデレードが気づきかけたとき、それははじまったとき同様、唐突に終わった。

ジェイクが重ねていた唇を引き離し、アデレードの前腕をつかむと、じつに丁重に、じつにゆっくりと彼女とのあいだに少し距離をつくった。

アデレードは首の後ろに墓石を思わせる冷たい感覚を覚えた。その日の夕方と同じ感覚。たちまちキスが呼び起こした情熱は消えた。パニックで胃がむかついた。

目を開けると、ジェイクの幅広い肩ごしに前方が見えた。白いディナー・ジャケットのすらりとした男が生け垣の向こう側にさっと姿を消した。近くの庭園灯が男のオイルで撫でつけた黒い髪を照らした。彼はオレンジの木の蔭で抱擁をかわす男女を見ていたのだろう。男の動きからは怒り、もどかしさ、あるいは激しい苛立ちが伝わってきた。

男の身のこなしは夕方ショッピング・プラザで見かけた男にそっくり、コンラッド・マッシーにそっくりだった。

気がつけば、ジェイクの視線がまごつくほどじっと彼女に注がれていた。彼女に対して突然少し用心深くなったかのように。

「申し訳ない」ジェイクの低い声はつらそうだ。「ぼくはただ、あの男からきみを隠そうとしただけだ」

アデレードは身震いを覚えながら息を吸いこんだ。「わかっているわ。うまくいったみたいね」

ジェイクはアデレードを探るように見た。

「あの男を見た?」

「ううん、よくは見えなかったわ」本当のことだが、完全に本当とは言えなかった。

考える時間が必要だが、内心のパニックはもう時間切れだと告げていた。「後ろ姿が見えただけ。白いディナー・ジャケットに黒っぽいズボン。髪は黒」

「今夜パラダイス・クラブにいる男の半分はそういう恰好だ。ぼくを含めて」

「いいえ」アデレードはこらえきれずに口に出した。「あなたとは違ったわ」

「確信がありそうだな？」ジェイクの口調は皮肉っぽいが愉快そうだった。

「あなたとは……身のこなしが違うの」アデレードは両手を振り振り、なんとか説明しようとした。「ネコ科の大きな動物みたいなのよ。豹とかピューマとか……そんな感じの。歩き方があなたとは違ったの。ま、いいわ。うまく説明できないから。とにかく信じて」

「役立つ情報とは言いがたいなあ。あの男について何かほかに気づいたことは？」

「すごく早足だったわ。腹を立てているみたいだった」

「彼はぼくたちのあとをつけてここに来たんだと思う。ところが、暗がりで見失った」

「なぜわたしたちのあとをつけたのかしら？」そう訊きはしたものの、アデレードは自分の声がなんとも弱々しいことに気づいていた。

ジェイクはまた彼女に探るような目を向けた。彼が信じていないことはアデレードにもわかっていたが、彼は何も言わなかった。そして無言のまま彼女の手を取った。

ほかに何も思いつかないアデレードは彼にエスコートされて、ナイトクラブの室内に戻った。まず最初に気づいたことは、ヴェラ・ウェストレイクが再びひとりですわっていることだった。

「パクストンが消えたな」ジェイクが言った。「こいつはおもしろい。もうひとりの男はどうだろう？」

「いないようだけど、ここにはいないって断言はできないわ」アデレードは言った。「暗すぎるもの。はっきり見えるのはダンスフロアからすぐのブースにすわった人たちとダンスをしている人だけ」

「ルーサーの警備要員は今夜クラブに来た客全員のリストを作成するから、明日見せてもらうよ」

コンラッド・マッシー――アデレードが見たのがマッシーだったとして――は本名を使うだろうか？　アデレードにはそうは思えなかった。

ジェイクが彼女をエスコートしてブースに戻った。アデレードはグラスに注がれたスパークリング・ウォーターに目を落とした。本当はマティーニが飲みたいのに。

アデレードはグラスを手に取り、どうしたものかをしばし考えたのち、決断を下すと、だしぬけにグラスを置いた。

「じつは、わたしのことであなたに知っておいてほしいことがいくつかあるの」慎重に言葉を選んだ。「わたしの過去をあなたに打ち明けたりせずにすめばいいと願っていたけれど、たったいま話すしかないと考えたの。あなたは本当のことを知って当然だと思うから」

ジェイクはスパークリング・ウォーターをぐいっと飲んでグラスを置いた。目はアデレードの顔を見据えたままだ。

「聞かせてもらうよ」

「ここでは話したくないわ」

ジェイクがすっと立ちあがった。「家に帰ろう」

アデレードは言いたかった。わたしに家などないわ。それだけじゃなく、厳密にはわたしも存在すらしていないの。彼女は患者Bで、彼女が姿を消したことで気をもんでいる人間が何人かいる。

だが、ナイトクラブの蠟燭の明かりがともるブースにすわって語る話題ではない。

28

彼女は嘘をついているわけではない、とジェイクは思った。嘘はついていないが、庭園で二人のそばを通り過ぎていった男について知っていることを全部語ってはいない。ジェイクはこのときもまた、彼女にも秘密を守る権利があると自分に言い聞かせたが、彼女が何を語ろうとしているにせよ、それは彼女の身の安全を守るという問題を間違いなく複雑にするはずだ。

二人は無言でパラダイス・クラブの正面を飾る堂々たる錬鉄製ゲートの前に立ち、ボーイが車を取ってくるのを待った。ジェイクはすぐ横にアデレードがいることを強烈に意識しながらも、彼女が何を考えているのかは見当もつかなかった。少し前の庭園での出来事で彼女が激しく動揺していることは明らかだが、その動揺がキスのせいなのか、あるいは通り過ぎていった男を見たからなのかは判断がつかなかった。もしかするとその両方なのかもしれないとも思いはじめていた。

ひとつだけたしかなことがあった――二人のあいだで稲妻さながらに光を放ったキスはいまもまだ彼の気持ちを揺さぶっていた。彼女にキスすることに多少のリスクがあることを知らなかったわけではないのだが、どんな状況でも抑えられるだろうと高をくくっていたのだ。

大間違いだった。しかもアデレードに関してはこれがはじめてではない、と彼は思った。

ボーイがスポーツカーをゲートの正面につけて降りた。ジェイクが助手席側のドアを開けると、アデレードがしなやかな身のこなしで乗りこんだ。月明かりを受けた銀色のサンダルが一瞬光り、優雅なアーチ形の足が片方、ちらりとのぞいた。すると、数分前に彼女を抱きしめたときに全身を駆け抜けた熱い感覚がよみがえり、またしても気持ちが乱れた。

素早くドアを閉め、長いボンネットを回って反対側へと歩きながら深呼吸を繰り返す。そして運転席に腰を落ち着けたときにはもう、自制を取りもどしたような気がした。

ギアを入れて車を発進させ、脇道からクリフ・ロードに出た。月はまだ出ていたが、夜の暗い海の上にうっすらとかかった霧のせいでほとんど見えない。

「それじゃまず、さっき庭園で横を通り過ぎていった男のことからはじめたらどうだろう？　心配なんだろう？」

　前方の路面に映るヘッドライトの細い帯に意識を集中していたアデレードが、くるりとジェイクのほうを振り向き、束の間ではあったが鋭い目で彼を見た。ジェイクは彼女には答えるつもりがないのだろうと思った。

「じつは今日の夕方、ライナと買い物をしていたときにもあの男を見かけてるの」アデレードが長い沈黙のあと、ついに口を開いた。「でも、そのときもちらっとしか見えなかったから、あんまり自信はないんだけれど」

「知っている人間だと思っている？」

「サンフランシスコの知り合いに似ていたの。その人とは一時期……交際していて」

ジェイクはゴルフ・コースでルーサーと交わしたやりとりを思い出した。**彼女に妄執する精神のバランスの崩れた男から逃げているとしても、そういうことはまあああるだろう。**

「以前交際していたその男がバーニング・コーヴまできみを追ってきたと思うんだな？」ジェイクは確認を取る必要を感じて訊いた。

「たぶんね。複雑な話なの。家に着くまで待ったほうがよさそう。お酒の勢いを——

水やお茶より強いものじゃないと――借りたいわ」

ジェイクとしてはいますぐ答えをとせっつきたかったが、アデレードには明らかに時間が必要だった。

「ああ、そうしよう。ところで、バーニング・コーヴ・ホテルのカルヴィン・パクストンのヴィラをざっと調べたらいいかもしれないと思うんだ。ルーサーならオリヴァー・ウォードは友だちだから、彼にたのんでぼくを中に入れるように取りはからってくれるはずだ」

アデレードはぎょっとし、腰をずらして彼のほうを向いた。「つまり、ドクター・パクストンのヴィラに不法侵入するってこと？」

「いや、友だちにたのんで鍵を借り、パクストンが留守のあいだに調べるつもりだ。もっといい考えがあるとか？」

「ううん、いますぐには思いつかないけど、何か手を考えるわ」アデレードが言明した。「三十秒ちょうだい」

「ぼくがパクストンのヴィラに忍びこむことがなぜそんなに気になる？」

「それは、もしあなたの言うとおりで、彼がゾランダの死にかかわっているとしたら、危険きわまる人間だから」

「心配してくれてありがとう。だが、自分の身は自分で守れるよ、アデレード」

「ええ、そうよね。わかっているわ――貿易に携わっていたんですものね。銃も持っているし。ひとつ質問があるんだけど」

「なんだい？」

「今夜は銃はどこにあるの？」

「この車のグローブボックスにしまってある。ルーサーはクラブの客には銃を持ちこませないことにしているんだ。友だちだから特別に許可を求めてもよかったが、そんな必要はないだろうと思った。ルーサーのところの警備要員は武装しているから、パラダイス・クラブはおそらくバーニング・コーヴでいちばん安全な場所だろうな」

「ふうん」アデレードが言った。

彼女は目の前のグローブボックスをはじめて見るような目でじっと見た。

「銃を持っていても、必要なときに手もとになければ意味がないと言いたいんだろう？」ジェイクが言った。

アデレードはため息をついた。「まあ、そんなところかしら。でも、わたしも銃を持ち歩いてはいないから、そんなことを言える立場にはいないけど。ついでに言えば、パクストンも銃を持っているかもしれないわ。もし彼のヴィラに入ってきて、あなたに気づいて驚いたら、すぐさまあなたを撃つことだって考えられる。不審者が侵入したと思ったと言えるんですもの。しかも、それが嘘には当たらないわけだし」

「ふうん」

「今度は何を考えているの？」

「きみがパクストンは銃を持っているかもしれないと考えるところが興味深いな、と」

「あら、わたしがそう考えたら変かしら？　銃はわたしだって持っているし、あなただって持っているでしょ。それに、この状況になんらかの関係がある人間がすでに死んでいるのよ」

「マダム・ゾランダは銃で撃たれたわけじゃない」

「そうね」アデレードは言った。「でも、もし彼女が殺されたのだとしたら、どうやって殺されたのかはわかるような気がするの」

「いったいどういうこと？」

「それも家に着いてから話すつもりよ。あなたはいま運転中だから、それに集中しなくちゃ」

「つまり、きみが話そうとしていることを聞いたら集中できなくなるってことか？」

「たぶん」

アデレードはそれだけ言うと口をつぐんだ。気がつけば、ジェイクはクリフ・ロードの景観を楽しんでいた。車の前方にまっすぐ――どこまでも果てしなく――延びる舗装道路。走っても走ってもどこにも行きつかない道。アデレードもずっと彼の傍らにいる。

月光が暗い夜の海に銀色のかけらをまきちらしている。光がさっきよりぎらついていた。夜が彼を手招きし、もっとこっちへと引き寄せる。いまこの瞬間までその存在にすら気づかなかった、スパンコールをちりばめたハイウェー。銀色に光る道のはるか先に秘密があるらしい。この光り輝く道をどこまでも走りつづけるしかない。

「ジェイク？」

アデレードの声が異次元の世界から聞こえてきた。

「何も心配いらないよ」ジェイクは言った。「向こうに着けば、答えはすべてわかるんだから」

「わたしたち、どこへ行くの？」アデレードが訊いた。

彼女は心配ごとを抱えている。ジェイクは彼女に心配などさせたくなかった。彼女を守らなければならない。

「すべてうまくいく。月光のハイウェーが見えるだろう？　これがぼくたちを真実へと導いてくれる」

「ジェイク、よく聞いて。いますぐ車を停めて」

「でも、まだ到着していないよ。ほら、周りを見てごらん。きれいな色がいっぱいだ。夜がこんなに色彩豊かだなんて知ってる人はいるのかな？」

「言ったでしょう、車を停めて」

アデレードが彼に体を寄せた。ジェイクは一瞬、彼女がキスをしてくるのかと思ったが、彼女はなんとイグニッションからキーを引き抜くという行動に出た。エンジンの音が唐突にやんだ。車の速度が落ちはじめる。

アデレードがハンドルを握った。

「どいて」彼に命令が下った。

ジェイクはしたがい、ハンドルから両手を離して膝の上においた。アデレードは彼の上におおいかぶさるような体勢でハンドルを操った。

ジェイクは声を上げて笑った。「運転がしたいならそう言ってくれればよかったのに」

「足をどかして」アデレードは銀色のサンダルをはいた足で彼の脚を横から蹴った。

「ほら、早くして、ジェイク・トゥルエット」

ジェイクは言われたとおりに足をどけた。アデレードは彼の太腿の上に半ば腰かけるようにした。ジェイクは彼女のヒップの緩やかな曲線を感じとることができた。不思議な気持ちで後押しされ、片手を上げて彼女のむきだしの背中に触れる。

「すごく柔らかくて、あたたかい」

アデレードは銀色のサンダルの足でブレーキを踏みこみながら、ハンドルを切って車を路肩に寄せた。やっとのことで車は完全に停止した。せっかくの栄光に満ちた夜はそこで幕を閉じた。

「ここでセックスするつもり？」ジェイクが訊いた。

「ううん」アデレードが言った。「車から降りるのよ」

「そいつは名案だ。海岸のほうがいい」

「ううん」アデレードがもう一度言い、せわしく助手席に戻ると、彼のキーを使ってグローブボックスを開いた。いったいなんだろうと見つめるジェイクの目の前で、彼女は拳銃と懐中電灯を取り出した。

「海岸で射撃練習をしたいのか？」ジェイクは訊いた。

「ようく聞いてね、ジェイク。そして言われたとおりにしてちょうだい」

「わかった。月光の道を進むんだろう？」

「そうよ。でも、それには車から降りたほうが楽なのよ」

「本当に？」

「ええ、本当よ」

「車のほうが速いけど」

「でも、それだと違う方向に行ってしまうの」

そういうことなのか、とジェイクは納得した。ドアを開けて車から外に出た。真夜中が放つ色彩はそれまでにもまして眩く渦を巻き、昔見たマジック・ランタン・ショーのようだった。いや、マジック・ランタン・ショーとも違うな。万華鏡か。そうだ、あれだ。まるで万華鏡の中に身を置いて、宇宙の秘密を五感で感じとっているようだった。アデレードがそこにいるかぎり永遠に、きらきら光りながら形を変えていく光の波を見ていることができそうだ。

アデレードが車の反対側からこっちへ回ってきた。片手に拳銃、片手に懐中電灯を持っている。

「月光のハイウェーの行き止まりは海岸にあるの」アデレードが説明した。

「本当に？」ジェイクが訊いた。

「ええ、本当よ」

「どうしてぼくの銃を持っていくの？」

「それはね、誰かがわたしたちを殺そうとしているから」

29

わたしのせいだわ、とアデレードは思った。この危険な状況をジェイクにもたらしたのはこのわたし。

とはいえ、わたしの罪の深さを考える時間はこの先たっぷりある。いまはまず、自分たち二人の身の安全を守らなければならない。

「心配しなくていいよ」ジェイクが言い、砂浜で立ち止まった。「もしも誰かがきみを傷つけようとしたら、そのときはぼくがそいつを殺す」

アデレードがほっとしたのは、薬が引き起こした譫妄《せんもう》状態にありながらもジェイクに彼女の言っていることが伝わっているとわかったからだ。だが、もし彼がデイドリームを盛られたとしたら――アデレードはそう思っている――その幻覚はどうにも予測不能だ。彼の気分はすでに百八十度変わった。いかれてはいても人畜無害な彼がいつなんどき危険で制御不能な彼に変わらないともかぎらない。もし彼がアデレードにそそられたりしたら、力で簡単に圧倒されてしまうだろう。

「殺すチャンスはまたいつか必ず来るわ」アデレードが断言した。

「今日のほうがいいだろう」ジェイクが言い張る。「そのあと、月光の道を答えに向かって進めばいい」

「ジェイク、ようく聞いてね。あなたは薬をのまされたの」

ジェイクが頭をはっきりさせようとするかのように首を振った。「ぼくは酔っ払ってなんかいないさ。マティーニ一杯すら飲まなかった」

「お酒じゃないの。薬。いえ、いいの、なんでもないわ。それじゃ、わたしのあとについてきて。離れないでね」

デイドリームは催眠術のような特性もそなえている。アデレードはじゅうぶんな経験から知っていた。この薬の影響下にある人間はすんなりと暗示にかかるのだ。その人が譫妄状態で見ている夢の中に入りこみ、その空想的な情景と現実を結びつけることができればうまくいく。

「きみにも月光のハイウェーが見えるんだね？」ジェイクが訊いた。

「ええ」アデレードは答えた。「その先には安全な場所があるわ。でも、急がなきゃ」

「まずきみを安全な場所に連れていって、そのあとぼくはここに戻ってきて、きみを傷つけようとしているやつを殺す」

「その計画についてはまたあとで相談しましょう」

「そうだね」ジェイクが言った。

アデレードはその海岸も、そこに通じる小道もよく知っていた。バーニング・コーヴに来てからというもの、地元の海岸はどこも散歩のときに歩いたことがあった。

「月光のハイウェーはこっちよ」

ジェイクは瞬時に神経を集中させて、何か彼だけにしか見えないものに心を奪われている。

「ああ、そうだね」ジェイクがつぶやいた。「なんて美しいんだ」

「わたしは前にも来たことがあるの」アデレードは言った。「いまのように潮が引いたときは海面の上に洞窟がいくつか姿を見せるから、もし誰かがわたしたちを探しにきたら、その中に隠れればいいわ」

ジェイクが反論してこないのは幸運だった。彼は頭をはっきりさせようとしたいのか、またしきりに首を振っている。

「真夜中のへりにある洞窟だね」

「えっ？　ううん、なんでもないわ」

「ぼくは幻覚を見ているんだね?」

アデレードは驚いた。ジェイクの脳の理性的な部分は譫妄状態にある自分を見破っているのだ。しかし考えてみれば、アデレードが生き延びてきたのもまさにそれがあったからだ。現実の世界と幻覚、その両方と同時に向きあうことができればなんとかなる。途方もなく強い意志力を要するし、著しい混乱状態に陥るし、体力も消耗する。デイドリーム投与の影響下にある人間の頭の中の不思議な宇宙を論理的思考にしたがって進もうとすると、その命がけの試みはパニックをなおいっそうふくらませ、最終的には完全な被害妄想へとたやすく移行する可能性がある。

「ええ」アデレードは言った。「あなたに見えているものは何もかも現実ではないことを憶えておいて」

「きみ以外はってことだね」

質問ではなかった。

「ええ、わたし以外は」アデレードは同意した。「あなたは自分の感覚を研ぎ澄ませて。あなたの目は信用できないから、感触を信じて」

アデレードは懐中電灯のスイッチを入れた。海岸へと下る小道はさほど急ではないが、小石や岩がごろごろしているため、夜間は足もとが覚束ない。坂を下りきると、つぎは潮だまりを避けながら慎重に歩かなければならなかった。譫妄状態にあるとはいえ、ジェイクはアデレードのすぐ後ろからついてきていた。

彼はうまくバランスを取っている。

岩がごつごつした海岸にたどり着いたちょうどそのとき、遠くから車のエンジン音が聞こえた。

「あの車にあなたに薬をのませた人が乗っているかもしれないわ」アデレードが警告を発した。

「ぼくにまだそいつを殺す時間があるってことだね」

「わたしたちに手を貸そうとして車を停めた親切な人かもしれないわ。無実の人を殺したくないでしょう?」

「もちろん。殺したいのは、きみを傷つけたがっている連中だけさ」

「そうよね。だから、誰だかは知らないけれど、その人があきらめて走り去るまで隠れていましょうよ」

「きみはおとぎ話に出てくるお姫さまみたいだね」ジェイクがさらりと言った。

「この靴のおかげね」

「素敵な靴だ。月光でできている靴」

「これからしばらく歩くから、この靴もさんざんなことになりそうだわ」アデレードは海岸の反対側に懐中電灯を向けた。「洞窟はあっちの方角にあるの。急いで。さっきの車を誰が運転しているのか知らないけれど、車を停めたかもしれないわ。もしそうだとしたら、この明かりを消さなきゃならないから」

誰であろうが、車を停めた人間を信じるわけにはいかない、とアデレードは考えた。コンラッド・マッシーがバーニング・コーヴに来ている事実を引きつづきつかもうとしているところだ。もし彼が来ているとすれば、おそらくギルもであろう。

ジェイクはと見れば、生来の運動感覚のよさと男性的なしっかりした足取りで難なく潮だまりを進んでいる。足を滑らせたり転んだりする危険を何度となく切り抜けているのはアデレードのほうだ。銀色のダンシング・シューズとターコイズのイブニング・ドレスは海岸をうろつくためにつくられてはいない。

サンダルの踵が藻におおわれた濡れた岩の上で滑ったとき、ジェイクにこれまで二度押さえてもらった。そして三度目、ジェイクは彼女をさっとすくいあげ、肩にのせた。

「何をするの？」驚いたアデレードがわめいた。

「このほうが速い」ジェイクが言った。

口論している余裕はない。足もとの悪い潮だまりをぬって彼女を歩かせておく必要がなくなったいま、ジェイクの歩調ははるかに速まった。

「洞窟よ」アデレードは言った。「洞窟をめざしてね」

「わかってる。真夜中のトンネルだろ」

気がつけばアデレードはまだ懐中電灯を握ったままで、光線はまっすぐ下を照らしていた。

「懐中電灯を使ったほうがいいわ」

「いや。きみの靴が放っている月光さえあれば、行く先は見える」

「どういうこと？」

「しいっ。怪物に声が聞こえたらたいへんだ。とにかく隠れないと」

ジェイクの言うとおりだ。少し前にエンジン音が聞こえた車は上方のクリフ・ロードで停まったはずだ。アデレードは懐中電灯を消した。彼女の靴が光を放っているわけではないが、たしかに海岸は月光に照らし出されていた。

「ほら」ジェイクが言った。「真夜中のトンネルは月光のハイウェーへの秘密の入り口だ。怪物には見つけられない」

ジェイクがアデレードを肩から下ろして、しっかりと立たせた。洞窟が目の前で黒い口を開けていた。中からはかすかながら月光が射している。だが、ありえない。二、三秒後、それがなぜだかわかった。彼女がのぞいているのは、海水が岩を侵食してできた細いトンネルなのだ。そして洞窟の口から出ている光は、トンネルの向こう側の口がある海岸を照らしている月明かり。

「そうね」アデレードは言った。「それじゃ、答えを見つけにいきましょう」

ジェイクは早くもトンネルに入ろうとしており、体を横向きにして広い肩幅でも通れる体勢をととのえていた。見たところ、向こうの口から射しこんでくる月光に見とれて立ちすくんでいるようだ。

アデレードの華奢な体はすんなりと入り口を通ることができた。いったん中に入ってしまえば、通路は広がっていた。岩の壁からは滴《しずく》がしたたり、トンネル内には波の鼓動が反響している。潮が満ちたとき、この洞窟には海水があふれるのだ。

アデレードはいまにも彼女をのみこみそうな閉所に対する恐怖と闘った。出口はもうすぐよ。あとわずか数フィート。

「この先は海に入る」ジェイクが言った。「大丈夫だ。息はできる」

「それを聞いて安心したわ」アデレードがつぶやいた。

洞窟トンネルの出口にたどり着いてほっとしたものの、目の前の砂浜は狭く、ないも同然だった。大きな岩がそこここに点在する。もし誰かが二人を探しにきたら、その陰に隠れることができそうだ。

ジェイクが水際で立ち止まった。月明かりに照らされた海を見つめて立つ姿は、またしても彼にしか見えない何かにうっとりとなっているようだ。

彼が幻覚に導かれて海を渡ろうとするのを恐れ、アデレードは懐中電灯をすぐそばの岩に置いてジェイクの腕をつかんだ。

「もう大丈夫よ。ここまで来れば安全だわ」

「まだ答えが見えないじゃないか」ジェイクが言った。

「もうすぐ見えてくるわ」アデレードは言った。

「答えは見えないのに、怪物が見える」ジェイクの声がいきなり険しくなった。「この岩の陰に隠れている。銃をくれ」

声から恐怖は感じとれない。獲物を見つけたハンターなのだ。

「あまりいい考えだとは思えないけど」アデレードは言った。

アデレードはあえて彼に銃を渡さなかった。薬の影響下にあるあいだはやめておこう。彼はすでに物陰にひそむ何かを見ている。幻覚はひどくなっているようだ。

「わかった」ジェイクは納得がいっているらしい。「きみが持っていてくれ。ぼくはこれを使う」

彼はディナー・ジャケットの内側に手を入れ、万年筆を取り出した。幻覚を見ている彼にはそれがナイフに見えるのだとアデレードは気づいた。

「怪物と戦うときには最高の武器だわね」大賛成といった響きを持たせた。

同時に拳銃をぎゅっと握りしめる。ライナのおかげで拳銃の使い方は知っているが、生まれてこのかた、人間は言うにおよばず生き物を撃ったことは一度もなかった。いちばん恐れているのは、手を貸そうと車を停めてくれた丸腰の人を殺してしまうかもしれないということだが、たとえあとからやってきたのがコンラッド・マッシー、あるいはドクター・ギルだとしても、何も知らない通りすがりの人と本物の怪物を区別する術がなかった。パクストンはどうだろう？　パクストンだとしたら、この状況はどういうことだろう？　アデレードはしばし考えたのち、少なくともいまは彼も悪党に分類することに決めた。

運がよければ、無関係な人ならばすぐに怯えるはずだ。正常な人間であれば、銃を構えたどう見ても頭のおかしい女を見るなり、すぐさま逃げだすのでは？

車を停めた人間が誰であれ、またアクセルを踏みこむくぐもった轟音が聞こえないかと耳をすました。通りかかったよきサマリア人だとしたら、ジェイクの車に乗っていた人間の姿は見えないと気づいてあきらめて走り去る可能性が高い。それに反して、車に乗っていたのがジェイクに薬をのませた人間だった場合は、海岸まで探しにいこうとするかもしれない。

幻覚を起こしている男と療養所を脱走した精神を病んだ女を探しにくる人間は、たぶん懐中電灯を使うだろう。

アデレードは細いトンネルから反対側をのぞいた。弱々しい懐中電灯の明かりが左右に動いている。それを持った人間はまだ上方のクリフ・ロードにいるらしい。

アデレードとジェイクが立てる音や声は波の音にかき消されることはわかっていたが、それでも彼女は足音を忍ばせてジェイクに近寄り、耳打ちした。

「あなたに薬をのませた人間が向こう側の海岸を見ているわ。あなたを探しているのよ」

「探しているのはきみさ」ジェイクが確信をこめて言った。「怪物はきみを探しているんだよ」

「ええ、そうだと思うわ。海岸まで下りてこないといいけど。もし下りてきたら、こっちも準備をしなくちゃならないわね。銃を持っているかもしれない」

「平気平気」ジェイクがさものんきな口調で言った。

万年筆を高く上げると、堂々たる円筒部が月光を受けて銃身さながらきらりと光った。

「岩の陰に隠れましょう」アデレードがささやいた。

いくつもの大きな岩は隠れ場所としてじゅうぶんだと判断した。向こうがトンネルを抜けて探しにきたら、そのときは岩だけが頼りだ。

「いや」ジェイクが言った。

「お願いよ、ジェイク、大事なことなの」

「きみはぼくが守る」

それだけ言うと、ジェイクがくるりと踵《きびす》を返して岩のトンネルの口に向かって歩きだした。

「ジェイク、どこへ行くの？」アデレードは声をひそめて訊いた。

「ここにいろ。すぐに戻ってくる」

「何をするつもり？」

「怪物を殺すんだ」

「ジェイク、だめよ。怪物を殺す相談はあとでできるわ。いまはトンネルのこちら側にいなければだめ。傷を負うかもしれないでしょう」

「だめだ。怪物にはぼくが見えないから大丈夫。月光がぼくを透明人間にしてくれているんだよ」

「何を言ってるの、ジェイク。こっちへ戻ってきて」

アデレードはせわしく駆け寄り、彼の腕をまたつかんだが、ジェイクは彼女の手をやさしく離し、トンネルの中へと姿を消した。そのときアデレードは思い出した。銃を持っているのは彼女で、ジェイクは万年筆しか持っていないのだ。

どうしたものやらほかには思いつかないまま、アデレードはしかたなくジェイクのあとについた。

トンネルの反対側の口にたどり着いたとき、懐中電灯の光は見えなかった。まもなく車のエンジンがかかる音がし、見あげるクリフ・ロードでヘッドライトが闇を切り裂いた。車はそのままバーニング・コーヴの方向に走り去る。アデレードはほっとしながら、奇妙なことに全身から力が抜けていくのを感じていた。

「もう大丈夫よ、ジェイク。怪物は去ったわ」

「よおし」ジェイクは万年筆を上着の内側に戻した。「それじゃ、月光のハイウェーを進んで答えを見つけよう」

「答えは家にあるはずよ」

「本当に？」

「ええ、自信があるわ」

ジェイクはそれ以上何も言わなかった。アデレードは彼の手を取り、クリフ・ロードに向かって坂道をのぼった。ジェイクのスポーツカー以外、車は一台も見えない。ジェイクが考えをめぐらしているような表情で車をじっと見た。

「きみが運転したほうがいい」

「名案だわ」

30

恐喝という仕事でいちばん危険なのは取引の瞬間だ、とセルマ・レガットは思っていた。

夜中の二時。彼女はいま、人けのないホットドッグ・スタンドの中に立っていた。ゾランダの拳銃を片手に、海辺の古い遊園地の入り口にある真っ暗な切符売り場に目を凝らしていた。

遊園地は数年前に閉鎖に追いこまれた。不景気の犠牲者がこんなところにも、というわけだ。サンタクルーズのボードウォークの遊園地ほど大規模ではなかったけれど、子どものころは魔法の国のように思えたものだ。今夜は月明かりが大きな観覧車やローラーコースターの骨組みを照らし、かつての中央通路沿いに並ぶ乗り物やゲームコーナーはいまや打ち捨てられた廃墟と化し、ボードウォークも板が腐って砂に埋もれている。

ここの切符売り場を取引場所に選んだのは、ここが彼女の縄張りだからだ。幼いころ、夏にこの小さな町におじを訪ねてくるたび、母親がこの遊園地に連れてきてくれた。今夜は二ブロックほど離れた暗い脇道に車を停めてきた。誰も気づくはずのない場所だ。朝のうちにカネの安全な受け取り場所を探しはじめたが、そのとき遊園地の裏手のフェンスに開いた穴も見つけておいた。

彼女とゾランダはこれまでカネの受け取り方法をあれこれと進化させてきた。切符売り場はカネの強奪を成功させるために必要だと考えられるたったひとつの最重要利点をそなえている──すなわち、しかるべき距離を隔てた地点からの観察が可能であること。いま彼女が立っているかつてのホットドッグ・スタンドは、遊園地内に数えきれないほど点在する荒れ果てた小屋のひとつにすぎないからだ。

一台の車が遊園地の正面入り口のだらりと垂れさがった門扉をゆっくりと通過した。ほぼ二時間ほど前から待っているが、この通りを走ってきたはじめての車である。早く現地に到着することもカネの受け取り方法にあってはもうひとつの重要な要素である。

すでに限界まで張り詰めていたセルマの神経がいよいよぶち切れそうになった。これまでにもお金を受け取ったことはあるが、いつもロサンゼルスでだった。大都会ならずっと身をひそめていることができる。

だが、今夜は違う。今夜の取引の相手は殺人者である可能性がきわめて高い。

こんなとき、アデレード・ブロックトンがゾランダのために調合した〝悟り〟が一、二杯あったら、と思うが、幸いなことに小屋に戻ればウイスキーが一本ある。

中央通路を行き止まりまで進んだセダンがUターンして来た道を引き返し、遊園地の正面入り口へと向かった。その車が少し距離をおいた地点で停止した。トレンチコートの襟を立て、顔が見えないよう帽子を目深にかぶった人間が運転席から降りてきた。

激しい動揺に、セルマの心臓は早鐘を打った。はじめてのひとりでのお金の受け取りは予定どおりに進みそうだ。昨日のコンラッド・マッシーとのやりとりは取引のうちには入らない。あれはじかにお金を受け取っただけだ。朝の七時にコンラッド・マッシーに電話をかけ、マッシーはただちにお金を鞄に詰めて合流地点めざして出発した。受け渡しはサンフランシスコとバーニング・コーヴの中間にあるガソリンスタンドで昼前におこなわれた。

セルマは用心のために大きなサングラスをかけて大きな帽子をかぶっていったが、マッシーを恐れる理由は何ひとつなかった。彼が欲しがっているのは唯一、彼女が売ろうとする情報――現在、アデレード・ブロックトンと名乗っている女の居どころ――だけで、それを手に入れるためなら彼は進んでお金を払う気でいた。だからそれを手に入れるなり、スポーツカーのアクセルを踏みこみ、猛スピードでバーニング・コーヴめざして走り去った。夕方までには到着できると確信していたのだろう。

しかし、今夜の取引はあれとはまったく違い、はるかに危険だ。

トレンチコートと帽子の取引相手は錆びついた門扉を押し開けて、いったん動きを止めた。懐中電灯がぱっと光を放った。セルマが電話で指示した切符売り場を探しているのだろう。簡単に見つかるはずだ。

標的は切符売り場に向かって足早に進み、カウンターの上にかさばる包みを置き、ぐいと押しこんだ。

そこまでに二分とかからなかった。それがすむと標的はせわしくセダンに戻り、通りを走り去った。

セルマは車のエンジン音が遠のき、聞こえなくなるまで待った。そのあとさらにもう少し、念のために待った。成功の興奮のせいで呼吸が苦しい。心臓の鼓動もとんでもなく速まっていた。

これほどすんなりいったことが信じられないまま、セルマはホットドッグ・スタンドの陰をあとにし、せかせかと切符売り場に向かった。裏側の扉を開けた。小さな小屋の中は真っ暗闇だった。何も見えないが、さりとて懐中電灯をつければ通りがかりの人間に気づかれるかもしれないから、つけないことにした。

おそるおそる中に二歩足を踏み入れた。靴の爪先が床に置かれた何かに触れた。その場にかがみこみ、封筒をつかんだ。封筒は厚く、ずっしりと重かった。小額紙幣を大量にまとめると、おおかたの人の予想より重いものだ。

セルマは片手に封筒、片手に拳銃を握りしめ、切符売り場をあとにすると、遊園地を横切ってもと来たほうへと歩きだした。霧がかかりはじめていたが、月明かりはまだじゅうぶん道案内の役目を果たしてくれた。

何もかもがいやに簡単だった。

そのときだ、後方から音が聞こえた。セルマはパニックに襲われかけながらも、心配いらないと自分に言い聞かせた。おそらく流れ者が古い回転木馬の屋根の下で寝ようと横になった音か何かだろう。

物陰で猫がニャーと泣き、数秒後、セルマの目の前をさっと駆け抜けたあと、まもなく月明かりでは見えない霧の中へと姿を消した。

セルマは再び呼吸ができるようになったものの、パニックが完全に去ったわけではなかった。銃を握りしめ、足早に出口に向かった。いっさい歩調を緩めることなく、車まで戻った。そして懐中電灯をつけて後部座席の窓から中を照らし、車の床に誰も隠れていないことをたしかめた。

フォードに乗りこみ、ハンドバッグに銃をしまった。手がひどく震えているせいで、エンジンがかかるまでにキーを二度回さなければならなかったし、ギアを入れるときも必死で神経を集中させなければならなかった。霧がだいぶ濃くなってきた。暗い道をゆっくりと進んだあと、ねぐらである小屋へとつづく道路に出た。

しばらく車を走らせて小屋に到着し、懐中電灯を手に玄関から中に入った。ハンドバッグと封筒を簡易ベッドにどすんと置いてから、狭いキッチンを横切り、カウンターの上のランプに火をともした。ぎらついた炎の明かりが揺らめき、狭い空間を照らした。ウイスキーの瓶はひびが入ったり欠けたりした流しの横にあった。

大きなグラスにウイスキーを注ぎ、元気づけにあおった。今夜は危険を冒したが、報われた。大成功だ。商売を再開しよう。秘密はたっぷりあるんだから、これからまだ何年もつづけられる。ゾランダは必要ない。

小屋の中を見わたした。ぞくっと寒気がした。なぜだかもう、ここも安全ではないと感じた。

夜が明けたらサンフランシスコをめざそう。姿をくらますなら大都会のほうが簡単だ。

またひと口ウイスキーを飲むと、いくらかくつろいだ気分になった。ベッドの上の厚い封筒に目をやった。勝利の歓びが熱くわきあがり、少し前に感じた不安を追いやった。

煙草に火をつけて口の端にくわえ、狭い部屋を横切ってベッドに行った。封筒をつかみ、破って開いて逆さまにすると、きっちりとまとめられた札束が染みだらけのキルトの上にいくつも落ちた。

大金である。もっと要求すればよかった。だが、今夜はまだ最初だ。これからもお金の受け取りはこの方式で手堅くやっていこう。

札束のひとつを手に取り、ぱらぱらと繰ってぎょっとした。

恐ろしくなって手を止める。札束のいちばん上の一枚は本物だが、その下はきれいに裁断した新聞紙だった。ベッドにそれを投げつける。怒りがどっとこみあげた。手早くほかの束も調べた。どれも同じだ——上の一枚だけが本物。

標的が彼女をだました。なぜそんなことを？

思い浮かんだ答えに頭がくらくらした。はめられたのだ。

逃げなければ。いますぐ。今夜。

ベッドの下からスーツケースを引っ張り出し、あれやこれやを放りこんでばたんと蓋を閉じた。それを持ちあげて玄関近くまで運んだ。まずは帽子箱を車に乗せなければ。あれはすごく重い。帽子箱とスーツケースをいっしょに運ぶことはできそうもない。

玄関のドアを開けると、外は霧でほとんど何も見えなかった。後方からもれてくるランプの明かりで戸口のようすはなんとかわかる。きついドライブになりそうだが、とにかく逃げるほかない。

帽子箱を玄関前の階段下まで運び、車のトランクにしまった。それからまた小屋の中に引き返し、スーツケースを持ちあげると、もう一度階段をフォードに向かって下りはじめた。

玄関から車までの中間あたりで凍りついた。何かが霧の中で動いている。頭の形が蛇を思わせる恐ろしい生き物が何匹も身をよじらせ、のたくっている。玉虫色の鱗が奇怪な極彩色の光を放ち、牙からは血が滴っている。

セルマは頭のどこかで、いま自分が目にしているのは幻覚だと気づいた。ウイスキーのせいだわ。なんとなくそんな気がした。だが、酔っ払ってはいない。飲んだのはたった二口。

目の前の光景に説明をつけるのはあきらめた。なぜなら、蛇たちの色があまりにも強烈で、うんざりするほどけばけばしかったからだ。その怪物のうちの一匹が霧の中を彼女に向かって泳いできた。その目はおぞましい光を発してめらめらと燃えていた。

懐中電灯よ。セルマは脳のどこか隅っこのところが叫ぶそんな声を聞いたが、理性的な説明に耳を貸すことはできなかった。

くるりと踵を返し、安全な小屋の中に逃げこもうとした。しかし、もう遅すぎた。殺人者はすぐ後ろに迫り、セルマの肩の、首からすぐの位置に針を刺した。セルマは敷居に足を取られたが、それでもなんとかベッドのそばまで進み、そこで倒れた。遠のいていく意識の中で、だまされた、と思った。そしてまもなく意識を失った。

殺人者は銃を取り出した。また自殺でおかしくない状況だが、そろそろ手口を変更したほうがいいだろう。いちばん近い家まで半マイルはある。銃声は海の音がかき消してくれるはずだ。

つぎの仕事は恐喝ネタのありかを突き止めることだが、この三年間にわたってマダム・ゾランダとその助手が収集した秘密の数々をおさめた帽子箱はレガットの車のトランクにあった。

31

ジェイクは目を開け、なんとなく不快な気分で霧がかかった憂鬱な朝の風景を眺めた。昨夜のあいだに何か重大なことが起きたように思うのだが、それがなんだったのかいまは思い出せない。夢の断片が頭の中でささやきかけてくるだけだ。

思い出すのは、アデレードとともに月明かりに照らされた浜辺に立ち、銀色の月光に舗装されたハイウェーの果てにある答えを探していたことだ。怪物が物陰からぬっと現われ、アデレードを脅した。

懸命に記憶をたどろうとしていたところに、アデレードその人が現われ、彼を上からのぞきこんだ。もうサテンのドレスはまとっておらず、銀色の靴もはいていない。代わりに幅広のズボンと体にぴったり合ったセーターを着ている。髪はうなじの上できっちりとひねってピンで留められていた。片手に持っているのはマグカップ。

「昨夜はここに戻ってすぐに解毒剤をのんでもらったのよ」アデレードが言った。

「なんとか階段をのぼってこのベッドまで連れてくると、あなたはすぐに倒れこんだわ。さもなければ、今朝は階下《した》の床で目を覚ましたはずよ。コーヒーを濃くいれてきたわ。信じて。これですっきりすると思うの」

「きみがそう言うなら」

ジェイクはゆっくりと体を起こし、両脚を大きく回して床に下ろした。パラダイス・クラブに着ていったズボンと白いシャツのままだ。上着とタイと靴はどこかの時点で脱ぎ捨てたらしい。

片手でマグカップを包むように持ち、ゆっくりと飲んだ。じつにおいしい。つづいてもうひと口飲んだ。

「解毒剤がなんとか言っていたね？」ジェイクはついに訊いた。

「あなたはたぶん、デイドリームという名の危険な幻覚薬をのまされたんだと思うの。その薬を発見したのはわたしの両親で、その危険な効能に気づくとすぐに母は薬草で解毒剤をつくったわ。わたしは母のために植物学の文献を調べていたから、材料を知っているのよ」

「なんだかひどく込み入った話みたいだな」

「たしかにそうね」アデレードが言った。「気分はどう？」

　ジェイクはその質問をじっくり考えた。記憶が少しずつよみがえってきた。

「なんだかわからないんだ。それはそれでいいが、これは二日酔いではないんだね？」

「ええ、違うわ。昨夜はスパークリング・ウォーターしか飲んでいないでしょ。だから、薬をのまされたのよ。わたしがいけなかったんだわ」

　ジェイクがじっとアデレードを見た。「きみがのませたんじゃない？」

「ええ、もちろん違うわ。あのね、こんなことは言いたくないけれど、わたしを信じて。あなたはできるだけ早くここを離れたほうがいいと思うの」

　ジェイクはアデレードを長いことじっと見つめていた。彼女は心配そうでもあり、罪悪感に苛まれてもおり、絶望もしているようだ。

「ちょっと待ってくれ。それはつまり、きみはぼくを追い出したい？」

「それがいちばんいいと思うの」

「ぼくにとって？　それともきみにとって？」

「あなたにとって。わたしがあなたを危険な状況に追いこんでしまったと気づいたの」

「信じてもらえるかどうかわからないが、一連の出来事がはじまったとき、ぼくはきみが何か、あるいは誰かから逃げているんじゃないかと推測した。ここに至ってぼくを捨てようとしても、もう手遅れだろう。ぼくたちはすでに一蓮托生だ」

「あなたはわかっていないわ」

「そうかもしれないが、きみが説明してくれれば、すぐに理解するよ。ところで、いま何時？」

「えっ？　ああ」アデレードは腕時計を見た。「そろそろ六時半だけど、なぜ？」

「ということは、きみがティールームの仕事に出かけるまでに時間はたっぷりあるな」

「荷造りをする時間？」

アデレードはそれを願っているような口ぶりだ。

「いや」ジェイクは答えた。「いったい何がどうなっているのか、きみがぼくに説明してくれる時間だ」

アデレードはためらった。「いいわ。こんなことが起きたあとですもの、あなたは答えをいくつか知る権利があるわ。昨日の夜も少しだけ話そうとしたんだけれど、あなたの幻覚がはじまってしまったものだから――」

ジェイクは片手を上げて彼女を制した。「そんなに急がないで。まず風呂に入って、髭を剃って、きれいな服に着替えたいんだ。話はそれからだ」

アデレードはまたためらった。「いいわ。あなたが支度をするあいだに朝食をつくるわね」

「最高だね」

アデレードは深く息を吸いこみ、覚悟を決めた。「昨日の夜、あの庭園でそばを通り過ぎていった黒い髪の男だけれど、わたし、誰だかわからないって言ったでしょう。でも、あのときわたし、本当のことを言っていなかったの。あなたにはそれを知ってもらいたいと思って」

「もっと何かあるんだろうなと思ってはいたが。あれは誰?」

「よく見えなかったから断定はできないんだけれど、わたしの夫じゃないかと思うの」

アデレードはそう言うと、ジェイクが筋の通った答えを思いつく前に、くるりと背を向けてベッドルームを出ていった。

ジェイクはしばらくベッドのへりにすわったまま、彼女がいま告げたことについて考えをめぐらした。

夫がいるのか。くそっ。

髭剃り道具を取り、バスルームに行った。それをピンクのタイルを張ったカウンターに置き、コーヒーマグをその横に置いた。そして鏡に映る自分を見た。お世辞にもいい男とは言えない。顔はうっすらと無精髭におおわれ、髪は逆立って、目はひと晩じゅう悪魔と戦ってへとへとになった男のようだった。

残ったコーヒーを飲み干して、空のマグカップをカウンターに戻した。

「これからもっと複雑になりそうだぞ」ジェイクは鏡の中の男に向かって言った。

32

しばらくののち、ジェイクはじつにすっきりした気分で階下へ下りていった。短い風呂と手早い髭剃りと一杯の濃いコーヒーの効果には驚くべきものがある。

アデレードはガスコンロの前に立ち、卵を焼いたり、トーストにバターをたっぷり塗ったりしていたが、彼に気づくと、何も言わずにまたコーヒーを注いだマグカップを差し出した。

ジェイクは傷だらけのテーブルを前にすわり、コーヒーを飲んだ。

「さあ、聞かせてもらおうか」

アデレードはフライパンの卵に神経を集中していた。

「あなたたぶん、わたしに妄想癖があるんだと思うわよ」彼女からの警告だった。

「だからいままでぼくに本当のことを話さずにいたのか？」

「ええ」アデレードはフライパンの卵をへらですくい、皿の上にするりと移した。

「あなたに話したくなかったのは、あなたがわたしを見るときの表情が好きだったから——少なくとも昨日の夜までのあなたがわたしを見る表情だけど」

「ぼくはきみをどんなふうに見ていたんだろう？」

「正常な人間を見ているみたいな感じかしら。バーニング・コーヴの人たちもみんなそうなの。わたしはそれがとってもうれしくて」

「つまり、きみは正常じゃないって言ってるの？」

「自分ではかなり正常だと思っているわ。でも、いまからする話を聞いたあとのあなたにそう思ってもらうのはむずかしいんじゃないかしら」

「とにかく聞かせてもらうよ」

「ええ、そうして」

アデレードは二個目の卵も皿に移してトーストを添え、その皿をジェイクの前に置いた。搾りたてのオレンジジュースを注いだ大きなグラスも。それから自分のコーヒーをマグカップに注ぎ、テーブルの向かい側に腰を下ろした。

「母が植物学者だったことはもう話したわね」アデレードが言った。「そして父は化学者。二人とも仕事熱心な科学者で、新薬の研究に生涯を捧げたの。重度のうつ病やそのほかの精神の病に苦しむ患者に使えるかもしれない薬。父は裕福な一族の出身だったから、自分で研究所をつくったの。そして一年後、二人は精神の病気の治療に革命を起こす可能性を秘めた薬を発見した。化学的には長い名前があるんだけれど、通称はデイドリーム」

ジェイクはうなずきながら、フォークで卵を口に運んだ。「つづけて」

「それを発見してからまもなく、両親は研究所の爆発事故で命を落としたの。そのときのわたしのショックといったらなかったわ。きょうだいも近い親類もいなかったから、天涯孤独の身になってしまった」

ジェイクはトーストをちぎった。「天涯孤独だが、遺産はたっぷりか」

アデレードはコーヒーを飲みかけていた手を止めた。「ええ、そう。父はわたしに相当な遺産を遺してくれたわ」

「なるほどね」

「なんだか話の先がわかっているみたいな口ぶりね」

「めでたしめでたしとならないことは見えている。きみはもう金持ちではないし、過去からの何者かがきみを追っているかの様相を呈してきた。その何者かはおそらく悪意を抱いている」

「ええ、そのとおり。ただ、わたしを探している人間は数人いるのよ。いま言おうとしたんだけれど、両親を失った動揺がまだおさまっていなかったとき、コンラッド・マッシーが目の前に現われたの。彼は愉快で魅力的で、すごくハンサムで、すごく思いやりがあった。まさか彼が財産目当てで近づいてきたと思わなかったのは、彼がサンフランシスコの古くからの名門一族の出だったから。家業を継いでいたし」

ジェイクは目玉焼きをのせたフォークを持った手を止めた。「ひょっとしてマッシー海運のコンラッド・マッシーのことを言っているのか？」

「聞いたことがある？」

「ああ。ぼくは貿易の仕事をしていたと言っただろう？　西海岸の船会社ならどこも知っているよ。しかし、コンラッド・マッシー本人と取引をしたことは一度もないから、彼がどういう男かは知らない。そういえば、彼の会社が深刻な財政問題を抱えているという噂を耳にしたような気がするが」

「あとから考えれば、コンラッド・マッシーとのことはあまりにうますぎる話だったと気づくべきだったのよ。わたしにはそれしか言えないわ」

「王子さまみたいな彼に夢中になってしまったのかな？」

「ええ。しばらくのあいだは」アデレードは左手にちらっと目を落とした。以前はそこに指輪があったとでもいうように。「彼から結婚を申しこまれたの。でも、そのときから怪しいことがいろいろ起きはじめて」

「怪しいってどんなふうに？」

「コンラッドが駆け落ちしたがったの。わたしへの想いが強すぎて、正式な長い婚約期間を我慢できるとは思えないって言って。わたしはまだ両親を亡くした喪失感から脱却できずにいたから、社交界の人たちを招いての盛大な結婚式などいちばん避けたいことだった。最初は承諾したわ。コンラッドに夢中だったし。でも、そのうちいやに急きたてられている気がしだしたの。頭の中で両親の声が聞こえるみたいな気がして。自分が何をしているのか、もっとゆっくり考えなさいって。だからコンラッドに、考える時間が欲しいって言ったわ。彼は賛成してくれたけど、指輪は受け取ってくれって言い張った」

「婚約指輪？」

「彼は違うと言ったの。たんなる愛情のしるしだって。それを見るたびにぼくを思い出してほしいからだって。わたし、しばらくはその指輪をはめていたんだけれど、コンラッドとの将来を考えれば考えるほど不安がつのってきたわ。彼と結婚した自分が想像できなかった。わたしはお金こそ相続したけれど、両親は社交界とは縁のない人たちだったから、コンラッドが楽しんでいたナイトクラブやレストランは居心地が悪かったのね。そんなふうだったから、彼もきっとわたしが終わりにしようとしていることに気づいたんだと思うわ。ある夜、二人きりの晩餐会をしようと彼のタウンハウスにわたしを招いたから。その夜、わたし、彼とは結婚できないと告げて指輪を返したの」

「彼の反応は？」

「がっかりしたけど、わたしが心変わりするまで待つって」

「それからどうなった？」

「彼が注いでくれたシャンパンを少し飲んで、二十分くらいすると神経がどうにかなってきて、とんでもない幻覚がはじまったの。パニックと妄想でもう何がなんだか。自分はいまダイニングルームの床から地獄へ転落しているんだと確信したくらい。悪魔がこっちに向かってきたのよ。譫妄状態で悪夢を見つづけて、ほぼ三日間そこから抜け出せなかった。そして目が覚めたら、そこはラッシュブルック療養所って名前の精神科の病院の鍵のかかった病室だった」

ジェイクはフォークをそっとテーブルに置いた。胸の奥深くで燃えあがる激しい怒りを抑えこむのは容易ではなかった。

「神経がどうにかなった件について話しあおう」ジェイクは言った。

「厳密に言うなら、正気を失ったの」

「昨夜のぼくみたいに？」

「ええ、そう。不幸中の幸いは、あなたがあの水を全部飲まなかったことね。少しだけでしょう、飲んだのは。あなたがのまされた薬は間違いなく、わたしがラッシュブルックに閉じこめられているあいだにのまされていたのと同じものだわ。両親が発見した薬」

「デイドリームか」

「ええ。わたし、なんとか時間をかけて正常な意識を取りもどすと、ラッシュブルックの人たち——所長のドクター・ギルと研究室長のドクター・オームズビーも含めてあらゆる人たち——にわたしはなんでもないんだって説明したわ。コンラッドがわたしに薬をのませたこと、誰かが彼に手を貸したことに確信があったから、そう話したの」

「手術用のマスクをかけた男」

「ええ」

「ギルとオームズビーの反応はどうだった？」

「またデイドリームを投与したわ」アデレードが言った。

ジェイクは自分が右手に何かを握りしめていることに気づいた。目を落とすと、それはナイフだった。ゆっくりとそれをテーブルに戻す。

「本物の怪物がいたわけだな」ジェイクは静かに言った。

「そのときようやくわかったの、最初からギルとオームズビーがコンラッドと共謀していたってことが。わたしを利用することを考えついたのはギルにちがいないわ」

「きみを利用する？」

「彼らはつぎの実験台が必要だったのよ。わたしは患者B。どうやら患者Aは亡くなったらしいわ。第五病棟の患者たちから聞いたところでは、わたしもそのうちギルとオームズビーに薬で殺されて、同じ病室に閉じこめられていた前の患者と同じように幽霊になるんですって」

「ギルとオームズビーはきみを被験者にして実験をしたのか？」

「使える患者はもちろんほかにもいたけれど、ほかの患者はそもそも精神を深く病んでいると診断されてラッシュブルックに閉じこめられていた人たちなの。ギルとオームズビーが欲しがっていた被験者は……正常な人間だったのよ」

「彼らが欲しがっていた被験者はただ正常な人間ってだけじゃない」ジェイクが言った。「天涯孤独な人間を探していた。おかしな疑念を抱くかもしれない家族などいない人間だ」

「それだけでいいのなら、通りをうろついている貧しい人間を拉致することだってできたわ。でも、彼らはお金も必要だったのよ。薬を香水瓶に詰めて売るってささやかながらそれなりに利益が上がる副業をしてはいたけれど、大量生産して市場に出すだけの余裕はなかった。だって、実験や研究にものすごくお金がかかったから」

「マッシーはギルと協議して、きみが相続した遺産を分けることに同意したのか」

「ええ」

「コンラッド・マッシーはどういういきさつでその件に絡んだんだろう？」

アデレードが冷ややかで悲しそうな微笑を浮かべた。「彼がわたしと結婚したかったのは、この世でいちばん古くからある動機のせいだったの」

「カネが必要だった」

「ええ」

「しかし、きみが相続した遺産を管理するためには、きみと結婚しなくてはならないはずだ」ジェイクが言った。「それだけじゃない。きみを本人の意志に反して入院させるためには、きみの夫になっていなければならないはずだ。きみは彼とは結婚しないと決めた。指輪を返したと言ったね」

「もう言ったけれど、それ以降の記憶が曖昧なの。そして目を覚ますとそこはラッシュブルック療養所で、みんながわたしをミセス・マッシーと呼んでいた。気がつけば、左手に金の結婚指輪をしていたわ」

「あのろくでなしはきみと結婚したと言い張っていたわけか?」

アデレードが肩をすくめた。「この件、そもそもはギルの思いつきだったんだと思うの。でも、問題もあるわ――本当かもしれないのよ。本当にコンラッドと結婚したのかどうか、わたしにはわからないの」

「きみにはわからない?」

「コンラッドの家のダイニングルームで神経がおかしくなった夜から、ようやく譫妄状態からの回復がはじまった朝までのあいだの記憶がはっきりしないの。悪夢に取り憑かれて一生のうちの三日間を失ったみたい。聞いたところでは、コンラッドとわたしはその三日間に駆け落ちしてリノへ行ったんですって。そして結婚式を挙げて、わたしはその夜のストレスで神経をやられたとも聞かされたわ。ギルには不眠症だと診断された」

「きみはマッシーのタウンハウスで薬を混ぜたシャンパンを飲んだ直後に意識がなくなったっていうのに?」

「その三日間に起きた出来事の記憶はどれも信用できるものじゃないと言われたわ」

「彼らはきみのご両親が発見した薬、デイドリームを使って実験していたと言ったね。ギルとオームズビーはどうやってそれを入手したんだろう？」

「ギルはわたしの両親の研究についてよく知っていたのよ。だって、精神科の療養所の経営をしている人ですもの。父が言っていたけど、ギルは患者が暗示にかかりやすくなる薬にとくに興味を持っていたらしいわ。患者のバランスの崩れた精神を安定させるために、催眠状態を引き起こす薬を使って催眠治療を実践したいと言っていたそうよ。デイドリームはその目的をある程度果たしているわ――催眠効果は確実にあるから。でも。あなたもわかっているでしょうけど、恐ろしい副作用もあるのよ」

「幻覚か？」

「ええ。それもまったく予測不能の。たとえば、極端に妄想的になったり。わたしの両親は最終的にこれはあまりにも危険だって結論に達して、ギルにもデイドリームの研究を断念すると告げた」アデレードはそこでひと息ついた。目頭と目尻が引きつっている。「それから一週間とたたずに、偶然なのか両親は研究所で起きた謎の爆発で死に、デイドリームに関する研究ファイルはすべて消えてしまった」

「だが、きみは疑っている」

「両親のノートは爆発で焼失したことにされたけれど、きっとギルとオームズビーが盗んだのよ」

「きみはギルとオームズビーがご両親を殺したと思っている」

「爆発の直後はあれは事故だったと納得したの。でも、ラッシュブルックで目が覚めたとき、そんなこと信じられなくなったわ」アデレードが顔をしかめた。「前にも言ったように、わたしはちょっと世間知らずなのかもしれないけれど、誰かについて本当のことを知ったときはそれをちゃんと経験値にはできるの」

「解毒剤は？」

「ギルとオームズビーはそのことを知らないわ。あとから考えれば、両親はギルに不安を感じはじめていたんだと思うの。両親が解毒剤の製法を研究所に置いていたノートに記載していなかったのは理由があってのことだったにちがいないわ」

「それでもきみが材料を知っていたのは、お母さんのための文献調査をしていたからなんだね」

「ええ。自分の身に何が起きているのか気づいてから、材料を集めはじめたの。そのうちの何種類かの薬草は療養所の庭で育っているものだったし、それ以外の材料は友人にこっそり持ちこんでもらったの」

ジェイクは手にしたマグカップを木のテーブルに叩きつけるように置いた。「療養所に友人がいた？」

「あそこには二カ月いたのよ」アデレードが穏やかに言った。「だから、何人かの人と知りあう時間があったの——何人かの雑役夫と正面玄関の警備員の中のひとり。あとは看護婦がひとりに、厨房の職員がひとり。それに、患者の中にも友だちになった人がいたわ。とくに、みんなが公爵夫人と呼んでいる女性ね。そういう人たちにはどう返したらいいかわからないほどの借りがあるわ。少々時間はかかったけれど、そういう人たちが解毒剤の材料集めを手伝ってくれたの」

「ギルやオームズビーの目を盗んで薬をつくるのは、いったいどうやって？」

「薬草はマットレスの下に隠していたわ。研究室で実験台になったあと病室に戻ってくると、厨房にいる友だちが必ず熱いお茶を運んできてくれたから、毎回そこに薬草を加えていたの。薬を投与された状態でそんなことをしたら、尻尾をつかまれそうで怖かったけど、あの薬の効能のおかげで……なんとか……あなたも経験したからわかるでしょう。ギルとオームズビーのおかげでほんとにたくさん経験を積ませてもらったわ」

ジェイクは椅子の背にもたれた。「結婚指輪はどうなった？」

「いまもまだ持っているわ。ベッドの下の箱の中に銃といっしょに隠してある。詮索されるのが怖くて売ることができなかったのよ。バーニング・コーヴでできた友だちに夫についてあれこれ憶測されたくなくて」

「結婚許可証は？」

「わたしは持っていないけど、だからといって、幻覚に陥った状態で署名しなかったということにはならないでしょう。それについてはずいぶん考えたの。でも、結婚許可証が存在するかどうかは怪しいわ。結婚しなかった可能性もかなり高いと思うの。事実である必要もないのよ。結婚の証明を求められることなどめったにないし」

「鋭い指摘だ。重婚て犯罪が驚くほどよくあるのはそのせいだよ。本人が死んだあと、もうひとりの配偶者が遺産を要求してきたときにはじめて明るみに出るのがふつうだ」

「わたしは死んでいないけど、精神を病んでいると診断された。父の遺産を管理しているニューヨークの銀行家たちが、わたしと結婚したというコンラッドの申し立てに疑問を抱かなかったとしても不思議じゃないわ。前にも言ったように、彼は名家の末裔ですもの。彼の言葉を疑う理由がないのよ」

ジェイクはうなずきながら、それについて考えをめぐらした。「そういう危険はあったが、マッシーとギルは進んでその危険を冒した。それに、きみはまだ遺産を管理している人たちに連絡していないんじゃないのか？」

「わたしの身に何が起きたのかを説明するためにあらゆる方法を練習してみたけれど、本当に正気を失ったんだと思われるのが怖くて」

「たとえ結婚許可証が存在しているとしても、偽造されたものかもしれないだろう」ジェイクが言った。「かなりたやすくできることだからね。きみの言うとおりだと思う。いちばん可能性が高いのは、結婚の事実はなかったって仮説だ」

「なぜそんなに確信があるの？」

「誰ひとりとして――ギルも、マッシーも、オームズビーも――きみが脱走したことをいまだに口外していない」

「ギルとコンラッドはたしかに口をつぐんでいるわね」アデレードが言った。「オームズビーがわたしの脱走について口外する危険はないわ。彼は死んだから」

「どうやって？」

「ラッシュブルックを脱出した夜、彼を見たの。誰かが彼に薬を使ったのね。ひどい幻覚状態に陥っていたわ。犯人が彼をすごく怯えさせたんだと思う。ラッシュブルックの研究室の窓から飛び降りたの」

「きみは犯人を見たのか？」

「あの夜はその男を二度見かけたわ。最初は研究室にオームズビーを追いかけてきたとき。二度目はその少しあとに廊下で。でも、二回とも顔はよく見えなかったのよ。手術用のマスクをかけて、医師用の白衣と帽子をかぶっていたから」

ジェイクはコーヒーマグに手を伸ばした。「オームズビーが窓から飛び出すのを見た？」

「実際は窓から飛び出す音を聞いただけ。そのときわたし、研究室内にある彼の事務室にいたのよ。あそこを脱出する前にわたしのファイルをどうしても手に入れたかったから。ギルやほかの医者たちがそれを使って判事を説得して、またラッシュブルックに送りこむんじゃないかと考えて怖かったの」

「ファイルは見つかった？」

「ううん。ファイル・キャビネットの鍵を探していたときに、殺人者がオームズビーを追って研究室に入ってきたの。彼が立ち去ったあとは、また引き返してくるかもしれないから危険は冒さないことにして、さっさと逃げた」

「その夜、もう一度マスクをかけたその男を見たと言ったね？」

「二度目に見かけたのは、彼がわたしの病室から出てきたときだったわ」アデレードが答えた。「手に注射器を持っていたの。わたしを殺すつもりだったんだと思う」

「たぶんそうだろうな。マダム・ゾランダが死んだとき、きみがひどく動揺していたのも不思議はない。ドクター・オームズビーが死んだときとあまりにも状況が似ていた」

アデレードはマグカップを脇に置き、テーブルの上で腕を組んだ。「二人がそろって自殺だとは思えない事実だけじゃないの。あなたが見つけたカット・クリスタルの香水瓶の栓のこと憶えていて？」

「あれについて何か知っているのか？　リカー・キャビネットの下にあったあれだけど？」

「前にも話したように、オームズビーとギルはあの研究室でデイドリームだけじゃなく、何かほかの違法薬物もつくっていたのよ。どういう目的でその薬をつくっているのか確信はないけれど、合法的でないことは間違いないわ。オームズビーは一週間おきくらいに何度も、べつの薬をつくるためにデイドリームの完成作業に充《あ》てている時間を割かなければならないと不満をもらしていたわ。その薬はクリスタルの香水瓶に入れて、ベルベットの宝石箱に保存されていた。いつもはギルが研究室に立ち寄ってそれを持っていくんだけれど、わたしが脱走した夜はギルではなく殺人者がそれを持ち去ったのよ」

「その殺人者がギルでないことは間違いないんだね？」

「ええ。ギルは背が低いの。でも、マスクをかけた男は背が高かった」

「その男が香水瓶を持ち去るのを見た？」

「ええ。そのときはオームズビーの机の陰に隠れていたの。その男に見つかるのが怖かったのよ。いざとなったらその男に投げつけるつもりで、薬品の入った瓶を二個持っていたわ」

ジェイクは残ったコーヒーを飲み干してマグカップを置いた。

「なんだかとんでもない話だな」

アデレードは体に受けた一撃に耐えるかのように目をつむった。しばらくしてぱっちりと目を開けてジェイクを見た彼女は、必死で自制を働かせているようだった。

「信じられないでしょう？」アデレードがささやいた。「そうだろうと思ったわ。今日までバーニング・コーヴで名前を変えて目立たないように暮らしながら、これからどうするかを考えていたの。あえて警察に行かなかったのは、ラッシュブルックから脱走した患者だと気づかれるのを恐れたからよ。警察はまず第一に、夫と言われている人に連絡を取ろうとするはずですもの」

「つぎにラッシュブルック療養所の所長に連絡するだろうね」

「ええ」

ジェイクは立ちあがって大きなテーブルの端を回ると、前かがみになってアデレードの両腕をつかみ、引きあげて椅子から立たせた。

「つぎになんの話をするにしても、その前にまずひとつはっきりさせておく必要がある」ジェイクは言った。「誰もきみを連れ去ったりはしない。きみをラッシュブルックに連れもどしたりはしない。きみは二度と閉じこめられたりしない。そんなことはぼくが許さない」

「でも、コンラッドが本当にわたしの夫だったら？」

「そのときはぼくときみとでリノに行き、離婚の手続きが完了するのに必要な六週間滞在する。ぼくを信じてくれ。コンラッド・マッシーは問題じゃない。厄介な存在ではあるが、深刻な問題ではない。ぼくたちはもう、お互いに理解しあえているね？」

アデレードが翳《かげ》りある目で彼をじっと見た。その目はそこに永遠のようなものを探しているようだった。しばしののち、彼女は両腕を彼に回して彼の胸に頭をつけ、溺れかけたところを彼に救われたかのように抱きついた。ジェイクは彼女をぎゅっと抱き寄せた。

「ありがとう」アデレードが彼のシャツに向かってつぶやいた。「ごめんなさいね、こんなことにあなたを引きずりこんでしまって」

「きみがぼくを引きずりこんだわけじゃない。ぼくはそもそもマダム・ゾランダを探しにバーニング・コーヴに来たんだよ。いまこうして彼女が死んで、彼女のヴィラに香水瓶の栓があった事実が示すのは、彼女もラッシュブルック療養所の男たちとつながっていたのかもしれないってことだ。もしそれが本当なら、何もかもがつながっているわけだから、ぼくたちも最終的にはここで何が起きているのかを突き止めることができるかもしれないということだ」

アデレードは二、三回鼻をすすり、見るからにしぶしぶ顔を上げた。頬に涙が伝っている。すると何歩かあとずさり、エプロンの裾で涙を拭いた。

「いずれはこんな状態から抜け出す手立てを見つけなくてはならないことはわかっているけれど、ギルとコンラッドがわたしはまだ患者だというふりをしているあいだは安全だと思っていたの。でも、昨日の夜ですべてが変わったわ」

「ああ、わかってる」ジェイクは言った。「いままできみは誰かにラッシュブルックに連れもどされることを心配していた。しかし、ぼくたちはどうやらもっと大きな問題を抱えてしまったようだ」

「そうね。誰かがあなたを殺そうとしたんですもの」

「ぼくだけじゃない、きみもだ。昨夜、薬を盛ったのが誰だかは知らないが、車がクリフ・ロードから海へ真っ逆さまに転落って可能性がじゅうぶんにあるとわかっていた。もしそうなれば、おそらく二人とも死んでいた。当初の計画はきみを拉致してラッシュブルックに連れもどすことだったのかもしれないが、明らかに計画は変更になった。きみを追っている人間は、いまやきみを殺すこともいとわない」

「でも、コンラッドにとってはわたしは生きていなければ意味がないわ。父の遺言書によれば、もしわたしに子どもがいない状態で死んだときは、遺産は遠縁の者に行くことになっているの」

「マッシーはきみに生きていてほしいのだろうが、ほかの連中は違うようだ。彼らはもしきみをつかまえることができなければ、そのときは殺して口を封じようと決めたんだろうな」

「でも、わたしの話を信じる人なんかいないでしょう？」アデレードが言った。

「ぼくは信じた。本当だよ。ギルとマッシーとマスクの男にとってはそれは大問題さ。もうひとつ質問があるんだが」

「なあに？」

「なぜよりによってその夜――殺人者がラッシュブルックの中をうろついていた夜

——を選んで脱出しようとしたの？」

アデレードが涙ぐみながら微笑んだ。「公爵夫人が教えてくれたの。今夜は何か恐ろしいことが起きそうよって。もし脱出しなければ、朝までは生き延びられないと言っていたわ。つぎの幽霊になるのはあなただとも」

33

　アデレードがティールームのキッチンの大きな流し台でティーカップを洗っていたとき、電話が鳴った。エプロンで手を拭き、えんどう豆色のリノリウム張りの床を横切って受話器を取った。

「〈リフレッシュ・ティールーム〉です」

「アデレードね。ライナよ。セルマ・レガットがいるかもしれない場所がつかめたわ」

「まあ、すごい」

「そこにいると保証はできないけど、手がかりが見つかったの。レガットが相続した不動産。地元の不動産屋に電話を入れて、一週間だけ借りる家を探しているふりをしたわ。その町を車で通りすぎたとき、空き家になっている小さな家を見かけたけど、そこはどうかって尋ねたわけ。レガットが相続した家の住所を言ってね。すると、電話を取った事務員がこう言ったの。あそこは二年間ほど窓に〝売出中〟の表示が出ていたけど、一昨日、女性が引っ越してきた。その人の車がまだ家の前に停まっているって」

「ライナ、あなたってなんてすごい探偵なの」

「レガットの家に二日前から女が引っ越してきたのは、もしかしたら偶然の一致かもしれないけど」ライナが警告を発した。

「間違いなくレガットよ」

「わたしもそうは思うけど。地図で調べたら、バーニング・コーヴからその町までは車で二時間くらいみたい」

アデレードは壁の時計にちらっと目をやった。「いま十時をちょっと過ぎたところね。ジェイクに電話しなくちゃ。ルーサー・ペルと会っているのよ。いますぐ出発すれば、一時前には向こうに着けるわね」

「あなた、仕事は？」

「一日休ませてほしいと言えば、フローレンスはわかってくれるわ。もしかしたら、ジェイクとわたしがどこかのモーテルで午後の密会でもするんじゃないかと想像するかもしれないけど」

「だとしたら、とんでもない勘違いだわね」

「ええ。それじゃ、切るわね、ライナ。どうもありがとう」

「ミスター・トゥルエットに請求書を送るわ」

「ううん、それはだめ。わたしに送って」

「あなたにわたしの料金は支払えないわ。では、運転に気をつけて」

ライナは電話を切った。

34

こめかみへの一発による損傷はひどいものだったが、セルマ・レガットだと判別できる程度に顔は残っていた。

「また自殺か」ジェイクは言った。「信じられない偶然の一致だが、今度は拳銃が使われた。何者かが脚本を書きなおしたのは明らかだな」

アデレードは血染めのみすぼらしいベッドに大の字に横たわるセルマ・レガットから目をそむけた。吐き気を催しそうだったからだ。

「大丈夫?」ジェイクが訊いた。

「ええ。ううん。もし気絶の心配をしているなら、それは大丈夫」

ジェイクは簡易ベッドの足もとを回って横に立つと、アデレードの肩に手をおいた。

「外で待っているといい」なだめるような口調で言った。

アデレードは首を振り、彼の申し出を辞退した。そしてまた、心を鬼にして簡易ベッドに目を向けた。銃口をこめかみに当てて引き金を引いたとき、セルマはベッドのへりに腰かけていたことは明らかだ。そしてキルトの上に仰向けに倒れた。手にはいまも拳銃が握られている。

「ここで何があったのかしら?」

「何者かが脅迫ネタを探しにきたと想像するのは簡単だが、いまになってゾランダの身に起きたこと、きみから聞いたオームズビーが死んだときのようすを考えると、何かもっと複雑なことが起きているのかもしれない」

「たとえば?」

「きみの話からすると、ラッシュブルック療養所が運営する薬の組織が存在するようだ。そこにかかわっている連中は邪悪で無慈悲だ。その殺人者はおそらくこのへんで古い仲間から離れて独立し、これからはひとりで仕事をと考えたんだろうな」

「だとすると、なぜ薬をつくっている人間、オームズビーを殺すの?」アデレードが訊いた。

「誰だかは知らないが、黒幕がオームズビーは邪魔だと考えた。あるいはオームズビーはもはや必要のない人間になったのかもしれない。化学者はほかにいくらでもいる」

「ゾランダとセルマ・レガットの位置付けはどうなっているのかしら？」アデレードが訊いた。

「薬の販売もほかの商売と似たり寄ったりだよ。製造施設に加えて、卸売業者や特定の市場を標的とする販売員が必要になる。この場合の市場は特権階級だろうな」

「ゾランダとレガットはハリウッドの重要人物と接する機会があったわね、特権階級について言えば」

「あくまで推測の域を出ないが、いろいろなことがひとつにまとまりはじめてきた」ジェイクが言った。

「これからどうするの？　ＦＢＩに連絡する？」

「いや」ジェイクが言った。「まだやめておこう」

「そうね。まだ早すぎるわね。証拠があるわけじゃないし。速断は避けたほうがいいわね？　もしかしたらセルマ・レガットは本当に自殺したのかもしれないもの。まだ拳銃を握っているわ」

「彼女はみずから命を絶ったんじゃないとぼくが思う根拠のひとつはそこだよ。ベッドの端にすわって引き金を引いたとすれば、銃は手から離れて、おそらくは床の上、あるいはマットレスの端っこに落ちたはずだ。仰向けに倒れながら銃を握っているというのはおかしい」

アデレードは彼がその分析になぜそれほど確信があるのかを尋ねたかったが、いまはそのときではないと考えた。

「これが自殺ではないと考える根拠のひとつがそこだと言ったわね。ほかの根拠は？」

「スーツケースだ」ジェイクは答えた。

二人は玄関ドアのすぐそばに置かれたスーツケースに目をやった。

「あれがどうかした？」アデレードが訊いた。

「セルマはここを出ようとしていたみたいだ。もし自殺するつもりなら、わざわざ荷造りなんかしないだろう」

「もしかしたら、そもそも荷ほどきをしなかったのかもしれないわ」

ジェイクは首を振った。「ここに二日間いたんだよ。流しには皿があり、カウンターにはパンとチーズ、ついでに空になったウイスキーの瓶まである」

「たしかにそうだわ。少なくともスーツケースを開けて、寝間着と着替えくらいは出しているはずよ」アデレードはそう言いながらドアを見た。「この町を出ようとしていたのね」

んだと思う」
「彼女は怖くなって、また逃げようとしたが、逃げる前に殺人者がここにやってきた
「だとしたら、抵抗のあとがほとんどないわね」
「おそらくそんなチャンスがなかったんだろう」ジェイクは戸棚や抽斗を開けたり閉めたりしはじめた。「たいていの人間は、銃を向けられれば言われたとおりにするものだ」

アデレードは空になったウイスキーの瓶を見た。「たいていの人間は、デイドリームの影響下で信じられないほど暗示にかかりやすくなるわ」

「思い出させないでくれよ」ジェイクは最後の戸棚の扉を閉めた。「ここには何もない。車のほうを見てこよう。もしかすると、トランクに何か残っているかもしれない。そのあいだにきみはスーツケースとハンドバッグを調べてくれ。その際は忘れずにハンカチーフを使うこと。この家を調べ終わったら、公衆電話を探して警察に死体を発見したと通報する。警察にはぼくたちがここに入ったことがわかっているとはいえ、もうこれ以上無関係な指紋を残すことはないからね」

「了解」アデレードは言い、ハンドバッグを開けてきちんとたたんだ麻のハンカチーフを取り出した。「何を探したらいいの？」

「それはわからない。目の前にしたときにそれとわかればいいと願ってはいるが」

ジェイクは玄関ドアを開け放したまま、外に出た。

アデレードはスーツケースの前にしゃがみこみ、蓋を開けた。中には服と洗面道具がごちゃごちゃと乱雑に詰めこまれていたが、脅迫ネタを入れた封筒や脅せるかもしれない人びとのリストを含む日誌はなかった。

アデレードは立ちあがって戸口へと行った。

「レガットは大あわてで荷造りしたみたい。でも、手がかりになりそうなものは何もなかったわ。切符もないし、お金もない。書類もない。脅迫ネタらしきものもいっさいない。それはともかく、ゆすりのネタというのはどうやって運ぶのかしら？」

「ネタによるだろうな」ジェイクはフォードのトランクを閉め、玄関前の階段を上がって戻った。「ぼくが思ったとおり、マダム・ゾランダが時間をかけてネタを収集していたとすれば、おそらく相当な分量だろう。ほかにも名前、日付、住所、電話番号、悪事の詳細を記した日誌もあるはずだ。写真や証拠書類なんかもあるかもしれない。探すとしたら、小型のスーツケースくらいのものなんじゃないかと思うね」

「それじゃ、セルマを殺した何者かがそのスーツケースを持ち去ったということね」

アデレードが言った。「つぎはハンドバッグを調べてみるわ」

革製のハンドバッグに向かって歩こうとしたとき、ベッドの下の暗がりに長方形の紙片が二枚あるのが見えた。

「こんなところにお金を置きっぱなしにするなんて誰かしら？」

片方の膝をついて二枚の紙片を引き寄せた。

「新聞の切り抜きだったわ。犯行現場でお札を二枚発見というわけではなかった」

「ちょっと見せて」ジェイクが言った。

アデレードは立ちあがって、彼に新聞の切り抜きを手わたした。彼はそれを思案顔でしげしげと見た。

「こいつはじつに興味深い」

「なぜ？」

「この紙だが、紙幣とぴったり同じサイズに裁断されている」

「偶然の一致だとは思わないのね」

「もちろんさ。ぼくの勘では、そこにいる恐喝の犯人はだまされた」

「それにしても、たった二枚って？ ありえないわ」

「たぶんもっとたくさんあったんだろうな」ジェイクは言い、室内を見まわした。

「犯人が現場を片付けていったんだと思う。警察が偽札の山を見れば、これをたんなる自殺として片付けるわけにはいかなくなるからだ」

アデレードはエンド・テーブルに行き、茶色の革のハンドバッグを開けて中を見た。

「女性がバッグに入れて持ち歩く、ごくふつうのものしか入ってないわ。お財布、コンパクト、口紅、櫛、ハンカチーフ」

そこでアデレードが口をつぐんだのは、ハンドバッグの底に折りたたんだ紙があるのに気づいたからだ。ちょっとした興奮が全身に広がった。紙片を取り出して開いた。

興奮は一瞬にして衝撃へと変わった。

「なんだい、それは？」ジェイクが訊いた。

「電話番号よ」アデレードは声が上ずらないよう必死で自制をきかせた。

「ロサンゼルス？　バーニング・コーヴ？」

「ううん。サンフランシスコの番号だと思うわ。ダグラス４９８１」

「きみはどこの番号か知っているみたいだな」

「以前はこの番号にかけたけれど、もうだいぶ前のことだから自信はないの。でも、たぶんこれはコンラッド・マッシーの家の番号よ」

「それを書き留めてくれ。警察との話が終わったら、かけてみよう」

「なぜここに電話をかけるの？」

「もしマッシーが電話に出れば、彼はサンフランシスコの家にいることがわかる」

「もし出てこなければ、バーニング・コーヴでわたしが見たあの男はたぶん彼だろうということね」

「そのとおりだ」ジェイクは言った。

35

警察との話が終わるころには、一日じゅう海上にただよっていた霧が陸へと移動しはじめた。曲がりくねった海岸沿いのハイウェーはたちまち灰色の霧に包まれた。

「バーニング・コーヴまでの帰り道はまだまだ明るいと思っていたんだが」ジェイクが言った。「もうすぐ日が暮れるし、霧も立ちこめてきた。このあたりにはホテルはなさそうだから、今夜はモーテルを探すことにしよう」

アデレードはフロントガラスごしに前方に目を凝らした。地元警察とのやりとりに頭を使って疲れ果てていたため、道路の状況にまで気を配る余裕がなかったのだ。どんどん視界が悪くなっている。

ジェイクがすでにコンバーチブルの幌を上げていたが、湿った冷たい霧は車の中にも早々と忍びこんでいる。アデレードも、もしかすると思い過ごしかもしれないが、今夜のうちにバーニング・コーヴに戻ろうとするのはいささか無謀な気がしてきた。

「賛成よ。今夜はどこかに泊まりましょう。この道をよく知らないし、たとえ知っていたとしても、ゆっくり行くほかないわ。バーニング・コーヴに着くころには夜が明けそう。たしか今朝、町に入る手前でモーテルを通り過ぎたわよね」

「ああ、憶えてる。このすぐ先にあるはずだ。まだ空き室があることを願うが、満室だとしてもしかたがない。常識ある人間なら、この霧の中を運転するのはやめておこうという結論に達するさ」

「引き返すこともできるわ。あの町にもひと晩泊まれるところくらいあるんじゃないかしら」

そうは言ったものの、本当はセルマ・レガットが殺された町に戻りたくなどないことに気づいた。警察との話はまあうまくいった。意外なことに、担当刑事はレガットが自殺したという結論に飛びついた。そして二人にレガットを追ってきた理由を根掘り葉掘り質問したあげく、つぎは署でさんざん待たせておいて、バーニング・コーヴ警察に電話をかけて二人の身元を確認した。そのあとは駄目押しとでもいうように、バーニング・コーヴを出発した時刻の裏付けを取りたがった。これは簡単だった。というのは、昼前に町を出るとき、ガソリンスタンドに寄って満タンにしたからだ。スタンドの店員は二人のことも、車のことも憶えていた。

いいニュースは、アデレードもジェイクもセルマ・レガット殺しの容疑者にならなかったことだ。しかし、いままでのところ、いいニュースはそれだけ。サンフランシスコの電話番号を書いたメモがハンドバッグの中で、どういうことか調べてくれるのをいまかいまかと待っていた。

霧の中からぼんやりとガソリンスタンドの看板が近づいてきた。

「たぶんあそこに公衆電話があるわ。いったん停めてくれたら、さっきのサンフランシスコの番号に電話をかけてみるけど」

「モーテルにも間違いなく電話はあるさ」ジェイクが言った。

「そうかもしれないけど、もしなかったり故障だったりしたら、コンラッドがサンフランシスコにいるかどうかをたしかめるのを明日まで待たなければならなくなるわ。いますぐ知る必要があるのよ、ジェイク」

「わかった」ジェイクが言った。「じつはぼくもかなり好奇心をそそられてはいるんだ」

車はハイウェーから脇道へと下り、もう閉店後のガソリンスタンドに入って停まった。壁の色褪せた表示によれば、電話ボックスは自動車修理場の角を曲がったところにあるようだ。

「急がないとまずいな」ジェイクが言った。「霧がすごい速さで濃くなっている。懐中電灯を持っていくといい」

アデレードはすでにグローブボックスを開けていた。ジェイクの銃はもはやそこにはなかった。彼がショルダー・ホルスターにおさめて身に着けているのだ。アデレードは懐中電灯を手に車を降りた。ジェイクも運転席から外に出て彼女のところに来た。懐中電灯を彼女の手から取り、スイッチを入れた。

建物の角を曲がると、修理場の閉じた入り口から数フィート先の電話ボックスを懐中電灯の明かりがとらえた。

ジェイクが電話ボックスの扉を開け、電話機に正面から光を当てた。ダイヤルが見える。アデレードは小さなメモ帳をハンドバッグから取り出して番号のページを開いた。

ジェイクが硬貨を何枚か手わたした。アデレードはそれを投入口に差し入れて交換手を呼び出した。

「長距離をお願いします」

「少しお待ちください。いまおつなぎします」交換手が言った。

電話口に向こうから聞こえてくる女性の声はいかにもプロらしく、じつにてきぱきとした有能な口調で、アデレードを安心させてくれた。新しい時代の声だわ、とアデレードは思った。伝達技術のめざましい進歩を連想させる声である。それが女声だという事実はうれしいことだ。

交換手が硬貨の追加投入を要求した。アデレードはもどかしそうな手つきでそれを投入口に入れた。

遠くから車のエンジン音が聞こえるような気がした。霧の中にヘッドライトのぎらつきがぼうっと浮かぶ。ハイウェーから農道に下りた車はガソリンスタンドを通過した。ジェイクは振り返って車がゆっくりと道を走っていくのを見ていたが、車が停まらずに通り過ぎたのでほっとしたようだ。

「視界がもっと悪くなる前に家に帰ろうとする農家の人みたいだ」

交換手が長距離電話をつないでくれるまでの時間が永遠にも思えたが、たぶん一分半か二分程度だったのだろう。ようやく電話線の向こうで呼び出し音が鳴った。一回。二回。三回。ついに誰かが電話を取った。

「ダグラス４９８１です」

聞こえてきたのは中年女性の声。家政婦だわね、とアデレードは思った。

「ミスター・マッシーに長距離電話です」交換手が告げた。

「ミスター・マッシーは留守です」家政婦が言った。「仕事で出張中ですが、ご伝言をうかがっておきましょうか？」

「ええ、お願いします」アデレードは早口で答えた。

「では、お話しください」交換手が言った。

「どうしてもミスター・マッシーに連絡を取らなければならないのですが」アデレードは家政婦に言った。「ミスター・マッシーがいまどちらにいらっしゃるのか教えていただけませんか？」

「申し訳ありませんが、わたくしは存じあげません」家政婦が答えた。「一昨日でしたか、女の方から長距離電話がかかってまいりまして、だんなさまはあわててスーツケースに荷造りなさってお出かけになりました。なんでも緊急のお仕事がおありになるとおっしゃいまして。そちらさまのお名前をうかがっておきまして――」

「いえ、けっこうです。伝言はやめます」

アデレードはすぐさま電話を切った。

「きみが思ったとおりだったんだね？」ジェイクが言った。「やっぱりコンラッド・マッシーの番号か？」

「ええ。家政婦によれば、彼は出張中で、いつ戻るかはわからないそうよ。一昨日に長距離電話がかかってきた直後に出かけたんですって」

「そして昨日の午後、バーニング・コーヴに現われた。その電話はセルマ・レガットからだったと考えてよさそうだな。彼女はたぶん、きみの所在に関する情報を彼に売ろうとした」

「彼女を殺したのは彼かもしれないわね」

「さあ、それはどうだろう。いまのところ、容疑者とおぼしき人間はたくさんいる。さあ、車に戻ろう。もう一本長距離電話をかけなければならないが、それはモーテルに着くまで待てる」

「もう一本ってどこにかけるの？」

「ラッシュブルック療養所だ。もしギルも出張で留守だとしたら、おもしろいことになる」

「いまここでかけましょうよ。事務員は夜は帰ってしまうけれど、当直が出るかもしれないわ」

「いますぐ車に戻らないと、車の中で夜明かしをすることになってしまう」

ジェイクはそう言うと、力強い手でアデレードの腕をつかみ、電話ボックスの外にやさしく引き出した。

「モーテルはここからほんの二マイルくらいなのに」アデレードが言った。

ゆっくりと走る車のくぐもったエンジン音が聞こえ、アデレードは農道のほうにちらっと視線を投げた。ヘッドライトの光線が霧をつんざく。車はガソリンスタンドより先の田園地帯からやってきてハイウェーに向かっていた。

「数分前に通っていった車だと思うよ」ジェイクが言った。

「霧のせいで道を間違えたと気づいたんだわね、きっと」

「そうかもしれない」

ジェイクは懐中電灯を消した。霧に閉ざされた夜が黒い上げ潮のように二人を包んだ。

「どうして明かりを消したの?」アデレードが訊いた。

「こっちへ」

アデレードの腕をつかんだジェイクの手に力がこもったが、彼のスポーツカーのほうへ引っ張ってはいかなかった。逆の方向に誘導し、より暗い物陰へと移った。ジェイクの車のヘッドライトもそこまでは届かない。

近づいてくる車のエンジン音が大きくなった。アデレードが見守る前で、車は農道からガソリンスタンドに入ってきた。黒っぽい色のセダン。それがゆっくりとジェイクの車に近づく。

ジェイクはアデレードをさらにもう一フィート、暗がりに引き入れたところで動きを止め、耳に口を近づけてささやいた。

「動いちゃだめだ。口もきくな」

アデレードは彼の横でじっと身をひそめた。いま入ってきた車の運転席は見えないが、煙草のライターの火のようなものが見えた。ぱっと火花が散り、着火した。

煙草ではない、とアデレードは気づいた。

セダンの運転席にすわった人影が火をつけた棒のようなものを窓から放り投げた。棒からは紐ないしはコードが伸びている。

棒はコンクリートの地面に落ちるとコトンと小さな音を立て、スポーツカーの下に転がっていった。

セダンはタイヤをきしらせながら、猛スピードでガソリンスタンドをあとに走り去った。

ジェイクがいきなり動いた。アデレードを建物の外壁のほうに押しやり、彼も身を寄せて彼女を壁にぎゅっと押しつけた。

くぐもったため息のような音が聞こえた。つぎの瞬間、爆発が夜の闇を引き裂いた。

ガラスがこなごなに砕ける。

数秒間、ジェイクは身じろぎひとつしなかった。やがて彼が後ろへどき、アデレードを解放した。盾になってわたしを守ってくれたんだわ、とアデレードは気づいた。二人はそろって振り返り、コンバーチブルを見た。

はじめのうち、アデレードには何も見えなかった。車のヘッドライトは爆発の勢いでめちゃくちゃに壊れ、エンジンは停止していた。

不自然な静寂があたりに垂れこめたが、それはほんの束の間だった。スポーツカーの内部から火の手が上がった。めらめらと燃える炎の明かりが破壊された車体を闇に浮かびあがらせた。アデレードはまさかの思いでその光景に目を凝らしたが、少ししてジェイクのほうを向いた。炎が彼が手にした銃をきらりと光らせた。アデレードはその瞬間まで彼がホルスターから銃を引き抜いていたことに気づいていなかった。

「ダイナマイト?」アデレードが小声で訊いた。

「たぶん」ジェイクの口調には抑揚がなく険しかった。「じつに便利なものだ。どこでも手に入る。とりわけ、こういう農業地帯では農地の邪魔物を取り除くのに使うからな」

「ダイナマイトをあなたの車の下に投げこんだのが誰にしろ、わたしたちを——」言葉が途切れた。その先は言葉にしたくなかった。

「ああ、そうだ」ジェイクが言った。「ライトはついていたしエンジンもかかっていた。セダンの運転手はぼくたちはまだ車の中にいると思ったはずだ」

36

「車が故障？」白髪交じりのモーテルの主人は眼鏡の縁の上からジェイクを見た。「ヒッチハイクするには最悪の夜ですからね。誰も停まってくれなかったと聞いても驚きはしませんよ。そもそもこんな濃霧の中を車で走っているのはばかだけでしょう」

バートと名乗ったモーテルの主人は、入り口を入ってきた二人を喜んで迎え入れた。

「キャビンは空いてますか？」ジェイクが訊いた。

「ええと、少々お待ちください」バートはカウンターにもたれ、訳知り顔でジェイクにウィンクした。「今夜はちょっと混んでいましてね。この霧ですから」

ジェイクは財布を取り出した。「わかっています」

お札を何枚かカウンターに置いた。

彼の口調はなんとも我慢強かった、我慢強すぎる。アデレードは災難続きの今日一日にもうんざりしていた。車が走っていないハイウェーを霧に濡れながらとぼとぼと歩いてきてくたくただった。そのうえ、何者かがダイナマイトで二人を殺そうとした事実について必死で考えをめぐらしていたから、いまにも堪忍袋の緒が切れそうだった。

アデレードは怒りをむきだしにした目でバートをにらみつけた。「数分前に到着したとき、キャビンがひとつ空いているみたいだったわ。前に車が停まっていないし、窓に明かりもついていなかった。それに、あなたの後ろの壁に鍵がひとつ掛かっているのが見えるのよ。それ、六番のでしょう」

「そうです。あなたがたはなんて運がいいんだ」バートはカウンターの上のお札をさっとすくい上げ、くるりと後ろを向いて鍵に手を伸ばした。「では六番キャビンへどうぞ。そういえば、一時間くらい前に大きな爆発音が聞こえませんでしたか？」

「ああ、聞いたよ。車が衝突したかなんかだろうが、歩いてくるあいだにそれらしき現場はなかった」

アデレードは計算された返答に感心し、彼をちらっと見て眉をわずかに吊りあげたが、ジェイクには無視された。

「気の毒だが、この霧の中で脱輪した車があったとしたら、朝まで発見されないでしょうね」バートが言った。

白髪交じりの髪をきっちりとピンカールしたきつい顔の女性がキッチンから出てきた。両手をエプロンで拭き拭き、アデレードの左手を胡散臭そうに見た。

「ところで、お二人はご夫婦？　キャビンはひとつだけ空きがあるけれど、ちゃんとしたご夫婦でないとお貸しできないわ。このあたりじゃ、そういう規則になっているの。ここはいかがわしい安宿じゃないのよ。バート、この人たちにそう言って」

「まあまあ、そうきつい言い方をしなさんな、マーサ」バートはジェイクにウィンクしながら鍵を手わたした。「こちらの若夫婦はきちんとした方たちなんだから」

「もしそうなら、どうして結婚指輪をしていないの？」マーサが食いさがる。

ついにアデレードの堪忍袋の緒が切れた。「ご参考までにお教えしておきますけど、わたしたち、駆け落ちしてきたんです。まだ指輪を買う余裕もなくって」

ジェイクが彼女の肩に腕を回した。「ぼくの花嫁の失礼を許してやってください。ちょっとばかりいらいらしているんです。何しろ、車が故障して、ここまで二マイルほど歩くほかなくなってしまったもので。ここにたどり着くまでに懐中電灯も電池切れです。今夜は結婚してはじめての夜だというのに。何ごとも計画どおりにはいかないものですね」

「新婚さんなのね?」マーサのきつい表情がたちまち和らぎ、アデレードに笑いかけた。「あなたのご機嫌が悪い理由がわかったわ。こんな夜にさんざん歩かされたんですものね。そりゃ、神経もまいってしまうわ」

「わかっていただけます?」

「もちろん、わかるわ。きっと夕食もまだなんでしょうね?」

「ええ、もちろん」

「残り物だけど、シチューとコーンブレッドがあるの。とりあえず六番キャビンに行って、ひと休みしてらして。少ししたらバートに食事を運ばせるから」

「ありがとうございます」アデレードは突然、自分の無礼な言動が後ろめたくなった。「ぶしつけな物言いをしてごめんなさい。あまりにもさんざんな一日だったので」

「ようくわかるわ。結婚式はそれだけでストレスがかかるもの——たとえ何もかもが計画どおりに運んだとしてもね。さあ、部屋に行って。わたしはシチューとコーンブレッドの支度にかかるわ。あとでバートが届けるわね」

「六番はこの並びのいちばん端だよ」バートがやさしく言い、ジェイクに懐中電灯を差し出した。「これを持っていくといい。キャビンでランプを探すのに必要になる。暖炉もありますよ。薪も焚きつけもたくさんあるし。この霧だから足もとに気をつけなさいよ」

「どうも」

ジェイクは礼を言い、アデレードの肩に腕を回してドアに向かった。外に出ると彼女から手を離し、懐中電灯のスイッチを入れた。途中に並ぶ五棟のキャビンのカーテンの向こう側にぼんやりとランプの明かりが見えた。真っ暗な六番は霧に包まれているせいでほとんど見えない。

ジェイクは各棟の前に駐車してある車に懐中電灯の光をつぎつぎに向けている。アデレードは彼のしていることに気づき、ぞっとした。

「さっきわたしたちを殺そうとした男が今夜ここに泊まっているんじゃないかと考えているんでしょう?」

「可能性があるからね。ここととバーニング・コーヴのあいだにはモーテルがたくさんあるわけじゃない。しかし、ダイナマイトを投げこんだ男が乗っていたような車はここにはない。おそらく、犯行現場からこんなすぐのところにとどまるわけにはいかないと考えたんだろう」

「もしここで彼と鉢合わせすることになったら、いったいどうするつもりだったの?」

「そうなれば、何かわかったと思うんだ」ジェイクが答えた。

二人は六番の玄関前まで来た。ジェイクがドアを開け、アデレードは彼の前をかすめて狭くて暗いワンルームのキャビンへと入った。

「信じられないわ」アデレードが言った。

「何が？」ジェイクがドアを閉め、差し錠をかけた。「こんな霧の中でもなんとかモーテルにたどり着けたってこと？」

「ううん、そうじゃないの。人生で二度目の偽の花嫁になったこと。めったにないことでしょ？」

「まあ、そうはないだろうね」

37

「あなたの車の下にダイナマイトを投げ入れた男、いったいどこで夜を明かしていると思う？」アデレードは訊いた。

だいぶ気分がすっきりしてきた。厳密にはまだ正常とまではいかない――もはや何が正常なのかわからなくなっている――が、間違いなく冷静になっていたし頭も冴えてきていた。

鶏肉のシチューは熱々で空腹をじゅうぶんに満たしてくれた。コーンブレッドも申し分なかった――鋳鉄製のフライパンのおかげで底と脇の部分がパリパリで、上はいかにもおいしそうな金色を帯びた茶色に焼けていた。煉瓦の暖炉では炎がパチパチと音を立てている。アデレードとジェイクは暖炉の前に置かれた二脚の木製の揺り椅子にすわり、くつろぐことができた。小さなテーブルの上のランプがワンルームのキャビン全体にあたたかな光を投げかけている。

それよりも何よりも、彼女はひとりではなかった。

しかし、ふと思った。ジェイクといっしょにいることの心地よさに慣れすぎてはいけないのだと。彼が永遠にそばにいてくれるわけではないのだから。にもかかわらず、いったい全体何が起きているのかを突き止めるまでは彼がずっとそばにいてくれると確信していた。彼はアデレードの話を疑ったりしなかった。いまはそれがいちばん重要なことだ。少なくともしばらくのあいだ、二人は殺人、薬、恐喝が絡みあう蜘蛛の巣でつながれているパートナーなのだ。

ジェイクが揺り椅子の背もたれに寄りかかり、足を足のせクッションに置いた。暖炉の炎をじっと見つめている。

「これは推測だが」ジェイクが口を開いた。「あいつはおそらく、霧がこんなに濃くならなければ、ぼくたちもするつもりだったことをしているんじゃないかな――ハイウェーの端に車を停めて、車の中で寝ている。ぼくたちがまだ生きていると知ったとき、あいつがどうするかを見るのが楽しみだ」

「たぶんパニックを起こして退散するわね」アデレードが言った。

「めざすはバーニング・コーヴだと考えてよさそうだ。この蜘蛛の巣の中心はバーニング・コーヴだって気がする」

揺り椅子の肘掛けをつかんだアデレードの手に力がこもった。「それはわたしがいる場所だから？」

「そうだ」ジェイクが彼女と目を合わせた。「そしてぼくもいるから」

「パートナーですもの」

「そうだね」

そのひとことはダイヤモンドのように硬質だった。

しばしののち、ジェイクはランプの明かりを暗くし、暖炉の火に灰をかけた。ひとつの窓を換気のために少しだけ開けてから、二台の幅の狭いベッドを見た。

「きみはどっちがいい？」

アデレードが見たところ、二台はまったく同じだった。ともにキャビンの壁際に配置されている。

「左側かしら」

アデレードはそう言ったあと、彼がベッドとベッドのあいだに毛布を二枚垂らしてプライバシーが守れる空間をつくろうと提案するのを待った。

「気兼ねしなくていいからね」ジェイクは言った。

そしてシャツを脱いで椅子の背もたれに掛けると、ぴったりしたアンダーシャツは肩から背中にかけてのたくましい線をありのままに浮き出させた。彼が何か問いたげな表情でアデレードを見たのは、じっと見つめる視線を感じたからにちがいない。

「どうかした?」彼が訊いた。

アデレードは顔を赤らめ、あわてて視線をそらした。

「いいえ、なんでもないけど」

アデレードが顔をしかめたのは、不自然に甲高く引きつった声にわれながら嫌気が差したからだ。

シャツを脱いだ彼を見たのははじめてではないでしょう、と自分に思い出させた。アンダーシャツも脱ぐつもりなのかしら。彼がアンダーシャツをズボンのベルトの中にたくしこんだままにしたとき、アデレードは自分がほっとしているのか、がっかりしているのか、よくわからなかった。

ジェイクはベッドの足のほうにたたんで置かれたウールの毛布を取りあげ、パシッと音を立てながら開いた。

「何かおかしな音を聞いたり何か見えたりしたときは、遠慮なく起こしていいからね」

「そんな」アデレードは不満げに言った。

ジェイクは壁のほうを向いて横たわり、彼女に多少のプライバシーを与えてくれた。アデレードはベッドのへりに浅く腰かけ、毛布を掛けた彼のほっそりとしながらきれいに筋肉のついた体の線をしばらく見つめていた。

ベッドとベッドのあいだに毛布を垂らす提案は、彼女のほうからしなければならなかったのかもしれない。とはいえ、よぶんな毛布があるわけではない――幅の狭いベッドにそれぞれ一枚ずつ。暖炉の火が消えていくにつれ、霧の夜から湿った冷たい空気がキャビンの中に忍びこんでくる。二人とも毛布を掛けないわけにはいかない。

パートナーなのよ。もう一度、自分に向かって念を押した。たしかにパラダイス・クラブの庭園であの忘れられないキスはしたけれど、一度だけのキスはロマンチックな関係ゆえのキスではなかった。ジェイクが彼女を貞操の危機に陥れるようなそぶりを見せることはいっさいなかったではないか。

それに気づくと、奇妙なことに気落ちした。

アデレードも毛布を開いて肩に掛けながら、体を丸めて横向きに壁を見て横になった。すぐに眠りにつければいいと思いながらも、そうはいかなそうないやな予感がした。たぶん夜明けまでずっと今日一日の出来事を頭の中で反芻し、答えやこれからどうすべきかを探ることになるだろう。数々の疑問とそれに付随する不安が混ざりあうと、毒を含んだものが生じそうだ。寝苦しい夜のためのお茶を持ってくればよかったのだが。

しばらくすると、疑問がひとつぽっかりと浮上して、いつまでも払いのけられない

ことに気づいた。

暗がりで目を大きく見開いて壁をにらんでいたが、ついに我慢ができなくなった。

どうしても知っておかなければ。

「ジェイク?」彼が眠ろうとしているのなら起こしてはいけないと思いつつ、声を抑

えてささやきかけた。彼に睡眠が必要なことは重々承知していた。

「んん?」ジェイクが反応した。

「もう寝てた?」

「いや、まだだ。どうかした?」

「なんでもないの。ただ、今日セルマ・レガットの死体を発見してからずっと考えて

いたことがあって」

「ずっと考えていたって、どんなこと?」ジェイクが辛抱強く尋ねた。

「あなたがなぜあの場ですぐ、彼女はたぶん自殺じゃないって確信を持てたのか?

ゾランダがヴィラの屋上から自分の意志で飛び降りたんじゃないって判断もあの場で、

ほぼとっさに下したわ。あなた、どうしてそんなことがわかるの？」

ジェイクのベッドからは長い沈黙が伝わってきた。再び口を開いたジェイクは完全に目覚めていたが、その言葉にはおよそ感情というものが欠落していた。

「殺人ではないと証明されるまではそう考える傾向がぼくにあるんだろうな。妻の死がそうさせるんだ」ジェイクは言った。「妻は殺されたが、犯人は妻がみずから命を絶ったかのように見える現場をこしらえた」

「奥さまは誰かに殺されたの？」アデレードはあぜんとなって起きあがり、ベッドの端に腰かけた。「ライナがあなたの身辺調査をしたとき、奥さまが殺されたなんてことはいっさい出てこなかったようだけれど」

「それは真相が報道されないよう、ぼくがうまく隠したからだよ。そうむずかしくはなかった。というのは、ロサンゼルスの警官や検視官は推断に疑問を持たないからだ」

「捜査はおこなわれたの？」

「いや。誰が妻を殺したのかはわかっている」

「誰なの？」

「ピーター・ギャリックという男だ。いろいろあるが、妻の恋人だった」

アデレードはその言葉の言外の意味をじっくりと考えた。「そういうことなのね。ライナが言っていたわ、情事の噂があったって」

ジェイクはしばらく無言だった。アデレードがこのやりとりはもうここまでなのだろうと思いはじめたとき、彼がまた言葉をついだ。その口調は、真っ暗な部屋の扉の鍵を開け、中にしまってあるものに光を当てる決断を下したかのようだった。

「エリザベスは美人で魅力的で頭がよかった。英語のほかに外国語を二つ三つ話してね。よく旅行をしていた。彼女の家族は東海岸の出で、何世代にもわたってニューヨークの社交界に出入りしていた。家系図には、大使が二人、州知事、上院議員といった顔ぶれを含めて高名な人がたくさんいる。妻とぼくの出会いは、彼女が休暇で西海岸に来ていたときのことだ。彼女がぼくの結婚の申し込みを受けてくれたとき、彼女の家族は喜びはしなかった。だってそうだろう、ぼくは彼らの世界の人間じゃない」

「彼らは結婚を阻もうとしたの？」

「いや。ぼくたちの行く手に立ちはだからなかったんだ。だから、なんとも意外な気がした。ぼくは最初、彼らはエリザベスがぼくを本当に愛していると知り、彼女に幸せになってほしいと願ったんだろうと推測した。ある意味、それは本当だった。エリザベスは家族に、社交界の人びとを招いての派手な結婚式は挙げたくないと告げた。振り返れば、それを聞いた彼らが大いに安堵したことは明らかだ。ぼくたちは出会ってから三カ月後に結婚した。結婚式のあとしばらくすると、遅まきながら気づきはじめたんだが、彼女は……不安定だった」

「精神的に不安定ってこと？」

「ああ」ジェイクが答えた。「説明するのはむずかしいんだが。ある日、誕生パーティーで子どもみたいに幸せそうにはしゃいでいたかと思えば、つぎの日は憂鬱そうに引きこもってしまう。すぐに癇癪を起こすし、そうなると甲高い声で叫んだり、ものを投げつけたりした。毎日毎日、明日はどうなるのか予測不能だった」

「ラッシュブルックにもそういう患者がいたわ。そういう人のそばにいると、すごく不安だった」

「あとからわかったところでは、家族は結婚を機に彼女の激しい気性がおさまってくれたらと願っていたが、もちろん、そううまくはいかなかった。むしろ、結婚してからはなおいっそう不安定さを増した」

「彼女に恋人ができたと知ったのはいつだったの？」

「結婚式のあとに恋人ができたわけじゃない」ジェイクはしごく冷静に言った。「それ以前からいたんだよ。それがピーター・ギャリックだ。じつは、エリザベスをぼくに紹介してくれたのが彼だった。ロサンゼルスの評判のいい弁護士で、影響力のある裕福な依頼人がたくさんいた。その中には映画会社の重鎮や財界の大物や政治家なんかも。ギャリックとぼくは実業界での交友関係がほぼ同じだった」

「奥さまとギャリックが恋人同士だと知ったときは、さぞかしショックだったでしょうね」

「妻がギャリックと関係していた事実にはたしかに心をかき乱されたが、真のショックはギャリックが外国政府のスパイだと知ったことだ。自分のばかさかげんを思い知ったよ」

「あなたの気持ち、よくわかるわ。信じてはもらえないでしょうけれど」

「いや。しかし、きみは根っから人を疑わない人間だ、アデレード。ぼくはそれほどでもない。だから、自分がだまされるかもしれないとは夢にも思わなかった。控えめに言えば、勉強させてもらったね。詐欺師に言わせれば、相手がいちばん欲しがっているものを約束すれば、どんな人間もころっとだますことができるんだ。まさにそのとおりさ」

「あなたは妻や家族が欲しかった」

「きみと同じように、ぼくも天涯孤独の身だったからね。ひっきりなしの出張と外国での仕事にうんざりしだしてもいた。そうなんだ、自分の家族を持ちたいと思っていた。そんなときに出会ったエリザベスが理想の人に思えたんだよ」

「夢じゃないかと思える女性だったのね」

「ああ」

アデレードは両手でベッドのへりをぎゅっとつかんだ。「何がきっかけでギャリックが外国政府のスパイだとわかったの?」

「エリザベスが首を吊ったんじゃないとぼくは最初から確信していた。葬儀のあと、彼女の持ち物に目を通した。すると、宝石箱の底から何通かの手紙が出てきた。ギャリックからのものだった。中には彼の写真や二人がいっしょに過ごした時間の思い出の品も入っていた。それを見てぼくはようやく、自分の結婚が最初から嘘だったことに気づいたんだ。彼女はギャリックの歓心を買うためにぼくと結婚した。そこで彼の身辺を調べはじめたんだが、二人の関係がはじまったときから彼がエリザベスを利用していたことに気づくまでにそう時間はかからなかった」

「どういうこと?」アデレードが問いかけた。「理解できないんだけれど」

「ぼくが父の貿易会社を継いでからまもなく、ある政府機関で働いている男がぼくに近づいてきた。たのみたいことがあるというんだ」

「どんなたのみ？」

「ぼくは仕事柄、危険な土地へも出向いていたという話はもうしたよね。いまや世界全体が戦争の準備をしているんだ、アデレード。ぼくは外国のさまざまな港や空港にある防衛施設を観察したり写真を撮ったりする立場にいた。仕事の流れで、世界各地で武器や軍隊装備の製造や船積みに従事している多くの人びとに会ってもいたし、燃料その他の資材の備蓄を誰が担当しているのか、それらがどこに貯蔵されているのかもわかっていた」

「あなた秘密諜報員だったの？　スパイ？」

「政府から給料が支払われたことはないが、そうなんだ、いま言った政府機関のたのみを聞き入れた。ギャリックはそれを知っていた」

「彼はそれをどうやって知ったの？」

「たのまれた仕事が全部終わったとき、その政府機関の連絡員から聞いた話によれば、彼らはその組織のまさに中枢で活動していた自由契約のスパイを発見した。そいつはカネを積めば誰にでも秘密を売っているんだそうだ」

「あなたはギャリックが外国政府のために働いていることをどうやって知ったの？」

「何が起きたのかに気づきはじめたのは、エリザベスが殺されたという結論に達したときだった。ギャリックは彼女を利用し、巧みに操っていたんだよ。ギャリックの手紙には、必要な情報が入手できたら、そのときは彼女と結婚するつもりだと書かれていた。彼はエリザベスにぼくが外国のスパイだと思いこませ、国益のためにぼくの海外の連絡員に関する報告をするように仕向けたんだ。エリザベスは彼の言うことを信じたんだと思う。彼の言うことならなんでも信じたはずだ。とにかく彼に夢中だったからね。はじめのうち、彼女はスパイ活動をなんとも刺激的だと思ったようだ。だがまもなく、その仕事に退屈して苛立ちすら感じるようになり、もうやめたいと言った。ギャリックは口封じのためにエリザベスを殺した」

「ギャリックはその後どうしたの？」

ジェイクのベッドに短くもろい間が訪れた。彼はその質問には答える気がないのだとアデレードは感じたが、やがて彼は闇に向かって静かに語りはじめた。

「エリザベスを殺してから約一カ月後に死んだ」

「どういうふうに？」

「ある夜、彼はサンタモニカ沖に停泊しているカジノ船にいた。べろんべろんに酔っ払って、船べりから転落して溺死した」

ジェイクの声には感情的なものがいっさい感じとれなかったため、おそらくそのいきさつにはもっといろいろなことがあるのだろうとアデレードは考えた。ついでに、今夜はもう朝まで眠れないこともわかった。

「政府にとっては好都合だったわね」思いきって言った。

「いや、政府にとって好都合ってわけじゃなかった」ジェイクの言葉は冷たく鋭い刃を秘めていた。「その政府機関はむしろ彼をいままでどおりの位置に置いておきたかったんだ。そうすれば彼を見張ることができる」

「でも、それは殺人を犯した彼をそのままにしておくってことでしょう」

「スパイ・ゲームはルールの外でプレーするゲームなんだよ。参加する者は正義は言うにおよばず、合法非合法あるいは善悪の疑問で思い悩んだりすることは許されない。重要なのは情報だけだ」

アデレードはジェイクの声ににじむ寒々しいあきらめを聞きとり、理解した。

「なんだかそのゲームはもうこりごりとでも言いたそうね」

「一時わくわくしたことは認めざるをえない。まだ若かったし、冒険や危険に血沸き肉躍った。愛国者としての務めを果たしているんだと自分に言い聞かせていた」

「本当のことでしょ」

「そう思いたかったが、後ろめたい生き方にうんざりしてもいた」

「わたしを信じて。わたし、誰よりもその状況をよく理解できるの」

「エリザベスの家族は彼女が殺されたことを知っているの?」アデレードは訊いた。

「わかっているよ」

「それとも自殺説を信じているの?」

「当初はエリザベスがみずから命を絶ったと聞いて納得した。というのは、家族は彼女の常人には想像のつかない気性を知り尽くしていたからだ。彼女の父親から葬儀のときに聞いたが、過去にも一度ならず自殺を試みたことがあったそうだ。しかし、いまは家族も真相を知った」

「どういうこと?」

「ギャリックがカジノ船から転落死したあと、エリザベスの父親に匿名の電話がかかってきて、おたくのお嬢さんは外国のスパイと恋愛関係にあり、実際にわが国の国益に反したスパイ活動もおこなっていたと告げられたそうだ。エリザベスの日記を持っていると脅迫もしたようだ」

「それを持っているのがゾランダではないかと考えたのはなぜ?」

「エリザベスが予定を記したカレンダーを調べたとき、ゾランダとのセッションの日付と時間が記されていた。そのひとつに走り書きのメモが添えられていて、あの超能力者に日記を持参するよう要求されたことがわかった。エリザベスが見る夢のエネルギーを分析するのに使うとかなんとかばかげたことが書かれていた」

「もしその日記の中身が新聞の見出しにでもなろうものなら、エリザベスの家族は破滅に追いやられるんじゃなくって？」アデレードが言った。

「ああ。不義密通はニューヨークのベントン家のような有力な一族であればなんとかもみ消すこともできるが、スパイ活動で反逆罪を非難されたり当てこすられたりすれば、一族は間違いなく破滅する」

アデレードは息をのんだ。「それであなたは日記を奪還しようと決意したわけね、醜聞からエリザベスの家族を守るために」

「それもあるが、あの忌々しい日記を探し出す義務がある。そのためならなんでもする覚悟だ。ぼくは彼女の夫でありながら、彼女を守ることができなかった」

「それはないわ」アデレードがすっくと立ちあがった。胸の高さで毛布を握りしめている。「よく聞いて。エリザベスの身に起きたこと、あなたが責任を感じる必要はないわ。本人が救われたいと思っていない人や、わが身を救おうと気力を振りしぼらない人を救うことなどできるはずがないもの。彼女の情緒不安定を治すことも無理。彼女がピーター・ギャリックに取り憑かれていたことは明らかじゃないの。彼女はそのせいで命を落としたのよ。あなたに落ち度はないわ」

ジェイクが押し黙ったまま時間が流れた。「それでも、ぼくはあの日記を探さなければならないんだ」

「それはわかっているわ。わたしを信じて。あなたの気持ちはよく理解しているの。あなたの義務感や自尊心や責任感はほかの選択肢を許すはずがないわ。でも、エリザベスとギャリックがつくった状況について自分を責めてはだめ。それはまったくべつの問題。あなたはたんに二人の尻拭いをしようとしているだけだわ。引き受けた仕事だから最後までやり遂げようというのはわかるの。あなたはそういう人だから。でも、あなたは悪くない」

ジェイクはまたしばらく無言だった。

「そんなふうに考えたことはなかったよ」まもなく彼が認めた。「地下室の階段を下りてエリザベスを見つけたあの瞬間から、何もかもがぼくの頭の中でこんがらかってしまったんだ。何しろ、彼女に離婚を切り出すつもりでいたんだからね。彼女が不幸な結婚を嘆いて首を吊ったかに思えた」

「それも自責の念に駆られた一因だったのね。最期はどういうことだったの？」

「エリザベスはあまり有能なスパイではなかった。というのは、ぼくにもぼくの仕事絡みの人間関係にも興味がなかったんだ。頭の中はただただギャリックのことでいっぱいだったのに、やつが有用だと考えるものを何ひとつ差し出すことができなかった。やがて彼から割り振られた役目が退屈に思えたり不安を感じるようになったりすると、やつにとって彼女は足手まといでしかなくなった。最終的にやつは彼女を資産というより負債だと結論づけた」

「なんて悲しい話なの」アデレードは室内の冷え冷えした空気をいやというほど感じた。手にした毛布をぎゅっと引いて肩をくるみ、火の消えかけた暖炉の前に行って立った。「エリザベスと日記のことを話してくれてありがとう。いまわたしたちが何を向こうに回しているのかがだいぶわかったわ」

ジェイクも立ちあがり、アデレードの後ろに来た。「きみは聞く権利があるさ。もっと早く話すべきだった」

「わたしにそう簡単に打ち明けられなかったのは当然だわ。なんといおうが、わたしは精神科の療養所から脱走してきた人間ですもの」

「いや、そうじゃない」ジェイクが言った。「きみはきみの意志に反して身柄を拘束し、危険な薬物絡みの実験に利用した犯罪者集団から逃げたんだよ」

アデレードは暖炉の残り火を見つめた。「なんだかわたしたち、蜘蛛の巣にとらわれてしまったみたい。うっかり足を踏みこんだ人間はみんなとらわれてしまうのよ。あなた、わたし、マダム・ゾランダ、セルマ・レガット――ドクター・オームズビーさえも」

「ラッシュブルックの研究室で仕事をしていた医者か？」

「ええ。彼は憎いけれど、正直なところ。彼は薬を売ることには関心がなかったと思うの――彼は研究に取り憑かれていただけ」

「彼やその仲間はきみがデイドリームの解毒剤をつくっていたことに気づいていたのかな？」

「ううん。あの秘密は守り通したわ」

「よくやった」

「何を考えているの？」

「もし何者かがきみをとらえるのに成功しても、その解毒剤はきみの最後の切り札になるかもしれない」

「どういう意味？」

「きみには取引の材料があるってことさ」

「取引？」

「きみの命との交換材料だよ」

アデレードが顔をしかめた。「明るい発想をありがとう。でも、もしその作戦が功を奏したとしても、わたしはラッシュブルック療養所に連れもどされるのよね。だとしたら死んだほうがまし」

「まあ、そう言わずに。なんとか力を合わせてこの状況を切り抜けようじゃないか」

「ええ、そうしましょう。でも、ひとつだけ約束して」

「えっ？」

「もしわたしがラッシュブルックに連れもどされてしまったら、わたしをあそこから連れ出す方法を見つけるって約束して」

ジェイクが後ろからアデレードの肩をぎゅっとつかみ、くるりと自分のほうを向かせた。

「昨日の夜浜辺で、誰かがきみを傷つけようとしたら、ぼくはそいつを殺すと言っただろう」

「ええ、憶えているわ。なんてやさしいんだろうと思った」切ない想いが全身を駆け抜けた。アデレードはかすかな微笑を浮かべた。「でも、あのときのあなたは幻覚を見ていたのよ」

「何を言ったかは全部憶えているし、全部本気で言ったことだ。もしきみがラッシュブルックに連れもどされるようなことがあれば、ぼくは行く手に立ちはだかるやつらを全部やっつけてきみを奪還する」

アデレードは彼の言葉を信じた。なぜだかは説明できないが、信じることができた。彼の言葉には鋭く熱いものがあり、それは彼は約束を絶対に守るか、守ろうとして命を落とすかのどちらかだと語っていた。

「ジェイク」アデレードが言った。「その言葉がわたしにとってどれほど大きな意味を持つか、あなたにはわからないでしょうね」

「そうかもしれないが、きみがぼくにとってどれほど大きな意味を持っているかはよくわかっている。全世界だ」

ジェイクの唇がアデレードの口もとに向かって下りてきて重なり、誓いを証明した。

38

アデレードはすぐには応えなかった――応えられなかった。ジェイクの抱擁からは情熱、力強さ、約束が伝わってきたものの、同時にリスクも秘めていた。守ってくれるという彼の言葉は信じることができたが、彼には彼女の心をおおい隠すことはできない。アデレードはいま彼を恋していた。これについては悪いのは自分、彼ではない。

にもかかわらず、二人のあいだには揺るぎない絆があった。二人を脅かすさまざまな力がつくりだした絆だ。二人を取り巻く悪夢を乗り越えるわずかな可能性に望みをかけるためにはお互いの存在が必要だった。

絆なんてどうでもいい。少なくとも今夜だけは。いま二人のあいだでめらめらと燃えあがる欲望に身をゆだねてしまいたい。身震いを覚えるほどの快感を逃したくはなかった。過去から解放させてくれる強烈な感覚が欲しくてたまらない。たとえ解放がほんの一時のことであっても。

柔らかでくぐもった哀願の声とともにアデレードはジェイクの首に両腕を絡め、抱擁に身をあずけた。

「アデレード」

渇望と欲望がにじむかすれた性急なうめき声が彼女の名を呼ぶと、その声が彼女の体の奥に響きわたった。

ジェイクの両手が肩からブラウスの裾へと下りた。服のボタンをはずしながらも、重ねた唇はそのままだ。キスが二人をしっかりとつないでいた。

アデレードはもどかしい手つきで彼のシャツの裾をズボンのベルトから引き抜いた。こういうことは経験したことがない。コンラッドと出会う前に彼女と同じように経験不足で自信のない若者と軽い戯れを楽しんだことは何度かあったものの、いずれもポーチのブランコや車のフロントシートの暗がりで、人目を盗んでのキスや愛撫止まりだった。

コンラッドのときは情熱を見せてくれることを願っていたが、期待はずれだった。彼のキスは、よほど抑制をきかせていたのでなければ、なんの意味もないものだった。交際がはじまったばかりのときは、彼が紳士だからだと理解した。終わりが近づくにつれ、きっと自分は医者が不感症と診断を下す女性のひとりなのだとの結論に至った。

ところが、どちらも間違っていた。

経験こそなかったかもしれないが、アデレードは意を決してジェイクのシャツをズボンからせわしく引きあげた。結果、ジェイクが彼女のズボンのファスナーを下ろしたときにはもう、アデレードはくるくるとカールした彼の胸毛に指を通していた。あたたかな皮膚の下の男性的な筋肉の固さは刺激的で、うっとりするほどだ。

ついにジェイクがしぶしぶながら唇を離した。アデレードのブラウスを脱がせてベッドの上に放り出す。つぎはレーヨンと絹のニットのブラジャーだった。そして彼の手のひらが胸にそっと触れたとき、彼がはっと息をのむのがわかった。

「きみはなんてきれいなんだ」

アデレードは自分がきれいだとは思っていなかった。ヴェラ・ウェストレイクのようなスターとは違う。とはいえ、こういうときに女が言われたい言葉ではある。

ジェイクが彼女のゆったりしたズボンを腰に沿って滑りおろすと、ズボンは床に落ちて足もとで水たまりのようになった。アデレードはそれを脇へ蹴ってどかし、すぐさま彼にもっと近づいた。

パンティーだけになった彼女を、ジェイクはやさしく抱きあげて彼のベッドに横たわらせると、彼は立ったままでズボンとシャツを脱いだ。仄暗い明かりに彼の姿が浮かびあがる。最新流行の男性用のアンダーシャツと体にぴたりと合ったブリーフを着けていた。新聞で広告を見たことはあっても、生身の男性が身に着けたところは見たことがなかった。心を奪われながら見つめる前で彼がすべてを脱ぎ捨てた。

アデレードは口の中がからからだった。科学者を両親に持ち、彼女自身も有能な司書だったから、性体験のない女性の大半よりは生物学に関する知識は豊富だった。にもかかわらず、全裸の、しかも性的な興奮状態にある男性を見るのははじめてだ。なんとか動揺を抑えこんだものの、容易ではなかった。狭いキャビンの仄暗さに大いに感謝した。

ジェイクはそのままベッドには来なかった。上着を手に取り、内ポケットに手を差し入れて小さな缶を取り出した。

「煙草を吸うの？　いまから？」アデレードは訊いた。

彼が笑った。「ぼくは煙草は吸わないよ」

「それを聞いてほっとしたわ。父がいつも言っていたの、喫煙は健康にものすごく悪いんだって」

「こんなときに妊娠というのもまずいだろう。これはコンドームの缶だよ」

「ふうん」

世間知らずを露呈してしまった。たぶん顔から爪先まで真っ赤になっているはずだ。しばらくは口をつぐんでいるのが賢明な気がした。もうこれ以上、世慣れないことを口にしたくなかった。

ジェイクはその部分をコンドームにおさめたあと、きわめて慎重に、きわめてゆっくりと彼女の隣に横たわってぎゅっと抱き寄せた。アデレードが驚いたのは、二人の体重がかかってもベッドがつぶれなかったことだ。溶鉱炉のように熱い彼の体は、湿った寒い夜をしのぐときには毛布よりずっと頼りになりそうだ。

彼の手がアデレードに触れてきたとき、その手の動きはきわめて貴重な珍しい花瓶に触れるときのようだった――彼女に触れているのが信じられないかのような、落としはしないかと恐れているかのような。彼女の肌をそっと撫でながら、絶妙な気配りで探りながら、禁じられたところへと少しずつ進んでいく。

彼がおおいかぶさるように頭をかがめて乳首にキスをした瞬間、アデレードは息が止まりそうになった。とたんに下半身がこわばり、体の奥深くで切迫感がつのっていく。名手が引いてぴんと張りつめた弓になったような気分だった。

ジェイクの手がさらに下へと向かうと、今度は突然溶けそうになった。彼の指先の動きがだんだんと親密さを増していく。そして太腿の内側を撫でられたとき、アデレードは驚きのあまり喘ぎ声をもらした。ジェイクが指一本を静かに挿し入れると、アデレードは数秒間というものまったく息ができなかった。彼の肩に丸めた指先を食いこませ、彼の胸に顔をうずめた。

「ジェイク」

「すごく締まっている」アデレードの耳もとにジェイクがざらついた声でささやく。「濡れて、締まっていて、熱い。中に入ったらぼくは長くはもたないだろうから、きみが先にいくようにしよう」

アデレードはまたしてもショックを受けた。これまで彼女にそんなことを言った男性はいなかった。どんな言葉を返したらいいのかわからないまま、アデレードは思いきって手を下に伸ばして彼のものをおそるおそる手で包んだ。そそり立った彼のその大きさに驚くと同時に興奮を覚えた。

ジェイクはうめきをもらし、アデレードの手の中により深くそれを突き入れてきた。アデレードは彼のメッセージを読みとり、彼をもっと強く握った。

「なんていい気持ちなんだ」ジェイクは頭を低くして喉もとに唇を押し当てた。野生の動物のうなりがアデレードの肌に伝わってくる。「よすぎるよ。だが、言っただろう、きみが先だ」

ジェイクが彼女の脚のあいだの感じやすい肉の核に想像を絶する刺激を加えはじめた。つのる切迫感はもう抗えないところまできた。まもなくアデレードは彼の肩をつかんでいた手を離し、腰を動かして彼の手にすりつけた――もっともっと欲しかったし、求めずにはいられなかった。

「ジェイク」

訪れた解放の瞬間はアデレードがこれまでに体験したどんなこととも異なる、さながら嵐のような感覚で、たちまち彼女を押し流した。エネルギーのさざなみが全身を震わせ、悶えさせた。

大きな声を上げようとしたことには気づかなかったが、われに返るとジェイクの手が彼女の口を押さえていた。そうでなければ間違いなく隣のキャビンの客に聞こえたであろう淫らで放縦な叫びは、その手のおかげでくぐもったようだ。

アデレードは大きな声で笑ったり泣いたり歌ったりしたくなった。自分の肉体がこんなふうに反応できるなんて知らなかったことだ。まださまざまな不思議への驚嘆がおさまらずにいると、ジェイクがまだ小刻みな震えが止まらない彼女のその部分に突起したペニスをいきなり当て、容赦なく奥へと押し入ってきた。

そんなの無理。大きすぎる。アデレードは敏感すぎた。痛みといましがたの快楽の余韻がないまぜになった。喘ぎながら手のひらを彼の肩に当てて、本能的に押しやろうとした。

ジェイクがぴたりと動きを止めた。

「アデレード。きみ、まさか——?」

「大丈夫」それだけがなんとか言葉になった。「少しだけ待って」

「なぜそれをはじめに話してくれなかった?」

ジェイクが引き抜こうとした。

アデレードは彼の背中に指を食いこませた。「ううん、大丈夫。つづけてほしいの。あなたが欲しい」

「本当だね?」

「ええ、本当よ」

ジェイクは待った。彼がどれほど必死でこらえているのかはアデレードにもわかっていた。なぜなら、彼の肩も背中も汗でびっしょりだったからだ。

ついに、とはいえおそるおそる、アデレードが彼にもっと深く入ってくるように促した。ジェイクは両肘をついて体重を支えながら、そろそろと彼女の中に沈めていった。

彼のその瞬間はたちまち訪れ、彼の全身を激しく揺さぶった。アデレードは彼の顔を両手ではさんで引き寄せ、唇を合わせた。そして彼の満ち足りた叫びをのみこんだ。女性としての自分が持つ力をはじめて知り、なんだか強く、そして自由にもなった気がした。高ぶりに酔い痴れながら。

39

ジェイクは目を開け、暖炉の残り火を見やった。起きあがって熾火《おきび》をかき起こし、焚きつけの木端を二、三本と小ぶりの薪を足さなければと思いながらも、あまりにも心地がよく、できることなら動きたくなかった。アデレードはスプーンを重ねたように彼に背中をつけている。狭いベッドで二人が寝るにはそうするほかないのだ。彼女は柔らかく、あたたかく、たおやかな曲線がわくわくさせてくれる。愛を交わしてからまもない室内の空気には原始のにおいが漂っている。

そのときジェイクは思った。これから先、今夜のことを思い出すたび――たびたび思い出すことは間違いない――頭に浮かぶのは肉体が知った強烈な解放感だけではないはずだ。それにもまして脳裏に焼きついて離れないのは、二人の情熱の発露がもたらした万華鏡にも似た官能の場面の数々だった。アデレードの敏感な胸の谷間を流れる細い汗が彼の胸の汗とどんなふうに混じりあったか忘れることはないだろう。彼女を濡らした液が太腿のあいだにどんなふうにたまっていたか思い出さずにはいられないはずだ。彼女の締まった体が引き抜こうとする彼をどんなふうにぎゅっとつかんできたかは淫らな夢となってよみがえりそうだ。その中でも最高だったのは、彼の腕の中で絶頂を迎えた彼女の姿態だ。

そう、暖炉の火をつつくためにベッドから出たくはなかったのだが、このままでいたら、すでにかなり寒い夜がなおいっそう冷えこんでしまいそうだ。ジェイクはしぶしぶそっとベッドを出て立ちあがった。毛布に手を伸ばし、アデレードのむきだしの肩をしっかりと包む。すると彼女がもぞもぞと動いて仰向けになり、ぞくぞくするほど肉感的な仕種で両腕を上げて伸びをした。

その瞬間、ジェイクは稲妻に撃たれたような感覚を覚え、たちまち全身に広がった再度の高ぶりは抑えようがなかった。生まれてこのかたこれほどまでの満足感を得た——心身ともにリラックスした——ことはなかったと思ったのがわずか数分前のことだというのに、アデレードを眺めているだけですぐまたベッドに戻りたくなった。

「もう朝なの？」アデレードが訊いた。

「いや」ジェイクは意を決して、一糸まとわぬアデレードに背を向け、狭い空間を横切って暖炉の前に行った。火かき棒を手に取り、熾火をつついた。「暖炉にもう一本薪をくべようと思って起きたんだ」

彼の後方はしばらくしんとしていたが、まもなくベッドの上から動く気配が伝わってきた。ちらっと振り向く。アデレードがまた伸びをしたのかと思ったのだが、彼女は狭いベッドのへりに腰かけていた。毛布をしっかりと体に巻きつけ、体の前を隠している。髪は乱れたまま肩に垂れてはいたが、表情はもはや眠そうで色っぽくはなかった。むしろ新たな緊張がにじんでいる。ジェイクにも彼女の不安が伝わってきた。それまでのいい気分が消えはじめた。くそっ。彼女は早くも後悔しているのか。

アデレードが咳払いをした。「なんだかやりにくくなったわね」

「何者かがぼくたち二人を殺そうとしているからってことか？　そうだな、やりにくくなったことは間違いない」

「そのことじゃないの」アデレードがぼそぼそと言った。「このこと」片手を振った。「わたしたちのことよ」

ジェイクは焚きつけを少し投げ入れ、炎が燃えあがるのをじっと見た。「なぜはじめてだってことを言ってくれなかった？」

「大事なことじゃないと思ったから。わたしにとっては、だけど。あなたにとっては大事なことだったの？」

「ああ。いや。もし知っていたら、たぶんもっとゆっくりことを進めたと思うが」

そう言ってから、いや、どうだったろう、と考えた。彼女が彼を欲しいと言ったのを聞き、自制がきかなくなってしまった。

「とてもうまくいったと思うけど」アデレードが言った。

その口調はどこかおつにすましているようで、自分を誇らしく感じているようで、ジェイクは思わずにやりとした。

「かなりうまくいったとぼくも思う」

「心配ご無用よ。わたし、今夜のことを深読みしたりしないから」

ジェイクの笑みもそこまでだった。すっと姿勢を正し、炉棚をつかんで炎に目を凝らした。

「それはどういう意味？」彼は訊いた。

アデレードが静かに息を吐いた。「もうわたしたちの関係をいままでどおりに戻そうとしているところよ」

「ぼくたちはたまたま今夜すれ違った二台の列車ってわけじゃないよ、アデレード」

「そういう意味じゃないの。つまり、わたしたちはパートナーでしょ。危険きわまる状況に追いこまれた二人の人間。同じ状況に陥れられた二人。わたしたちが、つまりその……恋人同士だなんてけっして考えないから心配しないで。今夜のことだけでそんなことは考えないから」

ここは辛抱強く、とジェイクは自分に言い聞かせた。微妙な問題だ。このところ彼女はさまざまな出来事をくぐり抜けてきた。しかし、男としては我慢の限界だ。

くるりと向きなおってアデレードを見た。「たしかにぼくたちはパートナーだ。危険きわまる状況にある。たしかに同じ状況に陥れられた。だが、好むと好まざるとにかかわらず、今夜のぼくたちは恋人同士でもある。たとえこの先二度と寝ないとしても、ぼくたちが恋人ではないとは言わせない」

アデレードはぎょっとした表情で彼を見た。「怒っているの？」

ジェイクはそれについて考えた。〝怒っている〟というのは言いすぎだが、苛立っている。不快だ。頭にきている。もしまだこの口論をつづけたりすれば怒るかもしれない」

「口論って？」アデレードは喉もとで毛布をつかんで立ちあがった。「言っておくけど、わたしは議論なんかしていないわ。しごくまっとうだと思える意見を言っただけ。今夜のことを〝やりにくくなった〟って言い方をしたのは、思い浮かんだ言葉の中では上品なほうだったからだと思うわ。だって、わたしたちは恋に落ちて結婚するつもりというわけではないのよ。ただ、わたしたちを殺そうとしているのが何者なのかを突き止めるために協力している二人の人間同士にすぎないわ」

「ぼくたちの関係をきみがどう言ってもいいが、やりにくいはよしてくれ」ジェイクはベッドまでを大股の三歩で戻り、アデレードの両肩をぎゅっとつかんだ。「ぼくはちっともやりにくいとは思っていないんだから」

「ほんとに?」アデレードは少し間をおき、わずかに顔をしかめた。「じゃあ、あなただったらどういう言葉を使う?」

「知るか、そんなこと。どうでもいいと思ってる。これだけは忘れないでくれ。これから先どんなことが起きるにせよ、いまぼくたちは恋人同士だ」

両手で苛立ちを示そうとしたアデレードだが、毛布から手を離しかけたところでその下は裸だったことを最後の最後に思い出し、また毛布をぎゅっと握りしめた。

「ばかげてるわ。自分たちの関係をどう呼ぶかなんて小さなことで口論するなんて信じられない。もっともっと大きな問題を抱えているっていうのに」

「まさにきみの言うとおりだ」ジェイクは両手を彼女の肩から離し、その手で彼女の顔をはさんだ。「苛立ちまぎれの口論、これじゃまるで恋人同士の痴話喧嘩だよ」

アデレードが大きく目を見開いた。ジェイクは一瞬、言いすぎてしまったかと思った。彼女が今度こそ本当に爆発するのではないかと。だが、彼女は表情をゆがめただけで、そのあと悲しげな笑みを浮かべた。

「これを痴話喧嘩だと認めるわけにはいかないけれど、そう言って気を楽にしてくれたことには感謝しなくちゃ」

「いや、ぼくは本気で言ったんだが、まあいいや。きみがいま言ったように、ぼくたちは問題をいくつも抱えている。霧が晴れはじめるのを待って、ガソリンスタンドまで歩いて戻ろう。爆破された車のことをスタンドの主人と、もちろん地元の警察にも説明しないことには。彼らに何ができるというわけではないが」

「どういうこと？」

「ぼくのコンバーチブルの下にダイナマイトを投げこんだやつは――もし昨日の夜の霧の中を危険を承知で逃げたのでないとすれば――夜明けとともにこのあたりから姿を消すはずだ。それにひきかえ、ぼくたちはどうやってバーニング・コーヴに帰るかを考えなければならない」

「ヒッチハイクで帰れるんじゃないかしら」

「それじゃ時間がかかるだろう。丸々一日かかるかもしれない。ある程度の現金を持っているから、運がよければガソリンスタンドの主人に中古車を売ってくれそうな近所の人を紹介してもらえるんじゃないかな」

「ヒッチハイクは、そうね、あなたの言うとおりだわ。これまでの運の悪さを思えば、乗せてやると停まってくれた車はきっと、わたしたちを殺そうとした人間が運転しているわ」

「それはどうかな。それよりも、犯人は作戦失敗を知らされるまでぼくたちは死んだと思っている可能性のほうがはるかに高い。そうあってほしいと願ってもいる」

*

アデレードは公衆電話の受話器を掛けると、電話ボックスを出た。「ギルは釣りに出かけて留守ですって。ということは、彼がセルマ・レガット殺しの犯人かもしれないということね」

「当たるべき容疑者はこのへんでもうじゅうぶんだ」ジェイクが言った。「いま突き止めたいのは動機だよ」

二人はオールズモビルのぽんこつセダンに向かって歩いた。ジェイクが助手席側のドアを開けた。「これはスポーツカーじゃないが、運がよければバーニング・コーヴまでぼくたちを運んでくれるはずだ」

ドアを閉めたあと、反対側へ回って運転席に乗りこんだ。

「ここの警察の人たち、わたしたちが町を出ていくことをすごく喜んでいるみたいだと思わなかった？」アデレードが訊いた。

ジェイクはオールズモビルのエンジンをかけてギアを切り換えた。

「ああ、ぼくもそう感じた」

アデレードが微笑んだ。

ジェイクは彼女を探るような目でちらっと見てから道路に出た。

「何を考えてるの？」彼は訊いた。

「なんにも。ただちょっと、わたしの神経はもう本物の結婚式の夜にもじゅうぶん耐えられることが証明されたかな、と思ったの」

ジェイクが邪心がにじむ微笑を浮かべてアデレードを驚かせた。「ああ、きみは結婚生活が要求する肉体的な問題にはすべて対処できると言ってよさそうだ」

40

アデレードは三時前にはティールームでの仕事に戻った。ちょうど午後の書き入れ時に間に合い、それから一時間半後に最後の客が店をあとにした。アデレードは空のカップ類を集めてキッチンに運んだ。それを洗うためシンクに水を張ろうとしたとき、入り口のチャイムが鳴った。フローレンスが店内を横切ってドアを開ける。

「申し訳ございません。四時半の閉店となっておりまして。でも、お持ち帰り用のパック入りのお茶ならお売りできますし、ペーストリーも一、二個残っているかもしれません。ですが、こちらでお茶をお飲みになりたいとおっしゃるのでしたら、申し訳ありませんが、また明日お越しくださいませ。開店は九時になります」

「お茶が欲しくてきたわけじゃない」コンラッド・マッシーがどこまでも冷たい声で言った。「妻を探しにきた」

アデレードの手から洗おうとしていたカップが滑り落ちた。運よくシンクには水がたっぷりたまっていたからカップは割れなかった。アデレードはカウンターのへりを両手でぎゅっとつかみ、呼吸をととのえた。

遅かれ早かれあのろくでなしと対決しなければならないことはわかっていたじゃないの、と自分に思い出させる。**あなたはいまはもうひとりじゃない。友だちが何人もいる。いくらあいつだって白昼堂々——目撃者がいるときに——あなたを拉致しやしないわ。**周囲に目をやれば、目撃者は間違いなくたくさんいた。フローレンスのほかにも、前の歩道を行きかう買い物をする人びとがいる。安心してもよさそうなのだが、アデレードの心臓は早鐘を打ちつづけていた。

銃を持ってくるべきだった、と思った。

「いったいなんのことでしょうか？」フローレンスが声を鋭くし、訝しげに訊いた。

「妻があなたにどう言っているかは知らないが、アデレード・ブロックトンと名乗っている女は私の妻だ」コンラッドが言った。

「何をおっしゃいます」フローレンスが言った。「さ、お帰りください。さもないと警察を呼びますよ」

「アデレードはかわいそうに精神を病んでいる。結婚式の夜に神経をやられてしまい、精神科の療養所に入院させるほかなくなったが、彼女は脱走した。私がここへ来たのは、彼女を病院へ連れもどすためだ。引きつづき適切な治療を受けさせないと」

フローレンスは言った。「アデレードは結婚はしていませんよ。おかしなことをおっしゃいますね。さ、お引き取りください」

「あなたに私が妻に会うのを止める権利などない」

アデレードはようやくいくらか酸素を取り入れることができた。コンラッドの声を聞いたときに襲ってきたショックとパニックをぬって激しい怒りが燃えあがった。意を決してシンクの前を離れ、エプロンで手を拭うとキッチンを大股で横切った。大きなパン切り包丁を手に取り、ドアを開けて店内へと出ていく。

コンラッドがアデレードを見た。淡い色合いのぴしっと折り目の入ったズボンに白いシャツ、ネクタイ、青い上着といった流行に敏感ないでたちだ。彼の表情に深い懸念が広がりはじめる。まもなく彼は包丁に気づいた。

「アデレード」コンラッドが甲高い悲鳴を上げた。「きみは自分が何をしているかわかってるのか？　それを置くんだ」

「わたしのボスを脅さないで。そんなことをしても時間の無駄よ」アデレードは言った。

「まったくそのとおりだわ。時間の無駄なのよ」フローレンスが言った。

コンラッドは再び妻を心配する夫のようなそぶりを見せた。「アデレード、よかったよ、きみが見つかって。今日までどんなに心配したことか」

「それくらいにして」アデレードは彼に包丁を向けた。「あなたはわたしに嘘をついて、わたしをだまして、わたしを裏切って、わたしの意志に反してあそこに閉じこめたのよ。あなたの言うことをわたしが信じるとでも思っているなら、あなたこそ正気を失っているわ」

「ぼくはただ、きみと話しあいたいだけだよ、スイートハート。その包丁を置いてくれたら、どこか静かなところへ行ってコーヒーでも飲もうじゃないか」

「そうすれば、わたしのカップにデイドリームをこっそり混ぜることができるわね。わたしの拉致をお膳立てした夜みたいに。そうでしょ？」

「きみは拉致などされなかった」コンラッドが言った。「不眠症のせいで神経がまいってしまったんだ。きみの繊細な神経が結婚式の夜のストレスに耐えきれなかったからだ」

「結婚式なんかなかった。そのあと床入りが待っている結婚式なんかなかったとはっきり言えるわ。いまのわたしにはようくわかるの」

コンラッドが目をぱちくりさせた。「なんだって？」

「ま、どうでもいいわ、それは」アデレードが言った。「あなたには関係のないことだから」

「スイートハート、きみは妄想に惑わされているんだ。だから入院しなければならなかった。療養所では快方に向かっていたから、そろそろ退院させて家に連れて帰ろうと計画していた。だが、きみはせっかく受けた治療を台なしにしてしまった。元の木阿弥だ。またラッシュブルックに戻って引きつづき治療を受ける必要がある」

「いいことを教えてあげましょうか、コンラッド。わたしの精神状態はいま最高に安定しているの」

フローレンスがコンラッドをにらみつけた。「お帰りくださいと言ったでしょう」

「脅さないでくれ」コンラッドが言った。「私がここに来たのは、妻を療養所に連れもどすためだ。妻の病気は危険なものだ。私の言うことが信じられないなら、妻が手にしたあの包丁を見てくれ」

アデレードは彼を脅すようにゆっくりと包丁を持つ手を上げた。「妻と呼ぶのはやめて」

「だが、本当のことだ」コンラッドはそう言いながらも一歩あとずさって、二人のあいだの距離をもう少し広げた。「リノで挙げた結婚式を忘れるはずがない。きみはすごく喜んだ。ぼくが金の結婚指輪をあげて、きみはそれをはめて療養所に入院した」

「真相を突き止めてくれる私立探偵を知っているの。あなたがリノの判事に賄賂を渡して、薬の影響下にあったわたしとの結婚を承認させたのだとしたら、またリノに行って離婚訴訟を起こすわ。ううん、待って。実際には結婚していないのだから、それを根拠に結婚そのものを無効にできるわね、きっと」

「結婚式を挙げた。金の指輪はその証拠だ」コンラッドが言った。

そのとき、キッチンの戸口でかすかに動く気配がした。アデレードが振り返ると、そこにジェイクの姿があった。アデレードを見てはおらず、彼の氷のように冷たい視線はコンラッドに向けられていた。

「もしアデレードがリノ行きの列車に乗るとしたら、そのとき彼女はひとりじゃない。ぼくもいっしょに乗って、彼女が無事にリノに到着できるかどうかたしかめる。ネバダ州の判事はあまりいろいろ訊かないというから離婚は成立するはずだ——本当にその必要があればだが、どうやらそうでもないらしい。きみの結婚は、たとえ式は挙げたとしても、床入りまでは果たしていなかった事実をぼくは証言できる」

コンラッドの顔が怒りで真っ赤になった。「あんたがジェイク・トゥルエットってわけか。あんたのことならさんざん聞いてる。かわいそうな妻が妄想を抱きやすいことを利用して誘惑した男だな、妻の財産を狙っているんだろう。認めろ」

ジェイクは凄みのある好奇心をおびた目でコンラッドを見据えた。アデレードはその目が肉食動物のそれだと思った。獲物の喉もとめがけて襲いかかろうとする狼の表情だ。

「そうかな？」ジェイクはじつにやんわりと言った。「誰から聞いた？」

コンラッドはさらに一歩あとずさった。「ラッシュブルック療養所の所長、ドクター・ギルから電話で、アデレードがバーニング・コーヴにいることを突き止めたと伝えられた。そのときだ、ロサンゼルスの実業家が彼女を誘惑しようとしているという噂があると警告してくれた。あんたは明らかに彼女の素性を調べたようだな。彼女が莫大な遺産を相続したことを知ってのことだろう」

「ドクター・ギルがきみにそう言ったんだな」ジェイクが言った。「それにしても、ギルはどうやってアデレードがこの町にいることを突き止めたんだろう？」

「そんなこと知るか」コンラッドが吐き捨てるように言った。

ジェイクがそれに対して何か言う前にアデレードが言った。「わたしの遺産のことだけど、近々弁護士を雇うことにするわ、コンラッド。お金の管理をしている銀行家たちにことのしだいを説明してもらうつもり。おそらくあなたを詐欺と着服の罪で訴えることになるでしょうね」

コンラッドはかっとなった。「わからないのか、きみは？　きみをだまそうとしているのはトゥルエットなんだよ。そいつは財産目当てできみと結婚したがっている」

「誰が結婚の話なんかしたの？」アデレードが鋭く切り返した。「わたしの財産やわたしの未来はわたしが自分で決めるつもりよ。さあ、もう出ていってちょうだい。わたしのことはほっておいて」

フローレンスがコンラッドに冷ややかな笑顔を向けた。「ほら、十まで数えたら警察を呼ぶわよ。そしたらあなたは不法侵入罪で監獄行きよ。一……二……」

アデレードは包丁でドアを示した。「出ていって」

ジェイクは腕組みをして、ドア枠にもたれた。「彼女たちの言ったこと、聞こえただろ」

コンラッドは殺人でも犯しかねない形相を見せたが、それ以上何も言わなかった。くるりと踵を返して店内を横切り、歩道へと出るなりドアをガラスが割れんばかりにバタンと閉めた。

〈リフレッシュ〉に不気味な静寂が降りてきた。しばらくは誰ひとりとして身じろぎひとつしなかった。やがて、アデレードは突然、気分がいやに軽くなったことに気づいた――興奮し、わくわくしてもいる。

「どうもありがとう」小さな声で言った。あいかわらず目は入り口のドアにじっと向けたままだ。「二人ともにありがとう」

「あんな男のことで気をもむことなんかないわよ」フローレンスが言った。「このバーニング・コーヴにはあなたの友だちが何人もいるわ」

「この二カ月間、コンラッドがまたわたしを消し去る方法を見つけるんじゃないかとずっとびくびくしていたの。最初のときと同じように」

「それはサンフランシスコだからできたことで、このバーニング・コーヴではそうはいかないさ。ここのルールは違う」ジェイクが言った。

フローレンスがアデレードを見た。「あの男、あなたの財産を手に入れるために本当にあなたを療養所に閉じこめたのね?」

「ええ」

フローレンスが身震いをした。「なんだか映画の中の出来事みたい。脱走がうまくいってよかったわ」

ジェイクが何か考えながら口を開いた。「これまでずっときみに訊きたかった質問をさせてもらおう。たしかにこのバーニング・コーヴには友だちがいるが、サンフランシスコにも友だちはいただろう?」

「ええ、いたわ」アデレードが答えた。「ほとんどは植物学専門の図書館で働いていたときの同僚」

「きみが突然姿を消したとき、なぜ友だちは疑問を持たなかったんだろう?」ジェイクが言った。

「わたしも同じことを考えたわ」アデレードが言った。「じつは数週間前、勇気を奮い起こして図書館に、名前は名乗らずに電話をかけてみたの。アデレード・ブレイクをお願いしますって。そうしたら、彼女は親類といっしょに暮らすために東部へ引っ越しましたって言われたわ」

「ふん」ジェイクが言った。

アデレードは彼を見た。「えっ?」

「気にかかるのは、ギルがいったいどの時点できみの居どころを突き止めたかだ」

「ひとつだけたしかなことがあるわ」アデレードが言った。「コンラッド・マッシーの言うことは何ひとつ信用できないってこと」

41

コンラッドは二本目の煙草に火をつけ、目の前のテーブルに置かれたマティーニをじっと見た。グラスがあまりきれいではない。

カルーセルで落ちあおうと言い張ったのはギルだった。煙草の煙が充満した暗くて薄汚い酒場だ。禁酒法時代にはもぐり酒場だったのだろう。コンラッドが行くような店ではなかった。彼はバーニング・コーヴ・ホテルの気取ったバーやパラダイス・クラブのような場所が好みなのだが、ギルは人目につかない店で会いたがった。

まだ宵の口だからカルーセルはがらがらだった。カウンター席のスツールに身を隠すようにすわる客がほんの何人かいるだけだ。ウェートレスは手持ち無沙汰で、バーテンダーとけだるげにしゃべっている。

テーブルを人の気配がおおった。コンラッドが顔を上げる。

「きみの計画はうまくいかなかったようだな」ギルがブースのテーブルをはさんだ向

かい側に腰を下ろした。「今度はそう簡単にはいかないと警告しただろう。彼女は警戒しているし、トゥルエットがつねに彼女から目を離さずにいる」

「あいつは彼女の財産目当てだろうな」

「間違いないさ。動機はきみと同じだってわけだ。問題はだ、現実占有は所有権決定において九分の勝ち目というが、いずれにしろ、いまのところあの男が彼女を所有しているということだ」

「ぼくに必要なのはアデレードと二人きりになっての十分だけだ」コンラッドが言った。「彼女の飲み物にこっそり薬を盛る時間さえあればすむ。十分あればいい。薬が効いてくれれば、ぼくの言うことを信じさせることができるから、少なくともラッシュブルックに連れもどすくらいの時間はある」

「彼女にはあそこにいてもらわないとまずい。病状がきわめて深刻な患者だ。両親を失ったショックからまったく立ち直れていない」

「あなたは最初から彼女は不安定だと言っていた。治療を要すると」

それを聞いたからこの計画はうまくいきそうだと思ったのだ。アデレードの願いを聞き入れて結婚し、そのあと治療のためにラッシュブルックに送りこめばいいとギルの話を聞いて思いこまされた。

だから彼女が結婚の申し込みを断るつもりだと気づいたときはパニック状態に陥った。そのときに示された計画はこうだ。彼女のシャンパンにデイドリームをこっそり混ぜれば、彼女は暗示にかかりやすくなる。ギルは保証した。その薬には強力な催眠効果があるから、いったん薬が効きはじめれば、彼女に結婚を承諾させるのはたやすいと。

だが、何ひとつとしてうまくいかなかった。あとから考えてみれば、ギルが故意に薬の分量を量り間違えたのかもしれないし、あるいはあの薬がそもそも当てにならないのかもしれない。その二つの要因が少しずつ重なったのかもしれない。いずれにせよ、薬が入ったシャンパンを飲んだあと、アデレードは譫妄状態に陥り、あの夜からギルとオームズビーが彼女を引き受けることになった。

「彼女の主治医として言うが、彼女はまたいまにも神経をやられそうな状態にある」ギルが言った。「しかし、いまさらきみがいくら彼女を熱烈に愛していると言いくるめようとしたところで、どうだろうな。きみが現われたいま、トゥルエットはこれまで以上に彼女から目を離さなくなるはずだ。アデレードには莫大な価値があるからな」

「わかってる」コンラッドがうんざりといった表情で鼻を鳴らした。「だが、トゥルエットには彼女の財産など必要ないだろう。破産の危機に瀕しているのはこのぼくだ」

「そうだな」ギルが声を低くした。「気の毒なアデレードをトゥルエットの魔の手から救い出し、本来いるべき療養所に連れもどすべつの方法がないわけじゃない」

マッシー海運を救う最後のチャンスだ、とコンラッドは思った。残ったマティーニを一気に飲み干し、グラスを置いた。

「そいつを聞かせてくれ。いったいどうしたらアデレードをラッシュブルックに連れもどせる?」

42

「あなた、どうかしてるわ」アデレードは言った。「これは罠よ。本気でコンラッドと二人だけで会おうと考えるなんてありえない。しかも国家の安全にかかわる問題だと言ったんでしょう？　そんな嘘、信じたらだめよ」

まもなく夜中の十二時になろうとしていた。少し前に電話が鳴った。アデレードが取ると、あろうことか聞こえてきたのはコンラッドの声だった。驚きについで激しい怒りがこみあげてきた。コンラッドはジェイクと話をさせてくれと懇願した。アデレードは電話を切ろうとしたが、ジェイクは彼女の手から受話器を取った。

そしていま、アデレードとジェイクはキッチンの真ん中で言い争っていた。彼女はローブにスリッパだったが、ジェイクはズボンをはいていた。

「もしかしたらマッシーの言うとおりかもしれないと思いはじめているんだ。これは国家の安全にかかわる問題なのかもしれない」

「いったいなんのこと？」

「たしかきみが言っていたが、ギルとオームズビーはデイドリームを自白薬や催眠薬として機能する薬にする決心をしたんだったね。政府機関のある種の人間にとっては価値ある効能を持つ薬だ。くそっ、そんな薬は外国政府にとっても大きな価値がある」

「ええ。でも、だからといってコンラッドを信じることはできないわ」

「心配いらない。彼を信じてなどいないさ」

「あいつは自棄《やけ》になっているから、殺人だって犯しかねないわ」

「少しはぼくを信用してくれよ」ジェイクが言った。「彼がぼくを行く手に立ちはだかる邪魔者と見なして、なんとしてでも排除したがってることはよくわかっている。だが、彼はぼくたちに必要な情報を持っている――もしかすると本人が持っていることに気づいてもいない情報もあるかもしれない」

アデレードはキッチン内を行ったり来たりしていたが、奥の端でぴたりと足を止めると、くるりと振り返ってジェイクを見た。

「あなた、スパイ・ゲームに欠かせないのが情報だと言ったわね。情報以外のことはどうでもいいんだって。でも、あなたはもう秘密諜報員じゃないのよ」

「生き延びるために情報が必要なときもある。そしていまはそのときだと思う。ラッシュブルックで何がおこなわれているにせよ、これは有名人に薬を売るとか、きみの相続財産を手に入れるとかいった計画よりもはるかに規模の大きな、おそらくもっと危険な何かが絡んでいるような気がするんだ」

「どういうこと？」アデレードは腕組みをし、訝しそうな顔をした。「そういう言い方をされると、なんだかわたしはただ財産をだまし取られただけみたいだけど、それだけじゃないわ。だまされて、拉致されて、薬の実験台にされた。そのうえ、何者かに殺されかけた。詐欺師の甘言に釣られただけじゃないわ。んもう」

「そこだよ」ジェイクが腹立たしいほど冷静に言った。「デイドリームという薬がこの状況の核にあることは明らかだ——きみの相続財産ではなく。それはギルにとってはほんのおまけだと思うよ——マッシーを計画に協力させるための餌みたいなものさ。マッシーが薬についてどれだけ知っているのかはわからないが、彼はたぶんどうでもいいと思っているんだろうな」

「わたしのお金を簡単に手に入れられる方法だと思っているのよ」

「うん」

アデレードは腕組みしたまま、前腕を指先で叩いた。「一連の出来事の鍵はあの薬って説には賛成だわ。でも、あなたが今夜これから会おうとしているのはコンラッドで、彼は自棄になっているから危険なの。よく聞いて。彼はマッシー海運を救うためならなんでもするわ。彼はその一点に執着しているんですもの」

「いいかい、ぼくは執着の本質を理解しているつもりだ。マッシーがきみの相続財産を手に入れるためにギルと取引したことは明らかだが、デイドリームに関するギルの計画について何か知っているかもしれないじゃないか」

アデレードが顔をしかめた。「もしあなたの言うとおりなら、つまり、ギルが彼を操っているってことね」

「マッシーは危険を承知のうえで取引に臨んだはずだ」

「だと思うわ」

「ほう」

アデレードは彼を見た。「今度はなあに?」

「コンラッド・マッシーはある日きみの目の前に颯爽と現われて、たちまちきみを夢中にさせたと聞いたが、きみたち二人がどういうふうに出会ったのかをまだ聞いていなかった」

「コンラッドとわたしは稀覯《きこう》本(初版本、限定本や古書など)を扱う書店で会ったの。母が薬草に関する古い本を収集していて、死後はわたしがそれを相続したでしょう。だから収集を引き継ぎたかったの」

「マッシーは稀覯本に関心があるのか？」

アデレードは組んでいた腕をほどき、片方の肩を小さくすくめた。「海運産業に関する古書を集めていると言っていたわ。真っ赤な嘘でもなかったみたい。交際中に彼の読書室を見せてもらったけど、海運に関する本がたくさん並んでいたから。おじいさまが収集をはじめたと言っていたわね」

「きみがその書店に行った日に彼も行ったというのは、本当に偶然の一致だったんだろうか？」

「あとから考えると、たぶんそうじゃなかったと言うほかないわ」

ジェイクがこっくりとうなずいた。「誰かが――おそらくギルだろうが――マッシーがその書店できみと出会うように仕組んだんだろうな。出会いの場さえつくれば、そのあとうまくやるかどうかはマッシーにかかっていた」

「わたしに、でしょう」

「ああ、きみだ」ジェイクが認めた。「きみはなぜよりによって、その日の午後にその書店に行ったの？」

アデレードは運命の日の記憶を懸命にたぐり寄せた。「その書店の主人から電話をもらったの。わたしが前から欲しがっていると知っていた十八世紀の本草書《ほんぞうしょ》（薬草を含む薬物に関する書物）を見つけたと知らせてきた」

「きみははめられた」

「いやだわ。ミスター・ワトキンズまで計画に関与していたと本当に思ってるの？そんなのばかげてるわ。書店にはその本草書がたしかにあって、わたしはその日に買ったのよ」

「書店の主人が計画について何か知っていたかどうかはわからないが」ジェイクが言った。「ギルがその本草書を彼が手に入れるように仕組んで、ワトキンズにきみに電話をするよう提案したんじゃないかな。そしてきみが店に来る時間を設定させた」

アデレードが身震いをした。「あなたの思考回路はまるでプロのスパイだわ」

「いくらか訓練を積んだからね」ジェイクの顎に力がこもった。「きみが本草書に興味があるってことをギルがどうやって知ったか、わかる？」

「それは秘密でもなんでもなかったわ。前にも話したように、ギルは両親の研究の結果を追っていたから、両親のことをよく知っていたの。母が古い本草書が大好きだったことを知っていたし、わたしも関心を持っていることを知っていたかもしれないわ」

「つぎの疑問は、ギルはどうやってこの陰謀への加担をマッシーに承知させたのか？」

アデレードが唐突に動きを止めた。

「公爵夫人かしら」そっとつぶやいた。「わたしはラッシュブルックにいるような人間じゃないって言ってくれた患者。脱走にも協力してくれたの」

ジェイクがしばし押し黙った。「その人のことを聞きたい」

アデレードは向きなおって彼と目を合わせた。「本当の名前はついにわからずじまいだったわ。みんなが彼女を公爵夫人と呼んでいたのは、彼女がサンフランシスコの名家の出だと言っていたから。たぶん本当なんだと思うわ。ラッシュブルックは、富豪の家系に精神を病んだ人が出たとき、その人たちを幽閉することを商売にしていたのよ。公爵夫人に危険なところはなかったけれど、妄想に取り憑かれていることは間違いなかった」

「どんなふうに？」

「ラッシュブルックがまるで自分のカントリー・ハウスででもあるかのように振る舞っていたわね。ほかの患者は泊まり客として扱われていた。彼女は周囲に危害を加えたりしないと考えられていたから、療養所の建物や庭園で自由な出入りが許されていたの。部屋を出るときは必ず帽子と手袋。食堂での作法は非の打ちどころがなかったわね」アデレードが笑みを浮かべた。「雑役夫や看護婦を使用人扱いするところが見ていて愉快だったわ。彼女の頭の中ではギルは執事、オームズビーは下男ってところかしら」

「だからみんなが公爵夫人と呼んでいたわけか」

「彼女は正気を失ってはいたけれど、危険な存在ではなかった。ほとんどの時間を自分の世界の中で生きていて、幸せそうでもあったわ。面倒を起こすことはまったくなかったから、職員たちも調子を合わせていた。その彼女がなぜだか最初からわたしにいやに関心を示したの。毎日、わたしは雑役夫に付き添われて庭を散歩していたんだけれど、そのときによく彼女と顔を合わせたのよ。すると彼女がわたしをお茶に誘おうとしてね。雑役夫たちは気にも留めないの。そんな仕事にあきあきしていたんでしょうね。あなたにはわからないでしょうけど、わたしはお茶へのお招きをいつも心待ちにしていたわ。公爵夫人とお茶を飲んでいるあいだだけは、自分がほとんど正常だと思えたから」

「精神科の療養所の庭で正気を失った女性とのお茶か」ジェイクが首を振った。「『不思議の国のアリス』の一場面みたいだな」

アデレードが悲しげな微笑を浮かべた。「ええ、たしかにそうね。でもわたし、公爵夫人は友だちだと思っていたの。彼女のほうは、わたしを親類だと信じていた。従妹ね。一度だけ、わたしたちは親類じゃないってことを説明しようとしたけれど、彼女がすごく取り乱してしまったので二度と口にしなかったわ」

「彼女は屋敷から出られないってことはわかっていたのかな？」

「ええ。彼女なりにびっくりするくらいはっきりと状況を把握していたの。自分は正気を失っているから、この屋敷から外に出ることはできないんだって言っていたわ。うちみたいに世間体を気にする名門一族ともなると、精神のバランスが崩れた者を隠しておかなければならないんだって説明してくれた」

「療養所にはきみ以外も親類がいると思っていたのかな？」

「それについてはときどき訊いてみたのよ。返ってくる返事はいつもノーだった。あなたとわたしの二人だけ。それなのに彼女、わたしはこんなところにいるべきじゃないって言い張ってね。たまに訪ねてきてくれるくらいならいいけれど、ここに永久にとどまってはいけないって。なぜなら、わたしは彼女みたいに正気を失ってはいないから。そろそろ家に帰って、家族のそばで務めを果たしなさいと言われたわ」

「きみの務めとはなんだろう？」

アデレードがにこりとした。「社交界に出入りしたり客を盛大にもてなしたりするのがわたしの務めなんですって。ついでに一族の財産を引き継ぐ子を二、三人産むのも義務だと教えられたわ」

「そんな話をしながらも、きみたち二人がなんという一族の出なのかは口にしなかったのか？」ジェイクが訊いた。

「ええ。わたしも訊いたのよ。でも、ただウィンクして、わかっているくせにって言うの。使用人たちが盗み聞きしているかもしれないから、家族の名前はけっして口にしないことって。それでも、彼女の一族がサンフランシスコの名家だってことには確信があるわ。昔話をたくさんしていたから、サンフランシスコ育ちであることは間違いないの」

ジェイクが思案顔になった。「たしかコンラッド・マッシーの一族もサンフランシスコの由緒正しい旧家だったな」

アデレードはぎくりとしてジェイクを見た。「もしかするとあなた、マッシー家の人間でラッシュブルック療養所に幽閉されたのはわたしがはじめてではないと思っているんじゃなくって？　ひょっとすると公爵夫人はマッシー一族の人間なのかしら？」

「となると、ギルとコンラッド・マッシーは以前から知り合いで、ギルはマッシーがカネに困っていることを知っていたという流れに説明がつく」

「ええ、たしかに。それだけじゃなく、公爵夫人がわたしに関心を示したことにも納得がいくわ。彼女はわたしがアデレード・マッシーだとわかっていたのね」

「マッシーは破産寸前だ。そこでさまざまな費用を切り詰めることを考えていた。精神を病んだ親類を上流階級向けの療養所に閉じこめておくとなると莫大な費用がかかる。おそらくマッシーは公爵夫人の費用が払えなくなりそうだとギルに言ったんだろう」

「するとギルは、費用の問題を解決できる方法があると提案したということ？」わからないことだらけの状況に苛立ちを覚え、アデレードは両手を大きく広げた。「この時点では何もかもが憶測にすぎないわ」

「だからこそ、ぼくは今夜マッシーと会うことに同意した。彼が提供してくれる情報がなんであれ、ぼくたちにはそれが必要だ」

「あなたが自分から罠にかかりにいくようで恐ろしいわ」

「これが罠だとわかっていれば、こっちが有利だ」

「そうかしら？」

「こっちからも罠を仕掛けることができるからね」ジェイクが言った。

「そういうことは貿易の仕事をしていたときに身につけたの？」

「そうだと思う」

「だとしたら、そういうお仕事から引かれたことはとってもいいことだと言いたいところだけれど、いままたそこに戻ってしまったわけね。何もかもわたしのせいだわ」

ジェイクは部屋を横切ってアデレードが立っているところまで行き、力強い手を彼女にぎゅっと回した。その目はもはや謎めいてはいなかった。獰猛な光を放っている。

「この件に関してぼくたちはともにある。それを忘れないでくれ」

「ええ、わかってるわ。パートナーよね、わたしたち。だから今夜もいっしょに行くべきだわ」

「だめだ」ジェイクが言った。「これからきみをバーニング・コーヴでいちばん安全な場所へ連れていく」

「いったいどこ？」

「パラダイス・クラブだ。ルーサーには小規模だが軍団がついているから、あそこならきみもがっちり守ってもらえる」

「そうかもしれないけど、この前あそこに行ったとき、あなたは薬を盛られたのよ」

「信じてくれ。今夜はルーサーの警備要員が本気で守ってくれる」

ジェイクの真剣な口調からは、アデレードの抗議を受け入れる意志がないことが伝わってきた。

「ジェイク」アデレードはそれだけ言って口をつぐんだ。ほかに言うべき言葉を思いつかなかったからだ。

ジェイクが唇で彼女の口をふさいだ。そのキスは彼の目同様に獰猛だった。

43

桟橋は町から数マイルはずれた人けのない入り江にあった。海岸の背後に切り立つ低い崖の上に建つ夏の別荘の所有者が自家用につくったものだが、所有者はそこに住んではいないため、家は真っ暗だ。

家の明かりはないが、今夜はほぼ満月であたりを月光が照らしていた。船小屋があり、フック、網、ロープ、その他船に必要ないろいろな道具をしまう物置もある。

ジェイクは船小屋の陰に身をひそめて待った。

「本当に現われると思うか？」物置の脇の暗がりからルーサーが訊いた。

「声から察するに死に物狂いだった。現われるさ」ジェイクが言った。

二人は船で一時間前に到着した。船で来たのは、マッシーはジェイクが車で来るものと思っているはずだからだ。情報を提供するという相手と落ちあう際の第一のルールは、ルールの変更である。落ちあう場所を指定してきた相手がこっちを殺そうと企んでいるだろうと思えるときには、とりわけこれが物を言う。

ジェイクは自分を殺そうと考えているかもしれない男と会うためにここに来たにしては、いやに気分がいいことに気づいた。すべてを変えたのはアデレードだ、と思った。流されて生きるのはもうよした。目的意識を持ち、将来をも考えはじめていた。惨憺たる結果に終わった結婚の悪夢以来はじめて、これからはもう恐ろしい夢にとらわれることがないような気がしていた。

過去のせいで襲ってくる悪夢から、ゆっくりとだが目を覚ましかけているかもしれない人間は自分ひとりだけではないような気もしていた。

「今夜、きみがクラブにライナ・カークといっしょにいるのを見て驚いたよ」ジェイクは言った。

「もう言っただろう、彼女はぼくが抱えているちょっとした問題について調べてくれている」ルーサーが言った。

「真夜中に？」

「そりゃそうさ。ぼくはナイトクラブを経営している。大半の出来事は深夜ないしはそれ以降に起きている」

「いやでも目についたんだが、きみたち二人はきみ専用のブースにすわっていた」

「あそこからはバーの全貌が見わたせる。問題というのは、酒類の窃盗も含まれているんだ」

「なるほど?」

「こんなふうに考えちゃどうだろう。アデレードは今夜この桟橋で何が起きたのかを聞くまで、クラブでぽつんとひとり待っていなくてもすむ。ライナと仲良く過ごすことができる」

ジェイクが言葉を返す間もなく、ヘッドライトが夜の闇を切り裂いた。一台の車が未舗装の泥道をごろごろと音を立てて船着場に向かってくる。ライトのぎらついた光のせいで車体は見えないが、エンジンのうなりを聞けば、マッシーが深夜の対決にスポーツカーを運転してこなかったことがわかった。状況を考え、目立たないフォードでも借りてきたのだろう。あとになって誰も思い出せないような車種を。

「さあ、いよいよお出ましだ」ルーサーが言った。

フォードが幹線道路から脇道に入ると、数秒後にはヘッドライトが桟橋を明るく照らし出した。

車はそこで停止したが、エンジンはかけたまま、ヘッドライトもつけたままだ。

さらに数秒後、車のドアが開き、ついで閉まる音が聞こえた。

「トゥルエット？　いるのか？　もういるんだろうな。どこにいる？　おまえのせいで何もかもが台なしだが、おまえになんか潰されてなるものか。聞こえてるのか？　あの女は渡さないからな。あの女はおれのもんだ」

マッシーはこの対決にそなえ、勇気を奮い起こすためにマティーニの二、三杯引っかけてきたような口調だ。声がやたらに大きく、いささか呂律が回っていない。この桟橋へ来るまでに車が側溝に落ちたりクリフ・ロードから転落しなかっただけでも大いなる幸運だったのではないだろうか。

「ここだ、マッシー」ジェイクは船小屋の裏手の物陰に身をひそめたまま動かない。マッシーからこちらの姿が見えるはずはない位置にいる。

「どこだ？」マッシーがわめいた。「ちくしょう、出てこい、この野郎」

ジェイクは船小屋の外壁に背中を当て、角から素早くようすをうかがった。マッシーは桟橋を照らすヘッドライトの光線を背にして黒い影として浮かびあがっている。両手で握っている物体は懐中電灯ではない。拳銃だ。

わずかながら残っていた、マッシーが本当に取引をしにここにやってきた可能性はこれでなくなった。

マッシーは酔っ払っているかもしれないが、ジェイクがヘッドライトの明かりの中に一瞬でも姿を見せたら、それを見逃すほど泥酔はしていないはずだ。

「くそっ、おれの邪魔はさせないぞ」マッシーが怒鳴った。

闇雲に銃をぶっ放しながら突進してくる。銃声が轟き、不自然なまでの夜の静寂を破った。マッシーは何度も何度も執拗に引き金を引いた。銃弾はほとんどがでたらめの方向に飛んだが、数発の流れ弾が木造の船小屋の壁にめりこむ音もジェイクは聞いた。

「アデレードはおれの女だ」マッシーが甲高い叫びを上げた。「おまえがおれから盗んだ。あの女さえ取りもどせば、すべて丸くおさまるんだ」

「誰がそんなことを言った？」ジェイクが言った。

「ギルが全部説明してくれた。彼にもあの女が必要なんだ。これは国家の安全の問題だ。国家機密だ。極秘事項だ。もうすぐ戦争がはじまる。政府はあの薬が必要になるとギルは言ってる。本当に使える自白薬になら政府はいくらだろうとカネを出す」

マッシーはさらに数歩前に進み、また引き金を引いた。ジェイクは船着場の板が裂ける音を聞いた。

「ギルはすでに薬を手にしている」ジェイクは言った。「もう政府に売ることができる。アデレードは必要ないはずだ」

「薬はまだ未完成だ。もっと実験が必要だとギルは言っている。アデレードをラッシュブルックに連れもどさなければならないんだ。わかってるのか？　これは国家の安全にかかわる問題なんだ」

「ぼくに邪魔をしてほしくないなら」ジェイクは言った。「二、三質問に答えてもらおうか」

「質問なんかもういい。おまえはおれを引っかけようとしているんだ。死んでもらう」

「それはまずいだろう」ジェイクが言った。

マッシーはそれに応えるようにまた引き金を引いた。

引き金を引いた音がそれまでとは明らかに違った。弾が切れたのだ。

マッシーが悲鳴を上げた。

「だめだ」甲高い声で叫ぶ。「おれに近づくな。そこに隠れていろ」

その叫びは目覚めているのに襲ってくる悪夢と闘っているかのようだった。車のドアが開く音がした。つづいて連発する銃声。何者かがマッシーとともに桟橋にやってきていたのだ。

マッシーがまた悲鳴を上げた。今度はその声から恐怖のみならず苦痛も伝わってきた。しかし、彼はまだ自分の足で立っている。桟橋を突端に向かって駆けていく。ジェイクが身をひそめている船小屋の前を通り過ぎたが、足を止めることはなかった。彼はさながら悪魔から逃げる男だった。

マッシーが桟橋の突端に達した。月明かりに浮かぶ彼の姿がジェイクからも見えた。マッシーは突端で一瞬まごついた。懸命に止まろうとしたようだが、勢いがつきすぎていた。

最後の一瞬、恐慌をきたした彼はもう一度悲鳴を上げ、つぎの瞬間、その姿は消えた。

入り江の黒い水面下に沈んだあとも悲鳴はやまなかった。

ジェイクは船小屋の角からもう一度、わずかに顔をのぞかせたとき、フォードのドアがバタンと閉まった。車は素早く方向転換し、猛スピードで夜の闇の中を進み、幹線道路に戻った。そしてバーニング・コーヴの方向へと走り去った。

あたりが静まり返ってしばらくしたころ、物置の陰からルーサーが出てきた。上着の下のホルスターに拳銃を静かにおさめる。

「どうやら計画どおりには進まなかったようだな」ルーサーが言った。

ジェイクも銃をホルスターに戻し、上着のポケットから懐中電灯を取り出した。

「計画自体がまずかったと思いはじめていたところだ。フォードを運転していたやつの顔は見えなかったよな？」

「すまないが、見なかった。流れ弾をかわすので精いっぱいだったんだよ。流れ弾がどれほど多くの人間の命を奪っているかを知ったら驚くぞ」

ジェイクが懐中電灯のスイッチを入れた。「マッシーを失ったのは返す返すも残念だ。彼なら答えられる疑問が少なくとも二、三あったのに」

「ああ、酔いが醒めたあとならな」

「彼は酒に酔ってはいなかったんだと思う」ジェイクが言った。

また悲鳴が聞こえた。桟橋の下の水の中からヒステリックなわめき声がする。

ジェイクは桟橋のへりに移動し、懐中電灯で下を照らした。ルーサーもやってきて隣に立った。二人が見おろす先には桟橋の支柱にしがみついているマッシーがいた。明かりをじっと見あげた彼の目は恐怖ゆえに大きく見開かれている。再び悲鳴が上がった。

「**悪魔め**」彼がわめいた。「おれに近づくな」

「まだ生きていたか」ルーサーが言った。「しかし、いまのあいつが役に立つとは思えないな。どう見ても正気じゃない。幻覚を起こしているようだ」

「どうもそんな気がしたんだ。何者かが彼にこっそり薬を飲ませ、それから銃を持たせてぼくを狙わせた」

「人間兵器ってわけか？」ルーサーは興味津々のようだ。「殺人の実行のためには興味深い方法だが、どうにも予測不能であることは一目瞭然だ。ひとつ、たしかなことがある。マッシーは自力で岸には上がれない」

「朝まで生き延びられるかどうかも妖しいな。敵の計画はたぶんこうだった。あいつにぼくを殺させて、そのあとあいつが入り江に飛びこんでみずから命を絶ったように見せかける。ところが計画が思うようには進まなかったんで、フォードの中の男は細部を調整しようとした」

「もしぼくたちがあいつを引きあげてやらなきゃ、溺死するな」ルーサーが言った。

「死なせてしまえば、利用価値はまったくなくなってしまう」ジェイクは上着を脱ぎ、ショルダー・ホルスターをはずした。「ぼくの計画は失敗に終わった。なんとか後始末をしないと。もしあいつが譫妄状態を脱すれば、まだ何か情報を引き出せるかもしれない」

「手を貸すよ」ルーサーが上着を脱ぎ、銃をはずした。「銃撃戦がはじまるや、ああいうパニックに陥る兵士たちをさんざん見てきた。恐怖のせいでとんでもない馬鹿力が出るんだよ。マッシーはぼくたちが助けようとしているなんてことには気づきもしないで、戦いを挑んでくるから用心しろ」

「協力、恩に着るよ」ジェイクは巻いたロープと鉤竿《ボート・フック》を抱えて木の階段を下りていく。「この仕事はどんどんおかしなことになっていく」

「仕事？」

「アデレードに言われているんだ、ぼくには仕事が必要だと。当面の仕事はこれさ」

「かつての仕事に似ていないこともないな」

「まあな」

「きみは腕がよかったと記憶しているが」

「昔はともかく」ジェイクが言った。「いまはもう歳を感じる」

「ぼくもそうさ。バーニング・コーヴは新たなことをはじめるには絶好の土地だ」

「そうだな。そんな気がしている」

44

「彼を水から引きあげるには、最後には顎を一発殴るほかなかった」ジェイクが説明した。「そのあと、彼がまだよろよろしているあいだに縛りあげて止血した。だが、正気に戻った彼はこの奇妙な状態だ」

アデレードは留置場の鉄格子を握りしめながらコンラッドのようすをうかがった。彼女とライナはルーサーの警備要員二名に付き添われて少し前に到着したばかりだ。ジェイクとルーサーもすぐそばに立っている。ブランドン刑事と部下の警官一名もその場にいた。さらに、ブランドンがマダム・ゾランダの検視の際にも呼んだ医師がいた。

ドクター・スキップトンは、警官にコンラッドを抑えさせて、彼の肩に包帯を巻いた。その前には幻覚状態を抑えるために強い鎮静剤の注射を提案したが、これには効かないかもしれないとの前置きが加わった。未知の薬に鎮静剤がどう反応するかは予想がつかないのだという。そのころになってジェイクは、ライナとアデレードが不安のうちに連絡を待っているパラダイス・クラブに電話を入れた。

コンラッドは房の隅にうずくまり、哀れっぽい声で何かつぶやいていた。手首には手錠がかけられている。靴とベルトは取りあげられていた。ブランドン刑事によれば、コンラッドのためだそうだ。ドクター・スキップトンは、マッシーは拘束しておかなければ、彼自身や近づいた人に誰彼かまわず危害を加えようとするかもしれないと言った。

いまのところ彼は脅威ではなさそう、とアデレードは思った。コンラッドはぶつぶつと何かつぶやきながら体を前後に揺すっている。自分がどういう状況にあるのかのみならず、傷を負った腕のことも頭にないようだ。

「彼、悪夢から抜け出せずにいるんだわ」アデレードが静かに言った。「恐怖のあまり全身がほぼ麻痺状態にある。できるだけ小さく丸まって、彼だけにしか見えていない何かから隠れようとしているのよ」

ライナが冷酷な表情をのぞかせた。「いい気味。永久にそっちの世界に閉じこめられればいいんだわ」

アデレードの鉄格子をつかんだ手に力がこもった。「悪夢の中に彷徨うのがどんな気分か、わたしは知っているから、たとえ最悪の敵でもそうなることは望まないわ」

「不運なことに、あなたには敵がたくさんいるらしいわね」ライナが言った。

「どいつがその中の筆頭なのかがなかなか突き止められない」ジェイクが付け加えた。

「私としては手は尽くした」ドクター・スキップトンが言い、隣に立っているアデレードを見た。「鎮静剤は打ってほしくないんだね?」

アデレードはうなずいた。「先生のおっしゃるとおり、状態がさらに悪化する可能性があります。この薬は予測不可能なことこのうえありません。鎮静剤はまったく効かない、あるいは患者が昏睡状態に陥って数日間目覚めない可能性もあります。死に至る危険性もあります。とにかくまったくわからないんです」

「もし彼が昏睡状態に陥ったり死んだりしたら、彼からの情報はいっさい入手できなくなってしまうな」ジェイクが言った。

「解毒剤をのませてみようと思います」アデレードはそう言って、ブランドン刑事をちらっと見た。「薬草は持ってきましたが、煎薬をつくるには熱湯が要ります」

「食堂に薬缶があるから取ってくる」ブランドンが言った。

彼が廊下へと出ていった。

入れ替わりに警官がやってきた。「あなたに電話です、ドクター・スキップトン。

奥さまからで、ミセス・オルテガが産気づいたそうです」

「すぐに向かうとベティーに伝えてくれ」ドクター・スキップトンは言い、黒い鞄を持ってドアに向かって歩きだした。途中でいったん足を止め、険しい表情でアデレードを見た。「危険は冒さないと約束してくれるね。いまの状態ではマッシーがどんな行動に出るかは想像がつかない。ミスター・ペルとミスター・トゥルエットの話を聞いただろう。二人が彼を救おうとしたとき、がむしゃらに殴りかかってきた。ということは、きみにも殴りかかるかもしれない」

「用心します」アデレードは言った。

ジェイクがスキップトンを見た。「ご心配なく。マッシーには彼女に指一本触れさせませんから」

「それじゃ、私はこれで」スキップトンが言った。「煎薬が効くことを祈ってますよ、ミス・ブロックトン。効いたときはぜひ私にも知らせてください」

「はい」アデレードが答えた。

彼女は近くに置かれたテーブルに行き、ハンドバッグを開いて持参してきた薬草の包みを取り出した。マグカップにそれを全部入れ、熱湯を注いだ。

「さあ、つぎは彼をどう言いくるめて、この解毒剤を飲ませるかだけれど、まずは彼の悪夢の中に入りこんでみるわね」

アデレードはマグカップを手に再び房の前に行き、鉄格子ごしにコンラッドを見た。

「コンラッド、わたしの声が聞こえる？」そっとささやきかける。

コンラッドは名前を呼ばれて一瞬たじろいだが、答えはしなかった。目を合わせることもしない。簡素なベッドの下の物影に怯えているようで、身じろぎひとつしない。

「どこいるの、コンラッド？」アデレードが問いかけた。

コンラッドはまたびくっとした。「隠れてるんだ。隠れないと」

「わたしから隠れる必要などないわ。わたしはとっても世間知らずなのよ。憶えているでしょ？　あなたを信じているわ。わたしがどれほど簡単にあなたに恋をしたか思い出して。あなたもわたしを愛していると心から信じていたの」

ジェイクが小さく悪態をつく声がアデレードの耳にも届いた。とっさに彼に警告の一瞥を投げかけ、声は出さずに口を動かした。静かに。

ジェイクは口をつぐんだが、表情は険しいままだ。

狭い独房の隅にうずくまるコンラッドが、ベッドの下の何か以外にも目を凝らそうともがいている。

「おれをだましたな」ついに彼が口を開いた。

「あなたもわたしもドクター・ギルにだまされたのよ」アデレードが言った。「あの人はわたしたち二人に嘘をついたの。そうじゃなくて？」

「ああ、そうだ」コンラッドの返事には熱がこもっていた。「ギルは、きみはラッシュブルックに入院しなければならないと言った。きみのためにはそれしかないと。あいつはおれたち二人をだました。そういうことだったんだ、あの野郎はおれをだましやがった」

突然、コンラッドの表情が怒りに歪んだ。あの薬は感情をジェットコースターのように上下させる、アデレードにはわかっていた。

「わたしを愛しているふりをしろとあの人に言われたの？」アデレードが訊いた。

コンラッドがその場にすわったまま背筋をすっと伸ばした。「そうするほかなかった。それはきみもわかっているだろう。一族のためにそうせざるをえなかった。国家の安全のためでもあった。きみがぼくに恋をするように仕向ける義務を負っていたんだ」

今度は自己弁護に切り替わった。

「そうね、わかっているわ」アデレードは言った。「あなたは家業を救うためにしなければならないことをしたのね。マッシーの家名があなたの双肩にかかっているの。

ラッシュブルック療養所であなたの親戚の方に会ったわ。彼女がいろいろと説明してくれた」

「ユーニスおばさまに会ったのか？」

「ええ、たいそうよくしていただいたわ」

「おばは十八歳のときにあそこに閉じこめるほかなくなったんだ。正気を失っていてね。これは一族の秘密だ。誰にも言わないでくれ」

「ええ、安心して」

「一族にそういう人間がいるなんて噂が広まるとまずい。そんなことになれば一族は破滅に追いやられるかもしれない」

「ええ、おばさまもそう言ってらしたわ」

コンラッドが厳粛な面持ちでうなずいた。「きみをラッシュブルックに連れていかせたとき、ぼくはしなければいけないことをした。マッシーのこれから先の世代は家業を救ってくれたきみに感謝することになるし、ぼくの祖父はぼくを誇りに思ってくれるはずだ」

「あなたはおじいさまに似ているのよね？」

「ああ」コンラッドが動揺をのぞかせながら数回うなずいた。その姿は必死で自分にそう思いこませているかのようだ。「ぼくは祖父によく似ている。父とは違う。父は弱い人間だったが、ぼくはそうじゃない」

ジェイクが小声で言った。「パクストンを知っているかどうか訊いてくれ」

アデレードはコンラッドを見た。「カルヴィン・パクストンもあなたをだましたんでしょう?」

コンラッドが顔をしかめた。「誰だ、パクストンっていうのは? パクストンなんてやつは知らないが」

「この前の夜、あなたはなぜパラダイス・クラブへ行ったの?」アデレードは質問をつづけた。

「あの日の午後、買い物をしているきみを見かけたからだ」コンラッドが答えた。「きみが店を出たあと、店員に話を聞きにいった。そしたらきみがドレスを買っていったことがわかった。パラダイス・クラブに着ていく予定だということも。それで、あそこに行けばきみを探し出せるだろうから、そうすれば話ができると思った。きみはラッシュブルックに戻らなければならないことを、きみにどうしても理解させなければならなかった。だが、トゥルエットが片時たりともきみから目を離さなかった」

「あなたは庭園に出たでしょう」

「きみがトゥルエットといっしょに出ていくのを見たからだ。それであとをつけたが、見失ってしまった。しかたなく中に戻って、きみが戻ってきたらダンスを申しこむつもりでいた。きみはぼくとダンスをするのが大好きだった。憶えているだろう？　だが、きみとトゥルエットはまもなくクラブをあとにした」

「あの夜、ミスター・トゥルエットのグラスに薬を入れたんじゃない？」アデレードは言った。

「いや」コンラッドが苛立ちをのぞかせた。不機嫌になりかけた。「ぼくは薬なんか持っていないよ。薬を持っているのはギルだ。いいか、よく聞いてくれ。きみはぼくを守らなければならないんだ、アデレード。トゥルエットはぼくを殺したがっている。あいつを止めてくれ。ぼくはただ、国家の安全のためにしなければならないことをしているだけだ」

「この鉄格子の中にいれば大丈夫よ」アデレードが言った。「それに、ミスター・トゥルエットはあなたを殺したりしないわ」

「ぼくを殺したがっているのはトゥルエットだけじゃない」

「ほかに誰があなたを殺したがっているの？」アデレードは訊いた。

「ギルだ。あいつは、桟橋でトゥルエットと会えば、またすべてうまくいくと言った。

トゥルエットは実業家だから、彼となら取引ができると言ったんだ。だが、桟橋に到着すると、ギルはぼくに銃を手わたした。これでトゥルエットを殺してこいと。きみを取りもどす方法はそれしかないと言うんだ」

「それじゃ、今夜車を運転してあなたを桟橋まで連れてきたのはギルだったのね？」

「ああ、そうだ。トゥルエットさえ殺せば、すべては元どおりになると言われた」コンラッドはそこで言葉を切り、激しく体を震わせた。「それなのに、あいつは嘘をついた。いま思い出した。トゥルエットを殺したあと、ぼくは自分の頭に銃弾をぶちこむように指示された。ギルはぼくに嘘をついた」

「お茶を飲めば、すっきりするわ」アデレードは言った。

「そうかな？」

「ええ」アデレードは鉄格子のあいだから彼にマグカップを差し出した。「はい、お茶。これを飲めば、すごくすっきりするはずよ」

コンラッドはしばし躊躇したが、よろよろとぎこちなく立ちあがった。房を横切り、彼女の手からマグカップを取った。少しだけお茶を飲んだあと、必死の形相で彼女を見た。

「きみはわかってくれるだろう？　きみをあんなところに入れたくはないが、ほかに選択肢がないんだよ。なんとしてでも家業を救わなくてはならないんだ」

アデレードは答えなかった。彼がお茶を飲み終わるのを無言でじっと待った。

「マグカップをこっちにちょうだい、コンラッド」

コンラッドはカップを彼女に返した。「きみはわかってくれるよね？」

「いいえ」アデレードは言った。「わからないわ。あなたがわたしにひどいことをしたのが、あなたが愛する人の命を救うためだったのなら、もしかしたらわかるかもしれない。でも、会社と家名を救うためよね？　だとしたら、わたしにはまったく理解できないわ」

コンラッドが狐につままれたような顔をした。「わかってると言ったじゃないか」

「あれは嘘」

「きみはぼくに嘘などつけないはずだ」コンラッドがかっとなった。手錠をかけられた両手で鉄格子をつかみ、薬のせいで増幅した力で揺さぶった。「きみはとんでもない世間知らずだ。すぐに人を信じて、嘘などつけない間抜けだ」

ジェイクが動く気配がした。あっと言う間に鍵を手に房の入り口の前に立った。

アデレードは彼の腕をつかんだ。

「やめて。お願い」

ジェイクは腕をつかんだ彼女の手にちらっと目を落とすと、つぎは顔を上げて怒りに燃える目で彼女を見た。

「わからないの？」アデレードが声を抑えて言った。「いまの彼は怒り狂った雄牛みたいなものよ。煎薬が効いてくるのを待って。薬の影響が消えてくれば、彼は破産、詐欺や拉致やその他いくつもの罪状と向きあわなければならなくなるわ。そうなれば、彼はもう終わり。わたしがしなければならなかった復讐はそれだけ」

煎薬の効き目は素早く現われた。コンラッドは鉄格子を握りしめたまま、アデレードをじっと見た。懸命に焦点を合わせようとしているのが見てとれた。

「きみはぼくに嘘をついた」不満げにぶつぶつとつぶやく。「これはお茶だと言ったのに毒薬だった」

鉄格子から手を離し、ふらつく足でベッドに行き、薄いマットレスの上に倒れこんだ。

アデレードは完全な沈黙があたりを包んだことに気づいた。房にくるりと背を向けて部屋を横切り、空になったカップをカウンターに置いた。

「すごく濃い煎薬を飲ませたから」感情がいっさいこもらない声で言った。「たぶん数時間は眠ることになるわ」

アデレードは目の前の壁をにらみながら、なぜこんなふうに感情が麻痺しているのかを考えた。

ジェイクが傍らにやってきた。彼女をそっと向きなおらせて両腕を回した。

「すまない」彼が言った。

「もう少しであなたをあの房の中に行かせるところだったわ」アデレードがささやいた。「あなたは彼を殺していたかもしれない。そんなことはさせられなかった。わたしのためにそんなことさせられない」

「ぼくが誰かのために人を殺すとしたら、きみのほかにはいないよ」冷たい鋼を思わせる声が言葉の意味を強調していた。

アデレードは涙ぐみながらも笑みを浮かべた。「どうもありがとう。でも、そんな必要はないわ。わたしはもうひとりぼっちじゃない。もう隠れる必要もない。バーニング・コーヴには友だちが何人もいるから」

「そのとおりよ」ライナが言った。

45

何もかもうまくいかなかった。またしても。

ギルは最後の服をスーツケースに投げ入れて額の冷や汗を拭うと、ぐるりと一回転し、ホテルの室内の細部にまで目を配った。トゥルエットや警察が彼と結びつけそうなものを何ひとつ残していくことは許されない。いちばん心配なのはトゥルエットだ。あのくそ野郎は今夜死ぬはずだった。嫉妬に狂った夫が酒に酔った勢いで間男を殺そうと思い立ち、深夜の密会現場に出かけていった。そこで殺されるはずだったのだが。ついでにコンラッド・マッシーにも死んでもらう予定だった。少なくとも計画のその部分はうまくいった。放った銃弾の一発がマッシーをとらえた。あいつは桟橋の突端まで逃げていき、海に落ちた。まさか命拾いすることはあるまい。

そんなことは絶対にない。

ギルはバスルームのキャビネットとクロゼットを最後にもう一度調べ、何も残っていないことを確認した。この古ぼけた安ホテルにチェックインしたとき、用心のために偽名を使った。つまり、トゥルエットと警察は宿帳から彼を突き止めることはできない。そもそもこの安ホテルにたどり着く可能性はほとんどない。

スーツケースの蓋を閉め、ベッドの上から下ろしてドアに向かった。足早に階段を下りて、仄暗いロビーへと行った。夜勤のフロント係の姿はどこにもなかったが、奥の事務室から鼾が聞こえてきた。最後にひとつツキが巡ってきたか——謎の男ミスター・スミスが深夜に出発するところを見た者はひとりもいない。

入り口の扉を開けてポーチを横切り、階段を下りた。歩道を急ぎ足で進んで角を曲がる。先刻の桟橋からの敗走のあと、車は人けのない脇道に駐車してきた。その周辺はブロックのいちばん端に街灯がひとつあるだけだから、明かりがまったく届かない暗闇の中だ。停まっているフォードに気づいた人間がいるとは思えない。

スーツケースをトランクに放りこんで蓋を閉め、運転席側のドアに向かう。そのとき、鬱蒼とした夾竹桃の木立の陰から人影が現われた。カルヴィン・パクストン。月明かりの下に出てきた彼の手には拳銃が握られていた。

「前々からわかってはいたが、事態が複雑になった場合、きみのように弱い人間には計画の遂行は無理だな」パクストンが言った。「怖気づいて逃げ出すんじゃないかと思っていた」

「何をするつもりだ？」ギルは運転席のドアを開けた。「おれが泊まっていたホテルの外の通りで撃つつもりか？　それが賢明なやり方だと思っているなら、ラッシュブルックの患者と同じで正気じゃないな。警察が捜査を開始すれば、おれの身元は判明する。そうなれば、やつらは聞き込みをして、遅かれ早かれきみとのつながりが出てくる。それで万事休すだよ、パクストン。計画はついえる。きみも分別があるなら逃げたほうがいい」

「おれは逃げる必要などないさ」パクストンが言った。「きみとおれの関係は誰ひとり知らないし、きみとオームズビーがラッシュブルックを拠点に進めている薬の事業もだ。ゾランダとレガットは死んだ。おれも絡んでいたと指摘できるのは彼女たちだけだから、いまや疑いすらかけられないはずだ。もちろん、きみが警察やＦＢＩに話したりしなければの話だが」

「話すはずがないだろう」ギルは言った。「マッシーは死んだ。きみとおれさえ黙っていれば大丈夫だ」

「きみは知らないのか？　そうだろうな。知っているはずがない」パクストンが銃を握った手を下げた。「マッシーは死ななかった」

ギルは腹に一発強烈なパンチを食らったような気がした。一、二秒は息もできなかったくらいだ。

「くそっ、あの野郎」ギルは言った。「あいつが桟橋の突端から落ちるのをこの目で見たんだ。まだ生きてはいたが、出血していた。おれが撃ったんだ、パクストン。それだけじゃない、あいつはとんでもない譫妄状態にもあった。もし失血死しなかったとしたら、溺死したはずだが」

「トゥルエットとペルがあいつを警察に連れていくのを見たんだよ。たしかなことは言えないが、マッシーは意識があることはあるとはいえ、そう、きみの言うとおり、幻覚を起こしているようで手に負えない状態だった。つまり、もう少し時間は稼げるってことだな。きみがデイドリームをたっぷりのませてくれたおかげで、薬の効き目が消えはじめるまでに少なくとも二、三日はかかるだろう。しかし、そうなれば、あいつはしゃべる。きみの運転する車でトゥルエットに会いに桟橋へ行ったと警察に話す。きみにはめられたことも話すはずだ――薬をのまされて拳銃を持たされたと」

「鍵はあいつが薬の影響下にあったってことだ」ギルがあわてて言った。「幻覚を起こしていた。わからないのか？　あいつの言うことは何ひとつ法廷で説得力を持たない――とりわけバーニング・コーヴで発砲事件が起きたときに、おれがラッシュブルックの自宅にいたことが判明すれば」

「ラッシュブルックまで車で帰るとしたらかなり時間がかかる。たっぷり三時間、もし霧が出ればもっとかかるはずだ」

「だから、すぐに出発しなけりゃならないんだ。いま、一時を過ぎたところだ。いま出発すれば、四時か五時には向こうに着ける。ラッシュブルックの職員はおれが釣りに出かけたと思っている。朝になったらいつもの時刻に所長室へ行き、ちっとも釣れないんで予定を早めて帰ってきたと言うつもりだ」

「マッシーはどうするんだ?」パクストンが訊いた。「あいつは知りすぎている」

「警察に訊かれたら、マッシー家には精神を病む人間がときどきいると言っておけばいい。その証拠にラッシュブルックには彼のおばに当たる女性がいる。憶えているだろう?　だが、ここが重要なんだが、そんなことにはならないよ。おれが夜が明けるまでに療養所に戻ればいいことだ。実際、ちょっとした幸運さえあれば、計画は続行可能だ。カネのことを考えてみろ。デイドリームでひと財産築けるぞ」

「たとえきみがマッシーは正気を失っていると警察を説得できたとしても、トゥルエットとアデレード・ブレイクはどうする?」

「それを考えていたんだ」ギルはゆっくりと言った。そうするうちに頭の中で新たな計画が徐々に形をなしてきた。「アデレード・ブレイクは正気ではない。療養所から脱走したくらいだ。警察がそんな女の言うことを信じるはずがない。しかし、もしあの女が恋人であるジェイク・トゥルエットに毒をのませたとしても、さほど驚くようなことではないと思うんだ。なんと言おうが、あの女は故あって療養所の鍵のかかる部屋に入れられていたんだからな」

「ほう」パクストンは興味をそそられたようだ。「それも悪くはなさそうだ」

「少々の計画が必要になるが、機能しそうな作戦をきっと思いつくだろう。そんなことよりまずはアリバイづくりのためにこの町を出ないと」

「わかった」

「きみは安全だ。今夜、桟橋に近づいてもいないんだから」

「たしかにそうだ」パクストンが銃を上着の内側にしまい、金のライターを出して煙草に火をつけた。「きみの言うとおり、おれは大丈夫だ。さ、行け。この町を出ろ」

ギルは急きたてられなくてもそのつもりでいた。運転席に乗りこみ、エンジンをかけた。ギアを入れようとしたとき、パクストンが助手席側の窓に近づき、ガラスをこつこつと叩いた。

「ちょっと待った」パクストンが大声で言った。「トランクが開いているぞ。いま閉めてやる」

ギルは待った。そのあいだにパクストンはフォードの後ろに行き、トランクの蓋を高く持ちあげてからバタンと閉めた。そのあとさっと手を振り、問題解決の合図を送るや、たちまち身を翻して夾竹桃の木立の陰へと姿を消した。

ギルはフォードのギアを入れ、縁石から離れた。なんとかまた呼吸が正常に戻った。かつてはパクストンに嫉妬した時期があった。いまをときめくスターに囲まれたきらびやかな生活に嫉妬し、ハリウッド一の美女を抱いている事実を羨んだ。

ところが、**いまはあの男が恐ろしい**。

疑問の余地はない。パクストンを始末しなければ。トゥルエット同様、デイドリームを使ってパクストンを殺し、アデレード・ブレイクに罪をなすりつける方法を考えればいい。当初の計画も救うことができるかもしれない。いまの混沌とした状況を切り抜けられるかもしれない。

考えれば考えるほど、パクストンが必要のない人間だということがはっきりと見えてきた。ギルはみずからに約束した。ラッシュブルックにたどり着くまでに、最後に残るひとりが自分になるような計画を練りあげようと。デイドリームを掌中におさめるのは自分ひとりでなければならない。

クリフ・ロードまで来たとき爆発が起き、轟音が夜のしじまを砕いた。ギルは即死だった。

しばらくしてから真っ赤な炎が勢いよく燃えあがった。

＊

パクストンは物陰から燃えるフォードを眺めていた。上着の下に隠していた棒状のダイナマイトの導火線に火をつけるのはしごく簡単だった。ギルの車のトランクにその爆薬を放りこむのもしごく簡単だった。満足感がもたらす興奮に陶酔した。これでみんな消えてくれた——オームズビー、マダム・ゾランダ、セルマ・レガット、そして今夜はついにギルが。デイドリーム同盟は崩れた——もちろん、残るは彼ひとり。最後に残ったひとりになった。デイドリームと呼ばれる強力な幻覚薬をたったひとり掌中におさめたのだ。

ギルとは違い、彼は外国政府やそのほか誰にもこれを売るつもりはなかった。この薬が持つ潜在能力には大いに期待できるものがあった。デイドリームの効能を安定させるために必要なのは、あと数点に関する改良だけだ。流れ者や渡り労働者を実験台に使って、最後にもう一段階効能を進化させればいい。

この薬が信頼できるものになれば、この国で最高の権力を握る人びと——産業資本家、新聞王、政治家——くそっ、大統領さえもだ——を操ることができるようになる。

パクストンはみずからの運命を驚きをもって頭の中に思い浮かべた。まもなく彼はアメリカの最高権力者になる。

コンラッド・マッシーのことなど心配にはおよばない。たしかに彼は知りすぎているが、彼が知っていることはすべてギルとオームズビーが関与したことで、その二人はすでにこの世にいない。マッシーはラッシュブルック療養所を拠点に何年にもわたって展開されてきたデイドリーム同盟の存在を知っているわけではない。ゾランダとセルマ・レガットがハリウッドの有名人に薬を売っていたことも、ギルの医学校時代の旧友が最初からかかわっていたこともいっさい知らない。

アデレード・ブレイクについてはギルの言っていたとおりだ。精神科の療養所から脱走したことが知れわたったが最後、誰も彼女の言うことなど信じなくなるはずだ。この方程式にあって唯一予測不能な要素はジェイク・トゥルエットだ。彼は明らかに、納得がいくまで疑問を投げかけつづける男だ。アデレード・ブレイクが恋人に毒をのませるように仕組むというギルの案はたしかに悪くない。パラダイス・クラブでトゥルエットの飲み物にデイドリームをこっそり入れるのは簡単だった。あの薬を盛られたのははじめてだというのに、トゥルエットが生き延びたのはやつに運があったからだ。二度目はそうはさせるものか。

ホテルの正面入り口の扉が勢いよく開いた。夜間のフロント係がポーチに飛び出してきて、通りの先で起きた爆発現場のほうを見やった。驚いた宿泊客も窓を上げて、何が起きたのかと顔をのぞかせた。

フロント係が扉の中へ駆けこんだところを見ると、消防に電話をかけるのは間違いない。

そのとおりだった。少しすると夜空にサイレンが響きわたった。そのときにはもう、フロント係はポーチに戻ってきており、その周囲にはバスローブ姿の客も何人かいた。

パクストンはさらにしばらく待ってから夾竹桃の木立の陰を離れ、ホテルの裏口から中に入った。ロビーには誰もいなかった。フロントのカウンターの上に宿帳が広げられていた。そこにはミスター・スミスが泊まっていたのは五号室だと記されていた。鍵はギルが出ていくときに置いていったのだろう、そのままそこにあった。

パクストンはそれをつかみ取り、上の階に向かった。舞台装置をととのえるのに時間はかからなかった。

くしゃくしゃに丸めた領収書を屑籠に入れ、ロビーに引き返した。彼の車はホテルの裏手に停めてあった。早いところパラダイス・クラブに行かなければ。ハリウッド一の美女が彼を待っている。早く行かないと彼女が心配しはじめる。彼がそばにいないと、彼女は不安をかき立てられるのだ。

46

ルーサーはアデレードの家のキッチンの電話を切った。「パクストンは今夜は早めにバーニング・コーヴ・ホテルを出たまま、まだ戻ってきてはいないとオリヴァー・ウォードが言っている。うちの支配人によれば、パクストンは少し前にクラブに現われたそうだ。いまはヴェラ・ウェストレイクの席でいっしょにマティーニを楽しんでいる」

「つまり、パクストンは長い時間にわたってどこにいたか不明ということね」アデレードが指摘した。

「やつはこの一件に絡んでいるな」ジェイクが言った。「間違いない」

現在、午前二時三十分。アデレードはキッチン・カウンターでコーヒーをいれていた。ジェイク、ルーサー、ライナは大きなテーブルを囲んですわっている。衝撃的かつ意外な出来事がつぎつぎに起きた夜ではあったが、やっとのことでいくつかの答えが得られかけていた。さまざまな事柄がしかるべき位置におさまりつつある。

「ひとつだけたしかになったことがあるわ」ライナが言った。「パクストンは生きていて、ヴェラ・ウェストレイクとカクテルを飲んでいる。フォードの中の死体は彼じゃない。きっとギルだわね」

「それはまだわからないだろう。車がじゅうぶんに冷えて、警察が運転席の死体を引き出せるようにならないと」ルーサーが言った。「そのときになっても彼だという確証はないかもしれない」

「激しい燃え方だったらしいから」ジェイクが言った。「確証が得られるかどうかはわからないが、生きたギルがラッシュブルックに姿を見せなければ、おそらく運転席にすわっていたのは彼だったと踏んでもいいと思うが」

ルーサーがジェイクを見た。「賛成だ、ジェイク。パクストンはラッシュブルックを拠点としたあの薬の同盟を打ち切ろうとしているようだ」

「この時点でわかっていることは、ダイナマイト三本の領収書があったということだけね」アデレードが言った。

「ダイナマイトは人を始末する手段として巧妙とは言いがたいが」ジェイクが言った。「じつに有効な副作用がひとつある」

「証拠がほとんど残らない」ライナが言った。

アデレードはコーヒーポットを持ったまま振り向いて、ちょうどそのときのルーサーの表情を見てとった。彼は憶測、好奇心、賞賛が入りまじった、興味をそそるまなざしでライナを見つめていた。

「完璧な指摘だよ」ルーサーが言った。

爆発の知らせが警察に届くや、彼らはそろって車に乗り、ブランドン刑事と警官たちのあとを追って現場に向かった。炎上した車の車種がフォードということくらいは残骸からわかったが、たわんだりよじれたりした金属はまだまだ熱く、消防隊員も運転席の死体を引き出せずにいた。ホテルのフロント係は、宿泊客のひとりがそのフォードを運転していたという。

階段をのぼって五号室へ向かおうとしたブランドン刑事は、ジェイク、アデレード、ライナ、そしてルーサーがついてきても何も言わなかった。ギルは注意深く荷造りをしたようだが、小さな屑籠にくしゃくしゃに丸めたダイナマイト三本の領収書が残っていた。それに気づいたのはジェイクだった。

「確実にわかっていることは、誰か——おそらくギル——がバーニング・コーヴとラッシュブルックのあいだにある小さな町の金物屋でダイナマイトを三本買ったということだ」ジェイクが言った。「もしそのうちの一本がぼくの車の爆破に使われたとしたら、ギルは残りの二本をフォードに積んでいたのかもしれない」

アデレードはテーブルの上の四個のマグカップにコーヒーを注いだ。「新しいダイナマイトはそう不安定なものではないけれど、古いダイナマイトはすごく危険だわ。経時劣化するのよ。ニトログリセリンがしみ出して、それがもちろんすごく不安定。ちょっとしたことですぐに爆発しないともかぎらないわ」

「小さな町の金物屋で買ったダイナマイトは古かったのかもしれないな」ルーサーが言った。「不用意なマッチ一本や急激な衝撃だけで爆発が生じる可能性がある」

「ギルは煙草を吸っていたわ」アデレードが言い、ジェイクの隣の椅子に腰を下ろした。「彼の手にはいつも煙草があった。ギルが研究室にやってくるたびに、ドクター・オームズビーが煙草のことで文句を言っていたのを憶えているの。研究室の化学薬品の中には引火性がすごく強いものもあったから」

ライナが少し目を細め、訝しそうにした。「もしギルがマッチか、まだ火が消えていない煙草を車の窓から投げ捨てて、それが風で車の中に戻されてダイナマイトの上に落ちたとしたら、確実に爆発の原因になるでしょうね」

「たぶん」ジェイクが言った。

アデレードは彼を見た。「何を心配しているの?」

ルーサーがテーブルの向かい側からジェイクをじっと見た。「この一連の出来事がこれで終わるとしたら、いささか整然としすぎていると思っているんだよ」

「整然としすぎている?」ライナが言った。「わたしにはじゅうぶんに不気味だと思えるけど」

「アデレードの両親が発見した薬をめぐって起きたいろいろなことをよく考えると、そうじゃない」ジェイクが言った。

アデレードが体を震わせた。「デイドリーム。これじゃ、悪夢《ナイトメア》って名づけたほうがよかったわね」

「ギルとパクストンがハリウッドの有名人に商品を売って莫大な利益を上げる組織を動かしていたと仮定しよう」ジェイクが言った。「彼らはマダム・ゾランダとセルマ・レガットを売り子として使っていた。そうするうちにアデレードの両親が催眠効果のある新しい幻覚剤を発見したことをギルが知った」

「それを利用して催眠状態に陥らせた人間に指示を出すことができるとなれば、その薬の市場は個人だけじゃなく世界各国のある種の政府機関にも広がるから、その価値たるやとんでもないわ」ライナが考えをめぐらしながら言った。「可能性は計り知れないでしょう」

「しかし、もしギルとパクストンが薬を二人で独占する目的で」ジェイクが言った。「そもそもの組織とデイドリームについて知りすぎている人間を片っ端から片付けることにしたとしたら。患者Aは明らかに薬のせいで死亡した。残ったのはオームズビー、ゾランダ、セルマ・レガット、そして患者Bだ」

「わたしのことね」アデレードが言った。

ジェイクが彼女を見た。「だが、患者Bは殺害を計画していた夜に姿を消した。その結果、ギルとパクストンは深刻な問題を抱えることになった。というのは、アデレードは唯一、ラッシュブルックでおこなわれている秘密実験についてすべてを知っている人間だからだ。そこで、組織の消滅より先に彼女を探し出さなければならなくなった。そして彼らはついにバーニング・コーヴに彼女がいることを突き止めた」

「マダム・ゾランダとセルマ・レガットは問題解決のためにここへ送りこまれた」ルーサーが言った。「もしパクストンに関してジェイクの言うことが正しいとすれば、彼がこの町に現われたことも説明がつく」

「わたしが彼らの誰ひとり顔を知らないということがわかっていたのね」アデレードは言った。「それでも、彼らがわたしの居どころを突き止めたとき、わたしはもうバーニング・コーヴで生活をはじめていた。仕事もあったし、友人もいたから、もしわたしがいきなり姿を消したりすれば、周囲の人びとはすぐに気づくわ。だから彼らは、周囲の人びとの目を引かない形でわたしを拉致する、あるいは殺す計画を立てなければならなくなった」

ライナがうなずいた。「マダム・ゾランダが朝までに誰かが死ぬという予言をするってことも、当初の計画の一部だったと思う？」

「たぶん」ジェイクが言った。「考えてみれば、悪い計画じゃない。もしあの夜にアデレードが殺される、あるいは姿を消すことがあれば、新聞は派手に書き立てたはずだ。ゾランダは警察に協力して死体を発見し、また一躍その名を上げることができただろう」

「ところが、殺されたのはゾランダだった」ルーサーが言った。「もしゾランダの計画がアデレードの死を予言することだとしたら、裏目に出たってことだな」

「ギルとパクストンがべつの結果を思い描いていたことは明らかだわね」アデレードが言った。

「ひとつ、たしかだと言えそうなことがあるわ」ライナが言った。「わたしたちの推理がすべて正しいとすれば、あの薬の組織のメンバーの中で最後にひとり生き延びたのはパクストンってこと。彼が殺人犯というだけじゃなく、幻覚をもたらす危険な新薬を持っているってことを証明するにはどうしたらいいのかしら？」

ジェイクがマグカップを置いて立ちあがった。「もっと答えを入手する必要があるな。それを探す場所として残されたところはひとつしかない」

「どこ？」アデレードが訊いた。

「すべてがはじまった場所でもあるラッシュブルック療養所だ」ジェイクは壁の時計にちらっと目をやった。「いますぐ出発すれば、夜明けまでにラッシュブルックに着ける。ルーサー、ぼくから連絡があるまでアデレードをよろしくたのむ。いいだろ？」

「もちろんさ」ルーサーが答えた。「ぼくの家の客室に泊まってもらうよ。パラダイス・クラブなら警備は申し分ない」

「いやよ、そんなの」アデレードは椅子から立ってジェイクを見た。「わたしもいっしょに行くわ」

「それはまずいだろう」ジェイクが言った。

「あなたは必ずやわたしが必要になるはずよ。だって、あなたはラッシュブルックの内部を知らないでしょう。わたしなら隅々まで知り尽くしているわ。鍵がどこにあるかも知っているし、知っている患者や職員もいる。わたしがいれば、内部をずっと効率よく探ることができるわ」

「彼女の言うとおりよ」ライナが言った。

ルーサーもうなずいた。「ライナに賛成だ。療養所内部を知る者がいっしょにいれば、仕事はやりやすい。きみたちが向こうへ行っているあいだ、ライナとぼくはパクストンを見張っているよ」

ジェイクはためらったが、筋の通った論法の前に折れた。

「わかった、そうする」

「速くて信頼できるまともな車が必要だな」ルーサーがジェイクに言った。「セルマ・レガットを追跡したときに手に入れた、あの中古のオールズモビルじゃ頼りないだろう。アデレードのフォードにしても万全とは言えない。ぼくの車を使え」

「ありがたい」ジェイクが言った。

アデレードは階段に向かった「銃を取ってくるわ」

ジェイクがうめくように言った。「そう言うんじゃないかと思ったところだ」

47

霧が立ちこめる夜明け、前方にラッシュブルック療養所がぼうっと見えてきた。石造りの建物の上方から巨大な怪物像《ガーゴイル》がじっとこっちを見おろしている。ここまでの三時間、アデレードは、気をしっかり持つのよ、と自分に言い聞かせながら過ごしてきたが、療養所が見えてきたとたん、どんな心の準備をしたところでこの冷たいショックにそなえることはできないのだと思い知った。公爵夫人の言葉が耳の中で響いた。**もう二度とここへ戻ってきてはだめよ。あなたはここにいてはいけない人だわ。**

ジェイクは正面ゲート近くに車を停め、エンジンを切った。そしてしばらく、ハンドルに手を添えたまま無言で療養所を見つめていた。

「まるで恐怖映画のセットみたいだな」ジェイクが言った。

「公爵夫人によれば、この屋敷には奇妙な歴史があるそうよ」アデレードがそんな話を切り出したのは、とにかく現実から目をそらしたいからだった。「これを建てたのは石油で財をなした男だったそうよ。その人は東海岸から来る花嫁を喜ばせたいと思って、このゴシック様式のお城を築いたの。ところが、花嫁は新婚旅行ではじめてこれを見て、恐怖を覚えたのね。そして、こんな醜悪な家には住めないと言ったので諍いが起きた。花婿はかんかんになって花嫁を塔の上の部屋の窓から突き落とし、彼女はもちろん死んでしまった」

「オームズビーと同じじゃないか」ジェイクが言った。

アデレードは彼を見た。「ええ、オームズビーと同じだわ」

「正面ゲートの横にある小屋に誰かいるな」

「きっとオスカーだわ」アデレードが言った。「夜勤の門衛なの。昼間のピートは七時にならないと来ないわ」

「秘密の薬の製造施設にしては警備が甘いな」

「厳重な警備の必要なんて、少なくとも最近までなかったのよ。たいていの人はラッシュブルックの存在すら知らないわ。各階に雑役夫が二人ずついて、その人たちはみんな腕っぷしのよさを買われて雇われているの。でも、彼らは薬の組織にかかわってはいないって確信があるわ」

「なぜそんなに確信がある？」

「理由は簡単。彼らは誰ひとり、お金持ちじゃないから。給料が安いってひっきりなしに文句を言っていたもの。警備が必要な本当の理由はたったひとつ、第五病棟よ。正気を失った患者は大半がそこに入れられているの。二十四時間、施錠されているのよ。塔の部屋にある研究室への入り口もその階にあるわ」

「きみは鍵のあるところを知っていると言っていたが」

「ええ。鍵は二階にあるギルのオフィス、所長室にあるわ」

「だが、きみが手に入れたいファイルは上の階の研究室に保管されていると思うのか」

「だって、そこにあったのよ、わたしが――」自分が患者だったことを認めたくないせいで言葉が切れる。「わたしがここにいたときは」

「心ならずもここに入れられていたときってことだろう？」ジェイクが皮肉めいた笑みを浮かべて訊いた。

彼がつらそうに口にしたユーモアのおかげで、アデレードは気持ちが軽くなった。

「ええ」

「でも、きみは脱走した。それを忘れちゃいけないよ。自分で自分を救ったんだ」

アデレードははっと息をのんだ。「そうよね。わたし、脱走したんだったわ。ところで、どういうふうにする？」

「簡単な手を使おう。正面玄関から入る」

二人は車から降りた。ジェイクはその場で上着を着ると、車のトランクから役人風なブリーフケースを取り出した。

門衛の小屋に向かって二人は進んだ。薄くなりかけた赤毛のがっしりとした男が小屋の中から二人を見た。アデレードに一瞥を投げたが、すぐにジェイクのほうに視線を移し、しばしためらってからまたアデレードを見た。驚きのあまり、目をぱちくりさせる。

「アデレード？　ミセス・マッシー？　そうだね？」

「久しぶりね、オスカー」

「ギルに見つかるんじゃないかと思っていたんだ」オスカーがそう言って、ジェイクをにらみつけた。「あんた、ギルに雇われてミセス・マッシーを追跡したのか？　恥を知るがいい。彼女はこんなところにいちゃいけない人なんだよ」

「同感だ。ぼくはジェイク・トゥルエット。雇われた殺し屋と呼んでもらってもかまわないが、雇い主はアデレードだ、ギルじゃなく。ところで、彼女はじつはミセス・マッシーじゃない。彼女の名前はアデレード・ブレイクだ」

　オスカーは疑わしそうな顔をして、アデレードを見た。「本当に？」

「ええ、そうなの。わたし、結婚などしていないのよ」

「ドクター・ギルは――」

「ドクター・ギルは嘘をついていたの」アデレードは言った。「今日ここに戻ってきた理由はひとつ、残してきたものがあるからなの。それを取りにきたのよ。ミスター・トゥルエットについてきてもらったのは、ギルともめたりしたときのため」

　オスカーが不満げに言った。「ギルと出くわす心配などしなくて大丈夫だ。釣りに出かけて留守なんだよ。今週末まで戻ってこない」

「それじゃ、しばらくギルを見てはいない？」ジェイクが訊いた。

「ああ、古いフォードで出かけたきりさ。ぴかぴかのリンカーンの新車には乗っていかなかったと聞いた。自宅の車庫にあるそうだ。山の中の泥んこ道で汚したくないと言っていたとか」

「ギルが町を離れるとき、療養所の所長の仕事は誰に任せていくことになっているの？」アデレードが尋ねた。

「それが奇妙な話なんだが、代わりを任された者は誰もいないんだよ、いきなり出かけてしまったものでね。婦長のコナーがいろいろがんばっているみたいだが」オスカーが腕時計に目をやった。「まだ五時半だ。彼女も八時にならないとやってこないよ」

「だとすると、雑役夫と話をするほかないわね」アデレードはオスカーに明るい笑顔を向けた。「ミスター・トゥルエットなら彼らとうまく話をつけてくれると思うわ」

オスカーが考えをめぐらしながらジェイクを見た。「何が起きるかはわからないが、あんたがアデレードの友だちなら、ここでの面倒を避けられる方法を教えておこうか」

「アドバイスはいつでも大歓迎だ」ジェイクが言った。

「もしも雑役夫の誰かと面倒なことが起きそうになったら、そのときはこっそり十ドルか二十ドルをつかませるんだ。そうすりゃ、やつらは見て見ぬふりをするはずさ」

「いいことを教えてもらった」ジェイクは財布を取り出し、少額の札を何枚か引き抜いた。「貴重なアドバイスに感謝するよ」

オスカーはげじげじまゆ毛をきゅっと吊りあげ、手のひらで札を受けた。「こんな必要はないよ。ミセス・マッシー――いや、アデレード――の力になれて光栄なくらいだ。それじゃ、ありがたくもらっておくよ。ナンシーが欲しがっていた新型のラジオを買ってやれそうだ。『フィバー・マッギー・アンド・モリー』は腹を抱えて笑えるし、『シャドーズ』も聞き逃せない」

「奥さんの不眠症は最近どうなの？」アデレードが訊いた。

オスカーはにこりとした。「ありがとう。だいぶいいようだ。あんたに教えてもらった薬草と花を煎じて、カップに一杯か二杯飲んでからベッドに入っているよ。すごくよく眠れるようだ。少し前から私も飲みはじめたくらいさ」

「あれはわたしの母が考えた調合なの。奥さんに効いてうれしいわ。お体を大事にね、オスカー。それから、わたしがここにいたとき、親切にしてもらったことに感謝してるわ」

「ドクター・ギルにここへ連れられてきた夜、あんたは本当にぐあいが悪そうだった。ギルはあんたは神経がまいってしまっていると言い、これからオームズビーといっしょに特別な薬を投与すると言っていた。だが、職員から聞いたかぎり、なおいっそう悪くなったらしい。その薬を使った最初の患者と同じだったと。だけど、あんたは生き延びた。あんたが姿を消したあと、ここで働くたくさんの人間が、私もだが、あんたはこんなところから出ていったほうがずっと幸せだって言ってたんだよ」

「あなたやほかのみんなの言うとおりだったわ」アデレードは言った。「ラッシュブルック療養所をあとにしてからはとても楽しく過ごしていたの」

「そいつはよかった。さあ、早いとこ中に行って忘れ物を取ってくるといい。あんたの持ち物は雑役夫の誰かがどこに保管してあるか教えてくれると思うよ」

「ここを出た夜はほとんど何も持ってくることができなかったの」アデレードは言い、ジェイクのほうを見た。「それじゃ、わたしが心ならずも二カ月近く暮らしていた場所に入るけれど、心の準備はいい？」

ジェイクの目が冷たく無表情に光った。アデレードがこれまでに何度か見てきたあの目。

「よし」ジェイクが答えた。

二人は見た目には静かな庭園を抜けて進み、石段をのぼって重厚な木製の扉の前に行った。ジェイクは取っ手を回してみた。鍵がかかっているとわかると、呼び鈴を押した。

白い制服を着た係員が扉を開けた。男の髪はぼさぼさで迷惑そうな顔をしている――長い夜勤がそろそろ終わろうとしているところなのだ。アデレードは名札を見なくても彼が誰だかわかった。ハロルド・ベイカー。夜勤が好きなのは、ほとんどの時間をうとうとして過ごせるからだ。彼のほうはすぐにはアデレードだと気づかなかった。

「面会時間は午後三時から四時です。ドクター・ギルはそこに関してはすごく厳しいんですよ。決まった時間以外に人が出入りすると患者さんが動揺しますから」

「患者に面会に来たんじゃない」ジェイクは上着の下から革製のケースを取り出し、ぱっと開いて素早く閉じた。「連邦捜査局特別捜査官、ジェイク・トゥルエット。ドクター・ギルにはわれわれのために内密の仕事をしてもらってきたが、国家の安全に関して協定違反があった」

「はあ?」

「ただちに何点かのファイルを押収させてもらう」

ハロルドは狐につままれたような表情で、説明を求めるかのようにアデレードを見た。そしてやっと彼の目がきらりと光った。

「ひょっとして患者Bじゃないのか?」

「いいニュースがあるの、ハロルド。ラッシュブルック療養所を出てから、わたしの精神状態はすごく回復したわ。ところで、第五病棟の鍵が必要なんだけれど」

「あそこの鍵は渡せないよ」ハロルドが怯えたような口調で言った。「そんなことしたら、ドクター・ギルにどやされる」

「もしこのまま私に連行されて、国家の安全に関する協定違反についての取り調べを受けたくなければ、ミス・ブレイクに鍵を渡したまえ」

「ミス・ブレイク？　この人の名前はミセス・マッシーですが」

「わたし、ミセス・マッシーではないのよ」アデレードが言った。「逮捕されたくなければ、トゥルエット特別捜査官に鍵を渡したほうがいいわ」

「くそっ、そんな面倒なことを処理するほどの給料はもらってないぜ」ハロルドがうなるように言った。「五階への鍵なら所長室にある。自分で勝手にやってくれ」

アデレードは立派な階段に向かって歩きだした。「ついてきてください、トゥルエット特別捜査官」

「了解。よろしくたのみますよ、ミス・ブレイク」ジェイクが言った。「この重要案件についてのご協力、ＦＢＩはあなたに感謝するほかありません」

ハロルドが口をあんぐりと開けて眺める目の前で、アデレードとジェイクは足早に階段をのぼった。

踊り場まで達すると。アデレードはジェイクを見た。「さっきのあれ、本物のＦＢＩバッジ？」

「ほぼ本物」ジェイクが答えた。

「ということは？」

「通用したってことだ」

「それじゃあ、ほぼ本物ってことね」

所長室は鍵がかかっていた。

「やっぱりハロルドに鍵を借りてこないとだめかしら」アデレードが言った。

「スケルトン方式を試してみよう」

「スケルトン？」

「専門用語なんだ」

ジェイクが銃を上着の下から取り出し、銃把でドアのガラス部分をほどほどの力で叩いた。ガラスが割れた。そこから手を挿し入れて取っ手を回す。

「なるほどね」アデレードが言った。「すごく便利な方法だわ」

「だろう」

第五病棟への鍵を含む何個もの鍵がついた鉄製の輪が壁に掛かっていた。アデレードがそれをさっとつかみ取った。

五階の施錠された病棟に行くまで誰も二人を制止しようとはしなかった。再び重厚な木製の扉を目の前にし、アデレードが手にした鍵でそれを開けた。

二カ月間の悪夢にも似た日々を過ごしたおぞましい場所への帰還にそなえて身構え

ていたつもりではあったが、第五病棟に足を踏み入れた瞬間、パニックの波に襲われた。アデレードはその場で動けなくなった。踵を返して逃げ出したかった。

ジェイクが傍らで足を止めた気配をぼんやりと感じとった。独創性に欠ける白壁、白いタイル張りの床、廊下の両側にずらりと並ぶ施錠した病室をじっと観察している。

「心配いらない」ジェイクが言った。「二度とここに戻ることはないんだから」

アデレードは気を取りなおした。「もしまたここに戻るようなことがあったら、あなたが救い出してくれるわよね」

「ああ」

「だったら大丈夫。研究室に通じる階段は廊下のいちばん奥にあるわ。何があっても両側の病室の鉄格子の中を見てはだめよ。どの患者ともけっして目を合わせたりしないでね」

「了解。患者のプライバシーを守らなければならないんだな」

「それもなくはないけれど、プライバシーの問題だけじゃないの。この病棟に入れられているのは重症の患者だけ。中にはきわめて暴力的な人もいるわ。ここに入れられる前は妄想に駆られることなどなかった人でも、ここに閉じこめられたらそう時間をおかずに妄想に悩まされるようになるのよ。わたしがそうだったように」

「きみには妄想に駆られる理由がじゅうぶんにあった」

ある病室の鉄格子の向こうに顔がのぞいた。アデレードは患者のほうを見ないように用心しながらも、泣きわめく声を無視することはできなかった。

「幽霊だ」男はかすれた声で苦しそうに言った。「幽霊が戻ってきた」

廊下を隔てた病室の扉の格子部分からまたひとつ、顔がのぞいた。

「ここにいてはいけないわ」女の声が悲しげに叫んだ。「ここを出るのよ。逃げて。また殺されるわよ」

「彼女が戻ってきた」誰かが叫んだ。「幽霊がまた来た」

どの病室からも顔がのぞいた。患者のひとりが苦悩に満ちた泣き声を上げた。ほかの患者もそれにつづく。

「幽霊だ……」

「幽霊が戻ってきた……」

看護婦の詰所のガラスの格子扉が開いた。小さな部屋からぼさぼさ髪の筋肉隆々の大男が出てきた。アデレードはその男が誰かすぐにわかった。男の名はバディー。彼はアデレードを無視してジェイクをにらみつけた。

「誰だい、あんたは？　ここで何をしてる？」バディーが凄んだ。「ここは閉鎖病棟だ。関係者以外は立入禁止だ」

「ＦＢＩの者だ」ジェイクが言った。革ケースをぱっと開き、素早く閉じた。そうしながら、上着の下からホルスターにおさめた拳銃がちらっとのぞくように意識した。「ラッシュブルック療養所でおこなわれている研究について国家の安全に関する違反行為があったんで、その研究関連のファイルをすべて押収するよう命じられてきた」

雑役夫がまたひとり、部屋から出てきた。バディー同様に大男で、頭部はすっかり禿げているが、目がバディーより理性的だ。

「ドクター・ギルから誰かにファイルを渡せとは言われていないが」うなるように言った。

「久しぶりね、ヴィクター」アデレードは言った。「わたしを憶えているかしら?」

ヴィクターは彼女をじっと見た。「おや、あんたはここにいた患者Ｂ――いや、つまり、ミセス・マッシー。いったいどうなってるんだ?」

「どういうことかしらね」アデレードは言った。「わたしはもう患者Ｂでも、ミセス・マッシーでもないの。それより何より、もう正気を取りもどしたのよ。わたしはアデレード・ブレイク。紅茶もコーヒーもけっこうよ。すぐに失礼するから」

「五階への鍵はどこで手に入れた？」ヴィクターが詰め寄った。

「ミスター・トゥルエットがいまバディーに説明したように、わたしたち、ＦＢＩの仕事でここに来たの」

ジェイクが彼女を見た。「研究室は廊下の突き当たりだと言ったね？」

「ええ、そうよ」

アデレードはそっちに向かって歩きだすが、ヴィクターが行く手に立ちはだかった。

「ちょっと待って、ミセス・マッシー、というか患者Ｂ、というか、いやもうなんでもいいが、あの研究室は許可を得た人しか入れるわけにはいかないんだ」

ジェイクは上着のへりを軽く開いて、もう一度拳銃をちらつかせた。「私たちは当局から許可を得ている」そして上着を元に戻す。

「なるほど」ヴィクターの顎のあたりがこわばった。「誰かに電話をして確認しないことには」

「ワシントンＤＣに長距離電話をかけてくれ」ジェイクが言った。「そのあいだに私たちは研究室を調べてくる」

ジェイクはアデレードと並んで歩きだした。二人はきびきびした歩調で廊下を進み、〈研究室　関係者以外立入禁止〉と記されたガラスの格子扉の前に立った。

アデレードが鉄の輪につけられた鍵をつぎつぎに試すあいだ、いくつもの鍵がガチャガチャと音を立てた。

「どれも合わないわ」アデレードが言った。「またあなたのスケルトン方式でいくほかなさそう」

ジェイクは銃を取り出し、ガラスが割れる程度の強さで叩いた。銃をホルスターに戻し、割れた部分から手を差しこんで取っ手を回す。

アデレードはすぐさま階段吹き抜けに入り、壁のスイッチに手を伸ばした。突き出し燭台に明かりがともり、石造りの螺旋階段を照らし出す。アデレードは身震いを抑えこもうとしたが、どうにもうまくいかなかった。

「大嫌いなの、ここが」

ジェイクが答えたときはじめて、それを声に出して言ったことに気づいた。

「今日ここをあとにしたら、もう二度と来ることはないさ」

アデレードは一段目に足をかけた。「研究室はこのいちばん上よ」

階段をのぼっていく。石段に靴音が響く。ジェイクは彼女のすぐ後ろからのぼっていく。第五病棟の患者たちの狂気がにじむ叫びや泣き声が二人のあとを追い、階段吹き抜けにこだまする。

「きみの言ったとおりだ」ジェイクが言った。「きみに先導してもらわなければどうしようもなかった。この屋敷を設計したのが誰であれ、ここの患者と同じで正気を失っていたにちがいない」

「ここの主人の花嫁が新築のお城を喜ばなかった理由がわかるわね」アデレードが言った。

階段をのぼりきったところで立ち止まった。いくら片側の壁に並ぶ背の高いアーチ形の窓から曙光《しょこう》が射しこんできても、この空間に染みついた目には見えない毒気のようなものを払拭することはできないようだ。

またしてもどこからともなくパニックがこみあげてきた。このときは、息を止めてやる、と脅しをかけてくる。

「大丈夫?」ジェイクが訊いた。

「ええ」アデレードはなんとか返事を返した。「ええ、大丈夫」

研究室を超然とした目で見ようとした。オームズビーが飛び降りて死んだときにガラスを割ったアーチ形の窓には板が打ちつけられていたが、それ以外の部分は恐ろしいまでに見慣れた風景だった。一生忘れることができないわ、きっと。作業台には実験用のさまざまな形や大きさのガラス器が所狭しとちらばっている。棚にはガーゼ、ガスバーナー、計量器、その他にも多種多様な実験道具が並んでいる。

雑役夫たちに力ずくですわらされ、ギルとオームズビーに無理やりデイドリームをのまされた、あの垂直な背もたれがついた木の椅子は部屋の一隅に置かれていた。いまはごくふつうの椅子に見える。

今度は違う、とアデレードは思った。**今度は真相を追う立場にいる。今度はひとりじゃない**。

独り言のつもりだったが、ジェイクに聞こえていたらしい。彼がすぐ後ろに来て肩に手をおいた。

「もう終わったことだ。きみはやつらと闘って、最後には脱出した。きみの勝ちだ。ギルとオームズビーは二人とも死んだ。マッシーを待ち受けているのは倒産と監獄だ。いまから残るパクストンを監獄に送りこめるような証拠を探そう。もしも監獄行きじゃ正義がなされたとは思えないなら——彼にも死を望むなら——それも不可能じゃない」

アデレードは肩におかれたジェイクの手に触れた。「人が死ぬのはもう見たくない」

「気が変わったらいつでもそう言ってくれ」

「ありがとう。そうするわ。それじゃ急いだほうがいいわ。いまごろヴィクターが地元の警察に電話をしているかもしれないもの。彼があなたのＦＢＩ捜査官の演技にだまされたかどうかわからないでしょ」

「言っておくが、ぼくの演技は大したものだったと思うよ」ジェイクは言い、顎をしゃくって研究室の奥を示した。「ファイルは向こうに保管されていそうだが？」

「ええ、そうよ。ギルとパクストンが移動させてないといいけど」

「なぜ移動する？　やつらはファイルの隠し場所としてここをいちばん安全だと考えていた。なぜなら、やつらはラッシュブルック療養所ならすべてを完全に掌握できていると思っていたからだ」

ジェイクは二列に配置された作業台のあいだを進み、もう一度、銃把を使って扉のガラス部分を割った。取っ手を回して部屋に入る。

アデレードもすぐあとについた。二人は壁際に置かれた木製のファイル・キャビネットを見た。

「デイドリームの実験関連のファイルはいちばん向こうのキャビネットの中よ。鍵がかかっているキャビネット。オームズビーはその鍵を以前は机の抽斗に入れていたのに、脱出の夜はそこになかったものだから、ファイルはあきらめるほかなかったの」

「問題ないさ、市販の小さな抽斗用の錠前だ」

ジェイクが取っ手をがっちりと握って力いっぱい引いた。キャビネットの内側から金属がはじける音が聞こえ、抽斗が勢いよく開いた。

二人は整然と並べられたフォルダーの列に目をやった。

アデレードは素早く自分のファイルを見つけた。表に〈患者B〉と記されている。それを引き抜き、開いた。

「これだわ。これがわたしが実験台にされていた証拠よ」

「患者Aのファイルもあるかな?」

アデレードは自分のファイルを閉じ、その他のファイルを素早く繰ったあと、首を振った。

「ないわ。でも、ほかにも気になるファイルがいくつかあるわね。わたしの父の研究の記録、両親があの爆破事故で死んだあとに消えたファイル」

「きみに関するファイルもだが、ほかにもこのブリーフケースに入るものは持ち帰ろう」ジェイクが言った。「ここでいったい何が進行中だったのかを知りたい」

アデレードがひと抱えのファイルを取り出してジェイクに渡し、ジェイクはそれをブリーフケースに詰めこんだ。抽斗が空になると、彼はケースの蓋を閉じ、背筋を伸ばして机の前に行った。

「何を探すつもり?」アデレードが訊いた。

「さあ、見当もつかない」ジェイクは机の中央の抽斗をまた派手な音とともに錠を壊して開けた。「よし、開いた。ここはおもしろそうだな」

まず取り出したのは革表紙のノートだ。

「それはなあに?」

「どうやらオームズビーの予定帳のようだ」ジェイクがノートを開き、ざっと目を通した。あるところでぴたりと手が止まる。「ここが最後の書き込みだ。デイドリームの瓶を一ダース準備する必要があるというメモだ。日付はきみが脱出したその日だな」

「あの夜、たしかにこの机の上に香水瓶があったわ。殺人者がそれを持ち去った。瓶にはどれもデイドリームがいっぱいに詰まっていた。ふつうの薬じゃなく」

「バーニング・コーヴで使ったデイドリームをパクストンはここで手に入れたってことだな」ジェイクは予定帳を見たまま、なかなか顔を上げなかった。「くそっ」小さくつぶやく。「全部ここにあるよ、アデレード。名前、日付、そのほかにもここを拠点に進行していた薬の研究の詳細が。これさえあればパクストンと組織の結び付きがはっきり証明できる」

下の階から聞こえてくる叫び声や泣き声がにわかに大きくなった。薄気味悪い悲しげなコーラスが反響しながら石段をのぼってくる。アデレードは身震いを覚えた。

「患者たちがさっきより興奮しているわ」

おぞましい叫び声は、雑役夫たちが独房さながらの病室に閉じこめられた気の毒な患者たちを静めようとすると、なおいっそう甲高くなるのをアデレードは知っていた。

ジェイクは険しい表情ながらも勝ち誇ったように予定帳を閉じた。「オームズビーのメモによれば、デイドリームの香水瓶一ダースを注文したのはパクストンだ。これですべてが明らかになった。これまでラッシュブルックとマダム・ゾランダとセルマ・レガットをつなぐ線を探ろうとしてきたが、彼らがどう知りあったのかがつかめなかった。ギルはこの療養所で仕事をしている。ゾランダはハリウッドに住んでいる。どう考えても別世界の人間同士だ。両者をつないでいたのはパクストンか」

「なるほどね」アデレードが言った。「彼はハリウッドの医者だから、ゾランダの超能力ビジネスについて知っていたとしてもおかしくないわ。でも、パクストンとギルはどういうふうに出会ったのかしら?」

パクストンが研究室の入り口、階段の上から言った。

「その質問は私が喜んで答えようじゃないか。ギルと私は医学校で出会ったんだよ」

アデレードは驚いて後ろを振り向いた。パクストンが研究室内に入ってきた。手には銃が。銃口をアデレードに向けながら、ジェイクに向かって話しかける。

「きみは銃を持っていると階下《した》で聞いてきたものでね。銃を床に置いてもらおう。下手な真似をしたら、アデレードの命はないと思え」

48

「そう焦るな」ジェイクが言った。「銃はショルダー・ホルスターにおさめてある。抜くには上着の中に手を入れなければならないが」

「それでもいい」パクストンが言った。「ゆっくりとだぞ。取り出したら床に置け。もしおかしな動きを見せたら、まずミス・ブレイクが死ぬ」

ジェイクは銃を取り出し、腰をかがめて床に置いた。アデレードの目は彼の手の中でラピス・ブルーのものがきらりと光るのをとらえた。拳銃に手をやると同時に万年筆を手のひらにおさめたのだと気づく。

パクストンがアデレードを見た。「そいつをトゥルエットの手の届かないところまで蹴るんだ」

アデレードは靴の爪先で銃を事務室の外へそっと押しやった。彼女の拳銃を入れたハンドバッグは机の端に置いてあるが、そこまで千マイルもあるような気がした。

「よし、いい子だ」パクストンが満足そうに言った。「それじゃ、きみたち二人には事務室から出てもらおう。そのほうがいざというときに弾が命中しやすい」

「言うとおりにしろ」ジェイクが静かに言った。目はパクストンから片時もそらさない。

アデレードが先に部屋を出、ジェイクがそのあとについた。二人ともパクストンに顔を向けている。

「何分か前、患者たちが突然いやに興奮したのはあなたが来たからだったのね」アデレードは言った。「みんな、あなたが誰だかわかったのよ。みんな、あなたが人殺しだってことを知ってるから。オームズビーを脅して窓から飛び降りさせた、手術用のマスクをかけた男はあなただったのね」

「オームズビーのコーヒーにあの薬を入れたのはこの私だ」パクストンが言った。

「あいつの幻覚がはじまったとき、彼のあとについてここまで来ると、ガスバーナーに火をつけて彼のほうに向けただけだ。それから先はあいつの頭の中で何が起きたものやら」

「それじゃ、みんなあんたが殺したんだな」ジェイクが言った。「オームズビー、マダム・ゾランダ、セルマ・レガット、そして昨夜はギル」

「ゾランダ以外は全部私の手柄だな」パクストンが言った。「しかし、ゾランダだけは間違いなくレガットが手を下した。あの女はスターがすがる超能力者の脇役に甘んじていることにうんざりしていたようだからな」

「あんたは最後にぼくたちも殺そうとしているが」ジェイクが言った。「ダイナマイトの知識はどこで身に着けた？」

パクストンが冷たい薄笑いを浮かべてジェイクを見た。「知らないのか？　私は世界大戦の英雄だぞ。戦場じゃダイナマイトなど至るところに転がっていた」

「あなたがたくさんの人を殺したのは、デイドリームを独り占めしたかったからなのね」アデレードが言った。「でも、オームズビーと研究室がなくなったら、これから先どうやってこれをつくるつもり？」

「もちろん、自分の研究室でだよ。薬はいまだ実験段階だが、私にはこれを完成できる自信がある。今後は流れ者や渡り労働者――行方不明になっても誰も探さない人間――を実験台に使うつもりだ」

「ばかなやつだ」ジェイクが言った。「もう手遅れだよ」

「いったいなんだってそんなことを言う？」パクストンの口調はきつい。

「雑役夫から聞いてないのか？　ぼくはＦＢＩの人間だ。特別捜査官ジェイク・トゥルエット」

「ああ、連中がたしかそんなことを言っていたよ。嘘をつきやがって」パクストンが言った。「きみは連邦捜査官なんかじゃない。ただの引退した貿易商で、ルーサー・ペルと友だちだというから、マフィアと関係でもあるんだろう。きみたち二人はディドリームの存在を知り、製法を知ろうとしている。さあ、認めるんだ」

パクストンはさも自信ありげにしゃべろうとしてはいたが、アデレードの目にはどこか落ち着きを欠いているように見えた。もしかすると甲高い悲鳴や叫びを上げる患者たちのこの世のものとも思えぬ騒がしさになんらかの影響を受けはじめているのではないかと思えた。宿命を背負った人びとの魂の叫びに満ちた病棟からの声は、たしかにあらゆる人間の神経に揺さぶりをかけてくる。

アデレードはパクストンから目をそらし、ジェイクをじっと見た。あまり緊張はしていないようだ。事務室の戸口でくつろいでいるかに見える。だが、よく見るとパクストンの目を凝視していることに気づいた。パクストンの気をそらす何か――なんでもいい――が起きるのを待っているのだ。第五病棟から押し寄せる泣き声と叫び声の黒い波もそれなりの衝撃を与えてはいるが、それ以上の何かが必要だ。

「ぼくはあの薬を追跡しているが」ジェイクが言った。「政府機関の人間だ。じつは、オームズビーから数カ月前、FBIに内報があった。以来、FBIは複数の捜査官にギルを監視させていたが、ミス・ブレイクが脱出したあとは事態が複雑になった。あんたたち同様、われわれも彼女を捜さなければならなくなり、それに時間を取られた」

「そんな話、信じるわけにはいかないね」パクストンは言った。「ふざけるな。オームズビーがなぜFBIに内報なんかするんだ?」

「それは簡単さ。彼は自分の研究室を持たせてくれるという約束とひきかえに、デイドリームとこのラッシュブルックを拠点とした薬の組織に関する情報を提供したいと言ってきた。この予定帳にそのこともつぶさに書かれている。彼は明らかに、あんたたちの意のままにこき使われることにうんざりしていたんだ。彼の言葉を借りるなら、本当の科学になんの敬意も抱いていない胡散臭い二人の医者ってことだ」

「でまかせはよせ」パクストンが怒りもあらわにわめいた。

だが、パクストンがジェイクの話を信じはじめていることにアデレードは気づいた。

「ところで」ジェイクはつづけた。「FBIはあんたにとってはささいな問題でしかない。もしアデレードとぼくの身に何か起きれば、ルーサー・ペルが政府機関の人間よりずっと早くあんたの家に行くはずだ。さっきあんたも言っていたとおり、彼は危険きわまる連中とつながっている。こういう仕事を下請けに出すことができる立場にいるんだ」

「適当な話をでっちあげやがって」パクストンが歯嚙みしながら言う。「その予定帳をアデレードに渡せ」

ジェイクがためらった。

「さっさとしろ」パクストンが言う。「アデレード、その予定帳をこっちによこせ。さあ、ぐずぐずするな」

ジェイクが予定帳をアデレードに差し出した。と同時に、もう一方の手に持った優雅な万年筆を彼女にちらっと見せた。

アデレードはメッセージを受け取った合図を出してみたが、彼がわかってくれたかどうか確信はなかった。予定帳を受け取り、二列に並ぶ作業台のあいだの通路を歩きはじめた。

ジェイクはパクストンが気をそらす瞬間を待っている。

パクストンは近づいてくるアデレードをほとんど見てはいない。つまり、彼にとってアデレードは重要ではないのだ。たしかに、心配するほどの人間ではない。患者Bにすぎないのだから。

作業台に沿って進みながらつまずいた。つまずいた拍子に脇へよろけた。カウンターのへりをつかまるかに見せかけて、作業台の上の手の届く範囲のものをすべて払い落とした。

ガラス製のビーカー、フラスコ、試験管、その他の器具がつぎつぎタイル張りの床に落ちて砕けた。

パクストンはその光景にひるんだ。反射的にアデレードのほうを向き、銃の狙いを定めた。アデレードはとっさに作業台の陰に伏せた。つぎの瞬間、銃声が響きわたり、またガラスが砕ける音がそれにつづいた。

パクストンはくるりと向きを変えてジェイクを見たが、時すでに遅し。ジェイクがすでにラピス・ブルーの万年筆を小型ナイフよろしく投げたあとだった。

パクストンはあわてふためき、ぶざまに二、三歩よろよろとあとずさった。悲鳴を上げながら喉もとを激しくかきむしる。同時に銃の引き金も引いたため、事務室の窓ガラスが轟音とともに割れた。第五病棟からの悲鳴がくぐもったうめきに変わった。

ジェイクが敏捷な動きでパクストンに突進すると、パクストンは最後の一発を発射したあと、怖気づいた。たちまちジェイクに背を向け、階段めざして駆けだした。

ジェイクがあとを追う。

石造りの階段の上にどこからともなく公爵夫人が現われた。パクストンは彼女を押しのける。公爵夫人はふらつきながらあとずさって手すりにもたれ、戸惑いの悲鳴を上げた。

パクストンは彼女が身に着けた時代遅れのドレスの長い裾に足をとられてよろけた。二人がそろって階段を転がり落ちかけたとき、ジェイクが公爵夫人の手首をつかみ、研究室の安全なところまで引きあげた。

パクストンは悲鳴とともに石段を真っ逆さまに落ちていった。アデレードの耳にドスンドスンという音が連続して聞こえ、やがてやんだ。

第五病棟のうめき声や泣き声もぷっつりととぎれた。不吉な静寂が降りてきた。

ジェイクは階段を下り、アデレードもあとにつづいた。途中、足を止めて鉄製の手すりごしに下を見やると、吹き抜けの底部でパクストンが四肢を広げて仰向けに倒れていた。首が不自然な角度に曲がっている。頸部からジェイクの万年筆が突き出ていた。

ジェイクは横たわるパクストンの傍らにしゃがみこみ、脈拍を調べた。アデレードを見あげた彼の目は、暴力の余波から熱く燃えていた。そして一度だけ首を振った。

万年筆を引き抜き、パクストンの白い麻の上着で血を拭ってから立ちあがった。もう一度、アデレードを見あげる。

「大丈夫か?」

「ええ」アデレードは答えた。「ええ、大丈夫だと思うわ。あなたは?」

「ぼくは大丈夫だ」

公爵夫人が階段の上に出てきた。

「使用人からあなたが置いていったものを取りにもどってきたと聞いたのよ」アデレードに言った。「そんなことをしたら危険よ」

「ええ、わかっているわ」アデレードは言った。「だから、ミスター・トゥルエットについてきてもらったの。誰にも言わないでね。でも、彼は秘密の使命を負った政府機関の捜査官なの。いま階段から落ちた男はここに薬を盗みに入ってきた悪者」

「あの配達業者のこと?」公爵夫人が言った。「あの男が盗っ人だったと聞いても意外でもなんでもないわ。あたくし、あの男を信用したことは一度もないの。あの男が姿を見せるたび、必ず貴重品がいくつかなくなっていたのよ。そういえば、あなたがここを出た夜もここに来ていたわね。手術用のマスクをかけてはいたけれど、あたくし、すぐにあいつだとわかったわ。本当に無礼な男」

階段下に雑役夫が何人かやってきた。みなだらしない恰好のまま顔を赤くしている。

「銃声が聞こえたような気がしたんで」バディーが言った。「身をひそめていたんだ」

「まあそれはそれは。なんて気転がきくこと」アデレードは言った。「わたしたちを助けにきてくれるとは思わなかったけど、看護婦さんたちといっしょに身をひそめていたとはね」

公爵夫人が舌打ちをした。「近ごろは有能な使用人を見つけるのが本当にたいへんなのよ」

ヴィクターがパクストンの死体に目を落とした。「いったい何が起きたんだ?」

「見ればわかるでしょう?」公爵夫人がいかにも貴婦人らしい口調で言った。「階段から落ちたのよ」

バディーとヴィクターがそろってジェイクに疑いの目を向けた。

「彼が落ちただと?」ヴィクターが言った。

「見てのとおりだ」ジェイクはそれだけしか言わなかった。

遠くでサイレンの音がする。

アデレードはヴィクターを見た。「警察を呼んだのはあなた?」

「いや」ヴィクターが言った。「電話まで行かれなかった」

「ああ、そうだったわね。看護婦の詰所に身をひそめていたんですものね」アデレードが言った。

「誰が警察を呼んだんだろうな?」バディーが困惑顔で言った。

「わかったような気がする」ジェイクが言い、アデレードを見た。「さあ、ついてきてくれ。警察がここに来る前にしなければならないことがある」

「ええ」アデレードが答えた。

公爵夫人がジェイクを見た。「彼女の面倒はこれからあなたが見てくださるのね? この廊下の先にある恐ろしい部屋にまた閉じこめるようなことはなさらないで」

「信じてください」ジェイクが言った。「アデレードが二度とラッシュブルック療養所に戻ってくるようなことはありません」

公爵夫人が満足げな笑みを浮かべた。「彼女はこんなところにいてはいけない人よ」

ジェイクがアデレードを見た。「わかっています。ぼくのそばにおきます」

＊

パクストンがラッシュブルックまで乗ってきた車は療養所の厨房の裏手に駐車してあった。そのトランクに大きな帽子箱が入っており、その中に封筒や写真、日記、手紙、そのほか種々雑多な書類が詰まっていた。

「これがきっとゾランダとセルマ・レガットが集めた恐喝材料にちがいないわ」アデレードが言った。

「だろうね」ジェイクが帽子箱をトランクから取り出した。「運がよければ、探している日記もこの箱の中にあるんじゃないかな」

「それ以外の恐喝材料についてはどうするつもり？」アデレードが訊いた。

「警察はこの帽子箱の中身について知る必要はないだろう」ジェイクが言った。「ぼくたちがバーニング・コーヴに持って帰って処分しよう」

最初の警察車両が門衛の小屋に近づいて停まったのは、ジェイクがちょうどルーサーから借りた栗色のスポーツカーのトランクを閉めたときだった。ラッシュブルック警察署の制服を着た男が運転席から降りた。

「ジェイク・トゥルエット特別捜査官への伝言を伝えにきた」大きな声で告げた。「ここにそういう名の人はいますか？」

ジェイクが警官のほうに歩きだした。「ジェイク・トゥルエットはぼくですが」

「どうも。たったいま、バーニング・コーヴのルーサー・ペルという方から長距離電話がかかってきまして、もしかするとあなたがこの療養所で面倒なことに巻きこまれるかもしれないということでした。カルヴィン・パクストンという危険人物に一杯食わされたとかなんとかだそうです。そのパクストンがこっそりバーニング・コーヴを抜け出したのに、三十分ほど前まで誰も気づかなかったそうですが、ミスター・ペルによれば、そのパクストンという男はあなたとお連れの女性を追ってここに向かっているかもしれないと」

「パクストンのことならもう心配はいりません」ジェイクが言った。

49

「これは手裏剣といって、敵に投げつける武器なんだ」ジェイクが手に持ったラピス・ブルーの万年筆に目を落とした。「数年前、極東でいっしょに仕事をした男が使い方を教えてくれてね。手裏剣にはさまざまな形のものがあるが、どれも簡単に隠し持てる。これはぼくが特注して設計してもらった。この国では男が万年筆を持っているのを見て疑問を抱く人はいないだろ」

「すごく小型よね」アデレードが言った。「パクストンを一撃でやっつけたのを見てびっくりしたわ」

すでに夜を迎えていた。アデレードは疲労困憊ではあったが、あいかわらず神経がぴりぴりしていた。できることなら眠れぬ夜のために薬湯を飲みたいところだが、ふつうの紅茶で我慢するほかなかった。

アデレードとジェイクはラッシュブルックとバーニング・コーヴの中間に位置する

モーテルのキャビンに腰を落ち着けたところだ。警察の聞き取りを終えてまもなく車で長いドライブに出発したのだが、海沿いのハイウェーに霧が立ちこめて、運転が危険なまでに濃くなってきた。ジェイクが指摘したように、今日はもうお釣りがくるほどの危険を冒してきた二人である。最初に通りかかった清潔そうで心地よさそうなハイウェー沿いのモーテルに車を停め、そこで夜を明かすことにした。

暖炉で火が燃えていた。帽子箱はジェイクの椅子の横の床に置いてある。その隣にはオームズビーの事務室から持ってきたファイルが詰まったブリーフケースが。

「手裏剣は殺すのを目的としてつくられてはいないが」ジェイクが言った。「至近距離からならああいうふうに使うこともできる。なんと言っても、刃はものすごく鋭いからね。しかし、本来は敵の気をそらせるための武器だ。敵を驚かせたり、運がよければ怯えさせたりするために使う。そうして少し時間を稼いでおいてから接近する」

「それが正しい使い方なのね」アデレードが言った。「貿易の仕事でいろいろなところへ旅をしたおかげではあるけれど、そういう仕事を辞めてくれてよかったわ」

「潮時だったんだと思う。いずれにしても、ぼくはわが国の政府にとってあまり使い道がなくなっていた。前に話したあのスパイのおかげで、ぼくが何者かを知っている人間が外国で数多くなりすぎて、隠れ蓑がなくなってしまったんだ」

「ルーサー・ペルはどうなの？　あなた、言っていたわよね。あなたたち二人は共通の知り合いに紹介されたって。その人はあなたをスパイとして採用した人じゃないの？」

「ああ、そうだ。ルーサーはいまでもたまにFBIから依頼された仕事をしている。彼の暗黒街とのつながりはFBIにとってときに役立つ」

「だからFBIの偽の身分証明書を持っているのね？」

「そういうことだ」

アデレードはしばらく無言のまま暖炉の炎を見つめていた。

「あなたはほかの仕事を探したほうがいいわ」やがてぽつりと言った。

「きみはどうしてもぼくが誰かに雇われるのを見たいようだね」ジェイクが苦笑を浮かべた。「大丈夫だよ、飢えたりしないから。貿易でつくったじゅうぶんな蓄えがある」

「それはそうだと思うけど、やっぱり有給の職が必要よ」

「そのうち何か見つかるさ。だが、まずしなければならないことがある」

ジェイクが前かがみになり、帽子箱の蓋をはずした。二人はそろって箱の中身をじっと見た。いちばん上に小さな革表紙の予定帳がある。

ジェイクがそれを手に取って開き、ぱらぱらと頁を繰った。「ゾランダはここに被害者や秘密の詳細な記録を記していたようだ。名前は頭文字でしか書かれていないが、日付もある。書き込みの横にはひとつひとつ番号が振ってあるが」

アデレードは封をした封筒をひとつ取りあげた。「どの封筒にも番号が振られているみたい」

「たぶんその番号がこの予定帳の書き込みと呼応するんだろう」

「この中の書類や写真や日記に全部目を通すとなったら何時間もかかるわ」アデレードが警告を発した。

「エリザベスのお父さんのおかげで、ぼくは何を探したらいいのかがわかっているし、エリザベスがゾランダに相談した日の日付はほぼわかっている」

エリザベスの日記は比較的すぐに見つかった。上からすぐのところにあったのだ。

「エリザベスはゾランダの直近の被害者のひとりだったのね」アデレードが言った。

「そうらしいな」

ジェイクは日記のページを繰りながら、ところどころを丁寧に読んだ。「何もかもここに書かれている。ギャリックが結婚の約束を餌に彼女に要求した事柄もこまごまと。あいつは彼女を利用した、というか彼女を利用しようとした」ジェイクはさらに二、三ページを繰った。「彼女がぼくに関する価値ある情報は何ひとつ渡さなかったから、最後にはあいつは腹を立てたようだ。もう二度と彼女に会わないと言った。すると彼女は、あいつのことをぼくに話すと脅した」

「それで彼は彼女を殺したのかしら？」

ジェイクはまた一頁めくって手を止めた。「彼は心変わりしたらしい。彼女なしでは生きていけないと言い、駆け落ちしようともちかけた。彼女に荷造りをするように言い、屋敷に迎えにくるから、いっしょにリノへ行こうと言った。あそこへ行けば、彼女は離婚ができるからね。彼は、けっして人に見られないようにと念を押した。彼女は家政婦にその日一日休みをやるつもりだと書いている」

「ギャリックがあなたの屋敷に行って、エリザベスを殺したのはその日なのかしら？」

「そうだ」ジェイクが日記を閉じた。「ぼくは最初から何か変だと気づいていたものの、まさかエリザベスがスパイに操られていたとは、地下室で死んでいる彼女を発見するまで思いもよらなかった」

「前にも言ったけれど、あなたに彼女は救えなかったわ。だって彼女が救ってほしいと思っていなかったんですもの。でも、あなたは彼女の家族を救える。その日記を破棄すれば、それができるわ」

「ああ、たしかにそうだ」ジェイクはもう一度日記を開いた。一頁、また一頁と破いて暖炉の炎に放りこむ。全部を燃やしたあと、椅子にすわって背もたれに寄りかかった。「明日、エリザベスのお父さんに電話をして、もう日記は存在しないことと恐喝していた人間は死んだことを知らせよう」

「ここにあるほかの秘密も焼いてしまったほうがよさそうね」アデレードが言った。

「今夜でなくてもいいさ。ただ、この中に国家の安全にかかわる機密が含まれていないかどうかをまず調べる必要がある。それには時間がかかるから、残りはバーニング・コーヴに持ち帰ってから調べることにする」

「一件落着ってことね」アデレードが静かに言った。

「いや、まだだ」ジェイクが彼女を見た。「ぼくの過去への扉を閉める前に、きみが知っておくべきことがもうひとつある。ギャリックが死んだときのことだ」

「事故ではなかったと言うつもり？」

ジェイクがゆっくりと息を吐いた。「あの夜、彼はぼくのあとをつけてマーメイド号に来た。ぼくはそれを予感していた。案の定、彼はナイフを手に襲いかかってきた。

だが、それだけではすまなそうだった」

「信じてもらえるかどうかわからないけど、わたし、ギャリックのなんとも都合のいい溺死は驚くべき偶然の一致ではないと思っていたわ」

ジェイクはしばし彼女をじっと見ていた。「ただ、きみには知っておいてほしかったんだ」

「わかるわ。これからどうするの？　ＦＢＩの誰かに連絡を入れるの？　だって、わたしたちは犯罪組織の秘密を発見したのよ。もしこの状況を説明しようとすれば、当局はデイドリームに関する全情報を入手したがるわ。きっと製法を引きわたせと言ってくるし、わたしを取り調べて、実験のことを知れば、もしかしたらわたしが本当に精神を病んでいると考えて――」

ジェイクが椅子から身を乗り出し、指先を彼女の唇に当てて黙らせた。「誰もきみを取り調べたりしないよ。組織はもはや存在しないんだから。この事件に関してはもう、ラッシュブルックとバーニング・コーヴの警察の手に余ることなどひとつもない。ＦＢＩが関与する必要はないんだ」そう言いながら唇に当てた手を離す。「心配しなくていい」

アデレードはほっと安堵のため息をついたが、すぐまた緊張の面持ちに戻った。

「コンラッド・マッシーはどうなるの？」

「本人もわかっているだろうが、マッシーは命があるだけ幸運だ。やつは、もし警察に何か話したら――裁判を受けるまで生きていると仮定してだが――拉致、詐欺、殺人未遂、その他いくつもの罪状で監獄送りになることは承知しているから、けっして口を割らないはずだ」

アデレードが彼に険しい目を向けた。「それ、本当？」

ジェイクは彼女を見たが、ひとことも発しない。

「わかったわ。本気なのね」

「ああ、本気だ。だが、きみは気楽に構えていればいい。マッシーは面倒を起こせるような立場にはいない。財政破綻の処理で手いっぱいになるし、それにつづいて社会的地位の失墜も彼を襲う。どこから見ても、彼は零落の身と言うほかない」

「となると、まず最初にすることのひとつが公爵夫人のラッシュブルックでの経費の支払いの停止でしょうね」

「ギルがいなくなったいま、おそらくはもっと現代的な考え方を持った医者が療養所を引き継ぐことになるだろうな。さもなければ閉鎖となるか」

「どっちにしても、公爵夫人がどこか居心地のいいところに移されるよう、見守っていなくちゃ」

ジェイクがにこりとした。「彼女のことはいっしょに見守っていこう」そう言ってからブリーフケースに目をやった。「デイドリームに関するファイルもいったん目を通してから破棄するほうがよさそうだ。外国のスパイやわが国の政府機関の誰かが関係していないかどうかを調べないとまずい。しかし、患者としてのきみのファイルは今夜のうちに焼いてしまうこともできる。きみしだいだ」

アデレードはブリーフケースをしばし見つめて考えた。

「ううん」彼女がようやく答えた。「そのファイルを読んでみたいと思うの。彼らがわたしに厳密には何をしたのか知っておく必要があるわ」

「そのあとは？」ジェイクが言った。「過去からついに解放されたら、きみは何をしたい？」

「フローレンスが、わたしがつくる特製のお茶で売り上げがぐんと伸びたと言ってくれてるの。わたしもお客さまのためにお茶をブレンドするのが好きだから、これからもこれはつづけるわ。でもそれとはべつに、母が収集していた本草書を土台にして、バーニング・コーヴに植物学研究のための新しい図書館をつくりたいの」

「素晴らしい計画じゃないか」ジェイクが言った。

アデレードは覚悟を決めた。そろそろ未来に向かって進まなければ。「あなたは？あなたも目的を達成したわけでしょう。日記を奪還した。となれば、あなたも自由の身になった」

ジェイクはすわっているアデレードに手を差し伸べ、引きあげて立たせた。彼女の顔を両手ではさむ。彼のまなざしはどこまでも熱っぽかった。

「バーニング・コーヴに引っ越そうかと思っている。海辺での暮らしはぼくの神経のためにすごくいいみたいだ」

アデレードは思わず声を出して笑った。笑いながら両腕をジェイクの腰に回す。

「わたしの神経もあそこに住んでからたしかに落ち着きを取りもどしたみたいよ」

「永久的に下宿人を受け入れるっていうのはどうだろう？」

「名案ね。すごく気に入ったわ。あなたに図書館で働いてもらうこともできるけど、参考文献の相談係はたぶん無理ね。人と接する仕事に向いているとは思えないわ」

ジェイクの顔にめったに見ることのないあたたかな笑いがはじけ、復讐する天使を思わせる目が明るく輝いた。「きみといっしょの暮らしに堅実な職業となれば、申し分のない未来って気がするよ」

「ええ、そうね。しかも、大好きな緑茶が飲みたいときに飲めるわ」

「それも契約に含めてほしいと思ってたんだよ」そこで彼が真顔になった。アデレードの頬に当てた手に力がこもる。「こんなことを言うのは早すぎるとわかってはいるが、きみを愛しているんだ、アデレード。遅かれ早かれ結婚を申しこむつもりだということを知っておいてほしい。冗談じゃなく、結婚してくれと懇願するつもりだ」

「そういうことなら、わたしからの提案があるわ。遅かれじゃなく早かれで実行したらどうかしら。わたしが最近学んだことのひとつは、人生は予測不能なのかもしれないってことなの。どうしても今日したいことをするのに明日まで待つべきではないわ」

「今日でもきみはイエスと言うことができる?」

アデレードが微笑んだ。「イエス」

ジェイクの目に新たな思いが加わった。アデレードはきらりと光った涙を間違いなく見た気がした。だが、そんなことありえない、と自分に言い聞かせた。ジェイクみたいな男がまさか泣くなんて。

なんだか心配になり、アデレードは指先でそっと彼の目尻に触れた。

「ジェイク?」

彼は答えなかったが、心を疼かせるようなやさしさをこめて唇を重ねてきた。涙は本当だと伝えるように。魂を揺さぶる愛を約束するかのようなキス。

アデレードは両手を彼の首に回し、彼の抱擁に身をゆだねた。

「アデレード」ジェイクが唇を重ねたまま名前を呼んだ。「アデレード」

キスがだんだん熱を帯びてきた。お互いの欲望を知った興奮が二人の心を奪った。

ジェイクが彼女の服を脱がしにかかり、まもなく二人の抱擁はどんどんがむしゃらになっていった。

二台ある狭いベッドの片方にたどり着くころには、二人の移動の跡に脱ぎ捨てられた服が点々と並んだ。ジェイクはベッドの上のキルトをぞんざいに脇へどかし、仰向けに横たわると、アデレードを下から引き寄せ、彼女は彼の上で手足を大きく広げた。二人のセックスはまだ手探り状態にある、とアデレードは思った。お互いについて知るべきことがまだまだたくさんある。

彼女の胸に触れた彼の手がわずかに震えていた。まるでこれが現実であることが信じられないとでもいったように。

アデレードは指先を彼の全身に、すべすべしてたくましい肩から太腿まで這わせた。ほっそりとしながら筋肉質の体を、驚嘆と満足感を覚えながら探っていく。彼は彼女の恋人であり、彼女は彼の恋人なのだ。

彼の欲望の証拠である硬くそそり立った部分に指先が達すると、ジェイクがざらついたうめきをもらし、両手をアデレードの腰にぴたりと当てた。彼女が彼の上からまたがるような体位を取らせ、ゆっくりと、だが容赦なく、彼を待ち焦がれている彼女の中へと侵入していく。

「きみが欲しい」ジェイクのかすれた声が言った。「欲しくてたまらない。感じてくれ、スイートハート。ぼくがきみの中にいるあいだに最高の瞬間を迎えてほしい」

彼がそれほどまでに自分を求めていてくれると知るのも、自分が彼を高ぶらせていると知るのも、彼ゆえに自分がこれほど高ぶっているのを知るのも最高の歓びだった。

彼の手がアデレードの脚のあいだに伸びて、どこにもまして繊細で感じやすい部分を見つけた。アデレードから切ない吐息がもれる。

まもなくアデレードはつぎからつぎと押し寄せる絶頂の波にさらわれた。

「ジ、ジェイク」

「そう。それでいい」

ジェイクは半ば閉じた目で心を奪われながら彼女の乱れた姿を眺めていた。彼が懸命にこらえていることは彼女も感じとっていたが、そんな彼の強い意志も抑えがきかなくなるときが訪れた。嵐にも似た解放の瞬間が彼を襲い、彼を体の芯から揺さぶって砕いた。

しばしののち、アデレードは彼の上にぐったりとおおいかぶさった。彼の腕が彼女を力いっぱい抱き寄せる。

＊

長い時間がたったあと、ジェイクがかすかに体を動かした。

「ぼくと結婚する前に、きみに知っておいてほしいことがあるんだ」

「その昔、秘密諜報員だったことだけじゃなく？」

アデレードはあいかわらず彼の上にいた。彼の胸に顔をうずめている。キャビン内は冷えてきていたが、ジェイクの体は氷河も解けそうなほどあたたかかった。動きたくない。

「じつは、ぼくには仕事があるんだ」ジェイクが言った。

「えっ？」アデレードは顔を上げて彼を見た。「どうしてそれを言ってくれなかったの？」

「あまり堅実な職とは言いがたいものでね。いつ失職しないともかぎらない。収入も定まらない。労働時間がきわめて不規則なときもある。とはいえ、利点もなくはない。

バーニング・コーヴにいてもロサンゼルスにいるときと同じように難なくやれるんだ」

「理解できないわ。不動産や株式を売るとか？」

「いや」ジェイクは彼女の髪に指を通した。「サイモン・ウィンズローという名でクーパー・ブーンを主人公にしたスパイ小説を書いている」

「冗談はよして」

ジェイクが首を振った。

アデレードが抜け目のない目でジェイクを見た。「冗談じゃないのね」

「ああ。ここのところしばらく——ちょうど二年かな——書いていないんだが。出版されたのはまだそのシリーズの二冊だけで、将来その道で成功できるかどうかも保証できない」

アデレードは彼のブリーフケースに入っていた黄色い法律用箋と尖った何本もの鉛筆を思い出していた。鼻にしわを寄せる。

「ルーサー・ペルはあなたが小説を書いていることを知っているの？」

「それを知る数少ない人間のひとりだ」

アデレードがうめくような声で言った。「あなたに新しい仕事を見つけるようにしつこく繰り返すわたしを見て、おもしろがっていたんでしょう」

「そんなことないさ」ジェイクは彼女の髪を指に巻きつけ、やさしく胸に引き寄せた。

「きみがぼくを気にかけてあれほど心配してくれたんで感動していたよ。ぼくのことを誰かが心配してくれたなんて、いつが最後だったか思い出せないくらいだ」

アデレードが彼をにらみつけたかと思うと、すぐに笑いだした。ジェイクは一瞬困惑の面持ちで彼女を見ていたが、すぐに苦笑を浮かべた。

「怒ってはいないよね？」

「ええ。どうしてわたしが怒るの？　わたし、クーパー・ブーン・シリーズの作家と結婚するのよ。つぎの作品は刊行まで待たなくてもいいんでしょ。誰よりも先に読ませてもらえるのよね」

「ああ。大丈夫だと思うよ」

アデレードが目を大きく見開いた。「すごいわ。サイン、もらえる？」

今度はジェイクが大笑いする番だった。

「もう少し実質的なことを言ってくれないかな？」

「たとえば？」

「たとえば、こんなふうに」

ジェイクは彼女の髪をいじっていた手を離し、その手を彼女の後頭部を包むように当てると、下へ引き寄せて唇を合わせた。

「これはこれでとっても素敵」アデレードが彼の唇に向かってささやいた。「でも、やっぱり最新作にサインしてもらいたいわ」

「いいよ。このへんでもうおしゃべりはやめてキスすると約束してくれるなら、サインくらいなんにでもしてあげよう」

「じゃあ、そうするわ」

50

翌朝、ライナは机の抽斗を開けて、準備しておいたミスひとつなくタイプ打ちした報告書をはさんだ薄いファイル・フォルダーを取り出した。それを机の上に置いた彼女は、しかし、それを開こうとはせず、組みあわせた両手をその上に置いた。まるでそれを守るかのように。

「お酒を盗んでいた犯人の名前はつかんだわ、ミスター・ペル」ライナは言った。「でも、報告書を提出する前にこの状況について話しあう必要が生じたの」

ルーサーは依頼人用の椅子にゆったりともたれ、フォルダーに目をやった。そしてまたライナに視線を戻したとき、彼の表情はどこまでも曖昧だった。考えていることがまったくわからない。

「話しあうって何を？　きみを雇ったのはクラブから酒をくすねているのが誰なのかを突き止めてもらうためだ。きみはうまくいったと言った。となれば、盗っ人の名前を教えてくれれば、きみに報酬を払うつもりなんだが、なんだか話が込み入っているみたいだな」

「実際、少々込み入っているの。ちょっとしたニュアンスの違いなんだけど」

「ニュアンス」ルーサーはそれがまるで馴染みのない言葉のような言い方をした。

「この窃盗に関与している人たちは窃盗の常習者ではないの」ライナが言った。「おそらくはそのせいであなたのところの警備要員の目に留まらなかったんでしょうね。彼らはプロを探していたから」

「つまり、犯罪集団の仕業ではないというわけか」

「ええ、ミスター・ペル、犯人は二人の若者」

「子どもか？」

「というわけでもないの。二人はあなたのところの従業員よ。でも、その二人は恋をしていて結婚する予定なの」

ルーサーの表情はもはや曖昧ではなくなった。なんとも悩ましそうに見える。

「恋する二人だからって弁解はかんべんしてくれよ。もしきみが、その泥棒二人は現代版ロミオとジュリエットみたいだから、ぼくも大目に見るはずだと思っているとしたら――」

「二人がお酒を盗んだのは新婚旅行の費用が欲しかったからじゃないのよ」ライナが言った。「泥棒のひとりには重い病気を患っている母親がいて、医者が唯一の望みは手術だと言ったんですって。でも残念ながら、家族に手術費用を払う余裕はない」

「話し合いがもっと進む前に訊きたいんだが、きみは本当にその貧しい病気の母親の物語を信じているってこと？」

「ええ。裏付けは取ったわ。その二人の名前をあなたに教える前に、彼らに何もしないって約束をしてもらいたいの」

「何もしないというと？」

「あなたはたぶん、二人をクビにしなければならないと思っているはずよね。そんなことになったら、あの二人には大打撃だわ。職を失うことは二人にとって重すぎる罰なの。バーニング・コーヴみたいな小さな町にあっては、新たな職を見つけるのは不可能に近いのよ。あなたがクビにしたって噂が広まったが最後、どんな雇い主もけっして彼らを雇おうとはしないわ」

「そもそも酒を盗みはじめる前に、結果がどうなるかを考えるべきだったんだよ」

ルーサーが言った。

「だから言ったでしょう、二人はまだまだ若いのよ」

「そして恋をしている。しかも手術費用をつくらなければならない。やめてくれ。それ以上こまごまと聞かされるなら、ハンカチをくれないと」

ライナは少しだけ気が楽になった。「ハンカチ代も請求書に書き加えておくわね」

ルーサーが口角をぴくりと吊りあげた。「もういい、わかった。早い話が、もしぼくが二人をクビにするようなことをしないと約束すれば、泥棒の名前を教えてくれるんだな」

ライナが咳払いをした。「見せしめのために何か……無情なことをしてもらいたくないの」

ルーサーは長い指で椅子の肘掛けをこつこつと叩きながら、何を考えているのか読みとることのできない顔でライナをじっと見た。

「子ども二人がぼくの酒を何本か盗んだからって、ぼくがそいつらを叩きのめすような命令でも出すと、きみは本当に思っているのか?」

ライナが大きく息を吐いた。「ううん。でも、確認しておきたかったの。あなたにはある評判がささやかれているわ、ルーサー。きわめて危険な輩とのつながりがあるって噂を聞いたの。そういう評判のせいであなたも危険人物ってことになっている」

ルーサーが考えをめぐらしながらライナを見た。「きみは危険な輩に関する多少の知識があるんじゃないか、ライナ？」

ライナが凍りついた。動揺を顔に出すまいと必死に無表情をつくっている。「わたしみたいな仕事をしていれば、誰でも何人かはそういう人に会うんじゃないかしら」おそるおそる答えた。「調査の仕事の危険なところだと思うわ。たとえば、あなたもそのひとり」

「それに、おそらく、きみの以前の雇い主？　きみはここに来る前、ニューヨークのエンライト・アンド・エンライト法律事務所で秘書をしていたようだが」

ライナははっと息をのみそうになったが、無理やり呼吸をつづけた。「どうしてそれがわかったの？」

ルーサーは片方の肩をさりげなくすくめた。「こまごましたことの寄せ集めだね。きみのその東海岸風な話し方、職歴の曖昧さ、いくつかの民間調査会社とのつながり。あとはもちろん、きみがここに現われたタイミング」

ライナの組みあわせた両手に力がこもった。「タイミングってどういうこと？」

「きみの以前の雇用主が死んだ二、三週間あとに、きみがバーニング・コーヴに現われた」

「だからといって、なぜわたしを胡散臭く思ったりしたの？」

「いま言ったように、いくつものこまごました事柄がなるほどと思えるようになったんだ。だが、やっぱり、と思えたのは、バーニング・コーヴ図書館で会った日だ。きみは何カ月か前の新聞を読んでいた。見出しに目をやると、この町で起きた出来事がいくつか並んでいた。ある人物が死んだ自動車の転落事故もその中にあった」

ライナがそっと息を吐き、負けを認めてうなずいた。「あのとき読んでいた記事にあなたが気づいたんじゃないかと思ってはいたの。わたしがバーニング・コーヴにやってきたこと、あなたには迷惑だったかしら」

ルーサーがにこりとした。「とんでもない。かえって興味をそそられたくらいだ」

ルーサーは本当のことを言っている、とライナは直感した。椅子から立ちあがり、部屋を横切って窓際に行った。朝の霧はもう晴れていた。あたたかな金色の陽光が、椰子の木の葉を透かして射しこみ、中庭に斑模様を描いている。

ここに来てまだ間もないが、早くもバーニング・コーヴに恋をしていた。わが家のような気がしていた。ニューヨークではありえなかったことだ。

「なぜここに来ようと決めたのかは自分でもよくわからないの」

「ぼくにはわかる」ルーサーも席を立ち、彼女の後ろに来て立った。「この場所を自分の目で見なければ気がすまなかったのさ。報告書を読んでいたんだろうから、雇い主の息子の身に何が起きたのかが知りたくなった」

「ええ、そうね。そしてここに到着したら、このままここにとどまろうと決めたの。ここが気に入ったから」

「カリフォルニアへようこそ。そしてバーニング・コーヴへようこそ」

ライナは彼が肩に手を触れてくるような気がした。もしかしたらくるりと向きなおらせて二人は向きあうことになるかもしれない。二人の距離はほんの少し。期待と不安で目の前がくらくらした。ルーサー・ペルは危険な男ではあるが、絵を描くのが趣味でもある。

「ありがとう」ライナは言った。

「心配しなくていい」ルーサーが先をつづけた。「ロミオとジュリエットをクビにはしないから。ついでに手術の費用もぼくが持とう」

ライナはくるりと向きなおり、にこりと笑った。「二人が置かれた状況のニュアンスをあなたに理解してもらえさえすれば、きっとそう言ってくれると思っていたの」

「じつはいまのいままで、ぼくは自分がニュアンスなんてものを認める男だってことに気がつかなかったよ」

「あら、変ね」ライナは笑いが止まらなくなった。「わたしは最初に会ったときから、あなたはニュアンスを認める人だとわかっていたわ」

51

その日の午後、アデレードは〈カーク調査会社〉の事務所にライナとともに腰を下ろし、ライナがいれたコーヒーを飲んでいた。ジェイクとルーサーはブランドン刑事に会いにいった。一連の事件のつながりを細かく説明するためだ。パクストン、ギル、ゾランダ、そしてセルマ・レガットは薬を売っていた一味であること、レガットがボスであるゾランダを殺したらしいということ、パクストンが一味の人間を全員抹殺する決断を下したこと、パクストンはまたジェイクとアデレードを追ってラッシュブルックに行き、二人が証拠をつかむのを阻止しようとしたこと。

有名人の秘密が詰まった帽子箱はいまのところ、アデレードの車のトランクに隠してある。ジェイクも彼女も留守になるコテージに箱を残して、危険にさらしたくなかったからだ。それに、その中身を知る必要がある人間は自分たち以外にはいないと判断していた。とはいえ、恐喝の材料が詰まった大きな箱を隠しておく場所はそう箇単には見つからず、車のトランクがほかのどこよりも安全ではないかとの結論に達したのだ。夜になったら帽子箱の中身とアデレードの患者ファイルは焼却する予定である。

「いまだに理解できないのは、なぜマダム・ゾランダが超能力ショーの最後でいつもとは違う人の死を予言したかだわ」アデレードが言った。「これまでのショーではあんな芝居がかった演技は一度も見せていないのに」

ライナが考えをめぐらしながらカップを置いた。「どうせへそ曲がりな私立探偵だと思われているんだから言うけど、もしマダム・ゾランダが本当に超能力者だったとしたらどう？」

アデレードは思わず吹き出しそうになった。「それ、本気で言ってるの？　つまり、あなたは彼女が本物の超能力をそなえていたと思うの？」

「まさか。でもね、それ以外に筋が通る説明は唯一、あの予言があなたの失踪か殺害となんらかの形で結びついているって仮説しかないでしょう」

「ジェイクもそう言うんだけれど、わたしはその仮説にはどうも賛成しかねるのよね。なぜゾランダがあんなふうに彼女自身が注目の的になるような危険を冒したのか？　そう、たしかにいい宣伝にはなるだろうけど、警察がただちに彼女を疑うってことはわかっていたはずよね。だからもしそういう計画だったのなら、なぜ彼女は公演がはねてからの数時間に関して確たるアリバイをつくるくらいのこともしなかったのかしら？　わたしたちの知るかぎり、彼女、ひとりで自宅にいたのよ」

「そこに彼女を殺したと思われる客が来たんでしょ。パクストンはゾランダ殺しは否定したってあなた言ったわよね。だとすれば、レガットの仕業にちがいないわ。なんと言おうが、恐喝ネタの山を持ち逃げしたのは彼女だったんだし」

「パクストンはレガットがゾランダを殺したと確信していた。たしかに筋は通るけど、あいかわらず疑問が残るわ——最後の予言をしたとき、ゾランダは自分が何をしていると思っていたのか？」

「見当もつかないわ。もしいい仮説を思いついたら教えてね」ライナはカップを置いて机の抽斗を開け、ノートを取り出した。「ところでわたし、これから新しい事件に取りかかるの」

「ルーサー・ペルのお店のお酒の窃盗事件は解決したと言ったわよね」

「ええ」ライナがうれしそうな顔を見せた。「じつのところ、それ自体は大したこともなかったんだけど、ルーサーのところの問題を処理したってことが口づてに広がって、最高の宣伝になったの。さっそくミスター・オコナーから電話がかかってきたわ。

バーニング・コーヴ・ホテルの警備主任。ホテルが採用を考慮中の人物の身辺調査をたのみたいっていうじゃない」

アデレードが笑みを浮かべた。「すごいじゃないの、ライナ。これで私立探偵業が軌道に乗ったわね。おめでとう」

「あなたはどうなの？　もう遺産も手に入ったことだから、ティールームの仕事は辞めるんでしょう？」

「ここに来る前にティールームに寄ってきたのよ。無事に町に戻ってきたことをフローレンスに知らせたかったから。彼女がわたしにいてほしい、お客さまのためにお茶をブレンドしてほしいと言ってくれるかぎり、ずっとあそこで働いてもいいって言ってきたの」

ライナが目をまん丸くした。「お茶のブレンドをする以外の時間はどうするの？」

「薬草やそのほかにも薬効のある植物に関する本を集めた図書館を創設しようかと。学者や研究者に開放するの」

「新しい夢をたくさん抱いているのね」ライナが言った。「ジェイクはどうするの？」

「あいにく彼には仕事があるのよ」

ライナが声を上げて笑った。「ええ、ルーサーから聞いたわ。あのスパイ小説、クーパー・ブーン・シリーズは彼が書いているんですってね。つまり、彼はこのままバーニング・コーヴにとどまるってこと？」

アデレードの胸に幸福感がこみあげた。「ええ。このままバーニング・コーヴにいるって」

「あなたのところに？」

「ええ、わたしのところに」

「なんていいニュースなの。近々集まってお祝いしなくちゃ」

「うれしいわ。よろしく」

「でも、今夜はだめだわ」ライナが秘密めいた笑いを浮かべた。「予定があるの」

「ジェイクとわたしも今夜は予定があるのよ。でも、明日なら……ちょっと待って。今夜の予定ってなあに？　新しい依頼に関係あること？」

「ううん。パラダイス・クラブからのお招きで、カクテルとお食事」

アデレードが眉を吊りあげた。「ルーサーと？」

「ええ」

「パラダイス・クラブで食事ができるなんて知らなかったわ」

「クラブで食事はできないわ。食事はクラブの上のルーサーの自宅でいただくの。車でのお迎え付きよ」

「ちょっとちょっと」アデレードが言った。「すごく興味深いわ、それ」

ライナが破顔一笑した。「わたしもそう思うの」

アデレードが咳払いをした。「それがどういうことかちゃんとわかっているとは思うけど、友だちとしては伝えておく義務があるわ。ペルは危険な人たちとのつながりがあるって評判よ」

「あなたに言われたくないわ。あなたのデートの相手はボーイスカウト？」

アデレードが笑った。「わかった。降参。公平を期するために言っておくと、ルーサーとジェイクもガールスカウトとデートしているわけじゃないでしょ？　わたしたちを見て。どう見ても、立派な青年が家に招いて母親に引きあわせる上流階級の淑女ってタイプじゃないわ。わたしは精神科の療養所から脱走した女で、あなたは人びとの怪しい過去を探る私立探偵ですもの」

「こういうふうに考えたらどうかしら。わたしたちは、上品さや洗練という点で劣っている分を埋めあわせてなおあまりあるほどの、ルーサーやジェイクのような男性が高く評価してくれる資質――わたしがそう信じているんだけど――をそなえている」

「なるほどね」アデレードはにこりとした。「わたしたち、興味深い女なんだわ」

「そう、それよ。あの人たち、わたしたちといたら、けっして退屈しないと思うわ」

「彼らについても同じことが言えるんじゃなくて？　ときには理解に苦しむことがあるかもしれない。それに頑固。気むずかしいところもあるわ」

「でも、もしわたしたちが姿を消したりすれば、彼らは二人とも地獄の底までわたしたちを探しにきてくれる」

「ええ」アデレードの笑顔が輝いた。「ええ、間違いなくそうしてくれるわ」

52

アデレードは車でコテージに戻り、狭い車庫に車を入れると、トランクから帽子箱を取り出した。ふと、もっと広い家に住むこともできるわね、と玄関前の階段をのぼりながら思ったが、この小さな家に妙に愛着がわいていた。きっとジェイクが移り住んでくれたからだと思う。彼の存在がこの家をわが家だと思わせてくれるのだ。

ハンドバッグから鍵を取り出し、狭いながらも心地よいわが家に足を踏み入れた。まっすぐキッチンに行き、テーブルの上に帽子箱を置いてから薬缶を火にかけた。つぎにいちばん強いお茶をスプーンでポットに入れた。真剣に考えなくてはならないことがある。

お湯がわくのを待つあいだ、カウンターにもたれて腕組みをし、マダム・ゾランダの最後の予言についてじっくりと考えた。

さまざまな出来事には説明がついたが、この超能力者死亡の状況だけははっきりしないままだ。なぜ最後の公演があああしたメロドラマもどきの演技で幕を閉じたのか？ メロドラマ、い、い、い、いもどきの演技。

ゾランダは相当な経験を積んだ女優ではあったが、ハリウッド・スターにはなりそこねた。

最後の公演の夜、ゾランダは満員の劇場を超能力による最後の予言で魔法にかけた。まるで本物の超能力者であることを証明しようとするかのように。あるいは、卓越した超能力者の役を演じられることを証明しようとするかのように。

アデレードは組んでいた腕をほどくと、カウンターを押しやるようにしてその場を離れ、電話帳をつかんだ。番号を調べて受話器に手を伸ばした。

「バーニング・コーヴ・ヘラルドです。誰におつなぎしましょうか？」

「犯罪担当デスクのアイリーン・ウォードをお願いします」アデレードは言った。「アデレード・ブレイクから電話だと伝えてください。いえ、待って、アデレード・ブロックトンからだと」

取り乱したようなアイリーンが電話に出た。

「もしもし、アデレード。たったいま、スターのダイエット・ドクター、パクストンが不審な状況で死んだと聞いたところなの。その現場にあなたもいたそうね。だから詳細を聞きたくて、あなたに電話するところだったのよ」

「すべて話すと約束するけれど、その前にひとつ質問があるの。マダム・ゾランダの最後の予言について」

「ドクター・スキップトンはゾランダの死は自殺だったと判断したわ。ブランドン刑事は疑念を抱いていると思うけど、殺人だと証明する手段がないみたいで」

「ええ、そう、いかにもセルマ・レガットがゾランダを殺したように見えるから。でも、わたしが知りたいのはそういうことじゃなくて――」

「待って。鉛筆を取ってくるわ」

「あとで全部話すわ。でも、いまはとにかく知りたいことがあるの。ゾランダが夜明けまでに誰かが死ぬと予言したあの夜、パレス劇場の客席に誰がいたのかを知りたいのよ」

「冗談はよして。あの夜、パレス劇場には二、三百人の観客がいたはずよ」

「それはそうだけれど、大半は地元の人でしょう。わたしが訊きたいのはハリウッドから来た人のことで、それならば比較的少人数なんじゃないかしら。観客の中に監督とかプロデューサーとかタレント・スカウトとかがいたかどうかわからない？」

「それ、重要なことなの？」

「ええ、その可能性が」

「待って、トリッシュに訊いてみるわ。セレブリティー関連のニュースは彼女の担当だから。あの夜、観客の中に映画会社の重鎮がいたかどうか、彼女なら知っているはず」

受話器を机に置いた音が聞こえた。ニュース編集室の背景から聞こえる忙しそうなざわつき——タイプライターのキーを打つ音、締め切りがどうのこうのとわめく男の声——に耳をすます。

アイリーンはまもなく戻ってきた。

「トリッシュによれば、観客の中にはバーニング・コーヴに滞在中のミス・ウェストレイクを含む二名の俳優がいたそうよ。それに、ダグラス・ホルトン」

「監督？」

「そう。パレス劇場に姿を見せるまで、彼がこの町に来ていることは誰も知らなかったんですって。つぎの映画の鍵となる役に新人を充てる予定で、いま探しているって噂があるらしいわ」

「その映画がどういう作品か、トリシャは知っているかしら？」

「待ってね、いま訊いてくるわ」

少しして電話口に戻ってきたアイリーンは息を切らしていた。

「信じられないかもしれないけど、トリシャに聞いたところでは、これは極秘プロジェクトだけど、噂では殺人を予告する超能力者が登場するみたい」

アデレードは、これでわかった、との思いに押し流されそうになりながら壁を見つめていた。同時にわきあがった不安のせいで軽いめまいすら覚えた。

「ゾランダはその映画のその役のオーディションを受けていると思っていたんだわ」

「本当にそう思う？　まあね、俳優って人たちはなんでもありだから。映画の役の獲得につながると思えば、どんな奇妙なことでもやってのけると言われている。とはいっても――」

「もしわたしの考えが正しければ、ゾランダは誰かにだまされて、あんなとんでもない予言をしたのね」

「その場合、彼女をはめたのはおそらくパクストンだわね」アイリーンが考え考え言った。「ハリウッドとのつながりがあったのはパクストン。ギルじゃないわ。たぶんパクストンが彼女に、観客の中に有名な監督がいて、彼は超能力者の役を演じる新人を探しているとでも言ったのね。ゾランダはころりとだまされた」

「彼が彼女にした約束は、腕のいい詐欺師なら誰しも標的に約束すること――つまり標的が心底望んでいること」

「でも、ゾランダの場合、彼女自身が詐欺師だったわ」

「それは関係ないと思うの」アデレードは言った。「どちらかといえば、だから無防備だったとも言えそう。彼女はおそらく、自分は詐欺の手口を知り尽くしているからだまされるはずがないと思いこんでいたのよ。でも、喉から手が出るほど欲しているものを提示されたら、道理や常識は一瞬にして吹き飛ぶわ」

「たしかにそう。これで、ゾランダがなぜ最後のあの身の毛もよだつ演技をしてみせたのかって疑問に答えが出たわね。それが何を意味するか、わかる？」アイリーンの声は興奮気味だった。「わたしが書いた死んだ超能力者の関連記事がまたひとつ一面を飾るのよ。これまでのゾランダ関連の記事は全部全国紙に載ったから、今度のこれもまたとなっても驚きはしないけど」

「すごいじゃない」アデレードは言った。「申し訳ないけど、いまはこれで切るわね。またあとでかけなおすわ」

「ゾランダの死に関するおもしろい仮説をまた思いついたら、そのときはすぐに電話してね。約束よ」

「ええ、約束するわ」

アデレードは電話を切ったあと、しばらくじっとその場に立ったままでいた。有力な監督が観客の中にいたこと、その監督は超能力者が登場する新作映画の配役を考慮中だということがわかったいま、ゾランダが最後に衝撃的な演技を見せた理由にぐんと近づきはした。だが、どうもしっくりこない。パクストンはなぜ、ゾランダの死のためにあそこまで芝居がかった場面をわざわざ用意したのか？　なぜもっと簡単に彼女に薬をのませて屋上から突き落とし、警察には彼女がみずから命を絶ったと判断させなかったのか？

なぜゾランダに夢がかなうと思いこませたのか？　彼女の才能を有力監督に披露するチャンスが来たと思いこませたのか？

入念に仕込まれたゾランダの死の場面には、入念に練られた復讐劇の特徴がすべてそろっていた。

アデレードは帽子箱に目を凝らした。

薬缶が音を立てている。キッチンを横切ってガスコンロから薬缶を下ろしたが、ポットにお湯を注ごうとはせず、テーブルの前に行って帽子箱を開けて予定帳を取り出した。

どの書き込みも頭文字、日付、恐喝材料の形式――手紙、写真、日記――に関するメモ、そして封をした封筒と呼応する番号が並んでいる。前夜、ジェイクはエリザベスの日記をすぐに見つけたが、それはエリザベスの頭文字がわかっていたし、彼女がゾランダに恐喝材料を与えた日付も把握していたからだ。

それ以外の頭文字と日付は一見しただけではなんの意味も持ってはいなかった。こうなったら予定帳の書き込みに一件ずつ目を通し、呼応する封筒の中身を調べて犯人につながる手がかりを探すほかなさそうだ。

直近の書き込みからはじめて、古いほうへとさかのぼっていくことにした。五、六時間はかかるだろうと腹をくくったが、答えは案外早く頁から飛び出てきた。新しいほうから三件目には謎めいた略語《Ptファイル》の注釈がついていた。頭文字――J・T――も記されているが、なんの意味もなさない。とはいえ、日付はアデレードが拉致されてラッシュブルックに閉じこめられる約四カ月前だ。

公爵夫人によれば、患者Aが姿を消したのは、アデレードがラッシュブルックに来る数カ月前だった。

全身に真っ黒なエネルギーが勢いよくあふれ出した。帽子箱の中の封筒をつぎつぎに繰り、ついにこれだというものを見つけた。封を切り、テーブルの上に中身をどさりと落とした。まずはひとつ目を手に取った。目にしているのが療養所の患者Aの記録だと気づいた瞬間、息が止まりそうになった。数頁にわたってオームズビーの詳細な記載が並んでいる。

患者A、三回目の投与のあと、再び譫妄状態に陥り……

患者A、本日もまた強烈な幻覚を体験……

患者A、ひとしきり協力的だったが、唐突にヒステリックな状態に陥り……

患者A、幻覚状態が再びひと晩じゅうつづいたと雑役夫の報告あり。昏睡状態に陥るリスクを考慮すると鎮静剤は投与できず……

実験台一号に関する情報はまだまだあった。女性で、契約書には自発的に署名した。神経の疲労で入院。ラッシュブルックに到着したときは友人が付き添っていて、その友人が偽名で入院させると言い張った。

さらに恐喝ファイルの仕上げとでもいうかのように出てきたのが、ラッシュブルック療養所の患者着を着た患者Aの数枚の写真だ。表情は混乱気味にぼうっとしている。薬をのまされたようだ。だが、その女の目に救いようのない怒りが浮かんでいるのをアデレードは見逃さなかった。

一枚の写真では、女は病院のベッドのへりに腰かけている。患者着が腰の上までめくれあがっている。その下には何も着けてはいない。女の両脚は大きく開かれ、ズボンを足首まで落としたカルヴィン・パクストンが太腿のあいだに立っている。

つぎの一枚では、薬をのまされた無力な女をレイプしているところを撮られたのはギルだ。

アデレードはファイルをテーブルの上に落として勢いよく立ちあがり、キッチンをせわしく横切って電話を取った。

発信音が聞こえない。電話線が切られていた。

この家から外に出なければ。

車の鍵をつかみ取り、キッチンのドアを力いっぱい引き開けた。

ヴェラ・ウェストレイクが戸口の脇の物陰から現われた。右手に拳銃を持っている。

「そこで止まって」ヴェラ・ウェストレイクが言った。「いくらわたしだって撃ちそこなったりしないわ、この距離からなら」

53

ぎょっとしたその瞬間、アデレードはヴェラを映画スターのようだと思った。自暴自棄になり殺人を犯す決意をした女の役を演じる女優。しかし、ヴェラの手に握られた銃は本物以外の何ものでもなかった。

ズボン、ぴったりフィットしたセーター、ブルーと白のオックスフォード・シューズといった流行の服に身を包んでいた。このときばかりはトレードマークともいえる単色でまとめるファッションではなかった。髪が大部分隠れるようにスカーフをかぶり、顎の下で結んでいる。黒眼鏡をかけて誰だかわからないようにしているつもりだろうが、かえって人の目をハリウッド一の美女の横顔に引きつける効果をもたらしている。

アデレードは銃に目を向けたまま、しばらくただ立ち尽くしていた。

「ずっと前から患者Aはどうしたんだろうって考えていたのよ。中に入ってお茶でも飲みましょうよ。話さなくちゃならないことがたくさんあるわ。そうでしょ？」

ヴェラは戸口から中に入り、立ち止まった。帽子箱に一瞥を投げる。

「わたしのラッシュブルックのファイルを見つけたのね？」ヴェラが言った。

「ええ。ゾランダが持っていたわ」

「あの性悪女。わたしが薬をのませたら、秘密をばらしたくなったって言ったの。わたしが秘密って何かを尋ねると、ヒステリックに大笑いして、わたしのラッシュブルックのファイルを持っているって言ったわ。それをネタに、わたしのキャリアが頂点に達するまで待ってから莫大な金額を要求する計画だって。どこに隠しているのかを訊いたけど、そのときはもう彼女は支離滅裂。本当のこともしゃべっていたけど、ほんの一部だけ。ファイルは帽子箱の中だと言ってはいたけど、その帽子箱がどこにあるのかはけっして口を割らなかったのよ」

「デイドリームは自白薬としては問題が多いから」アデレードが言った。

ヴェラがうんざりしたような声で言った。「とくにお酒に混ぜたときはそうみたいね。あの夜もゾランダからはっきりした答えは聞き出せなかったもの。彼女が屋上から落ちたあと、ヴィラの中を探したのよ。だけどファイルは見つからなかったから、ゾランダの幻覚の産物であることを祈るほかないと考えた。でも間違っていたのね、わたし」

「ゾランダはただ屋上から飛び降りたわけじゃないわよね？　あなたは彼女に、観客の中に有力な監督がいて、超能力者の役を演じる新人を探しているって言ったでしょう」

「彼女の最後の予言のばかげた台本はわたしが書いたの」ヴェラが小さな声で言った。「あなたが彼女の大きな夢をかなえてあげられると、どうやって彼女に思いこませたの？　彼女があなたを信用するはずなかったのに。だって、彼女は想像を絶する最悪な方法であなたを裏切った女でしょ」

ヴェラがユーモアのかけらすら感じられない笑みを浮かべた。「ゾランダはうまい女優だったけど、わたしのほうが一枚上手なのよ。ラッシュブルックに連れていってくれたことで、わたしが彼女に感謝していると思うように仕向けたの。わたしはレイプや幻覚のことなど憶えていないし、あの薬のおかげで治ったと信じていると思わせた。ついでに、わたしがパクストンに夢中だとまで思わせておいたの。だから、あなたにお礼がしたいから、有名な監督に舞台で演技する彼女を見てもらえるように手配したと言ったとき、彼女は作り話を丸ごと信じた」

「おみごと」アデレードは言った。「ほんと、あなたは素晴らしい女優だわ。でも、あなたに大きな勝ち目があったこともたしかね。ゾランダは何がなんでもあなたの話を信じたかった」

「それはもう哀れを誘うほどだったわ。公演がはねたあと、彼女に電話して、いい知らせがあるけど、ホルトンの次回作については何もかもまだ秘密だから、詳細は二人きりでないと話せないって言ったの。彼女の助手がそばにいては困るって」

「そうやってレガットを追い払ってから、あなたはヴィラに乗りこんだ」

「ゾランダは興奮していたわ」ヴェラが言った。「わたしは彼女に、監督は電話のあるところに行くと言って劇場をあとにしたと言ったの。急いで秘書に電話して、あの超能力者からスクリーン・テストの約束を取りつけなくては、と言っていたと。スクリーン・テストはスターへの道ですもの」

「ゾランダはあなたの言ったことを鵜呑みにした。スターになる話を信じたかったんでしょうね」

「わたしたち、同じ小さな町で育ち、同じ列車でハリウッドに出てきて、とにかくひとつスクリーン・テストを受けたいと必死だった時期は同じみすぼらしい下宿屋で暮らしていたの。その後、わたしはうまくいき、ゾランダはそうはいかなかった。そうなのよ、だからわたしは彼女がこの世で何にもまして手に入れたいと切望していたものをちらつかせたの」

「彼女はあなたに嫉妬していた」

「その嫉妬たるや常軌を逸していたと言えるわね」ヴェラの目は冷ややかだった。「でも、わたしがそれに気づいたのはずいぶん時間がたってからなの。それは、さっきも言ったけど、彼女がうまい女優だったから。それだけは間違いないわ。ただ、監督たちが欲しがる外見が欠けていた。その後、彼女が超能力者を装って荒稼ぎしていることは知っていたわ。それで満足しているんだろうと思っていた。彼女の憎悪と嫉妬の深さを理解していなかったと思い知ったのは、彼女がわたしをラッシュブルック療養所に連れていって、二頭の怪物、ギルとパクストンに引きわたしたときだわね」

「ファイルにあった記録によれば、あなたは契約書に自発的に署名したことになっているけど」

「あのころのわたしは神経がまいっていたの。ゴシップ雑誌がわたしをハリウッド一の美女と書き立ててくれたし、『暗い道』のおかげで一夜にしてスターになった。本当ならば有頂天になってもおかしくないでしょう。でも、欲しかったものをすべて手にしたのに、それまでの人生で体験したことがないほどの鬱と不安に襲われて、自殺まで考えるようになってしまったの」

「でも、映画会社にはそれを知られたくなかったのね」

「できれば精神的に不安定だなんて思われたくなかったわ。だから、治療のための入院はいうにおよばず、ロサンゼルスの医者にかかることすらできなかったのよ。あの町には秘密などないから。そこで、昔からよく知っていて、まだ親友だと思っていた人に電話をしたの。信用できる唯一の人間だと思って」

「それがゾランダなのね」

「彼女、家まで迎えにきてくれて、はるばるラッシュブルックまで連れていってくれたわ」

「彼女はパクストンやギルの下で薬を売っていたから、ラッシュブルック療養所については知り尽くしていたはず」アデレードが言った。

「ええ、そうなのよ。でも、わたしはそのとき、薬の組織について何も知らなかった。ラッシュブルックに到着すると、あの最低野郎ギルがわたしたちを待っていたわ。わたしは偽名で入院したの。ゾランダがわたしのためを思ってやってくれているんだと心底から思っていた。ギルはわたしに注射を打ったわ。強い鎮静剤。目が覚めると、第五病棟の長い廊下の端の病室の中だった」

「わたしが第五病棟に閉じこめられたときとほぼ同じ状況だわ。わたしの場合は、入院させたのが偽の夫だったけれど」

「夜の叫び声がいまでも忘れられない」ヴェラが言った。

「わたしも。夜が最悪だったわね」

しばらくのあいだ、二人とも黙りこんだ。やがて、ヴェラが先をつづけた。

「わたしが到着したとき、彼らが何を考えていたのかは定かではないけれど、ギルとオームズビーがわたしをデイドリームの実験台として理想的だと判断するまでに時間はかからなかった。あの病棟のほかの患者のように正気を失ってはいなかったから」

「そういうわけで、あなたは患者Aになった」

「ギルはあの薬を、あの値段で買える人なら誰にでも売る計画を立てていたの。でも、パクストンはもっととんでもない野望を抱いていた。あの薬を利用して権力者たち──お金持ちの産業資本家、上院議員、さらには大統領──を支配下に置きたかった」

「幻覚について聞かせて」

「あの薬の全部が全部悪いわけじゃない」ヴェラが言った。「少なくともある程度は彼らの狙っていたとおりの効果があったわね。激しい幻覚に加えて、催眠術的な指示を受け入れやすい状態に陥るの。あのとき、わたしがどうやってゾランダを屋上に行かせたと思う?」

「屋上では手すりの上の彼女を押したの?」

「ううん。そこまでする必要はなかったわ。彼女、闇の中に何かを見たのね。パニックを起こして落ちたの。でも、最後ははっきりわかっていたわ。彼女、わたしがなぜそこにいるのかをきちんと理解していた」

「ほかの人たちのことを聞かせてくれない? オームズビー、レガット、ギル、そしてパクストンも死んだ。まるでドミノ倒しね。最終的にあの薬の組織は壊滅したけど、これ、偶然の一致ではないんじゃない? あなたは全員に復讐をしたかった。そして全員を破滅に追いやることに成功した」

「パクストンの死に関してはあなたとジェイク・トゥルエットのおかげだと認めるわ。彼についてはべつの計画をあたためていたんだけれど、あなたたちがわたしに代わって問題を処理してくれたってわけ。オームズビー、ギル、レガットについては、もう誰も必要ないってことをパクストンに思いこませるのはそうむずかしくなかったわ。彼、わたしは頭がよくないとはなから確信してたのね。それだけじゃなく、デイドリームの後遺症でわたしの神経はものすごくもろい状態にあるとも思いこませておいた。わたしがハリウッドのストレスの下で生き延びるためには彼が必要だと思わせてた。

もおいた」

「彼はあなたの言うことを信じていたのね」

「ええ」

「パクストンは自分があなたを支配していると思いこんでいた」アデレードが言った。

「まさかあなたが彼を操っているとは思いもよらなかった」

「一味の連中を片付けて、ただただ悦に入っていたわ。彼にはデイドリームを使ってのとてつもない計画があったから」

「オームズビーの身に何が起きたのかは知っているけど」アデレードは言った。「セルマ・レガットはどういうことだったの？」

「レガットは隠れ家に身をひそめたあと、わたしに電話をかけてきたの。わたしのラッシュブルックでの記録を持っているって。お金を払わなければ、新聞や雑誌に流すって恐喝ね。わたしは承知したわ。すると、最初の支払い分を海岸沿いの小さな町の遊園地に置くよう指示された」ヴェラはなんとも優雅に肩をすくめた。「そこへはパクストンを送りこませたわ」

「おそらく彼ならレガットを殺すだろうと踏んでのことね」

「ええ、もちろん。ついでに彼が、わたしの記録も含めて恐喝材料の入った箱を奪ってくることもわかっていた。そして、それを秘密にすることも。だって、もしあの記録のことが新聞にでかでかと書かれでもしたら、彼もわたしと同じように失うものが大きすぎるから」

「ジェイクを殺すため、コンラッド・マッシーに薬をのませてあの桟橋に連れていけとギルに命じたのもパクストンよね」アデレードが言った。「マッシーはジェイクを射殺したあと、その銃で自殺することになっていた」

「そういう計画だったわ。でも、マッシーもギルもおそらく失敗するだろうとわたしにはわかっていたの」

「あの薬がそもそも予測不能だから？」

ヴェラが笑みを浮かべた。「それもあるけれど、ジェイク・トゥルエットは薬の影響で正気を失っている男との深夜の密会で殺されたりするような間抜けではないと直感していたから」

「あなたは正しかったわ」アデレードが言った。「でも、パクストンはなぜコンラッド・マッシーを殺したかったの？」

「マッシーはデイドリームについて大した知識はなかったけれど、その程度でもじゅうぶん危険な存在ではあったの。あなたの財産を自由にできるかぎり、よけいなことは言わないでしょうね。でも、ジェイクにあなたを奪われたことが明らかになり、それはつまり、彼はまもなくあなたの財産を失うことを意味するわ。そのことでパクストンは神経をぴりぴりさせていたの。マッシーがトゥルエットとの密会のあとも生きていたと知ったときの彼の取り乱しようといったら。もしマッシーが警察にギルの名を白状し、つぎにギルがドクター・パクストンの名を白状したら、スターのダイエット・ドクターもそれまででしょ」

「だからなのね、あの夜のうちにパクストンがギルを始末したのは」

「あのあと、彼はパラダイス・クラブのわたしの席に来たわ」ヴェラが言った。「万が一必要になったときのアリバイづくりってわけ。彼がパラダイスをあとにするのを待って、わたしは自分のヴィラに帰った。パクストンはバーニング・コーヴ・ホテルに帰ったものと思っていたのよ。でも今朝になったら、なんだかいやな予感がして、ホテルの彼のヴィラに電話をしたの。そしたら応答がないんで、彼が何か企んでいるんじゃないかと思ったの。心配したのは、彼がまたあなたを追っていったんじゃないかということ」

「それで、あなたはどうしたの？」

「あなたのこの家に電話をしたわ。あなたもトゥルエットも出ないから、ほかに唯一、思いついたことをした——パラダイス・クラブに電話したの。ルーサー・ペルは留守だったけれど、電話を取った人が伝言を伝えるって言ってくれた」

「それで、ルーサーが今朝早く、ラッシュブルック警察に電話してくれたのね」アデレードが言った。

「たぶん、いまさら何よって言われそうだけれど、わたし、あなたが殺されればいいなんて思わなかった。オームズビーがラッシュブルックでパクストンに殺された夜、パクストンがあなたも殺すつもりでいたなんて知らなかったの。最初のうちは、パクストンとゾランダとセルマ・レガットがそろって突然バーニング・コーヴ行きを決めた理由があなただとは気づかなかった。でも、バーニング・コーヴはわたしの計画を実行に移す絶好の場所だと思えたの。信じてもらえるかどうかわからないけど、あなたがラッシュブルックから脱走してきたなんてことは言うにおよばず、あなたが患者Bだったことも知りもしなかった——ゾランダが屋上から飛び降りたつぎの朝まではね」

「あの同じ夜、パクストンがわたしを拉致あるいは殺す計画だったことも知らなかったのね？」

「ええ」ヴェラが答えた。「つぎの日まで知らなかったわ。そのときまでは自分の復讐計画で頭がいっぱいだったの。そのことしか考えられなかった。だけど、ゾランダが屋上から飛び降りたつぎの日、パクストンがギルにかけた電話でのやりとりの一部を盗み聞きしたの。そのときよ、あなたが誰かわかったのは。それまでにわかっていたのは、ジェイク・トゥルエットが見かけ以上の人物だということね——だって、ルーサー・ペルと友だちなんですもの。それと、トゥルエットがあなたから目を離さずにいることもはっきりわかったわ。だから、彼があのままずっとあなたを守ってくれるよう願っていたの」

「ジェイク・トゥルエットのような男性がなぜティールームのウェートレスに関心を抱いたのか、何か理由があるはずだとあなたは気づいていたのね」

ヴェラが冷ややかな笑みをたたえた。「内面の深さを隠している人間はトゥルエットひとりってわけじゃないわ。あなたもすごく勇気があるし、臨機応変な女性だわ、アデレード。ラッシュブルックからの脱走をやってのけたなんて、わたしがどんなに尊敬しているか、あなたにはわからないでしょうね。ミスター・トゥルエットがなぜあなたにものすごく興味を持っているのか、わたしには理解できるわ」

「わたしをそんなに尊敬してくれているのなら、なぜわたしに銃を向けるの？」

「あなたがわたしを信用してくれるはずがないし、助けてくれるはずもないことをよくわかっているから。患者Aのファイルはどこ？」

「テーブルの上にあるわ」

ヴェラは銃を持つ手を下げることなくテーブルに近づき。自由なほうの手でファイルの中身をぱらぱらと繰った。彼女が凍りついたのは写真を見たときだ。

「なんて卑劣なやつら」小さくつぶやいた。

「心配いらないわ。ネガもそこに入っているから」アデレードは言った。「ギルとパクストンは、あなたが薬の影響下にあるときにレイプしたのね」

「それも夜な夜な。最初はこういう写真を征服記念だと考えていたんでしょうね。有名スターとセックスしていたわけだから。でもそのうち、これを脅迫材料に使えばわたしを支配できると気づいた」ヴェラがファイルから顔を上げた。「ギルとパクストンはあなたもレイプしたの？」

「いいえ」

「どうしてかしら？」

「わたし、あそこに閉じこめられてすぐに気づいたの、夜は寝てはいけないって」アデレードが言った。「ギルとパクストンを恐れていたわけじゃないの。わたしはスターではないから、あの二人はわたしにそういう意味での関心は持っていなかったのよ。でも、当直の雑役夫が恐ろしかったから、彼らが持ち場にいるあいだは目を覚ましていたの。彼らがわたしの病室のドアに近づいてくるたび、ひどい幻覚状態を装ったわ。じつを言えば、いつも演技だったわけじゃなかった。あの薬のせいで幻覚が起きていたから。雑役夫はわたしのことを正気を失っていると思ったみたい。わたしを怖がっていた気がするわ。たぶん、ギルとパクストンもそう。結局のところ、彼らはあの薬がわたしにどんな影響を与えているかを知る術はなかったはずよ」

「あなたがレイプされなかったんだったら、とにかくよかったわ」ヴェラが言った。

「残念ながら、わたしはあの薬のせいでいまだに夜に白日夢みたいなものを見ることがあるの。現実ではないとわかっているのに、うまく対処できずにいるわ」

「でも、あなたは最後にはパクストンを操って、ほかの全員への復讐を実行した」アデレードが言った。「どうやって彼を支配下に置いたの？」

「ギルとパクストンは最初のうち、交替でわたしを犯したわ。ハリウッド一の美女をレイプしながら罪に問われない――しかも翌朝になれば、女は凌辱を受けたことすら憶えていないようだ――とわかっているから、さぞ興奮したんでしょうね。わたしがレイプを幻覚だと思っていると思いこんでいたのね」

「でも、あなたは憶えていた」

「ええ、もちろん」ヴェラがやんわりと言った。「細部まではっきりと」

「どうやってあそこから出られたの?」

ヴェラが肩をすくめた。「パクストンがわたしに夢中になってしまったの。それだけじゃなく、彼はわたしを独自のとんでもない痩せ薬の広告塔としても見ていたのね。おかげでわたしはじゅうぶんあいつを操れるだけの力を手にしたわ。わたしもあいつに夢中ってふりもした。あいつはハリウッド一の美女をものにしたって信じたくてたまらなかったのよ。そんなこんなだから、やつらはわたしをあそこから出した。有名スターともなれば、不自然に姿を消すことはできないでしょ。もしそんなことになれば、恐喝の標的としての価値もなくなるし」

「あなたのファイルやそういう写真、ゾランダはいったいどうやって手に入れたの?」

「彼女がわたしを恐喝する計画だって笑いながら話したから、それを訊いたわ。そしたら、すごく簡単だったたって返事が返ってきた。第五病棟の雑役夫のひとりと仲良くなって、ファイルとひきかえに千ドルくれてやったんですって。そしたらその男が、ギルは金庫の中に興味があるかもしれない写真も何枚か保管しているって言ったんで、ネガもいっしょにって条件をつけてもう千ドル払ったそうよ。その男はお金を受け取るなり、あの仕事を辞めたそうだけど、わかるわ」

「ジェイクとわたしが恐喝材料が詰まった箱を見つけたのは、パクストンの車のトランクの中よ。その帽子箱の中身はすべて燃やしてしまおうと思っているの」

ヴェラが帽子箱に一瞥を投げた。「ねえ、わたし、本当にあなたを信じているのよ」

「そうねえ、こうしたらどうかしら――あなたがまずわたしを殺さないと仮定しての話よ。でも、そんなことはしないわよね？　あえて殺人を犯して逮捕されることはないじゃない。考えてもごらんなさいよ、現時点では、ゾランダの転落死やラッシュブルックを拠点に活動していたあの薬の販売組織とあなたを結ぶ線は何ひとつないわ」

ヴェラが握った銃がわずかに揺れた。数秒後、それが下に下りた。

「あなたを殺すつもりなどないわ」ヴェラが言った。「ただ、あの忌々しいファイルを見つけたかっただけなのよ」

「それならもう見つけたじゃない。それをどうするつもり？」

「あなたが言っていたように燃やすわ。それがすんだら、姿を消すつもり」

「なぜ？　あなたは有名な映画スター。ハリウッドでの輝ける未来が待っているのに」

「わからない？」ヴェラが言った。「わたしをひどい目にあわせたのはハリウッド。

ラッシュブルック療養所に送りこまれたのもハリウッドのせい。わたし、ただただ自由になりたいの。その方法はたったひとつしかないわ。姿を消す」

「もし成功すれば、あなたは伝説になるわ。みんな、いつになってもあなたを探しつづけるでしょうね。あなたは一生、新聞や雑誌から隠れなければならないわ」

ヴェラが苦笑を浮かべた。「あなたはわたしほどにはハリウッドを知らないわ。報道陣には最後にひとつ、いいニュースを提供するつもりよ。精神をひどく病んだ映画スターに相応しいドラマチックな引き際。数カ月もすれば、ゴシップ雑誌は誰かべつの女優をハリウッド一の美女に仕立てるわ。そして一年もすれば、誰もわたしの名前など憶えていない」

「経済的には大丈夫なの？」

「それについてはこの数カ月間、計画を練っていたの」ヴェラが言った。「これまでに三本の映画が大ヒットしたわ。最初の二本では大したお金は払ってもらえなかったけど、最新作の『影の貴婦人』は契約の条件がよかったから、少なくとも飢えることはないはずよ。でもね、ちょっとした秘密をあなたに教えておくと、パクストンはロサンゼルスの自宅の金庫の中に現金を山ほどためこんでいたの。銀行を全面的には信用していないのね。わたしね、数週間前あいつの書斎を調べていたとき、ダイヤル錠の番号を知ったから、バーニング・コーヴに向けて出発する前に金庫を空にしてきたわ。だって、ここで計画を完遂したあと、姿を消すつもりだったから」

「これからもカリフォルニアで暮らすの？」

「ううん、シアトル。消えた女優があそこにいるなんて誰も思わないでしょ？」

「ひょっとしてバーニング・コーヴに戻ってくるようなことがあったら、わたしに会いにくるって約束してくれる？」

ヴェラが目をぱちくりさせた。「冗談でしょう？　本当にまたわたしに会いたい？あなたにこんなに迷惑をかけたっていうのに？」

アデレードは片手を差し出した。「あなたは地球上でただひとり、わたしがラッシュブルック療養所で体験したことを本当に理解してくれる人ですもの」

ヴェラはしばしためらったが、おそるおそる拳銃をテーブルに置いて片手を差し出した。目に涙がきらきら光っている。

「あなたはこの世でたったひとり、わたしがあの地獄みたいな療養所で体験したことを理解してくれる人」ヴェラが声を詰まらせた。「これも一種の絆だわね？」

アデレードはヴェラの手を取り、心をこめてぎゅっと握った。ヴェラも無言で握り返した。やがて二人は手を離した。

「お茶は?」アデレードが訊いた。「新たな生活に向かってここを離れる前に〝静〟を一杯いかが?」

「ええ、お願い」ヴェラが言った。「ぜひともいただきたいわ。友だちとお茶を飲むなんてこと、久しくなかったから」

＊

アデレードがヴェラのためのブレンド茶〝静〟をカップに注いでいたちょうどそのとき、ジェイクが銃を手に戸口から入ってきた。ぴたりと足を止め、二人を見る。

「これはいったい?」

ヴェラは彼が手にした銃には目を向けることなく、謎めいた微笑を浮かべた。「お邪魔しています、ミスター・トゥルエット」

「いまちょうどお茶にするところ」アデレードが言った。「あなたもいかが? お気に入りの緑茶があるわ」

ジェイクは彼女をちらっと見た。「きみに電話しようとしたが、故障中みたいで。それで……心配になった」

「心配ご無用よ」アデレードが言った。「さ、すわって。ところで、なぜわたしに電話しようとしたの？」

ジェイクはヴェラから目が離せなかった。「ルーサーが言っていたが、パクストンが車を盗んでこっそり町を抜け出したのを知ったのは、女性の声でかかってきた謎の電話を従業員が取ったからだそうだ。その従業員からの伝言を受けたルーサーはすぐにラッシュブルック警察に電話を入れた。その電話、かけたのはあなただと思っていいのかな、ミス・ウェストレイク？」

「ええ」ヴェラが答えた。「ついでに言わせていただくと、あなたたちには感謝してもしきれないわ。カルヴィン・パクストンが死んだこと、本当にうれしいの」

「あれは事故だよ」ジェイクが表情ひとつ変えずに言った。

ヴェラが笑みをたたえる。「もちろん、そうね」

「さ、すわって、ジェイク」アデレードが言った。「お茶にしましょうよ。ミス・ウェストレイクの話を聞かせてもらうといいわ」

ジェイクはいささかためらいながらも銃をホルスターにおさめた。「ミス・ウェストレイクの話か、そいつはおもしろそうだな」

「ええ、それはもちろん」アデレードが言った。「何しろ、彼女は患者Aだったのよ。姿を消したもうひとりの患者」

54

「彼女、夜明け前に出発するそうよ」アデレードが言った。「もうすぐ新聞にこんな見出しの記事が載るわ。〝ヨットでひとり出航した人気女優、帰港せず〟。海上で行方不明になったことを推測させる記事。謎めいた状況で女性が姿を消すっていうのは、彼女の最後の映画『影の貴婦人』にぴったりよね」

「二、三週間は国じゅうが動揺するだろうが、それが過ぎればまた新たなハリウッド・スキャンダルが紙面をにぎわすさ」ジェイクが言った。

アデレードがこっくりとうなずいた。「そうね」

アデレードとジェイクは暖炉の前にすわり、恐喝材料をつぎつぎと炎の中にくべていた。この儀式をはじめるに当たっては、ルーサーとライナが少し前に届けてくれたシャンパンをジェイクが抜いて乾杯をすませていた。

みんな、祝うべきことがあるだろう、とルーサーは言っていた。そのとき彼の目がライナを見つめていたことにアデレードは気づいた。

「きみはウェストレイクを招き入れてお茶を出し、帰るときには彼女のための特製ブレンドを詰めた大きな袋を二個渡した。なんだかいまでも信じられないよ」ジェイクがそう言いながら、何通かの手紙を暖炉に投げ入れた。「しかも、切れたときには電話してくれれば郵便で送ると約束までした」

「つらい夜のためにね」アデレードが言った。

ジェイクがふうっと息を吐いた。「なるほど」男同士が性行為に耽っている写真を火に投げ入れた。そのうちのひとりは有名スターである。「つらい夜のためにか」

「誰でもたまにはそういうことがあるわよね」アデレードが言った。

「たしかに」ジェイクが言った。「だが、きみとぼくにはもうお互いがいる」

アデレードがにこりとした。「幸せな夜とつらい夜のためにね」

「そうだな」ジェイクは空っぽになった帽子箱をのぞいた。「これで最後だ。それじゃ、いよいよきみのファイルだが、心の準備はできた?」

「ええ」

アデレードは〈患者B〉と記されたファイルを開き、中身を炎に投げ入れた。煙とともに紙が燃えあがるのを眺めるのは気持ちがよかった。ファイルが空になるころには自由の身になった自分を感じていた。

手を伸ばして、隣の椅子にすわったジェイクの手を取った。

「このつぎモーテルにチェックインするときには偽の奥さんじゃないんだと思うと、なんだかすごくうれしいわ。いい気分転換になりそう」

ジェイクが声を上げて笑い、椅子から立ちあがると、彼女を引きあげて立たせて抱きしめる。

「わが家っていいね」ジェイクが言った。

アデレードは両手を彼の頬に当てた。「ええ、わが家ってほんとにいいわ」

訳者あとがき

ハリウッドから映画スターや監督、映画会社の重鎮らがこぞって休暇を過ごしに訪れるバーニング・コーヴ。スパニッシュ・コロニアル様式の建物が建ち並ぶ風光明媚な小さな海辺の町にはカリフォルニアの太陽が燦々と降り注ぎ、バーニング・コーヴ・ホテルやパラダイス・クラブといった贅を尽くした施設が、セレブリティーの自尊心や自己顕示欲を満たしてくれる最高の保養地です。

本書のヒロイン、アデレード・ブロックトンは、近ごろこの町で大人気のティールーム〈リフレッシュ〉のウェートレスとして働いていますが、大きな秘密を抱えて内心びくびくしながら過ごしています。じつは彼女、同じくカリフォルニア州の小さな町ラッシュブルックの町はずれに人知れずひっそりと建つ精神科の療養所から脱走してきた身なのです。

そのラッシュブルック療養所、表向きは精神科病院ですが、主として名門一族に精神を病んだ者が出た際、世間体をおもんぱかる家族がその患者を預け入れ、半永久的にほぼ幽閉という形で外界から隠してもらう施設なのです。アデレードは精神を病んではいませんでしたが、故あってそこに閉じこめられ、〈患者B〉としてある薬の実験台にされて数カ月間を過ごすという恐ろしい体験をしました。

脱走ののちにたどり着いたバーニング・コーヴでは、幸運なことに友だちもでき、それなりに快適な日々を送っています。ウェートレスの仕事を選んだのは、植物学者だった亡き母親の影響で薬草やハーブについての知識が豊富だったため、顧客の要望に合わせて特製のブレンド茶を調合するという特技があったからです。アデレードがつくるブレンド茶の評判は上々で、もともと人気店だった〈リフレッシュ〉の売り上げがなおいっそう伸びたほどです。

店の客にはひと癖も二癖もありそうな顔ぶれがまじっていました。なんといおうがハリウッド関係者を中心に回っている町ですから無理もありません。店に入ってくるだけで店内の空気を変える〝ハリウッド一の美女〟と謳われる女優ヴェラ・ウェストレイクも、存在感を誇示するかのような〝スターがすがる超能力者〟マダム・ゾランダも常連です。そのほか毎日定刻に店を訪れては決まって緑茶の注文をするジェイク・トゥルエットも常連のひとりでした。彼はどこか謎めいていますが、神経症の静養のため、医者の勧めで経営していたロサンゼルスの貿易会社を売却してここに来たといいます。そしてなぜかアデレードに並々ならぬ関心を示します。アデレードにとっても、抱えた秘密を考えると認めるわけにはいかないものの、ジェイクはいささか気にかかる存在ではありました。

そんなある日、アデレードはどういうわけか人気超能力者マダム・ゾランダに招かれ、彼女の公演を観にジェイクとともに劇場に出かけます。超能力などはなから信じてはいない二人は、ステージで繰り広げられるパフォーマンスにいかにも冷ややかな目を向けていましたが、マダム・ゾランダはフィナーレで謎の予言をしたのち、明くる朝、死体で発見されます。しかも、アデレードとジェイクは第一発見者に仕立てられてしまいます。

アデレードが抱える秘密、ジェイクを包む謎、超能力者のなんとも奇妙な予言と死……バーニング・コーヴで交錯するさまざまな出来事のもつれはどう解いていけばいいのか。アデレードとジェイクは幾度となくともに危機に瀕し、お互いの距離を徐々に縮めながら真相をたぐり寄せていきます。

この物語、時代的にはおそらく一九三〇年代半ばだと推定されます。というのは、そこここに一九二九年の秋の大恐慌の名残が垣間見えるからです。この時代のことを少々復習してみましょう。

戦争と戦争のあいだの時期、歴史的には第一次世界大戦終結から第二次世界大戦勃発までを「戦間期」と呼びます。一九一九年から一九三九年ですから、わずか二十年間しかなかったのですね。第一次大戦で戦場となり、国土が荒廃したヨーロッパとは異なり、戦禍をこうむらなかったアメリカは戦後の一九二〇年代をジャズ・エージとか狂騒の二〇年代《ローリング・トウエンティーズ》とか称される好景気に浮かれました。このころにはもう映画産業の中心は東海岸から西海岸に移っていましたから、好景気に支えられたこの時代のハリウッドの華やかさは想像にかたくありません。ちなみに、映画産業の中心が西海岸に移った理由は天候でした。好天が続くため、撮影が予定どおりに進行するからです。

その後、一九二九年にニューヨークの株価大暴落に端を発した大恐慌に見舞われますが、本書の舞台はそこからなんとか脱却しつつあったころです。とはいえ、戦間期も残りわずか、第二次大戦の勃発はもはや遠い先ではありません。刻一刻と迫りつつあります。各国それぞれに事情を抱えながら早くもスパイが暗躍し、情報戦がひそかにはじまっています。

アマンダ・クイックの作品はつい最近まで、摂政時代やヴィクトリア朝時代のロンドンを背景にしたヒストリカル・ロマンチック・サスペンスでした。ところが前作『胸の鼓動が溶けあう夜に』で挑戦ともいえる新境地を見せます。物語の舞台を古き良き時代のハリウッド関係者が訪れる保養地バーニング・コーヴに移したのです。そして今回も引きつづきそのバーニング・コーヴを舞台にストーリーが展開します。

魅力的なヒロインとヒーローのほか、当時はさぞ珍しい存在であったろう女性私立探偵のライナ、大流行りのティールームを経営するフローレンス、バーニング・コーヴのエンターテインメントの代表格であるパラダイス・クラブの経営者ルーサー・ペルをはじめ、人気女優や超能力者といった非日常的な顔ぶれが織りなす物語、お楽しみいただけたなら幸いです。

二〇一八年八月

記録的な猛暑の夏をしのぎつつ……

安藤由紀子

ザ・ミステリ・コレクション

くちびるを初《はじ》めて重《かさ》ねた夜《よる》に

著者　アマンダ・クイック
訳者　安藤由紀子《あんどうゆきこ》

発行所　株式会社 二見書房
東京都千代田区神田三崎町2-18-11
電話　03(3515)2311 [営業]
03(3515)2313 [編集]
振替　00170-4-2639

印刷　株式会社 堀内印刷所
製本　株式会社 村上製本所

落丁・乱丁本はお取り替えいたします。
定価は、カバーに表示してあります。

ISBN978-4-576-18142-4
http://www.futami.co.jp/

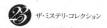

二見文庫 ロマンス・コレクション

胸の鼓動が溶けあう夜に
アマンダ・クイック
安藤由紀子［訳］

新進スターの周囲で次々と起こる女性の不審死に隠された秘密。古き良き時代のハリウッドで繰り広げられる事件、網のように張り巡らされた謎に挑む男女の運命は？

その言葉に愛をのせて
アマンダ・クイック
安藤由紀子［訳］

ある殺人事件が、「二人」を結びつける――過去を封印して生きる秘書アーシュラと孤島から帰還した貴公子スレイター。その先に待つ、意外な犯人の正体は⁉

恋の始まりは謎に満ちて
アマンダ・クイック
安藤由紀子［訳］

ヴィクトリア朝時代。出会いサロンの女性経営者カリスタになぜか不吉なプレゼントが続き、人気ミステリー作家トレントとタッグを組んで調査に乗り出すことに…

そっと愛をささやく夜は
アマンダ・クイック
安藤由紀子［訳］

摂政時代のロンドン。模造アンティークを扱っていたラヴィニアの前に突然現れた一人の探偵・トビアス。彼に連れられてロンドンに向かうが、惹かれ合うふたりの前に……

今宵の誘惑は気まぐれに
リンゼイ・サンズ
田辺千幸［訳］

伯爵の称号と莫大な財産を継ぐために村娘ウィラと結婚したヒュー。次第に愛も芽生えるが、なぜかウィラの命が狙われ……。キュートでホットなヒストリカル・ロマンス！

罪深き夜に愛されて
クリス・ケネディ
桐谷知未［訳］

イングランド女王から北アイルランドを守るよう命じられたカタリーナの前に、ある男が現れる。彼はその土地を取り戻すため、彼女に結婚を迫るのだが……

ふたりで探す愛のかたち
キャンディス・キャンプ
辻 早苗［訳］

結婚式直後、離れたままだったイギリスの伯爵とアメリカの富豪の娘。10年ぶりに再会した二人は以前と異なり惹かれあっていくが。超人気作家の傑作ヒストリカル